# Le goût du soleil

Christian Laborie

# Le goût du soleil

*Roman*

ÉDITIONS
FRANCE
LOISIRS

Ce livre est une œuvre de fiction. Les noms, les personnages, les lieux et les événements sont le fruit de l'imagination de l'auteur ou utilisés fictivement. Toute ressemblance avec des personnes réelles, vivantes ou mortes serait pure coïncidence.

Édition du Club France Loisirs,
avec l'autorisation des Éditions Presses de la Cité

Éditions France Loisirs,
123, boulevard de Grenelle, Paris
www.franceloisirs.com

Le Code de la propriété intellectuelle n'autorisant, aux termes des paragraphes 2 et 3 de l'article L. 122-5, d'une part, que les « copies ou reproductions strictement réservées à l'usage privé du copiste et non destinées à une utilisation collective » et, d'autre part, sous réserve du nom de l'auteur et de la source, que les « analyses et les courtes citations justifiées par le caractère critique, polémique, pédagogique, scientifique ou d'information », toute représentation ou reproduction intégrale ou partielle, faite sans le consentement de l'auteur ou de ses ayants droit ou ayants cause, est illicite (article L. 122-4). Cette représentation ou reproduction, par quelque procédé que ce soit, constituerait donc une contrefaçon sanctionnée par les articles L. 335-2 et suivants du Code de la propriété intellectuelle.

© Presses de la Cité, un département de Place des Éditeurs, 2015.

ISBN : 978-2-298-10406-6

À mon petit-fils Matthieu qui, à six ans, m'a soufflé
le titre de ce roman,
à Lisa, Thomas, Théa et bientôt…, mes autres
petits-enfants,
à Julien et Arnaud, mes fils,
et à leurs épouses Julie et Céline,
afin qu'ils ne connaissent jamais que le goût du
soleil dans leur vie.

À Viviane, ma femme, qui me trouve souvent
les thèmes de mes romans et qui accepte sans
remontrance que je la quitte parfois pour aller me
perdre dans mon imaginaire.

À tous ceux qui se sont battus pour leur liberté,
ils se reconnaîtront.

## Avertissement

Ce roman est une fiction. Mais si l'auteur a pris quelques libertés avec la géographie, certains événements et les quelques personnages ayant vécu à l'époque et qu'il a mis en scène, les faits auxquels il se réfère ont été transcrits avec la volonté de rester fidèle à la vérité historique.

# Prologue

Chaque dimanche, Sébastien Rochefort attendait avec impatience la venue d'Emilio Alvarez. Celui-ci possédait une petite propriété, la Soléiade, située à proximité du Clos du Tournel, le manoir dont Rochefort avait hérité à Anduze, à la mort de sa mère. Depuis plusieurs mois, c'était devenu pour les deux compagnons plus qu'un rituel, un rendez-vous avec l'Histoire qu'aucun d'eux n'aurait voulu manquer. Assis confortablement dans le canapé de son salon, à côté de son fils Ruben, Sébastien observait les aiguilles de la pendule, et guettait le moindre bruit au-dehors. Il savait qu'Emilio se ferait conduire en voiture par son petit-fils, Emmanuel, comme il en avait pris l'habitude depuis que celui-ci les interrogeait sur leur passé.

*Anduze, 1988*

Les trois hommes avaient accepté de livrer leurs souvenirs d'une période héroïque de leur vie, qu'ils avaient vécue ensemble et qui les avait unis dans l'amitié. À quatre-vingt-quatorze ans, Sébastien Rochefort n'avait pas perdu de son mordant ni de sa fougue. Certes, les rhumatismes le clouaient parfois au lit ou dans son fauteuil et l'obligeaient à suivre chaque année une cure thermale à Royat, mais il refusait de se laisser dorloter par ses petits-enfants comme un grand-père qu'on rend sénile à force de vouloir lui imposer trop de sollicitude. Bien qu'il s'en défendît, ses proches reconnaissaient en lui le digne descendant d'Anselme Rochefort. Sous prétexte qu'il s'était toujours opposé à ce dernier dans sa jeunesse et qu'il avait renoncé à participer au destin de son entreprise au nom de ses idéaux, il s'évertuait à prouver qu'il avait combattu, sa vie durant, toutes les formes d'oppression, et qu'il ne pouvait donc être assimilé à son défunt père – dont il respectait toutefois la mémoire.

Pendant sa longue existence, Sébastien Rochefort avait servi les causes les plus nobles, défendant la libre expression et l'information là où la démocratie était bafouée. Grand reporter, il avait sillonné les chemins les plus périlleux et s'était souvent exposé, afin de sensibiliser le monde, par ses articles sans complaisance, aux drames que vivaient certains peuples de la planète.

Écrivain reconnu et journaliste chevronné, il avait acquis une notoriété incontestée. Ses romans étaient traduits dans plusieurs langues et vulgarisaient ses idéaux en même temps qu'ils traitaient les faits d'une actualité toujours brûlante. S'il avait mis fin à son activité de presse à l'âge de soixante-quinze ans, en tant qu'éditorialiste au *Monde*, après être passé par *L'Express* puis par *Le Nouvel Observateur*, il n'avait jamais cessé d'écrire. «Je mourrai la plume à la main, aimait-il déclarer, comme Molière est mort sur les planches ! »

Depuis sa première mission en Indochine, au début des années vingt pour le journal *Le Populaire*, il s'était retrouvé sur tous les fronts, là où la guerre sévissait : en Espagne pendant la chute de la République ; dans l'ombre de la Résistance au cours de la Seconde Guerre mondiale ; à nouveau en Indochine jusqu'à la chute de Diên Biên Phu ; en Europe de l'Est, il avait couvert la guerre froide, de Berlin à Budapest ; puis il s'était introduit en Corée et à Cuba. En 1962, après les accords d'Évian et la paix en Algérie, il avait enfin décidé de raccrocher. « Soixante-huit ans, avait-il cru bon d'annoncer, ce n'est plus un âge pour monter au front ! » Il continua néanmoins à écrire ses chroniques et ses éditoriaux enflammés pendant plusieurs années et à défendre avec conviction l'idéal de liberté qui l'avait sans cesse animé.

En semi-retraite depuis bientôt vingt ans, il s'intéressait plus que jamais à l'actualité de son époque et acceptait volontiers de donner des conférences dans les salons du livre ou devant un parterre d'hommes publics en mal de soutien à leurs idées. Il avait encore la parole et la diatribe faciles et ne se privait pas d'interpeller députés ou ministres qui selon ses propres mots « ne faisaient pas le boulot » ! Ses conseils étaient recherchés, sa présence sur les plateaux de télévision désirée, son amitié convoitée.

Sébastien était conscient d'avoir réussi pleinement sa vie. Il ne lui restait plus qu'à rédiger ses Mémoires, ce qu'il ne s'était jamais décidé à entreprendre. Homme de lettres, il n'aurait éprouvé aucune difficulté à se lancer dans ce que beaucoup d'êtres de sa trempe affectionnaient au crépuscule de leur existence. Mais il estimait qu'il s'agissait là d'un exercice d'autosatisfaction et de narcissisme qui consistait à flatter son ego davantage qu'à permettre à la vérité d'éclater. Aussi avait-il toujours repoussé cette décision que nombre de ses amis attendaient avant qu'il ne soit trop tard. « À quatre-vingt-dix ans, leur avait-il rétorqué quelques années plus tôt, j'ai encore trop de choses à faire avant de me complaire dans le voyeurisme intérieur ! »

« Quel sale caractère ! ne se gênaient pas de colporter ses détracteurs. Rochefort se croit éternel ! »

Mais le succès de ses romans les mettait tous au pas.

« Il n'empêche qu'à son âge il a encore beaucoup de ressort, et son esprit ne fléchit pas ! » relevaient ses admirateurs.

Toutefois, ce qu'il avait repoussé jusqu'à présent, il n'avait pas pu le refuser à son vieil ami Emilio Alvarez, quand celui-ci lui avait demandé son aide pour revenir sur ce qu'ils avaient vécu ensemble cinquante ans plus tôt. Il ne s'agissait pas de rédiger ses Mémoires ni même ses souvenirs d'une période glorieuse, mais simplement de collaborer à une recherche universitaire.

Le petit-fils d'Emilio, Emmanuel, connaissait bien l'histoire de son grand-père et celle de la guerre d'Espagne qu'il avait étudiée à la faculté des lettres de Montpellier. Il y occupait un poste d'assistant et préparait une thèse sur le franquisme. Aussi lui avait-il demandé sa collaboration pour lui apporter son témoignage sur des faits qu'il n'avait appris que dans les livres.

« Ton expérience, lui avait-il confié pour le convaincre, me sera d'une aide précieuse. Elle donnera à ma thèse plus de véracité grâce aux anecdotes que tu pourras me raconter. »

Après maintes hésitations, Emilio avait consenti à se livrer, plus pour faire plaisir à son petit-fils que par inclination à évoquer le passé. Car, comme la plupart des réfugiés espagnols victimes du franquisme, il n'aimait pas s'épancher. Il partageait cette pudeur naturelle avec les rapatriés d'Algérie, ces pieds-noirs qui n'avaient pas toujours été considérés comme de vrais Français.

« À une seule condition, avait-il exigé.
— Laquelle ?
— Que tu acceptes également la présence de mon ami Sébastien Rochefort sans qui je ne serais pas là aujourd'hui.
— Et moi non plus !
— C'est exact.
— Je n'y vois aucune objection, grand-père. D'ailleurs, on pourrait aussi faire appel à son fils, Ruben. Il vous accompagnait à l'époque, n'est-ce pas ?
— Effectivement, nous étions trois embarqués dans cette galère. Puis nous avons été séparés et nous nous sommes retrouvés... c'est une longue histoire. »

Emmanuel prit donc date pour organiser ces discussions avec Emilio, Ruben et Sébastien Rochefort. Chaque dimanche, tous les quatre se réunissaient ainsi au Clos du Tournel pour d'intimes confidences qu'Emmanuel enregistrait sur son magnétophone avant de les transcrire dans ses carnets qui serviraient ensuite à la rédaction de sa thèse.

Sébastien avait gardé intacte sa mémoire des faits. Il connaissait parfaitement le parcours de son ami catalan qu'il avait rencontré deux ans après l'arrivée de celui-ci dans le Gard, en 1934. À l'époque, le jeune immigré travaillait dans les vignes d'un certain Louis Lansac, à Saint-Hippolyte-du-Fort. Aussi, lorsque l'évocation de leurs souvenirs devenait trop douloureuse pour Emilio, c'était Sébastien qui prenait la parole et narrait, sans rien omettre, les événements qui les avaient placés tous les deux sur les chemins de la Retirade.

Sébastien racontait avec une fidélité sans faille. Parfois, il se tournait vers Emilio pour obtenir son consentement ou pour lui faire préciser un fait qui lui échappait. Alors, Emilio poursuivait et, des trémolos dans la voix, il ajoutait ce qu'il ressentait et que son ami ne pouvait deviner.

Ainsi, petit à petit, leur épopée prenait forme.

À la Soléiade, où il avait établi ses quartiers avec Héloïse, sa jeune compagne, Emmanuel transcrivait dans son ordinateur les moindres détails du récit épique évoqué par son grand-père, mais surtout par Sébastien Rochefort, dont le talent de conteur n'avait d'égal que la plume d'écrivain. Sébastien supervisait son travail et corrigeait les passages qu'il avait tendance à enjoliver ou à déformer. Vieux routard du journalisme, il retrouvait avec le petit-fils d'Emilio toute la verve qu'il mettait dans ses propres chroniques à l'époque glorieuse de son engagement, le sel de sa riche existence…

# Première partie

# L'ÉTRANGER

# 1

## L'Espagnol

*Saint-Hippolyte-du-Fort, 1936*

Emilio Alvarez émigra en France à l'âge de dix-huit ans.

Originaire de Montserrat, un petit village catalan situé dans l'arrière-pays de Barcelone, il vécut une enfance besogneuse auprès de son père, Arturo, de sa mère, Eulàlia, et de ses quatre frère et sœurs dont il était l'aîné. Dès l'âge de douze ans, son père le mit au travail à ses côtés, dans les terres d'un riche propriétaire dont il était l'un des nombreux ouvriers. En Catalogne, la situation agraire n'était pas aussi dure qu'en d'autres régions d'Espagne, comme l'Estrémadure ou l'Andalousie, où les grandes propriétés agricoles étaient aux mains d'une aristocratie foncière dominatrice et arrogante. Certes, les paysans catalans étaient moins miséreux et se montraient volontiers, depuis longtemps, plus frondeurs que leurs congénères du Sud. Pour autant leurs conditions de vie n'étaient pas enviables, et beaucoup d'entre eux avaient déjà franchi la barrière pyrénéenne dans les années 1920, pour y chercher du travail dans les fermes viticoles et maraîchères du Roussillon et du Languedoc. D'autres, à l'instar des Italiens, nombreux également à avoir passé la frontière, avaient trouvé à s'employer dans le bâtiment ou dans les mines. Leur présence s'était accrue avec la Grande Dépression que l'Europe connut après l'Amérique, au début de la décennie suivante. La crise économique n'épargna personne, sur aucun continent, et les classes défavorisées n'eurent comme seule échappatoire à leur misère que l'exode vers les pays les moins touchés – en apparence – par le fléau du chômage et des faillites.

C'est la raison pour laquelle, la mort dans l'âme, Emilio Alvarez quitta sa famille et sa jeune fiancée, Maria Caldès. À la fin de 1934, il alla rejoindre son oncle Estéban et sa tante Carmen qui avaient ouvert la voie quelques années plus tôt, en s'installant à Montpezat, petit village situé près de Nîmes. Pour ne pas être à la charge de son oncle, Emilio chercha immédiatement du travail dans la région. Très vite on l'embaucha comme ouvrier agricole sur la propriété de Louis Lansac, un gros exploitant de Saint-Hippolyte-du-Fort, sur les contreforts cévenols. Ce dernier était à la tête d'un domaine florissant, les Grandes Terres, dont l'activité se partageait entre la vigne et les oliviers. Producteur de vins de qualité, Lansac possédait également son propre moulin à huile et broyait la récolte d'olives de nombreux petits paysans de la région. Son huile était renommée autant que ses vins et lui assurait des revenus confortables.

Aux Grandes Terres, Emilio passait pour un garçon taciturne. Ne parlant qu'un français approximatif, il parvenait néanmoins à se faire comprendre. Le catalan et le patois de la région présentaient certaines similitudes. Mais la langue demeurait pour lui une barrière qui le reléguait au ban de la société avec tous les autres étrangers, ce qu'il ressentait avec beaucoup de douleur dans son âme fière d'Espagnol. Aussi, dès le début de son installation, il mit un point d'honneur à apprendre parfaitement le français afin de ne plus être la risée de ceux qui, parfois, se moquaient de lui à cause de son accent ou de ses fautes de langage. Il avait beau leur affirmer qu'il était d'abord catalan puis espagnol, cela ne changeait rien à leur attitude. Pour tous, il incarnait l'*estranger*, au même titre que les Italiens et les *gavots* qui, eux, étaient des Français de souche, originaires des montagnes voisines, voire des vallées les plus proches. Dans les Cévennes et le bas pays languedocien, on faisait encore la différence entre «ceux d'ici» et «ceux d'ailleurs». C'était une façon de parler, de marquer son enracinement dans sa région.

Emilio comprenait cette manière de réagir, car lui-même venait d'une province d'Espagne où le sentiment d'appartenance et le désir d'autonomie habitaient la plupart des esprits. Aussi ne prenait-il pas ombrage des remarques à son sujet, lorsque ses compagnons de travail l'appelaient «l'Espagnol», ce qui était assurément le terme le plus amical dont ils l'affublaient, ni même lorsqu'ils le qualifiaient d'«estranger». En revanche, ce qui le vexait, c'était de s'entendre traiter de Marocain ou d'Arabe. Certes, Emilio avait le type méditerranéen, mais son visage hâlé par le soleil, sa coiffure brune et ondulée et ses yeux clairs ne le distinguaient pas des autres paysans de la région.

«Ne cherche pas, lui répétait son meilleur ami, Paulo, un Italien qui avait immigré pour les mêmes raisons que lui. Les Français sont comme ça. Pour eux, nous sommes tous des bougnouls à partir du moment où l'on vient de plus au sud qu'eux. Ce n'est pas de la méchanceté ni du racisme. Seulement un peu de vanité, dû au fait qu'ils possèdent toujours des colonies dont ils sont fiers. Ils nous prennent un peu pour des sous-développés et croient que leur culture est supérieure à la nôtre.

— N'empêche que je n'aime pas non plus lorsqu'ils me traitent de "*manja-merluças*" ni même de "*manja-tomatas*[1]". Dans leur bouche, ce sont des termes péjoratifs. Ils se moquent de moi !

— Tu sais, nous les Italiens, on est les *ritals*, les *babis*[2] ou encore les *macaronis*, alors que chez moi, on ne raffole pas des pâtes, on leur préfère la polenta ! Il ne faut pas prêter attention à ces dénominations.

— Elles sont souvent injurieuses ! Mais je prouverai un jour que nous, les Espagnols et les Italiens, nous valons autant que ceux qui se prétendent vrais Français et que notre culture égale bien la leur. »

Emilio s'efforçait donc de ne jamais répliquer lorsque certains de ses collègues de travail l'invectivaient. Il les dévisageait d'un regard noir et, du haut de sa fierté, tournait les talons pour reprendre aussitôt sa tâche.

À son arrivée aux Grandes Terres, il fut logé comme tous ses congénères dans une vaste bâtisse

---

[1]. Mange-morues et mange-tomates : les Espagnols étaient réputés pour manger la morue cuisinée avec des pommes de terre ou du riz, jamais en brandade comme dans le Gard ; de même ils mangeaient les tomates crues alors que dans la région on les mangeait cuites en ratatouille. (Voir René Domergue, *La parole de l'Étranger*, L'Harmattan, 2002, pages 122-123.)

[2]. *Babi* désigne un inférieur. (Même source, pages 65-66.)

que Louis Lansac réservait à son personnel ouvrier. C'était une maison de vendangeur, située à la limite du vignoble et qui hébergeait seulement les hommes célibataires ; les familles, au nombre de trois, étaient installées dans des maisonnettes individuelles, plus près de la demeure des propriétaires. Elles constituaient la main-d'œuvre pérenne des Lansac. Ses compagnons étaient déjà quatre à occuper les lieux, dont Paulo, l'Italien, puis trois autres ouvriers venus de Lozère, Victor, Roland et Désiré. Tous étaient considérés comme des étrangers. Mais là s'arrêtait la comparaison, car les trois Français savaient marquer leurs différences avec l'Italien et l'Espagnol, tant par leur comportement entre eux que par leur ardeur au travail. Certes, aucun ne se montrait laxiste – ce qui leur aurait valu immédiatement d'être renvoyés. Mais force était de reconnaître que Paulo et Emilio faisaient preuve d'une plus grande pugnacité et d'une persévérance dans l'effort qui faisaient dire à leur patron que, décidément, dans la misère, les étrangers sont bien plus courageux que les Français.

Lansac se gardait bien de faire de telles remarques devant son personnel, mais il ne se gênait pas devant sa femme, Armande, ou devant ses filles, Irène et Justine.

« Par ces temps de crise, affirmait-il, heureusement que nous avons des éléments venus d'ailleurs ! Car s'il fallait compter uniquement sur nos ouvriers français, nous aurions du souci à nous faire. Avec toutes ces idées que les socialistes leur mettent dans le crâne, ils croient sans doute qu'à l'avenir ils travailleront moins et se reposeront plus ! Quelle chimère ! »

Armande le savait : lorsque son mari abordait le délicat sujet du travail des hommes, mieux valait le laisser discourir seul sans tenter de le détourner de son propos. Elle avait l'habitude d'entendre ses remarques sur les thèses défendues par le Front populaire, depuis que celui-ci s'était constitué comme recours à une droite aux prises avec ses propres contradictions et avec la montée du mécontentement. Pourtant, Louis Lansac n'était pas franchement hostile à cette gauche républicaine qui ne voulait que le bonheur du peuple et faire triompher la justice sociale. Quelques années plus tôt, il avait craint les débordements d'une droite sectaire et jusqu'au-boutiste, qui n'avait pas hésité à faire descendre ses troupes dans la rue pour manifester son antiparlementarisme voire son hostilité à la République. Il se souvenait très bien des défilés de février 1934 dans les rues de la capitale. La menace fasciste était pire à ses yeux que le triomphe de la gauche socialiste pour laquelle il éprouvait des sympathies réelles, tant qu'elle ne proposait pas des mesures démagogiques.

— Il serait dangereux pour le peuple de lui faire croire que demain l'on pourra vivre sans travailler.

— La gauche n'a jamais rien affirmé de tel, père ! lui objecta, un soir de vive discussion, Justine, la plus intéressée de ses deux filles par le mouvement social qui se dessinait dans le pays.

— Tu t'occupes de politique à présent ! s'étonna Louis. Je ne trouve pas que cela sied aux jeunes filles de bonne famille ! Ni aux femmes en général.

— Comme tu peux être vieux jeu, père ! Tu sais, la France est bien en retard sur d'autres pays à ce sujet. Les États-Unis, l'Angleterre, la Pologne ont accordé le droit de vote aux femmes juste après la guerre. Même l'Espagne[1], depuis que celle-ci est en république ! Te rends-tu compte que nous prenons ce pays pour plus arriéré que le nôtre, alors que les femmes y ont acquis plus de droits civiques que chez nous ?

— Tu ignores peut-être que nos députés avaient voté le droit de vote féminin en 1925, mais que le Sénat a repoussé la proposition ! Certes, tu étais un peu jeune à l'époque, tu ne t'en souviens pas ! Mais la France n'est pas en reste, en tout cas pas tout à fait, car depuis 1920, le sais-tu seulement, une femme mariée peut adhérer à un syndicat sans demander l'autorisation à son mari.

— Je l'ignorais. Mais le plus important demeure le droit de vote !

— Ce ne sera plus pour longtemps. Une fois au pouvoir, les socialistes mettront fin à cette inégalité.

— Le souhaites-tu vraiment ?

— Je ne suis pas hostile à la gauche. Comme bon nombre de protestants, je suis républicain dans l'âme et mes convictions penchent plutôt du côté de la gauche. Cela, même à dix-sept ans, tu ne l'ignores pas, j'espère !

— Je te taquinais, père. Je sais que tu es un homme de justice et de bon sens. Mais, quant à ce que tu affirmais tout à l'heure, je dois t'avouer que je ne suis pas de ton avis. Les travailleurs de notre pays ont droit aussi à plus de considération de la part de ceux qui les emploient. Le Front populaire leur promet, en cas de

---

1. L'Angleterre en 1919, les États-Unis en 1921, la Pologne en 1921 et l'Espagne en 1931.

victoire, deux semaines de congés payés et la semaine de quarante heures. J'estime qu'ils les méritent bien.

—Je crains que ce soient des mesures démagogiques difficiles à maintenir longtemps. La croissance de notre pays après ces années de crise ne pourra pas s'obtenir en travaillant moins. Tout le monde doit y mettre du sien et faire des efforts.

De telles discussions sur l'avenir entraînaient souvent le père et la fille tard dans la soirée. Armande finissait par ne plus les écouter et par s'endormir dans son fauteuil. Quant à Irène, l'aînée des deux filles Lansac, elle ne participait jamais aux soirées familiales, préférant ses escapades nocturnes avec ses amis aux conversations à bâtons rompus de son père et de sa sœur.

Emilio ne connaissait de la famille Lansac que le patron qui l'avait embauché par l'intermédiaire de son régisseur, Augustin Lanoir. Celui-ci, comme c'était encore parfois l'usage dans les bourgs de la région, recrutait le personnel du domaine, au nom de son employeur, en se rendant dans les villages des alentours, et faisait son choix parmi les journaliers en quête d'un travail saisonnier.

Il avait ainsi rencontré Emilio sur la place de Montpezat où le jeune Catalan cherchait à louer ses bras pour n'importe quelle tâche qu'on lui proposerait dans une ferme. À cette occasion, Emilio s'était habillé comme un dimanche. Il avait believe gominé ses cheveux pour les domestiquer, ciré ses souliers de cuir et avait accepté la cravate que sa tante avait sortie de la garde-robe de son oncle.

« Avec ça, lui avait-elle dit en faisant le nœud à sa place, on ne te prendra pas pour un va-nu-pieds. *Adéou*, mon neveu. Que Dieu te garde ! »

Sur la place du foirail, il ne passa pas inaperçu. Certains de ses congénères, issus des villages voisins de la Vaunage, mais aussi des bourgs cévenols plus lointains, ne manquèrent pas de lui faire remarquer qu'il semblait aller à la messe, ainsi accoutré. C'étaient les premières réflexions désobligeantes qu'il essuyait. Il n'y répliqua pas, suivant les conseils avisés de son oncle qui avait connu les mêmes moqueries à son arrivée en France, dix ans plus tôt.

Augustin Lanoir avait l'œil exercé pour détecter les bons numéros et écarter les mauvaises recrues. Lorsqu'il aperçut Emilio au milieu des autres paysans qui lui faisaient concurrence, il le retint immédiatement parmi un petit nombre. Il discuta avec cinq ou six d'entre eux, le temps de leur poser quelques questions sur leurs origines, leurs places antérieures, leurs capacités et leurs préférences. Tout en leur parlant, il notait leur accoutrement. Un jeune à la tenue mal soignée, à l'allure par trop décontractée, au regard fuyant ou au langage incorrect ne retenait jamais son attention. Peu lui importait si le candidat était français ou étranger. Il n'avait pas d'a priori. Il savait que beaucoup d'Italiens et d'Espagnols étaient des hommes rompus à la tâche ; et la barrière de la langue ne constituait pas pour lui un obstacle irrémédiable.

Aussi, lorsqu'il se trouva la première fois devant Emilio et qu'il éprouva quelques difficultés à se faire comprendre de lui, il lui parla patois et devina à qui il avait affaire. Il feignit de s'intéresser aux autres et, après quelques palabres d'usage, revint vers lui et lui proposa de l'embaucher en précisant bien qu'il s'agissait d'un domaine viticole et oléicole situé à une vingtaine de kilomètres, à Saint-Hippolyte-du-Fort.

— Je suis prêt à vous suivre où vous me direz d'aller, *hombre*, lui répondit Emilio en baragouinant quelques mots de français que son oncle lui avait appris depuis son arrivée. Là où il y a du travail pour moi, ce sera toujours très bien.

Plus d'un an avait passé depuis son embauche. Emilio n'avait jamais fait parler de lui aux Grandes Terres. Il travaillait beaucoup, avec acharnement, sous la houlette d'Augustin qui l'avait pris en amitié, sans doute parce qu'il n'avait pas eu de fils de son mariage, sa femme ne lui ayant jamais donné d'enfant. Il avait très vite appris le français et le maîtrisait maintenant couramment, presque sans accent, ce qui étonnait son entourage, surtout ses camarades de travail qui le toisaient souvent à cause de ses origines espagnoles. Mais jamais il ne se départait de son calme ni de sa fierté apparente, afin, confiait-il à son ami Paulo, de ne jamais se montrer en état d'infériorité.

— Je n'ignore pas qu'ici je serai toujours un étranger, l'Espagnol, et que je devrai me battre pour m'imposer et faire comprendre que je suis comme tout le monde !

## 2

## Le souffle de la révolte

Emilio connaissait bien la vigne. Chez lui, en Catalogne, il avait travaillé dans le vignoble du comte don Fernando Aguilera, d'abord comme apprenti, puis comme ouvrier agricole saisonnier. Il excellait dans la taille des ceps, une aptitude très recherchée par les maîtres du vin des grandes régions de production. Son père l'avait initié et lui avait conseillé de persévérer dans cette voie. D'après ses dires, les vins de qualité auraient un jour un brillant avenir dans toute la Catalogne et au-delà des Pyrénées, en Languedoc-Roussillon, dès lors que les Français auraient pris conscience de la médiocrité des produits, nés de la crise du phylloxera du siècle précédent, et les auraient remplacés par des cépages nobles et appréciés sur toutes les bonnes tables.

Aussi, à l'âge de quinze ans déjà, Emilio n'avait pas à rougir de ses talents de vigneron. Malgré sa jeunesse, personne sur le domaine du comte ne parvenait à rivaliser avec lui une fois que la nouvelle saison avait commencé. Les différents types de taille n'avaient aucun secret pour lui, et c'est avec un réel plaisir qu'il acceptait l'ordre du régisseur de tailler les ceps en gobelet dans la plus pure tradition, une taille courte sans palissage adaptée aux variétés très productives.

Le travail était épuisant. Toute la journée courbé sur les pampres, les doigts cisaillés par la serpette, les reins brisés, Emilio ne se plaignait jamais. Le soir, sa tâche terminée, il secondait sa mère Eulàlia à la traite des chèvres dont elle tirait quelques maigres fromages pour la consommation familiale, tandis que son père Arturo finissait de rafistoler quelques outils qui lui seraient encore utiles. Son frère Julio et ses trois sœurs, Clara, Florència et Amèlia, plus jeunes que lui, étaient logés à la même enseigne. Comme tous les enfants de paysans, ils n'avaient pas fréquenté longtemps l'école et avaient très tôt aidé leurs parents pour subvenir aux besoins de tous.

Après la taille, Emilio participait à l'entretien du matériel auprès du maître de chai et du caviste, au nettoyage des barriques et des fûts, à leur désinfection, puis à l'embouteillage de la récolte précédente. Mais c'était les vendanges qu'il attendait avec le plus d'impatience, cette courte saison festive qui mettait les dos à l'épreuve, mais que nulle autre n'égalait pour égayer les esprits sous le soleil éclatant du début de l'automne. Partout dans la région s'élevaient les mêmes chansons, entonnées par les femmes qui respectaient le rythme imposé par les meneuses, sous l'œil vigilant des contremaîtres. Les enfants éprouvaient toujours beaucoup de difficulté à suivre la cadence des adultes. Mais lui, Emilio, étonnait par la rapidité avec laquelle il abattait son dur labeur.

« Calme-toi ! le rabrouaient ses camarades. On ne te suit pas. Tu vas nous faire passer pour des flemmards. »

Le jeune Alvarez faisait alors semblant de s'essouffler pour justifier son changement de rythme, et ne quittait pas ses compagnons du regard afin de leur permettre de le rattraper. Lorsqu'ils étaient revenus à son niveau, chacun dans sa rangée, il poursuivait sa tâche plus lentement. Mais, naturellement, il reprenait vite de l'avance.

Le soir, la meneuse n'avait que des compliments et des mots d'encouragement à son égard. Elle en faisait toujours part au contremaître qui savait récompenser son jeune apprenti quand arrivait le jour de la paie. Le peu d'argent qu'Emilio gagnait ainsi en plus, son père se gardait bien de le dépenser, malgré ses maigres revenus. Il le gardait pour son fils afin de lui préparer son avenir, comme il aimait le lui expliquer.

« Tu sais, fils, je crains fort qu'un jour tu ne doives suivre le chemin de l'exil comme l'ont fait ton oncle et ta tante, il y a quelques années. Ce n'est pas de gaieté de cœur que ta mère et moi nous te verrons partir. Mais n'oublie pas que tu seras toujours dans nos cœurs. Cet argent, que tu gagnes courageusement, te servira plus tard quand tu devras affronter les dures réalités de la vie d'un immigré. Ne compte pas trop sur ton oncle pour subvenir à tes besoins lorsque tu seras en France. Tu dois garder l'esprit fier d'un Espagnol, même dans les pires moments. »

Emilio se souvenait parfaitement des paroles de son père.

Quelques années plus tard, lorsque le grand jour arriva de devoir quitter les siens, il ne versa aucune larme. Il avait conscience qu'il partait pour soulager sa famille. Sa mère avait fait une fausse couche et ne pouvait plus travailler sur le domaine où elle était employée dans la ferme du comte. C'est à peine si elle parvenait encore à s'occuper de ses chèvres et de sa maisonnée. Aussi, Emilio n'attendit pas que son père lui demande de songer au chemin de l'exil. Âgé de dix-huit ans, il en prit lui-même la décision.

— En France, je gagnerai beaucoup plus d'argent qu'ici, le devança-t-il. Je vous enverrai tout ce que je n'aurai pas à dépenser pour subvenir à mes besoins. Ça vous aidera plus que si je reste ici au pays. Dans un premier temps, j'irai chez l'oncle Estéban à Montpezat, puis je chercherai rapidement du travail.

— Dans les vignes, tu ne devrais pas tarder à en trouver.

— S'il le faut, je changerai d'emploi. En France, il y a des mines de charbon. Je pourrai devenir mineur ou maçon.

— J'espère que tu n'y seras pas obligé. Mais sache qu'il n'y aurait pas de honte !

Emilio n'eut pas besoin de changer d'emploi.

*
\* \*

Aux Grandes Terres, Louis Lansac le mit immédiatement à l'épreuve dans son vignoble pour s'assurer que ses compétences n'étaient pas exagérées. Lansac se louait d'employer plusieurs étrangers depuis la fin des années de crise qu'il avait aussi traversées avec difficulté. Il n'avait pas échappé à la Grande Dépression au début des années 30 et avait dû réagir en renvoyant de nombreux ouvriers agricoles. Mais depuis deux ans, il sentait la récession s'éloigner et avait recommencé à embaucher en prévision du rebond économique que certains experts bien avisés prévoyaient pour la fin de la décennie, si aucun événement politique ou social ne venait perturber la reprise de la croissance.

C'était compter sans les visées expansionnistes des deux dictatures qui jouxtaient le pays, et du danger qu'elles faisaient courir à la paix mondiale.

Mais, pour le moment, Lansac faisait confiance au peuple français pour ne pas se laisser entraîner par de mauvais penchants, et aux hommes politiques, de quelque bord qu'ils fussent, pourvu qu'ils n'écoutent pas les sirènes du fascisme.

— Droite ou gauche, affirmait-il, nos élus sont des démocrates, farouchement attachés à la République. C'est ce qui importe le plus si nous voulons assurer la paix intérieure et la protection de nos frontières. Il faut se méfier des extrêmes qui poussent à la confrontation sociale et à la guerre.

En ce début d'année 1936, si le Duce italien ne menaçait pas directement le pays, les visées expansionnistes qu'il manifestait en Éthiopie depuis l'année précédente laissaient Lansac songeur.

— Mussolini s'est engagé dans un sale conflit en Abyssinie. Il a trompé les démocraties occidentales en affirmant vouloir débarrasser ce pays d'un régime féodal indigne d'appartenir à la SDN. Il a beau jeu de traiter le Négus de « marchand d'esclaves » ! Ses troupes font peser un réel danger sur l'équilibre de la paix en Afrique.

— Et sur le monde ! releva sa fille Justine, très au fait de l'actualité.

— S'il n'y avait que lui !

Effectivement, le Führer allemand, de son côté, se montrait de plus en plus agressif vis-à-vis de ses voisins. Après avoir réarmé son État en dépit des admonestations de la Société des Nations, il avait récupéré la Sarre et s'acharnait en toute impunité contre les Juifs de son pays sans craindre les sanctions internationales.

— Malheureusement, constatait encore Justine, marquée par les tragiques événements qui se déroulaient au-delà des frontières, Hitler est maître chez lui et aucune nation ne peut s'ingérer en Allemagne, même pour prendre la défense d'une partie de sa population persécutée !

En France, les esprits étaient accaparés par les prochaines élections législatives prévues pour fin avril et début mai. Lansac s'attendait à une déferlante de la gauche menée par Léon Blum et le Front populaire, tant les classes laborieuses espéraient un changement de régime qui leur permettrait enfin de voir le bout du tunnel.

Tandis que la campagne électorale battait son plein, de l'autre côté des Pyrénées, la situation s'aggravait. Depuis quelque temps, l'Espagne était secouée par de violents troubles intérieurs qui rappelaient étrangement les derniers jours de la république de Weimar[1].

— Il ne suffirait plus que l'Espagne bascule à son tour dans le fascisme ! déplorait Lansac qui se montrait de plus en plus pessimiste. Nous serions complètement cernés par des pays de dictature d'extrême

---

1. En Allemagne, de 1918 à 1933, victime de la poussée nazie et remplacée par le IIIe Reich d'Adolphe Hitler.

droite. Cela renforcerait les envies de pouvoir de nos forces fascisantes !

> *
> * *

Emilio ne se rendait pas bien compte de ce qui se tramait dans son propre pays. Éloigné des siens, il n'avait guère l'occasion d'être informé des derniers soubresauts de la république espagnole. À Saint-Hippolyte, il lisait très peu les journaux locaux qu'il avait encore beaucoup de difficulté à déchiffrer. Seul son ami italien, Paulo, lui relatait parfois les événements qui se déroulaient dans leurs pays respectifs, et ne manquait jamais de lui lire à haute voix les articles concernant l'Espagne.

— Tiens, écoute, lui dit-il un soir après une dure journée de travail passée à soutirer le vin de la dernière vendange, ça te concerne : « Le gouvernement républicain du centriste Manuel Portela[1] doit faire face au Parlement et dans la rue aux attaques de plus en plus vives du *Frente popular*. Les syndicats communistes et socialistes appellent à la grève générale. » On dirait que ça bouge dans ton pays ! C'est comme ici en France.

— Notre république est très jeune. Je crains qu'elle ne soit la proie des antidémocrates de tous bords !

— Écoute encore : « Pour sauver la République, le président du Conseil a pris des mesures à l'encontre des groupements fascistes. De leur côté, malgré leurs réserves vis-à-vis de la coalition de gauche, les

---

1. Président du Conseil de décembre 1935 à février 1936.

anarchistes ont levé leur consigne d'abstention pour les prochaines élections de février. »

— Tout ça se terminera mal ! Les partis de gauche sont trop divisés pour gouverner ensemble sereinement. La droite sait exploiter leurs faiblesses. Elle finira par provoquer la chute du régime.

Emilio, dont les idées étaient foncièrement à gauche, craignait que la droite, de plus en plus influencée par les extrémistes de la Phalange, ne fasse pas de cadeaux aux travailleurs, si elle revenait au pouvoir. Sans donner raison aux anarchistes, très influents en Catalogne, il soutenait les socialistes de Francisco Caballero.

— Oui, répéta-t-il, tout ça se terminera mal, je le crains ! On n'a pas fini de voir s'installer en France des Espagnols en exil. Mais cette fois, ce ne sera pas à cause de la crise économique !

Lorsque Paulo eut terminé de lire son article de journal, il invita Emilio à aller boire un verre au café de l'Avenir, sur la place du village. Pour fêter le début d'une année pleine d'espérance, prétexta-t-il.

Bientôt, dans quelques mois, le ciel resplendirait de lumière sous les frondaisons printanières. Partout dans les terres, l'air se gorgerait des fragrances miellées de la garrigue et caresserait la cime des arbres. Les hameaux verraient s'égailler les premiers troupeaux montant à l'estive le long des drailles séculaires, telles des rivières de laine serpentant entre les collines. La vie reprendrait petit à petit après les froidures imposées par l'hiver, effaçant comme par enchantement tous les tracas quotidiens.

— Allons boire à la République, proposa Paulo, et aux prolétaires de toutes les nations !

— Serais-tu devenu communiste ? feignit de s'étonner Emilio. Je pensais que tu croyais en Dieu, comme tout bon Italien !

— L'un n'empêche pas l'autre ! Mais rassure-toi, je ne suis pas un dangereux bolchevik avec un couteau entre les dents. Je suis avant tout antifasciste.

— Donc tu ne rentreras pas chez toi, en Italie, tant que Mussolini sera au pouvoir !

— Sauf si c'est pour le déloger de son palais présidentiel. Alors là, je rentrerai pour prendre les armes. Mais je crains que ce ne soit pas pour tout de suite ! Et toi ?

— Quoi moi ?

— Rentrerais-tu en Espagne s'il fallait que les Espagnols se battent pour sauver la République ?

Emilio ne s'était jamais posé la question. Il tarda à répondre.

— Si les miens étaient en danger… sans hésitation, finit-il par avouer.

Le jeune Alvarez ne se doutait pas, alors, que son pays allait bientôt sombrer dans la guerre civile, l'une des plus fratricides que l'Europe devait connaître.

# 3

## Le temps des élections

*1936*

Le 16 février, le *Frente popular* espagnol gagna les élections législatives avec plus de trente-quatre pour cent des voix grâce à quelques arrangements dénoncés immédiatement par le président Zamora. Les Cortès[1] étaient dominées par la gauche, mais la droite n'avait pas démérité, ayant obtenu trente-trois pour cent des suffrages. Aussitôt les milieux conservateurs répandirent le bruit que la gauche allait faire une révolution, d'autant plus que des anarchistes avaient appelé à voter pour elle.

Lorsque Emilio apprit la nouvelle en écoutant la radio, il ne put contenir sa joie. Il rejoignit rapidement Paulo et lui annonça :

— Ça y est, le danger fasciste est passé ! La gauche espagnole a remporté la victoire. C'est Manuel Azaña[2] qui est chargé de constituer le nouveau gouvernement.

— Je suis ravi pour toi, le complimenta Paulo. Les Espagnols sont plus avisés que les Italiens qui

---

1. L'Assemblée nationale.
2. Président du Conseil pour la seconde fois du 19 février au 10 mai 1936 avant de devenir président de la République du 11 mai 1936 au 27 février 1939.

cirent les bottes de Mussolini depuis beaucoup trop longtemps !

— Ne perds pas patience. Le tour de l'Italie viendra bientôt. Les dictateurs ne restent pas éternellement au pouvoir.

— Chez moi ça fait presque quinze ans que ça dure ! Et les élections n'ont plus rien de démocratique. Pour déboulonner le Duce, il faudra se battre. La voie des urnes ne sera pas possible.

Loin des siens, Emilio ignorait combien la situation de son pays demeurait hasardeuse. Le climat était difficile. Le nouveau gouvernement tarda en effet à mettre en œuvre la politique sociale promise par les partis du *Frente popular*. Or le peuple se montrait impatient. Dans certaines régions de grande pauvreté, il commença à appliquer, de sa propre initiative, les réformes tant attendues. La droite, apeurée, craignait pour son avenir ; notables, industriels, gros propriétaires fonciers s'organisèrent et se rapprochèrent des milices nationalistes pour défendre leurs intérêts. La violence des uns appelait les représailles des autres. Le gouvernement fut très vite débordé, ne sachant pas maintenir l'ordre partout ni déjouer les complots qui commençaient à se tramer dans les milieux les plus extrémistes.

Même les journaux français relataient les exactions de toute nature perpétrées dans les deux camps. Un jour, Paulo, dont la fidélité à l'Église catholique demeurait intacte, ne put que s'effrayer de ce qu'il venait de lire dans le quotidien *L'Indépendant*, qu'un de ses proches lui avait apporté de Perpignan.

— Tes amis révolutionnaires s'en prennent aux curés à présent! lui annonça-t-il d'un air accusateur.

Emilio s'étonna à la fois de la remarque de son camarade et du ton sur lequel il lui parlait.

— Les révolutionnaires ne sont pas mes amis! lui répondit-il sans hésiter. Ce sont souvent des anarchistes. Moi, je ne suis pas anarchiste!

— Non, mais comme tous les républicains de ton pays, tu es un rouge! Un communiste!

— Je t'ai déjà dit que j'étais pour le Parti socialiste. Le PSOE!

— Je les connais, les socialistes de ton pays! Caballero est un marxiste convaincu! Peu de choses le différencient des communistes!

— Tu oublies qu'il n'est pas seul et que des gens comme Prieto ou Azaña représentent des courants de gauche plus modérés. Quoi qu'il en soit, moi je ne suis pas contre le fait que le peuple s'empare réellement du pouvoir. J'aspire à ce que la terre appartienne enfin à ceux qui la travaillent. Pour l'avoir vécue, je connais trop l'exploitation des petits paysans sur les grands domaines. Mon père en est encore la victime. Alors, je peux t'assurer que lorsque j'apprendrai que, dans mon village, les paysans ont confisqué les terres des riches propriétaires, je serai le premier à me réjouir!

— C'est ce que je disais: tu es un anarchiste, pire qu'un rouge!

Emilio ne comprenait pas l'attitude agressive de Paulo. Jamais auparavant il ne lui avait témoigné une once d'hostilité à propos de ses convictions, qu'il croyait d'ailleurs identiques aux siennes.

— Qu'est-ce qui te prend, Paulo? Pourquoi te montres-tu si agressif tout à coup? Que t'ai-je fait?

Et qu'est-ce que tu me racontes à propos des prêtres de mon pays ?

— Je n'invente rien ! Tiens, lis ça toi-même. Tu te débrouilles bien maintenant. Tu n'as plus besoin que je te fasse la lecture !

Emilio saisit le journal qui datait d'une quinzaine de jours. À la une, une manchette titrait en gros caractères sur les derniers événements qui s'étaient déroulés en Catalogne. Il lut d'une voix hésitante :

— « Dans plusieurs villes et villages de Catalogne, des enragés faisant partie de milices ouvrières organisées ont massacré des curés innocents pour la simple raison qu'ils incarnaient la présence de l'Église catholique et que celle-ci penche plutôt du côté des forces conservatrices opposées au pouvoir en place depuis la victoire du Front populaire espagnol. »

Emilio ne put retenir son étonnement :

— Si cela est vrai – ce qui reste à prouver –, pourquoi sembles-tu me tenir pour responsable en m'associant à ceux qui ont commis ces crimes ?

— Tu es de leur bord, non ?

— Tu connais mes convictions, Paulo. Elles sont les mêmes que les tiennes ! Nous sommes tous les deux de fervents républicains antifascistes.

— Moi, je n'assassine pas les curés ! Je crois en Dieu et je respecte la Sainte Mère l'Église !

— Nos croyances diffèrent. Cela ne fait pas de moi un anticlérical ni un massacreur de prêtres ! Je n'approuve pas ces violences, Paulo. D'ailleurs, dans mon village, je m'entendais très bien avec le curé. Comme toute ma famille. Certes, mon père n'allait plus à la messe depuis longtemps, mais ma mère y

41

allait encore quand je suis parti pour la France. Tu n'as pas le droit de faire de tels amalgames !

Paulo s'excusa devant son ami. Mais, au fond de lui, devait subsister, dès lors, une certaine méfiance à l'égard des républicains espagnols qu'il soupçonnait d'être devenus des antéchrists, pris soudain d'une folie meurtrière envers tous ceux qui représentaient un autre ordre que le leur.

*
* *

Les semaines passèrent. Emilio et Paulo se réconcilièrent, car leur amitié était plus forte que leurs différends politiques. Au reste, ni à Saint-Hippolyte ni dans les communes avoisinantes, l'Espagne n'était l'objet principal des conversations, les esprits étant mobilisés par les prochaines échéances électorales de fin avril. Les élections législatives approchaient et beaucoup commençaient à croire que de grands changements se préparaient.

Influent dans sa commune, Louis Lansac ne se privait pas d'avertir ses proches amis que le pays allait bientôt subir un raz de marée. Il s'en réjouissait à l'avance, car il ne cachait plus sa préférence pour le Front populaire dirigé par Léon Blum. Justine elle-même, à sa manière, menait campagne dans son lycée auprès de ses camarades, bien qu'ils ne fussent pas en âge de voter.

— Il faut soutenir la cause du peuple, affirmait-elle dans la cour de récréation, en prenant soin de ne pas se faire entendre par le surveillant général ou le censeur qui n'auraient pas hésité à la convoquer et à la sanctionner pour manquement à ses obligations de lycéenne. Avec la victoire de la gauche, nous écarterons le danger de rapprochement de notre pays avec les États fascistes qui nous entourent. Voyez ce que les Espagnols ont réalisé en février dernier. Ils ont envoyé aux Cortès une majorité de gauche capable de prendre les mesures nécessaires pour transformer la société espagnole en une véritable démocratie.

Justine ignorait les difficultés auxquelles le gouvernement de Manuel Azaña était confronté et combien était précaire le fragile équilibre des forces démocratiques de l'autre côté des Pyrénées. En réalité, peu de gens savaient que l'Espagne était en train de sombrer dans une guerre civile inéluctable, la droite réactionnaire ayant appelé à la violence en cas de victoire de la gauche. Un groupe de généraux, formé depuis plus de trois ans, avait discrètement décidé de passer à l'acte dès le lendemain des élections législatives. Commandés par le général Sanjurjo, en exil au Portugal depuis son coup d'État manqué de 1932, et dirigés en Espagne par les généraux Mola et Franco, les factieux menaient des tractations secrètes pour obtenir l'appui des milices carlistes et de la Phalange.

De fait, informé de ces conspirations, Azaña avait envoyé les comploteurs loin de Madrid et écarté provisoirement tout danger de rébellion.

— La victoire du Front populaire espagnol est le signe avant-coureur de la victoire de la gauche dans notre pays ! proclamait Justine au cours de ses diatribes enflammées qui la faisaient passer pour une rouge dans son lycée, ce qui l'amusait davantage que cela ne la gênait.

Chez elle, elle discutait souvent avec les siens, mais contenait ses élans, de crainte de déroger à la bienséance qu'une jeune fille de bonne famille, selon les termes de son père, se devait de respecter. Elle tenait son rang et se gardait de tout emportement dès lors qu'elle rentrait aux Grandes Terres, le samedi midi après une semaine passée à l'internat.

Armande Lansac connaissait bien sa fille. Elle la savait capable de s'enflammer, même au mépris de sa propre réputation. En vain, elle lui conseillait de ne pas dévoiler ses idées devant le premier venu, comme elle avait souvent tendance à le faire. Justine, dans son genre, était une rebelle qui ne craignait pas la contradiction ni de se mettre en danger pour défendre les causes qu'elle croyait justes.

— Son ascendance camisarde demeure tapie au fond de son âme de protestante ! aimait relever son père.

— Camisarde, camisarde ! Tu oublies que tes ancêtres étaient rochelais et non cévenols ! devait lui rappeler Armande. Et que moi je suis catholique, ainsi que nos filles !

— Peut-être, mais à l'époque de Louis XIV, mes aïeux ont soutenu les camisards, en bons huguenots qu'ils étaient ! Ils ont participé aux luttes contre les dragons du roi aux côtés de Roland et de Cavalier. C'étaient, avant l'heure, de fervents défenseurs des libertés, dans une période où l'on ne pensait même pas à la république !

— Je te l'accorde, notre fille a de qui tenir !

Armande était fière de sa fille cadette. Elle représentait à ses yeux ce qu'elle-même aurait souhaité devenir si, à son époque, les jeunes filles avaient été plus émancipées. En revanche, elle s'inquiétait de l'avenir d'Irène. Son aînée en effet se montrait beaucoup moins sérieuse que Justine. Elle n'avait pas prolongé ses études au lycée au-delà de la classe de seconde et avait préféré passer un diplôme de comptabilité dans un établissement privé pour être le plus vite possible dégagée de ses obligations scolaires. À dix-neuf ans, elle vivait aux crochets de ses parents, prétextant qu'une jeune fille n'avait pas besoin de travailler et qu'il lui fallait seulement trouver un bon parti. Ce qui faisait dire à Justine qu'elle avait des idées très conventionnelles et surannées. En réalité, Irène – pourtant très cultivée – ne pensait qu'à l'amusement et à ravir le cœur des garçons. Son père faisait mine de s'en inquiéter, mais, sans se l'avouer, était sous son charme et la laissait libre de décider de sa vie comme elle l'entendait.

— Ça lui passera ! prétextait-il quand Armande s'étonnait de son indulgence vis-à-vis de leur fille. Lorsqu'elle aura rencontré l'homme de sa vie, elle se rangera et mènera une vie moins... comment dire ?

— Moins dissolue !

— Le mot est un peu fort. Irène n'est pas une jeune fille dévergondée, que je sache ! C'est une fille libérée, qui ne veut pas s'embarrasser de scrupules ni faire siens tous les soucis de la vie quotidienne.

— Je te trouve très tolérant avec elle, Louis. Tu l'es moins avec Justine qui, cependant, te ressemble beaucoup plus !

Effectivement, tout opposait les deux sœurs. L'une s'enflammait pour les causes de son temps et prenait la défense des plus faibles alors qu'elle appartenait à une famille de riches propriétaires. L'autre, indifférente à tous les malheurs du monde, ne pensait qu'à l'amusement, sans se préoccuper de ce que l'avenir lui réserverait, comptant sans doute sur la fortune de ses parents pour s'en sortir plutôt que sur ses propres mérites. Certes, toutes les deux s'aimaient beaucoup et se sentaient étroitement unies par les liens familiaux, mais une certaine rivalité les tenait parfois éloignées l'une de l'autre.

Irène se montrait souvent jalouse de sa sœur et lui reprochait d'être la préférée de son père. Elle ne cessait de lui raconter ses aventures amoureuses comme pour lui prouver qu'en ce domaine elle lui était supérieure. Au fond d'elle-même, elle souffrait de ce qu'elle prenait de la part de son père pour du désintérêt à son égard. Elle ne trouvait à s'affirmer à ses yeux qu'en adoptant une attitude désinvolte qui lui donnait l'air d'une fille dans le vent, complètement à l'opposé du portrait de sa sœur qu'elle jugeait trop sérieuse.

*
* *

Le 3 mai, le Front populaire triompha définitivement aux élections législatives. Aussitôt les masses ouvrières exultèrent. Comme en Espagne trois mois plus tôt, leurs espérances étaient enfin exaucées. Un climat de kermesse inonda les rues de nombreuses villes, tandis que Léon Blum, chef de file des socialistes de la SFIO, déclarait vouloir prendre son temps pour constituer le futur gouvernement, auquel les communistes décidèrent de ne pas participer.

Emilio, comme beaucoup de gens de sa condition, fut le premier à se réjouir. Entre les deux Fronts populaires, le français et l'espagnol, il voyait une certaine similitude, une convergence d'idées qui ne pouvait que profiter à la République de son pays.

— Si Hitler et Mussolini sont alliés par la dictature, reconnut-il devant Paulo qui ne se montrait pas aussi optimiste que lui, nos deux pays sont maintenant unis par leur régime républicain de gauche, par le même programme favorable à nos deux peuples. Cela ne peut que renforcer la démocratie et affaiblir le fascisme, où qu'il soit.

Paulo ne considérait pas les événements avec autant de simplicité. À ses yeux, rien n'empêcherait les velléités dominatrices des États belliqueux qui agissaient depuis plusieurs années au mépris de la paix et des lois internationales.

— Tu n'as pas l'air très enthousiaste ! lui fit remarquer Emilio.

— Dans ton pays, tu l'as reconnu toi-même, la démocratie demeure fragile. Qu'arrivera-t-il lorsque le régime, légalement sorti des urnes, sera exposé à la menace de généraux décidés une fois pour toutes à en finir avec ce qu'ils exècrent le plus : la gauche, les syndicats, la laïcité, le petit peuple ? Crois-tu que la France viendra à son secours ? Et comment ? En envoyant des troupes pour soutenir l'armée républicaine, ou des fusils pour armer ceux qui oseront s'opposer aux factieux ?

Emilio ne comprenait pas la méfiance de son ami à l'égard de la France, dans le cas où l'Espagne aurait besoin de son aide.

— La France nous a toujours accueillis les bras ouverts ! s'insurgea-t-il. Espagnols, Portugais ou Italiens... Elle est la patrie des droits de l'homme. Nous en sommes les premiers bénéficiaires, non ? Alors, moi, je crois qu'elle nous portera secours en cas de nécessité.

Emilio était loin de se douter que, quelques mois plus tard, le dilemme opposerait le chef du nouveau gouvernement à sa majorité, et qu'il lui serait très difficile d'imposer ses vues lorsque le sort de la république espagnole commencerait à vaciller.

Pour couper court à la discussion, il invita Paulo à fêter la victoire de la gauche.

— Suis-moi, mêlons-nous à la foule. Le village doit être en liesse.

Ils partirent aussitôt vers la place de Saint-Hippolyte. Depuis la veille, date du deuxième tour des législatives, les cafés ne désemplissaient pas. Les habitants se pressaient dans les rues dans une atmosphère bon enfant. Certains entonnaient *Le Temps des cerises*, d'autres des chants plus radicaux qui rappelaient l'époque des sans-culottes et de la fièvre révolutionnaire, beaucoup *La Marseillaise*. On s'improvisait orateur à la terrasse des cafés ou sur le perron de la mairie pour haranguer la foule, prendre à partie les patrons, les curés, les réactionnaires de tous bords. Quelques débordements durent être contenus par les forces de police. Les drapeaux tricolores flottaient au vent, parfois concurrencés par les drapeaux rouges.

— J'imagine d'ici ce que cela a dû être dans mon village ! se réjouissait Emilio. Depuis le temps qu'on attendait la victoire du peuple !

— Tiens, regarde, remarqua Paulo, le curé est sur le parvis de son église. Il ne craint pas les menaces ! Il n'est pas très prudent. À sa place, je ne resterais pas là.

— En France, le clergé n'est pas comme en Espagne. Il n'est pas aussi réactionnaire ni inféodé aux grands propriétaires. Je ne crois pas que le nouveau gouvernement s'en prenne à lui.

— Remarque, il l'a déjà fait au début de ce siècle, si je ne me trompe pas. En 1905, quand il a imposé la séparation de l'Église et de l'État.

— Tu es bien renseigné pour un Italien !

— Si tu veux vivre dans un autre pays que le tien, tu dois d'abord en parler la langue, mais tu dois aussi en connaître l'histoire.

Tandis que les deux amis se dirigeaient vers le café de l'Avenir où ils avaient l'intention de participer à la fête populaire, Justine Lansac se faufilait dans la foule pour se rapprocher d'un homme qui attirait l'attention sur lui par ses propos. Vêtu comme un miséreux, les cheveux hirsutes, la barbe longue et broussailleuse, il tenait un discours diamétralement opposé à ce qui s'entendait dans les autres attroupements. Tel un illuminé descendu d'une autre planète, il prédisait la fin d'un monde, annonçait de grandes catastrophes, maudissait les temps modernes générateurs de déclin et de déchéance. Ceux qui l'écoutaient semblaient s'amuser de ses paroles et de ses paraboles, et riaient quand il les invectivait.

Curieux, Emilio voulut entraîner son ami vers l'étrange prédicateur. Mais Paulo refusa de le suivre, prétextant qu'il s'agissait d'un dément et que la police ferait mieux de le coffrer plutôt que de le laisser déblatérer sur la place publique.

Emilio s'approcha seul du personnage, bouscula Justine Lansac par mégarde.

— Oh ! je vous prie de m'excuser, mademoiselle. Je ne voulais pas… Dans cette foule si compacte, je ne vous ai pas vue arriver.

Emilio ne connaissait pas Justine. Aux Grandes Terres, il ne l'avait encore jamais rencontrée, ni elle ni sa sœur Irène. Au reste, il n'entrevoyait Louis Lansac que très rarement, et lorsque celui-ci venait sur ses terres, il ne s'entretenait qu'avec son régisseur, ne nouant quasiment aucune relation avec ses ouvriers agricoles.

Justine, elle, avait déjà aperçu l'employé de son père. Quand elle se promenait dans les vignes, elle observait les hommes au travail, aimant poser son regard sur ces êtres qui, courbés sur la terre, étaient la source de la richesse de sa famille. Elle n'éprouvait pas de compassion à leur égard, mais les admirait de se montrer aussi obéissants et même soumis devant ceux qui – et son père n'en faisait pas partie, elle le reconnaissait volontiers – les exploitaient souvent sans se préoccuper de leur sort.

Emilio n'osa engager le premier la conversation, subjugué par la jeune Lansac qui, la chevelure blonde déployée sur ses épaules nues, resplendissait de beauté.

— Excusez-moi ! répéta-t-il, visiblement gêné.

Puis il fit mine d'écouter les paroles insensées de l'imprécateur et se retint de s'intéresser davantage à la jeune fille.

De son côté, celle-ci hésita quelques secondes avant de répondre. Elle faillit décliner son identité. Elle s'en abstint de crainte de le mettre dans l'embarras.

— Il n'y a rien de grave, se contenta-t-elle d'ajouter. Il y a tant de monde qu'il est bien difficile de ne pas se bousculer !

Elle s'écarta de quelques pas. Le regarda discrètement de profil. Tomba à son tour sous son charme et s'émut de sa maladresse. Puis elle se reprit.

— Au revoir, lui dit-elle comme pour attirer malgré tout son attention.

Emilio se retourna, intimidé.

— Au revoir, mademoiselle.

Lorsque la foule autour d'eux se lassa d'entendre les élucubrations de l'orateur, elle se dispersa. Justine s'éloigna. Lentement. Hésitante.

Emilio rejoignit Paulo au café de l'Avenir, encore troublé par sa rencontre. Ils y passèrent le reste de la soirée et une bonne partie de la nuit, à boire et à discourir en compagnie d'autres travailleurs de la terre et des usines de la petite ville, qui, comme eux, étaient portés par l'espoir d'une vie meilleure.

# 4

## Le rouge

Tandis que Léon Blum cherchait à constituer le gouvernement de la République française, Manuel Azaña, lui, était nommé chef de l'État espagnol par les Cortès, ce qui ne fit qu'accroître l'idée d'Emilio que le destin de la France et celui de l'Espagne suivaient un cours parallèle.

Après la liesse du moment, et dans l'attente des premières mesures promises par le Front populaire des deux pays, les ouvriers reprirent le chemin de leurs usines et de leurs terres. Mais, en France, les premières grèves éclatèrent dès le 11 mai, non en protestation contre le futur gouvernement, mais pour obliger le patronat à se mettre à la table des discussions avec les partenaires sociaux.

En tant que salarié agricole, Emilio n'appartenait à aucun syndicat et n'avait nulle intention de nuire à Louis Lansac à qui il n'avait rien à reprocher. Pourtant, autour de lui, certains de ses camarades de travail ne l'entendaient pas de la même manière et pensaient bien profiter de la vague contestataire pour témoigner leur soutien aux grévistes.

Le moment venu de choisir son camp, Emilio se trouva dans l'embarras. Il avait conscience qu'il ne pouvait participer aux mouvements de grève qui se répandaient partout comme un véritable feu de paille.

En s'associant aux manifestants dans un pays qui n'était pas le sien, craignait-il, l'étranger qu'il était se placerait dans une situation délicate.

Paulo, de son côté, l'avait prévenu :

— Si tu te joins aux grévistes, Lansac t'accusera de te mêler de ce qui ne te regarde pas et t'ordonnera de retourner chez toi, en Espagne.

Ni Paulo ni Emilio ne se doutaient qu'en réalité Louis Lansac soutenait le Front populaire dans la mesure où Léon Blum saurait maintenir ses troupes et éviter tout débordement intempestif. Leur patron n'ignorait pas que la droite dure n'attendait qu'un incident pour passer à l'acte, et que les manifestations qui se multipliaient sur les lieux de travail étaient pour elle un excellent motif pour dénoncer le danger bolchevique que constituaient à ses yeux les socialistes au pouvoir.

Dans les faits, les ouvriers agricoles des Grandes Terres se mêlèrent très peu aux grévistes. La plupart craignant sans doute de perdre leur emploi, quelques-uns parce qu'ils n'adhéraient pas aux idées de la gauche victorieuse.

Toutefois, dans les entreprises de la région, le mot d'ordre de grève s'étendit à tous les secteurs, surtout après le 27 mai, quand on apprit le licenciement de cinq ouvriers des usines Latécoère de Toulouse. Les nouvelles se répandirent rapidement de bouche à oreille, et la presse de gauche comme de droite se fit l'écho des derniers soubresauts de la vague de revendications qui ne cessait de s'amplifier. Tout le monde attendait fébrilement l'annonce officielle de la semaine de quarante heures et des deux semaines de congés payés, mesures phares du nouveau gouvernement.

Emilio temporisa quelques jours avant de prendre sa décision. Chez lui, en Catalogne, il aurait soutenu les syndicaux, même les plus radicaux. Aussi éprouvait-il un certain malaise à ne pas se montrer solidaire de ceux qui osaient clamer haut et fort que la victoire ne serait totale que lorsqu'ils auraient fait plier les patrons récalcitrants.

— De quel côté es-tu ? lui demanda un jour un syndicaliste de la filature Labelle, rencontré à la terrasse du café de l'Avenir.

— Je suis du côté du peuple, lui répondit Emilio sans hésiter.

— Alors, pourquoi ne fais-tu pas grève comme la plupart des travailleurs ? Si tu ne nous soutiens pas, c'est que tu es contre nous.

Dès lors, Emilio comprit qu'il ne devait plus se cacher derrière le prétexte qu'il était étranger. Il avertit Paulo qu'à son tour il se mettait en grève, non contre Lansac mais pour soutenir la cause populaire.

— Je t'aurai prévenu ! rétorqua son ami. Ne viens pas te plaindre si tu perds ton travail.

Emilio annonça immédiatement sa décision au régisseur.

Augustin Lanoir s'étonna :

— Je ne croyais pas cela de toi, Emilio ! Tu montres les dents à ton patron à qui tu dois ta place ! Tu es bien ingrat !

— Je n'ai rien contre lui, protesta Emilio. Je veux seulement soutenir mes camarades en grève contre le grand patronat.

— Mais ici tu n'es pas chez toi ! Tout cela ne te concerne pas.

— Je travaille en France ; si cela me donne des devoirs envers votre pays, cela me donne aussi certains droits, non ? La France est une grande démocratie ; tous les travailleurs y bénéficient donc des mêmes droits !

— Toi, tu as vite compris ! remarqua Augustin, en esquissant un sourire de complaisance. Va, je te porterai absent pour aujourd'hui. Mais sache que tu ne seras pas payé.

Le jour même, Emilio se joignit aux grévistes qui, dans les ateliers de filature de la cité cigaloise, occupaient leurs lieux de travail dans une ambiance de kermesse, à l'image de ce qui se passait à travers tout le pays. Il y trouva des ouvriers joyeux, les uns affairés à préparer dans la cour de leur usine le repas collectif de midi, les autres en train de jouer de l'accordéon. Les femmes se mêlaient aux conversations et plaisantaient entre elles à l'idée que bientôt elles allaient pouvoir partir en vacances comme les riches et se pavaner sur les plages en maillot de bain. Tous échafaudaient un monde idéal où le travail ne serait plus le but de l'existence mais seulement le moyen de la mener à sa guise. Beaucoup d'utopies traversaient les esprits et chacun vivait dans l'espoir de lendemains enchanteurs.

Lorsqu'il regagnait les Grandes Terres, Emilio se heurtait aux regards réprobateurs de ceux de ses camarades qui ne participaient pas au même engouement. Ils ne lui masquaient pas leur hostilité et se détournaient de plus en plus de lui.

Dans leurs bouches médisantes, un mot courait sans cesse :

— C'est un rouge ! Comme la plupart des Espagnols. Il a bien caché son jeu jusqu'à présent.

— Moi, je suis sûr que c'est un anarchiste. Y en a tout plein dans son pays. Y paraît même qu'ils assassinent les curés et qu'ils les font rôtir comme des poulets sur des bûchers !

Emilio souffrait de cette méfiance et de cette médisance qu'il ne tarda pas à percevoir. Il se sentit rapidement mis à l'écart, comme s'il avait soudain contracté la peste ou le choléra.

— Ne fais pas attention à eux, lui conseilla Augustin Lanoir qui le défendait quand il entendait ses ouvriers critiquer son protégé. J'ai parlé de toi à M. Lansac.

Le jeune homme crut alors que son patron allait le renvoyer, maintenant qu'il connaissait ses opinions. Augustin le rassura aussitôt.

— Certes, il préférerait que tu reprennes le travail et que tu évites de te mêler aux grévistes. Mais il ne te condamne pas. Il a les idées larges. Je pense même qu'il penche du côté du nouveau gouvernement.

— Il soutient le Front populaire ? Lui, un patron !

— Ce n'est pas tout à fait un patron. Seulement un grand propriétaire terrien. Un exploitant agricole, si tu veux.

— Chez moi, en Espagne, les grands propriétaires sont du côté des patrons et de la droite nationaliste. Ils ne sont pas avec le peuple !

Emilio ne comprenait pas très bien cette situation. Mais il se réjouit que Lansac ne le condamne pas et le tolère encore sur ses terres.

— Dès que les syndicats donneront l'ordre de reprendre le travail, je m'y remettrai aussitôt, affirma-t-il pour rassurer le régisseur.

Paulo, quant à lui, demeurait méfiant vis-à-vis de ceux qui, comme son ami, pensaient à des lendemains prometteurs pour la classe ouvrière.

— Je ne voudrais pas casser ta joie, Emilio, mais je crains que la droite, une fois revenue au pouvoir – car elle reviendra un jour ou l'autre –, ne vous tienne rigueur de ce que vous aurez fait en ce printemps 36.

*
\* \*

Sa rencontre avec Justine sur la place de la commune avait perturbé Emilio. La jeune fille ne l'avait pas laissé indifférent. Depuis, il ne cessait de penser à elle et espérait la voir surgir un matin, aux abords du mas qu'occupaient les Lansac au milieu de leurs terres, comme s'il pressentait qui elle était. Mais il dut vite se rendre à la raison. Justine avait disparu comme elle lui était apparue.

Alors, il se plongea assidûment dans sa tâche quotidienne. S'efforça de ne plus penser à cette rencontre furtive qui lui avait chaviré l'esprit.

Dans les vignes, le travail ne manquait pas en cette saison : sulfater après chaque averse, labourer au pied des ceps pour désherber, traiter au moindre signe de maladie. Les jeunes pampres exigeaient une constante vigilance. Dans la cave, le nettoyage des fûts pour les prochaines vendanges se poursuivait sous l'œil attentif d'Augustin et du maître de chai. Ceux-ci n'avaient qu'à se louer de leur recrue. Emilio était capable de remplacer au pied levé n'importe lequel des ouvriers agricoles du domaine. Jamais il ne rechignait à donner un coup de main, à passer d'une tâche à l'autre, à travailler parfois tard le soir pour finir ce qui pressait le plus.

Lorsqu'il regagnait sa chambre, il s'affalait sur son lit et, avant de préparer son repas dans la cuisine commune, il aimait écouter la TSF pour se tenir au courant des dernières actualités. Il tentait souvent de capter la radio espagnole. En vain. Les ondes courtes étaient les seules qu'il parvenait à saisir. Aussi se rabattait-il sur les stations françaises, qui divulguaient rarement les informations en provenance de son pays.

Emilio semblait conforté dans l'idée que plus jamais les choses ne seraient comme avant. Certes, le mépris qu'affichaient ceux de ses camarades qui ne penchaient pas du côté de la gauche victorieuse le rendait songeur. Comment peut-on ne pas être avec le peuple quand on en fait partie ? se demandait-il sans trouver de réponse à son étonnement.

Il décida d'ignorer les remarques désobligeantes à son égard et se rapprocha davantage de ceux – et ils étaient majoritaires – qui pensaient comme lui.

Paulo, lui, n'avait pas cessé le travail, estimant qu'il n'avait pas à se mêler des revendications des Français, même s'il les approuvait. Aux yeux de certains, il passait pour un jaune. Ils affirmaient avec médisance qu'il soutenait la dictature de Mussolini dans son pays, ce qui avait le don de l'exaspérer. Mais, ne tenant pas à polémiquer, il laissait dire et se retenait de réagir.

— Je me contiens, répétait-il à son ami. Je n'ai pas envie qu'on me renvoie chez moi sous le prétexte que je perturbe l'ordre public. N'oublie pas : ici, nous ne sommes pas chez nous.

Emilio finit par écouter ses conseils avisés. Il reprit le travail avant même que la consigne des centrales syndicales en soit donnée aux grévistes. De ce fait, il suscita la critique des plus engagés parmi ceux qui s'opposaient avec vigueur au patronat. Mais il ne changea pas de position.

Le 8 juin 1936, jour où les accords de Matignon furent signés, il exulta, comme si c'étaient les Espagnols qui venaient de triompher.

— Ça y est ! s'écria-t-il. On a gagné !

Paulo sortit de sa chambre, surpris par le tintamarre que faisait son ami.

— Qu'est-ce qui te prend de crier comme ça ?
— Écoute, Paulo.

Il augmenta le volume. L'appareil de radio émettait des bruits bizarres.

— Ah, ça passe mal ! se plaignit Emilio. Il y a des interférences.

Tout à coup la voix se fit plus claire.

— C'est Léon Jouhaux qui parle, précisa Emilio.
— C'est qui ?
— Un chef syndicaliste.

Sur les ondes, le secrétaire général de la CGT commentait l'événement qui s'était produit dans la nuit : « Pour la première fois dans l'histoire du monde, expliquait-il, toute une classe obtient dans le même temps une amélioration de ses conditions de vie. »

— Et alors ? demanda Paulo qui n'avait pas suivi les dernières tractations entre les partenaires sociaux.

— Eh bien, ça y est ! Un accord a été conclu entre le président du Conseil, les représentants syndicaux et ceux du patronat. Les salaires vont augmenter, et ils ont accordé la semaine de quarante heures et les congés payés. C'est officiel. C'est une grande avancée !

— Crois-tu vraiment que cela nous touchera, nous les étrangers ?

— Bien sûr, Paulo ! Nous ne travaillons pas au noir. Notre contrat est tout à fait légal. La loi s'applique à tout le monde, ici comme ailleurs.

Paulo semblait dubitatif. Il craignait en effet que les étrangers ne soient mis à l'écart. Voire qu'on leur demande de repartir dans leur pays, dès lors que les patrons devraient fournir de gros sacrifices pour respecter les engagements pris à l'hôtel Matignon.

— Tout ça coûtera cher à la France, releva-t-il. J'ai peur que nous en fassions les frais. Les Français n'accepteront jamais de devoir payer pour les étrangers !

— Tu te trompes, Paulo. J'en suis sûr.

*
\* \*

Dans les jours qui suivirent, les ouvriers reprirent le travail les uns après les autres. Mais des incidents éclatèrent. Des drapeaux rouges apparurent un peu partout dans le pays.

Un samedi, tandis qu'Emilio se promenait dans les rues de Saint-Hippolyte, il se fit interpeller par un groupe de jeunes qu'il avait l'habitude de rencontrer au café de l'Avenir.

— Alors le rouge, l'invectivèrent-ils intentionnellement, tu es content ! Tes amis ont obtenu satisfaction.

Emilio les connaissait. Ce n'étaient pas de mauvais bougres, mais ils ne cachaient pas leur préférence pour les thèses de l'Action française et de l'extrême droite. Pendant les grèves du mois précédent, ils avaient soutenu ceux qui voulaient travailler en dépit des mots d'ordre de leurs camarades. Dans la commune, ils étaient un petit groupe actif à ne pas adhérer au grand mouvement social qui avait secoué tout le pays.

Emilio évita de les regarder pour ne pas devoir les affronter.

— Tu ne réponds pas, l'Espagnol ! Tu as peur de nous ! Les étrangers comme toi et ton collègue Paulo, on va bientôt les foutre à la porte. Comme Léon Blum, le Juif du gouvernement. C'est à cause de lui, tout ce merdier ! La France doit appartenir aux Français, pas à la racaille d'étrangers, de youpins et de bougnouls !

Emilio pressa le pas. Mais les trois acolytes le rattrapèrent, le dépassèrent et firent barrage devant lui.

— On va te foutre une bonne raclée. Ça te donnera l'envie de rentrer dans ton pays. On ne veut plus de toi chez nous ; t'as saisi ?

Emilio comprit qu'il ne pourrait éviter la rixe. Il se mit en garde et s'apprêta à se défendre. Les trois compères se ruèrent sur lui et ne lui laissèrent pas le temps de réagir. Ils le rouèrent de coups. L'un d'eux portait une matraque de cuir à la ceinture et lui en asséna un coup violent sur le crâne. Un autre sortit de sa poche un cran d'arrêt à la lame affûtée et lui entailla la joue d'une large estafilade. Emilio eut beau se replier sur lui-même, il ne put empêcher les bottes ferrées de ses agresseurs de l'atteindre en plein ventre. Il s'écroula de douleur et finit par perdre connaissance.

— C'est bon, il a son compte ! fit l'un des malfrats. Je crois qu'il a compris. Je parie que demain, il va plier bagage et ne pas demander son reste à son patron. Ça en fera un de moins !

L'agression s'était déroulée dans une ruelle déserte. Personne ne vint défendre le malheureux qui, la joue profondément entaillée, baignait dans son sang.

Au bout d'une demi-heure, un passant, rentrant chez lui, remarqua le corps recroquevillé d'Emilio. Il s'approcha de lui, étonné, le secoua et parvint à lui faire dire qu'il travaillait aux Grandes Terres. Alors, il partit chercher de l'aide au café de l'Avenir, situé non loin du lieu de l'altercation. Le patron de l'établissement comprit immédiatement que la victime était Emilio. Il alla en personne le secourir et le fit transporter sans tarder jusqu'au domaine des Lansac.

Louis Lansac était absent, ainsi que sa femme. Seules ses filles étaient présentes. Leurs parents s'étaient rendus à une invitation chez des amis pour fêter un anniversaire.

Irène s'apprêtait à sortir, comme tous les samedis soir. Elle n'entendit pas les hommes dépêchés par le cafetier s'agiter devant le portail du mas. Alertée par le bruit de la sonnette, Justine regarda par la fenêtre de sa chambre où elle révisait pour son baccalauréat. Devant les gesticulations des trois secouristes, elle se pencha au-dehors et leur cria d'entrer.

— Poussez la grille ! Elle est ouverte. Je descends.

Justine alla au-devant de ses visiteurs et s'arrêta net quand elle découvrit le corps inanimé d'Emilio.

— Que lui est-il arrivé ? demanda-t-elle aussitôt. Mais il saigne au visage ! Il est blessé !

— On l'a trouvé dans la rue, en ville. Il s'est fait agresser par des voyous. Il nous a dit qu'il travaillait ici. Mais on n'a pas tout compris. Dans son délire, il baragouinait en espagnol ou quelque chose comme ça.

— C'est un Catalan ! précisa Justine, paniquée de voir l'ouvrier de son père dans un état grave.

— Il faudrait le soigner, mademoiselle. Appelez un médecin. Nous, on a fait ce qu'il fallait. Maintenant, c'est à vous d'intervenir.

— Mes parents sont absents. Mais rentrez donc ! Nous allons l'installer dans une chambre.

Les trois hommes s'exécutèrent. Ils suivirent Justine à l'intérieur du mas et déposèrent délicatement Emilio sur le lit qu'elle leur désigna.

— Je vais faire prévenir mon père, ajouta-t-elle.

Sur ces entrefaites, Irène apparut dans l'embrasure de la porte.

— Que se passe-t-il ? demanda-t-elle, surprise à son tour du remue-ménage qu'elle avait fini par percevoir.

— C'est Emilio, répondit Justine. Il est blessé.

— Qui ?

— Emilio, un ouvrier de papa.

— Tu connais le prénom des employés du domaine ? s'étonna Irène sans se préoccuper de l'état du malheureux.

— Ce n'est pas le moment de parler de cela ! s'insurgea Justine. Tu ferais mieux d'aller prévenir papa afin qu'il revienne sans tarder.

— Je n'ai pas le temps ! On m'attend à Alès.

Justine se renfrogna. Jeta un œil mauvais à sa sœur.

— Je me débrouillerai sans toi ! Je n'ai besoin de personne.

Irène n'insista pas. Elle tourna les talons et s'en alla comme si de rien n'était.

— Je vous remercie, messieurs, dit alors Justine aux trois hommes qui hésitaient à la laisser seule en compagnie d'Emilio. Vous pouvez partir. Je m'occupe de tout. Les domestiques de mes parents m'aideront.

— Vous voulez qu'on prévienne un médecin sur le chemin du retour ?

— Ce serait gentil de votre part.

Les valeureux secouristes abandonnèrent Emilio à Justine, qui se trouva bien embarrassée pour alléger ses souffrances.

Le médecin n'était pas encore arrivé qu'Emilio reprit conscience. Il ouvrit lentement les yeux. Regarda autour de lui. Parut complètement perdu.

— Où suis-je ? demanda-t-il en catalan. Que s'est-il passé ?

Justine, qui avait appris l'espagnol au lycée, ne saisit pas très bien ses paroles. Elle le fit répéter. Ses connaissances de l'occitan lui permirent finalement de comprendre.

— Vous êtes aux Grandes Terres, lui répondit-elle. Rassurez-vous, vos jours ne sont pas en danger. J'ai fait appeler le médecin.

Étonné d'entendre une voix inconnue, Emilio se reprit. Se haussa comme il put sur un coude pour savoir qui lui parlait. Retomba en arrière, croyant avoir rêvé.

— Réveillez-vous ! lui ordonna Justine qui craignait qu'il ne reperde conscience. Ne vous endormez pas ! Le médecin va arriver. Mes parents aussi.

Alors, Emilio fit un effort surhumain et, sentant Justine s'approcher de son visage, dit :

— Je savais bien qu'on se retrouverait.

## 5

### Contrariétés

À son retour aux Grandes Terres, Louis Lansac ne cacha pas son étonnement de voir Justine au chevet de son ouvrier agricole. Même s'il avait l'esprit large, la situation lui parut quelque peu inconvenante, d'autant qu'il trouva sa fille assise sur le lit, le visage très près de celui du blessé, en train d'écouter ses confidences. Il n'entendit pas les paroles que susurrait Emilio à l'oreille de Justine – et qui, en outre, n'étaient que le fruit du délire dans lequel il avait replongé –, mais il estima de son devoir de rappeler sa fille à l'ordre.

— Tu aurais pu demander de l'aide auprès de nos domestiques ! lui dit-il avant même de se préoccuper de l'état de son ouvrier.

— J'en avais l'intention, papa. Mais tu es rentré plus vite que je ne l'espérais. Emilio ne va pas bien. Il faudrait le transporter à l'hôpital. Le médecin doit arriver d'un moment à l'autre. Je l'ai fait prévenir par les hommes qui ont amené Emilio jusqu'ici.

— Tu me sembles bien familière avec ce jeune Espagnol ! J'ignorais que tu le connaissais au point de l'appeler par son prénom !

Justine rougit de confusion. Elle se reprit aussitôt.

— Je ne l'ai rencontré qu'à l'instant même où il a été transporté ici, mentit-elle. Et je ne connais que son prénom. Comment veux-tu que je l'appelle ?

Lansac n'insista pas. S'approchant enfin du lit, il constata effectivement que son ouvrier agricole était dans un état grave.

— Que lui est-il arrivé ?

— Une rixe en ville, avec une bande de voyous.

— Une rixe ! Je me doute des raisons qui l'ont mis dans cette situation. On a dû s'en prendre à lui parce qu'il est espagnol. Je lui avais pourtant conseillé de ne pas se mêler aux attroupements. En ce moment, l'atmosphère est tendue. Certains n'acceptent pas la victoire du Front populaire. Or Emilio ne cache pas ses idées.

Oubliant les reproches qu'il venait d'adresser à sa fille, Lansac appela immédiatement deux domestiques pour qu'ils s'occupent du blessé dans l'attente du médecin.

Emilio sortait de son état comateux. Pour la seconde fois, il demanda en catalan où il était, puis, apercevant Justine, s'exprima en français.

—Je me suis rendormi ! dit-il en lui souriant.

—Je vais vous faire transporter à l'hôpital d'Alès, coupa Lansac. Il faudrait que vous passiez des examens afin de s'assurer que vous n'avez rien de cassé.

Emilio respirait difficilement et se plaignait de violentes douleurs dans la cage thoracique.

— Vous avez peut-être une côte fêlée, supputa Lansac. C'est très douloureux.

Lorsque le docteur Lambert arriva, plus d'une heure s'était écoulée.

—Je vous prie de m'excuser de vous avoir fait attendre, dit-il tout essoufflé. Mais j'étais retenu par un accouchement délicat, loin d'ici, dans un mas isolé, perché dans les collines. Il n'y a pas idée d'habiter des lieux si écartés ! Alors, que se passe-t-il ?

Lansac conduisit son médecin de famille auprès d'Emilio. Après une auscultation minutieuse, le docteur Lambert confirma son diagnostic et précisa que le traumatisme crânien du blessé devait être rapidement examiné par un spécialiste. Ses deux évanouissements successifs laissaient présager un hématome, voire une petite hémorragie.

Dans son coin, Justine devint blanche comme craie. Sa mère, qui n'était pas encore intervenue, s'en aperçut. Elle s'approcha d'elle et, compréhensive, la rassura :

— Ne t'inquiète pas, lui murmura-t-elle à l'oreille. Il s'en sortira.

Armande Lansac était toujours à l'écoute de ses filles. Au moindre détail, elle devinait ce qui les chagrinait ou ce qu'elles enfouissaient au fond d'elles-mêmes. Plus proche de Justine que de son aînée, elle savait sa cadette très sensible malgré l'allure volontaire et décidée qu'elle se donnait. Sous une apparence forte, Justine cachait mal les émotions qui la troublaient, et avait un caractère très secret. Son père lui pardonnait volontiers ses excès de langage quand elle affirmait ses opinions avec la fougue de sa jeunesse. En réalité, Justine avait besoin d'extérioriser ses sentiments en exacerbant ses propos afin de se sentir sûre d'elle. L'injustice la rendait plus déterminée que jamais à se faire l'avocate des faibles et des opprimés. Aussi, au lycée ou à l'occasion de la visite d'un ami de ses parents qui n'était pas du même bord qu'eux, elle se contenait difficilement et apportait parfois la contradiction. Son père lui pardonnait, mais lui faisait remarquer après coup qu'elle devait savoir ne pas transgresser les limites de la convenance.

— N'oublie pas que nous sommes quasiment les seuls, parmi les riches familles de la région, à fêter la victoire du Front populaire ! lui avait-il confié au soir des dernières élections, tandis que, dans les milieux bourgeois comme le sien, beaucoup se désespéraient et commençaient à réfléchir aux moyens d'échapper aux mesures prises par le gouvernement qu'ils qualifiaient de collectiviste.

Après quelques jours d'observation passés à l'hôpital, Emilio fut reconnu hors de danger par l'interne de service et put rentrer aux Grandes Terres. Certes, ses douleurs thoraciques n'avaient pas disparu et on lui avait solidement ceint les côtes avec de larges bandes, mais il n'avait pas d'autres séquelles visibles que l'entaille qu'il arborait sur la joue et qui lui laisserait à jamais une belle cicatrice, au dire du médecin.
Louis Lansac se réjouit le premier du retour de son ouvrier, car il l'appréciait à sa juste valeur. Il lui octroya sans sourciller un congé de quelques semaines afin qu'il puisse se rétablir complètement.
— Je vous verserai des indemnités, lui précisa-t-il aussitôt. De toute façon, comme dans les grandes entreprises, je suis prêt à signer avec mon personnel une convention collective qui ira dans le sens qu'en a décidé le gouvernement. Vous serez aussi bien protégé chez moi que si vous travailliez dans l'industrie.

Lansac savait que, dans le milieu agricole, ses initiatives n'allaient pas faire l'unanimité de ses confrères, qui n'avaient nullement l'intention d'améliorer le sort de leur main-d'œuvre en devançant les réformes sociales en cours de discussion.

Justine ne put que complimenter son père.

— Emilio t'est très reconnaissant de ne pas lui avoir coupé son salaire le temps de sa convalescence, lui dit-elle après avoir appris cette marque de générosité.

Louis se renfrogna. Durcit le ton de sa voix. Fixa Justine dans les yeux.

— Écoute-moi bien, ma fille. Je sais que tous les deux nous sommes en parfait accord sur bien des points, notamment en ce qui concerne les rapports que j'entretiens avec mon personnel. Par ailleurs, nous éprouvons les mêmes sympathies pour les socialistes qui gouvernent notre pays depuis quelques semaines. Mais je voudrais te dire que je n'approuve pas que tu entretiennes des relations... voyons... amicales avec mes ouvriers. Par exemple avec Emilio Alvarez. L'incident dont il a été victime ne doit pas te faire oublier que tu as un rang à tenir. Si, plus tard, tu te trouves comme moi dans la situation de diriger du personnel, et c'est ce que je te souhaite, tu devras savoir maintenir tes distances. C'est pour ton bien que je te dis cela, Justine. Aussi me ferais-tu un grand plaisir de ne plus te montrer familière avec ce jeune Alvarez. Je me félicite de l'avoir embauché. Mais ne va pas me le faire regretter !

Justine se renfrogna, ne comprenant pas l'admonestation de son père. Elle se tut. Cacha sa confusion au fond d'elle-même. Tourna les talons et s'éclipsa sans broncher.

Jusqu'à présent, Justine n'avait pas dépassé les limites de la bienséance vis-à-vis d'Emilio. Elle s'était contentée de prendre de ses nouvelles de temps en temps, discrètement, par l'intermédiaire d'autres ouvriers. Mais elle ne l'avait pas revu dans les vignes au hasard de ses promenades ou près de la maison de vendangeurs où il logeait. Certes, elle l'avait souhaité, car, au fond d'elle-même, elle éprouvait pour lui, depuis le premier jour de leur rencontre, une irrésistible attirance. Elle s'inquiétait chaque jour de l'état de santé de son bel Espagnol et n'avait de pensées que pour lui chaque fois que quelqu'un le rappelait à son souvenir.

De son côté, Emilio, en pleine convalescence, ne parvenait pas à effacer de son esprit l'image de la jeune fille qui l'avait secouru lorsqu'il était au plus mal. Il s'en trouvait à la fois troublé, heureux et coupable. Depuis qu'il avait quitté sa Catalogne, il n'avait jamais été tenté de trahir la promesse qu'il avait faite à Maria, la fiancée qu'il avait laissée au pays. Il se rappelait exactement les paroles de réconfort qu'il avait prononcées pour la tranquilliser en lui jurant qu'il reviendrait dès que possible :

« Je t'épouserai dès que j'aurai gagné assez d'argent pour assurer notre avenir sans problèmes et sans mettre mes parents dans le besoin. Je t'écrirai. Je ne t'oublierai jamais. »

Maria n'avait pas douté de ses promesses. Elle l'aimait trop pour ne pas le croire. Au reste, Emilio n'était pas le genre de garçon à ne pas respecter ses engagements. Dans son village, il était considéré comme quelqu'un d'intègre, à qui l'on pouvait faire confiance.

Il n'avait pas trompé Maria. Dans son âme d'exilé, elle tenait la première place et c'est auprès d'elle que, chaque soir, il se réfugiait dans ses pensées quand il avait besoin de réconfort.

Toutefois, depuis qu'il avait rencontré Justine, quelque chose s'était passé en lui. Si son cœur battait toujours pour sa jeune fiancée, son esprit était de plus en plus traversé par l'image apaisante de la fille de son patron. Au point qu'il s'endormait parfois en songeant à elle plutôt qu'à Maria.

*
* *

Il se remit au travail après trois semaines de congés forcés. Ses douleurs s'étaient estompées. Sa blessure à la joue n'était plus qu'un mauvais souvenir qu'il porterait néanmoins toute sa vie dans sa chair. Son traumatisme crânien n'avait pas eu de séquelles. Aussi le docteur Lambert l'autorisa-t-il à reprendre sa place dans les vignes.

En juillet de cette année-là, les routes de France furent prises d'assaut par les estivants qui, profitant des premiers congés payés, affluèrent en masse vers les plages et autres lieux de villégiature. Vélos, tandems, marcheurs se disputaient l'asphalte avec les plus fortunés qui circulaient en automobile. Une ambiance de kermesse régnait partout et accompagnait ces départs en vacances dans l'insouciance retrouvée.

Emilio se doutait bien que, dans son pays, la situation n'était pas aussi joyeuse. Le gouvernement avait essuyé plusieurs mois des troubles pendant lesquels s'étaient succédé des grèves dures, des expropriations violentes et d'âpres batailles entre paysans et gardes civils. En juin, Francisco Caballero, le chef de file de l'aile gauche du Parti socialiste, avait même demandé d'armer les ouvriers. En vain. Manuel Azaña avait repoussé sa proposition. Emilio avait entendu parler d'une conjuration de militaires qui n'acceptaient pas le pouvoir en place, et avait appris que le général Franco avait été muté aux Canaries, le général Mola à Pampelune. Mais il était loin d'imaginer ce qui se tramait dans les coulisses du complot.

Le 14 juillet s'annonçait particulièrement symbolique en cette année de triomphe populaire. Comme beaucoup, Emilio s'apprêtait à le fêter sans retenue en se joignant au bonheur de ses camarades qui avaient souhaité la victoire de la gauche aux élections législatives. Aussi ne prêta-t-il qu'une oreille distraite au communiqué radiophonique qu'il entendit le 13 au soir et qui informait les Français de l'assassinat en Espagne de José Calvo Sotelo, député et dirigeant du parti monarchiste, en représailles à l'attentat dont avait été victime deux jours plus tôt le lieutenant José Castillo, connu pour ses idées socialistes. Depuis le mois d'avril, un climat d'insurrection entretenu par une junte militaire prête à passer à l'acte régnait à travers le pays et laissait présager de grosses difficultés pour la jeune république.

Emilio proposa à Paulo d'aller au bal du 14 Juillet qui se tenait tous les ans sur la place du village. Mais ce dernier venait d'apprendre la mort d'un de ses frères en Érythrée, où les troupes italiennes avaient terminé leurs conquêtes.

—Je ne peux pas faire la fête alors que ma famille est plongée dans le deuil à cause des velléités impérialistes de Mussolini. Sais-tu au moins si les tiens ne sont pas en danger à l'heure qu'il est ?

Emilio dut reconnaître qu'il l'ignorait, mais qu'il n'avait pas entendu parler d'un péril quelconque encouru par la population à la suite des deux attentats qui avaient secoué la sphère politique.

— Moi, je crois que les militaires de ton pays mijotent un sale coup ! ajouta Paulo.

— Je ne veux pas ternir la joie de nos camarades français. Il sera toujours temps de nous inquiéter si le danger se précise. J'ai encore l'espoir que la République espagnole saura se faire respecter.

Paulo laissa partir Emilio seul à la fête nationale, se jurant bien de prendre les armes et d'entrer en rébellion si par malheur le Duce poursuivait sa politique de conquête au mépris de la vie de ses concitoyens.

Sur la place de l'hôtel de ville, la foule s'était amassée comme un jour de grand marché. Les terrasses des cafés ne désemplissaient pas. Des drapeaux tricolores flottaient, telles des oriflammes, sur les balcons des maisons, ainsi qu'au fronton de la mairie. Des bateleurs attiraient les curieux en les interpellant de leur voix de stentor. Des marchands ambulants avaient installé leurs tréteaux jusque sur le parvis de l'église, où le curé, l'air amusé, semblait se dire que, peut-être, les mécréants seraient ainsi tentés d'entrer dans la maison de Dieu et finiraient par retrouver le droit chemin.

Un orchestre avait pris place sur une estrade devant laquelle devait avoir lieu le bal du soir. Il répétait déjà les airs d'accordéon et de bal musette sur lesquels il ferait guincher la population. Curieux, des enfants s'étaient attroupés au pied du podium et écoutaient, subjugués, les quatre musiciens qui s'entraînaient sans prêter attention aux mouvements de foule autour d'eux.

Emilio s'installa à la terrasse du café de l'Avenir et commanda une anisette. Selon son habitude, quand il sortait le samedi soir, il avait revêtu sa plus belle tenue et mis un point d'honneur à cirer ses souliers avec le plus grand soin.

— Ça fait plaisir de te revoir ! lui dit aussitôt Jeannot, le patron de l'établissement.

Tous les clients accueillirent chaleureusement Emilio et l'invitèrent à se joindre à eux pour boire le verre de la victoire.

— Tu peux me croire, Emilio, ceux qui t'ont attaqué il y a un mois, ils l'ont regretté !

— Ils se sont fait prendre ?

— Non. La police n'a rien pu retenir contre eux. Mais nous, nous savons que c'est eux. Alors, on est allés leur donner une petite leçon. Crois-moi, ils ne sont pas près de recommencer ni de remettre les pieds dans mon établissement.

Emilio ne répondit pas. Ses yeux s'étaient fixés sur un groupe de jeunes gens qui approchait. Parmi eux, il reconnut Justine. Celle-ci bavardait avec une amie sans prêter attention à ce qui l'entourait. Quand, à son tour, elle remarqua Emilio, elle interrompit sa conversation et, le dévisageant comme si c'était la première fois qu'elle le rencontrait, trahit son émotion. Son amie s'aperçut de son trouble et lui en demanda la raison. Voyant dans quelle direction se portait son regard, elle releva aussitôt :

— Je te laisse. J'ai compris. Ma compagnie ne t'intéresse plus! lui dit-elle en plaisantant.

Alors Justine s'avança vers Emilio, lui sourit, s'attabla à ses côtés sans se préoccuper de ses voisins.

Sur le moment, le jeune Espagnol ne sut quelle contenance adopter. Dans sa poitrine, son cœur battait à se rompre. Tout aussi troublée que lui, comme chaque fois qu'elle se sentait anéantie par l'émotion, Justine prit la première la parole.

— Je... je suis heureuse de vous retrouver ici, monsieur. J'ai appris que vous alliez mieux.

Emilio ne comprit pas pourquoi elle l'appelait « monsieur ».

— Avez-vous oublié mon prénom, mademoiselle Lansac? Je crois que lorsque vous m'avez porté secours, vous m'appeliez Emilio! Je me trompe?

— Euh... non. Vous ne vous trompez pas. Mais...

Justine s'interrompit, se souvenant de ce que son père lui avait recommandé.

— Alors, appelez-moi par mon prénom! Ce sera plus simple, ajouta Emilio.

La jeune Lansac hésita.

— D'accord, à condition que vous m'appeliez Justine.

À son tour, Emilio se trouva pris au dépourvu. Il ne lui était pas venu à l'esprit que la fille de son patron lui accorderait une telle faveur.

— Je ne sais pas si je peux, lui répondit-il. Que dirait votre père s'il nous entendait?

— Il ne tient qu'à vous qu'il n'en sache rien! Cela restera entre nous. Après tout, nous ne faisons rien de mal, n'est-ce pas? Nous n'en sommes pas encore à nous tutoyer!

Emilio se demandait jusqu'où irait cette conversation. Justine Lansac était-elle en train de tester ses réactions ? Était-elle une fille délurée, comme il en avait déjà rencontré plusieurs depuis son arrivée à Saint-Hippolyte ? Il s'aperçut très vite que Justine cachait mal son émotion. Il comprit alors qu'elle se dissimulait derrière une apparente franchise pour lui paraître sans faille.

— Puis-je vous inviter à boire un verre ? finit-il par lui demander.

— J'allais vous le proposer, Emilio.

— Vous resterez danser, ce soir ? C'est jour de bal et il y aura sans doute des feux d'artifice.

Justine ne répondit pas. Temporisa. Elle se vit tout à coup dans les bras d'Emilio au centre de la piste de danse, à tournoyer avec lui sous le regard admirateur et envieux des autres convives.

— Vous ne dites rien, Justine ? Vous me trouvez trop audacieux pour un ouvrier de votre père ?

Alors, la jeune Lansac abandonna toute retenue. Posa sa main sur celle d'Emilio. Lui sourit. L'amour qu'elle éprouvait pour lui se lisait dans ses yeux.

— Je n'attendais que cela, Emilio, avoua-t-elle en l'entraînant à l'écart.

# 6

## Premiers réfugiés

Emilio s'éloignait peu à peu de Maria en s'éprenant de Justine. Son cœur, chaviré par cet amour aussi subit qu'imprévisible, lui faisait perdre la raison.

Il avait beau lutter pour ne pas se laisser prendre dans les filets de la tentation, il ne parvenait pas à oublier cette merveilleuse soirée passée en compagnie de Justine. Depuis qu'il l'avait quittée, son sourire peuplait ses songes. Hanté par sa beauté, par la douceur de son regard, il sentait encore son corps se cambrer dans ses bras quand, sur la piste, au milieu des autres danseurs, il la serrait tout contre lui dans un *abrazo*[1] lent et langoureux dont il avait le secret. Il percevait son haleine fruitée et le parfum suave de sa peau, la soie de ses cheveux déployés sur ses épaules et qui lui caressaient le visage. Il se perdait dans ses yeux rieurs et entendait encore les paroles qu'elle lui avait susurrées dans le creux de l'oreille, non par méfiance mais par complicité, pour créer entre eux un lien que personne ne parviendrait à détruire.

Elle lui manquait.

Justine n'avait pas eu besoin de lui expliquer ce qui s'était aussi passé en elle. Il l'avait deviné à l'instant

---

1. Dans la danse du tango, l'abrazo désigne l'étreinte, la prise dans les bras.

même où il lui avait pris la main pour l'entraîner sur la piste. Ils avaient dansé toute la soirée sans se préoccuper du qu'en-dira-t-on.

Lorsqu'ils s'étaient quittés, ils s'étaient promis de se revoir. Justine s'était montrée la plus audacieuse, la moins raisonnable, oubliant ses promesses et les remontrances de son père. Emilio avait dû lui rappeler qu'il n'était que l'ouvrier de Louis Lansac et qu'il ne pouvait s'afficher ouvertement en compagnie de sa fille. Mais Justine ne l'avait pas entendu ainsi. Elle lui avait fait jurer de la revoir.

Le cœur encore tout chaviré, Emilio avait promis, mais avait obtenu d'elle qu'elle se montre prudente lorsqu'elle irait à sa rencontre.

Sans arrière-pensées, il lui avait caché le lien qui l'unissait à Maria, ne voulant pas jeter un voile sur leur amour naissant. Non par désir de lui mentir ou simplement de lui dissimuler la vérité, mais parce qu'il ne savait plus très bien comment agir, son cœur étant douloureusement partagé.

Il devait bien le reconnaître, il aimait toujours Maria, mais il venait de s'éprendre de Justine Lansac.

Les jours passèrent. Justine n'avait plus reparu. Emilio pensait qu'elle s'était rendue à la raison et qu'elle avait cru préférable de mettre fin à une liaison qui aurait pu nuire à son honneur et la placer dans l'embarras. Au travail, il ne divulgua rien à personne, pas même à son ami Paulo. Mais il gardait toujours dans son cœur le secret espoir que Justine ne l'avait pas oublié ni sacrifié sur l'autel des convenances liées à son rang.

Emilio s'inquiétait plus de sa relation avec Justine que de la situation dans laquelle son pays était plongé. En juillet 1936, le général Franco avait pris le commandement des troupes coloniales au Maroc espagnol et déclenché l'insurrection.

Sur le moment, Emilio n'avait pas relevé le danger que cette tentative de prise de pouvoir par les forces nationalistes faisait courir à son pays. Il en prit connaissance quelques jours après que les insurgés se furent emparés des premiers bastions de résistance. Mais quand la presse se fit l'écho de l'échec du gouvernement républicain à obtenir une conciliation avec les militaires, à son tour il craignit le début d'une guerre civile.

De fait, une semaine après le début du putsch, le pays était coupé en deux, une partie étant tenue par les nationalistes, l'autre par les républicains qui contrôlaient les régions les plus riches et les plus urbanisées. La population s'y était déjà organisée en milices ouvrières et s'était armée face au danger.

— Chez moi, en Catalogne, tout est calme, se glorifiait Emilio devant son ami Paulo, comme pour se rassurer lui-même. J'ai entendu à la radio qu'à Barcelone les militants de la CNT[1] ont fait basculer de leur côté la Garde civile et la Garde d'assaut. Les militaires ont déjà capitulé. Franco n'arrivera pas à soumettre le pays. La guerre ne durera pas. Le peuple espagnol ne veut pas d'un régime autoritaire.

Mais dans les semaines qui suivirent, la situation se compliqua. Dans les régions qui demeuraient sous contrôle républicain, les autorités légales ne

---

1. Confédération nationale du travail, d'obédience anarchiste.

parvenaient plus à se faire respecter. La population ouvrière s'était emparée des entreprises. Les paysans avaient collectivisé les trois quarts des terres après avoir chassé les grands propriétaires. La révolution sociale était en marche.

Sans vouloir décourager son ami, Paulo, qui ne croyait pas en une victoire possible du peuple face aux forces armées conventionnelles, ne cessait de le prévenir.

— Qu'attends-tu pour aller chercher ta famille et la mettre à l'abri ici, en France, pendant qu'il est encore temps ? Quand les putschistes arriveront chez toi, en Catalogne, ce sera trop tard. Elle sera contrainte de vivre sous le joug des fascistes. Et crois-moi, ce ne sera pas drôle pour elle tous les jours ! Regarde ce qui se passe en Allemagne et chez moi en Italie. Il n'y a plus de libertés. La police est toute-puissante. Les prisons sont pleines. Les délateurs s'insinuent partout. C'est ça que tu veux pour les tiens ?

Emilio ne se montrait pas aussi pessimiste que son ami italien.

— Ce n'est pas parce que ton pays s'est rendu aux fascistes sans sourciller que le mien en fera autant. J'ai confiance en ceux qui gouvernent l'Espagne. Ce sont de vrais républicains. Ils ne laisseront pas un quarteron de généraux à la retraite s'emparer du pouvoir !

— Tes généraux en question ne sont pas à la retraite ! Ils me paraissent même très actifs ! À lire la presse, ils sont très offensifs.

Emilio croyait à tort que les politiques parviendraient à reprendre rapidement le contrôle de la situation grâce à l'armée qui, pour une partie, était restée fidèle à la république. Il ignorait le drame qui se jouait déjà dans certaines régions conquises par les nationalistes.

*
* *

L'été s'imposait dans toute sa splendeur et déversait sa chaleur étouffante sur les vignes qui se gorgeaient de soleil. L'air, épais comme un sirop de miel, exhalait des effluves de lavande, de thym et de romarin. Les hommes avaient pris leurs horaires de saison. Dès cinq heures, à l'aube naissante, ils se rendaient dans les terres pour l'entretien des ceps. L'épamprage exigeait un soin constant, car, comme une liane, la vigne ne cesse de pousser. Le nettoyage du sol, surtout dans les nouvelles parcelles, accaparait beaucoup de main-d'œuvre afin de ne pas laisser les mauvaises herbes envahir les jeunes plants.

Aussi Emilio était-il très occupé et, dans la journée, il n'avait guère le loisir de penser à Justine. Quand la chaleur devenait accablante, les hommes de Louis Lansac quittaient les terres et poursuivaient leurs tâches dans le chai où ils préparaient le matériel en vue des futures vendanges.

De temps en temps, Emilio s'éclipsait de la cave où son travail le retenait jusqu'aux abords du soir et, discrètement, s'approchait du mas de son patron dans le secret espoir de voir apparaître Justine dans l'embrasure d'une porte ou d'une fenêtre. Il ne comprenait pas pourquoi, depuis plusieurs semaines, elle ne lui avait pas donné signe de vie. Ne serait-ce que pour lui signifier qu'elle avait renoncé à lui. Il aurait admis qu'elle se fût fourvoyée en sa présence, et que, grisée peut-être par la liesse et l'enthousiasme qui régnaient autour d'eux ce soir-là, elle se fût égarée dans ses bras, emportée par les flonflons de la fête et les tourbillons des tangos qu'il lui avait fait danser. Mais ce silence inexplicable, cette absence inquiétante ne cessaient de tarauder son esprit et l'empêchaient de considérer avec sérieux les événements qui ensanglantaient déjà son pays.

En réalité, Justine ne faisait qu'obéir à son père. Dès le lendemain de la fête nationale, celui-ci, en effet, n'avait pas tardé à être informé par un voisin, qui ne lui voulait pas que du bien, des agissements de sa fille cadette. Il lui rapporta que cette dernière s'était donnée en spectacle devant tout le monde, en dansant des tangos endiablés avec son ouvrier agricole, «l'Espagnol», comme il l'avait dénommé.

Lansac, qui n'appréciait pas les ragots, avait immédiatement interrompu le zélé délateur – un petit propriétaire qui n'avait jamais accepté le succès à côté de chez lui d'une famille aisée, qu'il considérait toujours comme étrangère à la région à cause de ses origines rochelaises. Il l'avait gentiment remercié de prendre soin de sa réputation, mais ne lui avait pas caché son intime pensée.

«Monsieur Chabert, lui dit-il sur un ton ironique, je vous sais gré de votre diligence à m'informer du comportement de ma fille. Je suis désolé qu'elle ait pu choquer vos convictions! Chez vous, je suppose, on sait garder son rang. Les membres de votre famille ne se mélangent pas à la domesticité!

— Chacun doit se tenir à sa place, en effet.

— Si je comprends bien, vous n'êtes pas pour le brassage des classes sociales, n'est-ce pas ?

— Avec les rouges au pouvoir, il faut être vigilant. Si vous les laissez faire, nos ouvriers réclameront bientôt nos terres sous prétexte qu'ils les travaillent à la sueur de leur front ! C'est ça que vous souhaitez, Lansac ? Êtes-vous au courant de ce qui se passe en Espagne ? Les paysans ont chassé leurs maîtres et collectivisé les terres. On aura tout vu !

— D'abord ce n'est pas une généralité, ensuite, dans notre pays, on n'en est pas encore là !

— Il faut lutter contre le bolchevisme avant qu'il ne s'impose. Votre sympathie pour les rouges qui nous gouvernent ne vous mènera nulle part, Lansac. Vous trahissez vos origines !

— Je ne trahis rien ni personne, Chabert ! Je ne souhaite que le bonheur du peuple. Et je crois que nous pouvons tous y concourir.

— En laissant nos enfants fréquenter la racaille !

— Vous êtes méprisant, Chabert. Les gens du peuple sont des travailleurs qui vous permettent de mettre en valeur votre propre bien. Commencez par les respecter, ils vous respecteront ! Quant à ma fille, je lui fais confiance. Mais merci quand même de vous être préoccupé de son comportement. »

Louis Lansac était furieux. Non contre Justine par qui cette discussion houleuse était arrivée, mais contre tous ceux qui, à l'image de Georges Chabert, refusaient de considérer sereinement l'évolution de la société en se braquant contre tout changement.

« C'est en posant des verrous partout autour de vos privilèges, opposa-t-il pour couper court à la conversation, que vous vous exposerez à une explosion inévitable et cataclysmique. La révolution n'est que le fruit d'un trop fort maintien sous pression des aspirations du peuple. Ouvrez les verrous, lâchez du lest, écoutez et tendez la main, plutôt que de vous barricader derrière vos certitudes d'un autre âge !

— Vous parlez comme un curé, Lansac ! Ça ne vous ressemble pas. »

Plus il rencontrait des êtres obstinés et campés sur leurs acquis comme son voisin Chabert, plus Louis Lansac avait l'intime conviction que le chemin serait encore long à parcourir avant que les hommes ne vivent en parfaite harmonie.

« Je suis un idéaliste, que voulez-vous ! Il faut toujours entretenir en soi une part de rêve pour croire en des lendemains plus enchanteurs. »

Chabert quitta Lansac persuadé que son riche voisin avait perdu la raison, et se jura de ne plus jamais l'informer de quoi que ce soit le concernant.

Le soir même, Louis Lansac parla à Justine et lui rapporta exactement les propos de Georges Chabert à son sujet. Il se garda de lui faire la morale et ne lui demanda pas de s'expliquer. Il se contenta de la mettre devant ses responsabilités.

« Tu dois bien comprendre la situation, Justine, et tu connais parfaitement mes opinions. Pour la bonne tenue de mes activités, je ne peux accepter ta relation avec Emilio. Vis-à-vis des autres membres de mon personnel, ce ne serait pas tolérable. Et ce n'est pas parce qu'il est l'un de mes ouvriers que je te dis cela. Il faut choisir : ou bien tu assumes ta liaison et je ne peux plus conserver Emilio à mon service, ou bien tu y renonces et je le garde. Personnellement, je ne souhaite pas le renvoyer. Emilio est un bon élément et je ne voudrais pas me montrer injuste envers lui ni faire preuve d'un excès d'autoritarisme. Si vous décidez de vous revoir, alors j'attends de lui qu'il parte de son plein gré. »

Justine n'en voulut pas à son père de la décision qu'il exigeait d'elle. Consciente de devoir endosser elle-même la responsabilité de ce qui était arrivé, et ne désirant pas qu'Emilio connaisse des difficultés financières insurmontables – elle n'ignorait pas que, par son travail, il aidait sa famille en lui envoyant régulièrement de l'argent –, elle préféra mettre un terme à leur relation.

La mort dans l'âme, elle demanda à son père la permission de partir quelques semaines à la montagne dans leur petite propriété du hameau de l'Hôpital, sur les hauteurs du mont Lozère.

« Le grand air te fera le plus grand bien, accepta-t-il avec soulagement. La montagne te changera les idées. Et quand tu en redescendras, ce sera la rentrée universitaire. Tu auras autre chose à penser ! »

Ainsi, Justine prépara ses valises et quitta sa famille sans tenter de revoir Emilio.

Plus d'un mois avait passé depuis son départ. Emilio ignorait toujours les raisons de son silence et l'endroit où elle s'était réfugiée pour mettre leur amour en sourdine.

Car, au plus profond d'elle-même, Justine n'avait pas renoncé.

*
* *

En septembre, les journaux annoncèrent l'arrivée des premiers émigrés venant d'Espagne. Plusieurs milliers de Catalans avaient fui leur province depuis le début du conflit, craignant la terreur rouge et noire de la part des communistes et des anarchistes. Des cas de fusillades et d'exécutions sommaires avaient effectivement été signalés. Il s'agissait de familles souvent aisées, pas toujours favorables aux nationalistes : industriels de Barcelone, médecins, avocats, notaires... Ils avaient débarqué, certains par bateaux à Port-Vendres, Marseille, Sète, d'autres par autobus en passant par l'Andorre, munis de papiers en règle. Dans la nuit du 13 au 14 septembre, près de trois cents réfugiés arrivèrent à Nîmes, en provenance du Pays basque, fuyant la Guipúzcoa à cause des violents affrontements qui s'y déroulaient et des représailles annoncées par le général Mola contre les républicains.

Rapidement, la municipalité de Nîmes organisa l'accueil de ces hommes, de ces femmes et de ces enfants qui espéraient l'asile d'un pays ami. Ils furent répartis dans plusieurs villes du Gard telles que Le Vigan, Anduze, Sauve, Saint-Hippolyte-du-Fort.

Lorsque Louis Lansac apprit par un conseiller municipal que sa commune allait devoir s'occuper de plusieurs familles espagnoles en détresse, il offrit immédiatement ses services.

Il se rendit à l'hôtel de ville, demanda à rencontrer le maire.

— Sur mon domaine, j'ai quelques dépendances qui pourraient servir de lieu d'hébergement, suggéra-t-il. Avec l'aide de votre équipe municipale, il serait facile d'y aménager des pièces habitables.

Le maire accepta aussitôt la proposition de son administré.

— Ce n'est que provisoire, lui affirma-t-il. Tous ces gens n'ont pas vocation à demeurer en France très longtemps. Dès que, dans leur pays, le calme sera revenu, ils rentreront au bercail.

Lansac n'était pas aussi optimiste que le premier magistrat de la commune.

— Je crains au contraire que ces malheureux ne soient que les premiers d'une longue suite de réfugiés.

— Qu'est-ce qui vous fait dire ça, monsieur Lansac ?

— La situation militaire ne me semble pas favorable aux républicains espagnols. Les généraux putschistes bénéficient d'une armée régulière et de l'aide allemande et italienne. Hitler et Mussolini leur ont déjà livré des armes. Face à eux, les républicains doivent compter sur une armée populaire, mal organisée, sans commandement centralisé. Le gouvernement espagnol n'a guère d'autorité sur ces milices armées qui manquent d'officiers aguerris et qui n'obéissent qu'à leurs chefs de clans.

— Vous me semblez bien renseigné ! s'étonna Hector Barral.

— J'ai un ami journaliste à Paris, au quotidien *Le Populaire*. Il me tient régulièrement informé lorsque nous nous téléphonons. Vous connaissez peut-être son nom, c'est un écrivain célèbre, Sébastien Fort.

— J'en ai vaguement entendu parler, reconnut Hector Barral, quelque peu gêné d'afficher son ignorance.

— Sébastien Fort est son nom de plume. En réalité, il s'appelle Sébastien Rochefort.

— Rochefort ? Comme les industriels nîmois passés maîtres dans la fabrication de la toile denim !

— C'est la même famille. Sébastien est le fils de feu Anselme Rochefort. Aujourd'hui, c'est son frère aîné Jean-Christophe qui dirige l'entreprise. Personnellement, je ne connais que Sébastien. Nous nous sommes rencontrés alors qu'il séjournait à Tahiti il y a quelques années.

— Vous êtes allé à Tahiti ! s'étonna l'édile.

— Oui, pour affaires. À l'époque, il y a une douzaine d'années, je m'étais mis dans la tête l'idée saugrenue de me lancer dans la production de perles. Je suis allé prospecter en Polynésie dans l'espoir de créer ou de reprendre une ferme perlière. J'ai rencontré le fils Rochefort dans l'une d'elles, située dans une toute petite île, Maupiti. Il vivait là avec sa compagne et leur enfant. Bien intégré dans la population locale. Nous avons sympathisé immédiatement. Lui était complètement détaché de tout ce qui se passait en métropole. Il écrivait. J'ai très vite compris qu'il fuyait quelque chose, mais je n'ai jamais su quoi précisément. Quand il est rentré en France, nous nous sommes revus à l'occasion des visites qu'il rendait à sa famille à Anduze.

— Pourquoi n'êtes-vous pas resté à Tahiti ?

— Mon épouse et ma fille aînée ont attrapé une mauvaise maladie à cause des moustiques. La dengue. Ça nous a fait partir. J'ai renoncé à mon rêve. J'ai retrouvé mon domaine. C'était plus raisonnable !

— Vous disiez que votre ami est aussi journaliste…

— Il a repris sa première activité, sans jamais cesser d'écrire. Il est devenu aujourd'hui un romancier reconnu. Il a même failli obtenir le prix Goncourt.

—J'ignorais tout cela. Mais revenons à ce que vous me proposiez : vous acceptez donc d'accueillir quelques familles de réfugiés espagnols sur vos terres ?

— Je ne peux malheureusement pas les embaucher. Ma main-d'œuvre est déjà pléthorique. Mais je peux héberger une ou deux familles, le temps que les autorités fassent le nécessaire pour résoudre le problème de leur intégration.

— Leur présence ne sera que provisoire. Je vous le répète : ils rentreront chez eux dès que le calme y sera revenu.

Louis Lansac mit ainsi à la disposition de la mairie deux logements désaffectés que le personnel communal se hâta d'aménager avant l'arrivée des premiers réfugiés.

Quel ne fut pas l'étonnement d'Emilio quand il découvrit parmi ceux-ci le médecin de famille de ses parents, venant de son propre village, Montserrat !

# 7

## Dilemme

Le docteur Antonio Ramirez avait débarqué en France avec sa famille en empruntant la route du col d'Envalira par l'Andorre. Parvenu en car à la frontière française, muni de papiers, il avait été dirigé vers Ax-les-Thermes en train pour se mettre en règle avec les autorités du pays auquel il demandait l'accueil. Puis, il fut convoyé avec d'autres réfugiés vers Nîmes, d'où, lui affirma-t-on ainsi qu'à tous ceux qui l'accompagnaient, il serait envoyé dans une commune du département.

Aussitôt arrivé à Saint-Hippolyte-du-Fort, il voulut rencontrer le maire pour aider ses concitoyens qui auraient besoin de ses soins.

— Si je peux me rendre utile, lui déclara-t-il dans un excellent français dès qu'il lui fut présenté, ce sera avec plaisir que je ferai la liaison entre les réfugiés et les services sociaux de votre ville.

Dans la conversation, Hector Barral lui signala la présence d'Emilio sur le domaine de Louis Lansac. Il l'invita à le rencontrer.

— C'est un jeune Catalan. Il est installé dans notre commune depuis plus de deux ans. Il travaille en France pour aider les siens restés en Espagne.

— Un Catalan ! De quel village est-il originaire ?

— Je l'ignore. Il vous le dira lui-même. Allez le voir. Vous pourrez lui raconter ce que vous savez de la situation dans son pays.
— Comment s'appelle-t-il ?
— Emilio Alvarez.
— Emilio Alvarez ! Mais je le connais. Je soigne toute sa famille à Montserrat.

Le docteur Ramirez se présenta sans tarder aux Grandes Terres et demanda à rencontrer Emilio.
Celui-ci ne s'attendait pas à retrouver le médecin de ses parents si loin de chez lui.
— Docteur Ramirez ! s'étonna-t-il. Que venez-vous faire ici ?
Et le médecin de lui raconter son départ précipité et son passage de la frontière.
D'abord tout à sa joie, Emilio se rembrunit. Il crut que le médecin lui cachait la véritable raison de sa fuite.
— Si vous étiez basque, je comprendrais votre décision ! Les forces de Franco ont conquis tout le nord-ouest de l'Espagne au prix de sanglants combats contre les troupes gouvernementales. Ceux qui sont arrivés de Saint-Sébastien par Hendaye, d'après ce que j'ai appris, voulaient échapper à la répression nationaliste. Mais en Catalogne la situation est différente. Les républicains tiennent toujours le pouvoir ; il n'y a encore aucun danger !
Le docteur Ramirez dissimulait mal son embarras.
— Qui fuyiez-vous, en réalité, docteur ? insista Emilio.
— Je n'aime pas la violence, d'où qu'elle vienne. Chez nous, des choses pas très jolies se sont déjà

produites. Sous prétexte de se défendre et de prendre les devants, certains, pour la plupart d'obédience anarchiste, ont commis sous la bannière de la république des exactions que je réprouve et qui m'ont inquiété quant à l'avenir de notre pays. Je ne pourrai jamais exercer mon métier dans un climat de suspicion à mon égard. Quand je soigne, je ne considère pas l'opinion de mes malades, ni leur religion. Or, on m'a reproché de porter secours à un prêtre qui avait été molesté par les habitants de son village. Si je n'étais pas intervenu, cet homme serait sans doute mort des coups qu'il avait reçus. Ses assaillants m'ont traité de traître, de sale franquiste, et m'ont menacé, moi et ma famille, si je continuais à soigner les ennemis de la république. Moi qui suis républicain, je ne peux comprendre ni admettre une telle attitude!

Emilio ne savait pas qu'en Catalogne des bandes armées menées par des chefs anarchistes ou communistes avaient commis des exactions contre certaines personnes censées soutenir les nationalistes. Des religieux avaient été pris à partie, des églises mises à sac, des notables inquiétés ou poursuivis. Ces tragiques événements avaient provoqué la fuite des premiers réfugiés.

Il fut soulagé, néanmoins, d'apprendre que le médecin de famille de ses parents n'approuvait pas pour autant le coup d'État de Franco.

— Dès que la situation se sera calmée, je retournerai chez nous, précisa le docteur Ramirez. J'espère que le président de la Généralité saura mettre bon ordre à tout cela et faire entendre raison à ses troupes! Mais je dois reconnaître que les événements semblent se précipiter et que l'affrontement entre les deux camps n'augure rien de bien pour la république et les libertés !

— Pensez-vous donc que la démocratie est réellement en danger, docteur ?

— Je le crains. D'un côté comme de l'autre, il y a des forces antidémocratiques. Que ce soit la dictature militaire ou la dictature du prolétariat, dans les deux cas, les libertés seront en péril, crois-moi, Emilio. Seule la république pourrait faire triompher la raison. Encore faut-il qu'elle en soit capable !

Le docteur Ramirez ne se montrait pas optimiste. Au fond de lui, il était convaincu que son exil allait durer longtemps.

Hector Barral accepta sa proposition et lui trouva une maison inoccupée dans un hameau voisin où il pourrait s'installer avec sa femme et ses deux enfants. Il l'invita à rencontrer ses confrères français qui exerçaient à Saint-Hippolyte-du-Fort afin de leur offrir ses services.

— Vous ne serez pas trop de trois médecins dans la commune, lui dit-il. Ils vous feront certainement bon accueil.

Emilio ne pensait pas alors que ces exilés n'étaient que les tout premiers d'une vague qui allait bientôt déferler sur la région. Et que rien ne saurait endiguer.

*
\* \*

Pour le moment, ses pensées étaient toujours accaparées par le silence de Justine.

Celle-ci mettait à profit son éloignement à la montagne pour faire la clarté dans son esprit perturbé et dans son cœur chaviré. Elle ne parvenait pas à occulter l'image d'Emilio. Plus elle tentait de l'oublier, plus elle songeait à lui et aux merveilleux instants passés en sa compagnie le soir du 14 juillet. Pourtant, cela n'avait duré que l'espace d'une nuit éphémère, de quelques tourbillons enivrants. Ils s'étaient juste embrassés dans la pénombre et à l'abri des indiscrets, mais, plus que le contact de ses lèvres sur les siennes, c'étaient la chaleur de son regard, la douceur de ses mains sur ses épaules qu'elle ressentait encore et qui la faisaient frissonner de plaisir.

Armande, sa mère, qui l'avait accompagnée, ainsi que sa sœur Irène, s'était aperçue des états d'âme de sa fille. Par pudeur, elle ne lui parla pas la première, préférant que Justine en vienne d'elle-même à laisser son cœur s'épancher. Elle la connaissait bien. Elle ne pourrait pas longtemps lui cacher ce qui la tourmentait. Mais elle était loin de se douter qu'un ouvrier de son mari était la cause de la confusion de ses sentiments.

Irène, en revanche, ne montrait pas la même retenue que sa mère. Devinant les émois de sa sœur, elle lui lança un soir, alors que Justine s'était retirée sur la terrasse de la maison pour profiter d'un peu de fraîcheur :

— Tu ne serais pas tombée amoureuse, au moins ?

Justine fusilla sa sœur du regard.

— Pourquoi me demandes-tu cela ?

— Parce que ça se voit sur ton visage comme dans un livre ouvert ! Et je crois savoir de qui il s'agit.

Justine se claquemura dans le silence.

— Tu ne réponds pas ! insista Irène. C'est que j'ai deviné juste, alors !

— Ce ne sont pas tes affaires ! Je n'ai rien à te dire.

— Je suis sûre que tu en pinces pour ton bel hidalgo ! ajouta Irène d'un ton narquois.

Justine se garda de répondre à sa sœur. Elle lui tourna le dos et se plongea dans sa lecture.

Mais Irène, le sourire moqueur aux lèvres, poursuivit :

— Je n'ignore pas ce qu'on a rapporté à papa à propos d'Emilio et toi. Ce n'est un secret pour personne à Saint-Hippolyte ! Si j'avais été là ce soir-là, je ne t'aurais rien dit. Tu es assez grande pour savoir ce que tu dois ou ne dois pas faire. Mais tu aurais pu faire attention à ne pas t'afficher ouvertement devant tout le monde ! Si tu avais envie de sortir avec ce bel Espagnol, il fallait te montrer plus discrète ! Remarque, je te comprends : je le trouve très attirant, ton amoureux. Mais ce n'est qu'un ouvrier de papa ! Ne le fais pas souffrir en le berçant d'illusions !

— Quand tu auras terminé de débiter des bêtises, tu pourras me laisser tranquille ? Tu m'empêches de lire !

— Oh, tu sais, c'est pour ton bien que je te parle. Tu devrais penser à autre chose !

— Fiche-moi la paix !

— Je t'aurai avertie !

Irène abandonna Justine à sa lecture, savourant sa petite intrusion dans le jardin secret de sa sœur.

\*
\* \*

Fin septembre, alors que les troupeaux commençaient à quitter les hauts pâturages pour rentrer dans leurs fermes du bas pays, Armande et ses deux filles s'apprêtèrent elles aussi à regagner Saint-Hippolyte.

Justine n'avait qu'une idée en tête : revoir Emilio, malgré les promesses faites à son père. Elle était bien décidée à s'affranchir des convenances, à braver le qu'en-dira-t-on, à vivre libre. Elle avait longuement réfléchi et ne pouvait se satisfaire d'un arrangement qui aurait sauvé les apparences. Son père ne pouvait pas l'obliger à choisir entre l'amour et la raison. Elle se savait trop entière pour accepter de renoncer à Emilio au nom des intérêts familiaux. Mais elle ne pouvait pas non plus demander à ce dernier de sacrifier l'aide qu'il accordait aux siens au nom de leur idylle naissante.

Aussi était-elle déterminée à passer outre aux exigences de son père et à poursuivre sa belle aventure sans mettre en péril la renommée des Grandes Terres.

Dès le lendemain de son retour à Saint-Hippolyte, elle s'arrangea pour rencontrer discrètement Emilio. Celui-ci venait de terminer sa journée et s'apprêtait à rentrer chez lui. Le jour tombait déjà. Des nuages menaçants s'amoncelaient sur les crêtes, poussés par le vent marin. Des éclairs de fer-blanc balafraient le ciel tandis qu'un sourd grondement annonçait l'orage.

Elle s'éclipsa du mas sans dire où elle allait, et se dirigea vers la maison de vendangeurs où résidait Emilio, prenant soin de ne pas couper au plus court à travers les vignes pour ne pas se faire repérer. Elle savait qu'il tardait souvent à quitter le chai, trouvant toujours quelque tâche supplémentaire à terminer au dernier moment. Parvenue à mi-chemin, elle se posta près d'un cabanon devant lequel Emilio passerait nécessairement pour rejoindre son domicile. Elle se dissimula à l'intérieur afin de ne pas être vue.

Trois compagnons d'Emilio s'approchèrent bientôt sans l'apercevoir. Ils s'arrêtèrent le temps d'allumer et de fumer une cigarette. Elle se recroquevilla dans un coin du mazet. Les entendit discuter de leur journée de travail. L'un d'eux parlait de son père en des termes réprobateurs :

— Le patron me paraît louche ! Je ne comprends pas pourquoi il accepte d'accueillir des étrangers sur son domaine. D'abord il y a eu l'Italien, puis l'Espagnol. Maintenant il héberge des réfugiés par familles entières ! Un jour il fera venir des Juifs. L'Allemagne les expulse à tour de bras. Si ça continue comme ça, les Grandes Terres vont bientôt devenir le ramassis de tous les proscrits de la terre.

— Moi, je crois qu'il est communiste ! ajouta un second larron.

— Ça ne tient pas debout ! fit le troisième. Tu as déjà vu un patron communiste !

— En tout cas, il a l'air d'apprécier le mange-tomates et le macaroni ! Ces deux-là obtiennent toujours ses faveurs. Ça ne m'étonnerait pas qu'il les paie plus que nous !

— Et vous ne savez pas tout : à ce qu'il paraît, sa fille, la plus jeune des deux, elle fréquente l'Espagnol. Ah, cet Emilio, il cache bien son jeu, celui-là !

— La fille du patron ! Justine ?

— Parfaitement. Ils n'ont pas cessé de s'embrasser au bal du 14 Juillet. Remarque, elle est mignonne la gamine ! L'Emilio n'a pas dû s'ennuyer avec elle. Et le patron qui n'a rien dit ! C'est un comble ! Pourtant tout le monde est au courant !

— Quand je vous disais que c'est un coco ! Emilio, lui, en est un, c'est sûr ! C'est un rouge. C'est pour ça que le patron l'a à la bonne !

— Vous verrez, maintenant que Franco est en train de remettre de l'ordre dans son pays, ça ne m'étonnerait pas que notre Emilio retourne s'y battre. J'ai entendu à la radio que des partisans de la république, des Espagnols, mais aussi des Français, des Belges, des Allemands, ont passé la frontière pyrénéenne pour se porter au secours des républicains. Moi, je crois que ce sont tous des communistes qui veulent faire la révolution en Espagne. Heureusement que Léon Blum a été empêché d'accorder l'assistance de la France au gouvernement de Madrid ! Sinon on serait peut-être en guerre à l'heure où nous parlons.

— Qu'est-ce qui te fait dire ça ?

— Hitler et Mussolini ne nous auraient pas laissé faire !

— Les Anglais aussi ont refusé de se battre en Espagne au profit des communistes. S'ils s'y étaient mis, je ne sais pas comment tout cela se serait terminé !

De sa cachette, Justine écoutait attentivement la conversation des trois comparses. Elle ignorait tout de la situation en Espagne. Éloignée de la ville la plus proche de plusieurs dizaines de kilomètres, la petite maison familiale où elle avait passé l'été était un havre de paix au milieu des pâturages et des forêts. Lorsqu'elle s'y réfugiait, elle aimait se couper du monde pour se retrouver seule face à elle-même et écrire dans son journal intime les pensées qui l'habitaient.

Elle s'étonna d'apprendre que le pays d'Emilio était en proie à une guerre civile qui ne faisait que commencer. Elle faillit aller au-devant des trois larrons pour leur demander de plus amples renseignements. Elle s'en abstint, préférant attendre qu'Emilio lui en parle.

L'orage éclata violemment. Une pluie drue et cinglante s'abattit sur les vignes, remplissant les fossés, inondant les chemins. Justine se trouva vite prisonnière dans le cabanon, sans lumière, sans moyen de se réchauffer. Les éclairs irisaient la nuit comme des feux d'artifice et rendaient le spectacle hallucinant, presque féerique. Les orages cévenols n'étaient pas rares en cette saison. Les pluies d'automne pouvaient être dévastatrices quand le vent du sud accumulait en excès les masses nuageuses sur les contreforts des Cévennes. Les gardons dévalaient de la montagne en charriant des quantités d'eau et d'alluvions impressionnantes. Ils arrachaient tout sur leur passage et se répandaient dans les quartiers bas des villes qu'ils traversaient.

Emilio tardait à arriver. Justine pensa qu'il était resté au chai afin de demeurer à l'abri. Au bout d'une bonne heure, la pluie n'avait pas cessé et avait même redoublé de violence. Je ne peux quand même pas m'aventurer dehors, songeait-elle, ce ne serait pas prudent !

Elle se résigna à attendre une accalmie. Une nuit sombre et inquiétante avait recouvert les coteaux. Sur le moment, Justine ne pensa pas au souci que ses parents pourraient se faire en ne la voyant pas de retour. Elle se pelotonna dans un coin, sur un lit de paille qu'elle ramassa à l'aveuglette. Patienta. Ses pensées accaparées par l'image d'Emilio.

Tout à coup, un bruit de branche qui craquait la fit sursauter. Elle entendit quelqu'un s'approcher du cabanon d'un pas alerte. Elle se recroquevilla contre le mur, serra ses genoux contre sa poitrine. Attendit. Le cœur battant. La respiration haletante. Pressentant un danger.

Dans l'embrasure de la porte, une silhouette se dessina soudain. Sombre. Élancée. Un homme arborant un chapeau à large bord et une cape de pluie s'ébroua sur le seuil en martelant le sol de ses bottes ferrées.

Justine espéra un instant qu'il s'agissait d'Emilio. Mais l'homme était plus grand que lui, plus carré d'épaules. Elle se rendit compte de son erreur. Prit peur. Garda le silence.

L'inconnu sentit aussitôt sa présence.

— Il y a quelqu'un ? demanda-t-il sans attendre. N'ayez aucune crainte. Je ne fais que me mettre à l'abri.

Alors Justine sortit de sa cachette.

— Qui… qui êtes-vous ?

L'homme au chapeau avança dans sa direction, braqua sa lampe-torche sur son visage. S'étonna.

— Que faites-vous là, mademoiselle ? Seule et par un temps pareil !

— La même chose que vous, sans doute, se reprit Justine en essayant de percevoir les traits de l'individu qui l'aveuglait sans s'en rendre compte. Je me mets à l'abri.

— Il n'est pas très prudent pour une jeune fille de traîner dehors par ces nuits d'orage !

— La pluie m'a surprise. J'attends quelqu'un. Mais il a dû être retardé par le mauvais temps. Il va arriver d'un instant à l'autre, ajouta Justine comme pour se prémunir du danger qu'elle pourrait courir.

L'homme s'aperçut de son appréhension.

— Ne craignez rien, mademoiselle. Je m'appelle Sébastien Rochefort. Je cherche à joindre un ami, Louis Lansac. Le connaissez-vous ? Je me suis un peu perdu en traversant les vignes à pied. Ça m'apprendra à vouloir sortir des sentiers battus ! Ma voiture est en panne sur la route, à un kilomètre d'ici. Avec le déluge qui est tombé, je me suis embourbé.

— Louis Lansac est mon père. Je suis Justine Lansac.

Justine se sentit aussitôt rassurée. Certes, elle ne connaissait pas Sébastien Rochefort, mais elle avait entendu son père parler de lui.

— Mon père m'a raconté comment vous vous êtes rencontrés, ajouta-t-elle. Dès que la pluie aura cessé, je vous conduirai jusqu'à lui, si vous voulez.

— Je n'aurais pas osé vous le demander. Mais c'est avec le plus grand plaisir que j'accepte votre proposition.

Une demi-heure plus tard, ils profitèrent d'une accalmie et reprirent le chemin du mas.

Tandis qu'ils s'en approchaient, Emilio les croisa à vélo. Étonné de voir Justine en compagnie d'un inconnu, il se retourna. Hésita. Poursuivit sa route.

Justine, le reconnaissant à son tour, s'écria :

— Emilio !

Mais le jeune Catalan n'osa pas s'arrêter, se demandant qui pouvait être l'homme qui accompagnait Justine.

Celle-ci insista. En vain. Emilio disparut dans le rideau de pluie qui s'abattait à nouveau sur les vignes.

— Vous le connaissez ? s'enquit Sébastien Rochefort.

— Oui, c'est un ouvrier de mon père. Un Catalan qui travaille chez nous depuis deux ans.

Justine se sentit rougir en parlant d'Emilio comme s'il ne s'agissait que d'un membre du personnel des Grandes Terres. Heureusement la nuit masquait sa confusion. Sébastien ne se rendit compte de rien.

Quand ils parvinrent au mas, l'orage reprit de plus belle.

— Nous voici arrivés, dit Justine. Je vais faire prévenir mon père de votre visite.

De son côté, Emilio s'interrogeait. La réapparition subite de Justine, en compagnie d'un inconnu, l'intriguait. Elle est donc revenue ! Où était-elle passée pendant tout ce temps ? se demandait-il. Et que faisait-elle, seule, avec cet homme sous l'orage et dans la nuit ?

# 8

## Première rencontre

Sébastien Rochefort était descendu exprès de Paris à la demande de son journal, *Le Populaire*, afin de couvrir l'arrivée des premiers réfugiés sur le territoire national.

En juillet, il s'était déjà rendu à Madrid pour interviewer le président de la République, Manuel Azaña, et s'informer de la situation au lendemain du putsch des militaires. Très engagé, il suivait ces événements de près et s'était rapproché d'André Malraux qui avait pris position pour une intervention française auprès des républicains espagnols.

— Léon Blum a regretté de ne pouvoir impliquer la France en Espagne, expliqua-t-il à Louis Lansac. Mais il avait contre lui la droite conservatrice, les radicaux et même le président Lebrun. Ils étaient tous hostiles à l'ingérence. Avec l'Angleterre, il fut donc décidé de s'en tenir à une politique de non-intervention. Je le déplore. On aurait dû s'engager militairement pour sauver la démocratie espagnole du danger fasciste. Heureusement, nos frontières ne sont pas imperméables ! Les armes passent par les Pyrénées malgré l'embargo signé par la quasi-totalité des pays européens. Le gouvernement ferme les yeux.

— Comment le savez-vous ?

— J'ai mes sources, Louis. Mais n'allez pas le divulguer. La France et le Royaume-Uni envoient secrètement des armes aux républicains.

— La décision officielle de la France et de l'Angleterre repose sans doute sur de bonnes raisons !

— Oh, le prétexte de vouloir ménager l'Allemagne ne tiendra pas longtemps ! Ce n'est pas en se montrant conciliant avec Hitler qu'on parviendra à arrêter ses ambitions expansionnistes. On ne fait que retarder l'échéance d'un affrontement plus sanglant.

— Vous croyez que la paix est vraiment menacée ?

— Je le crois, effectivement. Ce n'est pas pour rien qu'Hitler et Mussolini ont envoyé leur aviation pour soutenir les généraux factieux. Toutes leurs manœuvres ne sont à mes yeux qu'une sorte de répétition.

— Vous envisagez l'avenir avec beaucoup de pessimisme, Sébastien !

— Je suis lucide.

Sébastien Rochefort avait accouru à Saint-Hippolyte dès qu'il avait appris que des réfugiés y avaient trouvé asile. Il désirait s'entretenir avec eux.

— J'héberge deux familles arrivées de Saint-Sébastien, lui annonça Lansac. D'autres réfugiés ont été répartis dans la commune.

— Nous en avons également quelques-uns à Anduze. Plusieurs ont été envoyés au Vigan et à Sauve. La plupart sont restés à Nîmes. J'aimerais questionner vos réfugiés, Louis, si vous me le permettez. J'ai demandé à mon journal de couvrir tous les aspects du conflit. L'exode de la population civile en est un qui ne doit pas échapper aux autorités françaises. Celles-ci ne peuvent pas s'en désintéresser sous prétexte de non-intervention. C'est notre rôle, à nous journalistes, d'alerter l'opinion publique de ce qui se prépare à nos portes. Lorsque les Espagnols fuiront leur patrie par vagues entières devant Franco, où croyez-vous qu'ils demanderont asile ? Pas au Portugal qui est du côté des nationalistes ! Je crains qu'ils n'arrivent bientôt en masse !

— Qu'est-ce qui vous fait penser cela ?

— La situation intérieure de l'Espagne. Le pays est en pleine ébullition. Or le pouvoir républicain ne semble pas avoir les moyens d'arrêter durablement une agression de forces militaires conventionnelles comme celles dont disposent les insurgés. Croyez-moi, ce conflit est loin d'être terminé.

— Si vous voulez, je peux aussi vous mettre en relation avec l'un de mes ouvriers agricoles. C'est un jeune Catalan qui travaille pour moi depuis un peu plus de deux ans. Il est parti de son village à la suite des événements de 1934.

— Ah, les grandes grèves d'octobre dans les Asturies ! Je me souviens. J'avais couvert l'épisode… Tragique événement ! Le centre droit était au pouvoir à l'époque. C'est Franco avec ses troupes d'Afrique qui, déjà, avait maté dans le sang l'insurrection des mineurs. Qui aurait cru alors que, deux ans plus tard, il tenterait un coup d'État ?

— Emilio n'a pas fui son pays. Il en est parti chassé par la misère, comme beaucoup de ses semblables qui travaillent en France. Il a l'intention de rentrer chez lui dès qu'il aura amassé suffisamment d'argent pour se marier et ne plus dépendre des siens. C'est ce qu'il m'a confié.

— Ils sont nombreux dans son cas ! J'en connais d'autres.

Du haut de l'escalier, Justine faillit défaillir. Depuis quelques instants, elle écoutait discrètement la conversation entre son père et son ami. Les informations que donnait Sébastien au sujet du pays d'Emilio l'inquiétaient. Quand Louis Lansac évoqua le futur mariage de ce dernier, elle ne put se retenir et laissa tomber le livre qu'elle tenait à la main.

Louis l'entendit. S'étonna.

— Tu étais là, ma chérie ? Je te croyais avec ta sœur et ta mère dans la cuisine ! Si la situation de l'Espagne t'intéresse, tu peux te joindre à nous. Sébastien était en train de me dire qu'il craignait que le conflit en Espagne ne dégénère.

— L'Espagne ne m'intéresse pas ! lança Justine. Les Espagnols non plus !

Louis ne releva pas la réplique acerbe de sa fille et n'insista pas.

Justine rentra dans sa chambre et s'y enferma à double tour. Se jetant sur son lit, elle s'effondra de chagrin, inconsolable.

Louis Lansac offrit l'hospitalité à son ami et lui proposa de lui présenter ses deux familles de réfugiés dès le lendemain matin.

— En ville, vous pourrez aussi rencontrer le docteur Ramirez, qui est du même village qu'Emilio. Ce serait intéressant d'entendre les raisons qui l'ont poussé à quitter la Catalogne, alors que les nationalistes n'y constituent aucun danger.

— Pour l'instant ! J'aimerais d'abord discuter avec cet Emilio dont vous me parliez, pour savoir ce qu'il pense de la situation. Je serais curieux de comprendre l'état d'esprit des exilés d'avant le conflit pour me faire une opinion sur leur envie de rentrer au pays et, dans ce cas, avec quelles intentions.

Le lendemain, Emilio Alvarez et Sébastien Rochefort se rencontrèrent pour la première fois et devaient nouer une amitié qui allait les amener ensemble sur les chemins escarpés d'une aventure humaine hors du commun.

*
* *

C'était dimanche, jour de congé d'Emilio. Louis Lansac avait conseillé à son ami de se promener dans les vignes aux abords de la maison de vendangeurs où habitait son employé.

— Vous le verrez sans aucun doute en fin de matinée. Il sortira pour se rendre en ville avec son ami Paulo.

— Il va à la messe ? s'enquit Sébastien.

— Oh non ! Ce n'est pas son genre.

— Il est communiste ?

— Pas que je sache !

— Athée alors ?

— Je l'ignore. En vérité, je ne connais pas ses opinions politiques et ne sais pas quel parti il soutient. Mais il est hostile aux nationalistes.

Sébastien écouta les conseils de Louis Lansac et fit mine de se promener au hasard dans les vignes. Peu avant onze heures, Emilio sortit endimanché, comme il en avait l'habitude quand il se rendait au café de l'Avenir à Saint-Hippolyte. Paulo ne l'accompagnait pas.

Il n'eut pas le temps d'arriver jusqu'à lui qu'il vit débouler Justine à bicyclette. Elle le doubla sans le remarquer et fila droit sur Emilio.

Ils ont l'air de bien se connaître ! songea aussitôt Sébastien.

Il se posta à l'écart, en contrebas du chemin, pour ne pas être découvert. Les observa en toute discrétion.

Justine descendit lestement de son vélo. Le laissa tomber sans précautions. Sauta au cou d'Emilio.

Ce dernier l'enlaça. Chercha sa bouche. L'embrassa. Se perdit dans une longue étreinte.

Eh bien ! se dit Sébastien. En voilà deux qui ont hâte de se retrouver ! Je ne sais pas si Louis sait que sa fille fréquente un de ses employés, mais la situation me paraît quelque peu délicate !

Emilio entraîna Justine à l'abri des regards.

— Je t'ai attendue si longtemps ! lui susurra-t-il à l'oreille. Je croyais que tu ne désirais plus me revoir.

— Sais-tu où j'étais partie ?

— Je l'ignore. Comment aurais-je pu le savoir ?

Et Justine de raconter en détail à son ami les raisons de sa retraite en Lozère.

— Mais je te rassure tout de suite, précisa-t-elle, j'ai décidé de passer outre aux injonctions de mon père. Je ne veux pas te perdre. Tu es à moi, Emilio. Et je suis à toi, pour la vie !

Emilio la serra dans ses bras, mais dans son esprit l'image de Maria revint engrisailler son bonheur. L'ambivalence de ses sentiments lui laissait un goût amer.

Sébastien ne savait que faire. S'éloigner et remettre à plus tard son entrevue avec Emilio, ou attendre que les deux amoureux se décident à s'éclipser ensemble ou à se séparer. De son poste d'observation, personne ne pouvait le voir. Il sortit une cigarette de son étui. L'alluma. Patienta.

Justine ne cessait de parler. Emilio l'écoutait tout en caressant ses longs cheveux de soie. De temps en temps, il lui prenait le visage entre les mains. La regardait au fond des yeux. Semblait s'y noyer. L'embrassait comme pour l'implorer de se taire. Justine s'accrochait à ses lèvres. Glissait ses doigts dans le col ouvert de sa chemise. Se perdait dans la volupté de l'interdit.

La scène dura un bon quart d'heure.

Sébastien se demandait ce qu'ils avaient à se dire et pourquoi ils ne se réfugiaient pas dans un endroit plus propice aux épanchements.

Tout à coup, il vit Justine s'assombrir. S'écarter d'Emilio. S'essuyer les yeux.

Elle pleure ! devina-t-il.

De son côté, Emilio semblait très éprouvé. Il tenait encore Justine par les mains, mais celle-ci tentait de se détacher de lui.

— Pourquoi m'as-tu menti ? lui reprocha-t-elle. Tu m'as trompée ! Tu n'étais pas libre et tu m'as laissée croire que j'étais tout pour toi !

— J'ai plusieurs fois essayé de te dire que j'étais fiancé dans mon pays. Mais c'était plus fort que moi. Je ne pouvais pas. Je t'aime sincèrement, Justine. Depuis notre première rencontre, je n'ai cessé de penser à toi.

Emilio avait jugé préférable d'avouer la vérité à Justine. Il se l'était promis. Dès qu'ils se retrouveraient, il lui parlerait, lui expliquerait le tourment dans lequel son âme était écartelée.

— Mon père avait raison quand il me laissait entendre qu'il n'était pas convenable que je fréquente un de ses employés ! finit par reconnaître Justine par dépit. De toute façon, notre relation n'avait aucun avenir.

— Les ouvriers n'ont rien à espérer des filles de riches ! C'est ce que tu insinues !

— Non, Emilio. Je ne voulais pas te vexer. Mon père m'avait seulement mise en garde. D'ailleurs, il ne m'avait pas interdit de te revoir. Il m'avait demandé de choisir. C'est tout.

— Et tu as choisi de respecter les convenances !

— C'est toi qui m'y obliges par les révélations que tu viens de me faire !

— Je désirais seulement être honnête avec toi.

Justine semblait hésiter.

De son poste d'observation, Sébastien devinait que les amoureux étaient en proie à un douloureux dilemme.

Quand il vit Emilio embrasser à nouveau Justine sans que celle-ci le repousse, il en éprouva une sorte de soulagement.

— Alors, tu veux encore de moi ? demanda Justine en se réfugiant tout contre la poitrine d'Emilio.

— Je ne peux plus me passer de toi.

— Et Maria ?

— Donne-moi un peu de temps pour mettre de l'ordre dans mes pensées...

Justine était trop éprise d'Emilio pour lui en vouloir. Elle lui fit jurer de ne plus la tromper et de ne plus jamais lui cacher la vérité.

— Et pour ton père? s'inquiéta-t-il.

— Pour l'instant, il vaut mieux ne rien lui dire et le laisser croire que nous avons mis fin à notre relation.

Justine avait l'insouciance de la jeunesse et n'envisageait pas les difficultés qu'elle devrait affronter.

Elle embrassa encore longuement Emilio. Reprit sa bicyclette et s'éloigna en direction du mas.

Sébastien la vit passer devant lui.

Elle ne l'aperçut pas.

Alors seulement, il sortit de sa cachette et alla au-devant d'Emilio.

Surpris, celui-ci se tint d'abord sur ses gardes. Mais quand Sébastien lui avoua qu'il était l'ami de Louis Lansac et quelles étaient ses intentions, il abandonna toute méfiance et lui proposa de se promener le long du chemin tout en parlant.

— Nous y serons mieux qu'à l'intérieur, lui dit-il.

— Vous craignez qu'on nous entende? Ou qu'on nous voie rentrer ensemble?

— Non. Je n'ai rien à cacher.

Sébastien se garda bien de se montrer indiscret. Il tenta seulement de savoir si des jeunes gens comme Emilio se sentaient prêts à retourner dans leur pays pour se battre avec les républicains ou les nationalistes.

— Je ne vous demande pas de quel côté vont vos préférences, précisa-t-il. Je suppose que les Espagnols installés en France depuis plusieurs années sont partagés entre les deux camps.

— Je suis républicain ! coupa Emilio. Je ne le cache pas. Ma famille aussi. La république nous assure la liberté et l'égalité. Même si, pour l'instant, tout n'est pas encore parfait.

— Vous m'en voyez heureux ! Je dois avouer que mes préférences vont également aux républicains. J'ai des amis qui les aident activement. Ils sont engagés dans la lutte contre Franco. Vous avez dû entendre parler des corps étrangers volontaires qui se sont déjà joints à l'armée régulière pour contrer l'avancée des nationalistes. La Colonne Durruti[1] par exemple.

— Non ! reconnut Emilio.

— Normal, fit Sébastien. La presse ne s'est pas beaucoup épanchée sur ce sujet.

Il sortit de sa poche une feuille de journal pliée en quatre.

— Tenez, lui dit-il en lui présentant la coupure de presse. Lisez. C'est un article paru dans *Le Libertaire*, un journal anarchiste, le 11 septembre dernier. Il relate les carnets de route de Louis Mercier-Vega, engagé dans la centurie Sébastien-Faure de la Colonne Durruti. Depuis juillet, à l'annonce du putsch militaire, de nombreux étrangers se sont portés volontaires pour soutenir les républicains. Ils se battent notamment sur le front d'Aragon.

Emilio lut attentivement et s'étonna.

—J'ignorais que des étrangers étaient partis secourir la République espagnole. La situation doit donc être très grave !

— Elle l'est en effet. Je crois que votre pays aura besoin de l'aide de tous les siens pour s'opposer

---

1. Colonne de combattants anarchistes créée par Buenaventura Durruti.

au danger fasciste. C'est l'objet de mon enquête. Je voudrais me rendre compte dans quelle mesure les Espagnols installés en France sont prêts à retourner chez eux et dans quel camp ils y combattraient.

— Vous êtes journaliste ? s'étonna Emilio.

— Vous avez deviné… Je ne voulais pas vous le dire tout de suite, craignant que vous vous méfiiez de moi. Mais je ne peux vous le cacher plus longtemps.

— Vous ne citerez pas mon nom ?

— Bien sûr que non !

Emilio reconnut que, pour le moment, il n'avait pas songé à rentrer en Catalogne, la situation n'y étant pas aussi grave qu'en d'autres régions d'Espagne. Mais si, par la suite, ses parents couraient un danger réel du fait de l'avancée des troupes nationalistes, alors, affirma-t-il, il rentrerait vite pour les mettre à l'abri.

— Vous vous battriez aux côtés des miliciens[1] ? insista Sébastien.

Emilio hésita.

— Je n'y ai pas encore réfléchi. Mais s'il le fallait, oui, sans doute.

La conversation dura un long moment. Sébastien finit par obtenir toute la confiance d'Emilio. Ils en vinrent même à se tutoyer. Toutefois, Sébastien sentit une certaine réticence de la part du jeune Catalan quand il lui parla des premiers combats en juillet et en août. En vérité, Emilio songeait à Justine. Sébastien devina la raison de ses hésitations.

— Quelqu'un te retient ici, n'est-ce pas ?

Emilio se sentit confus.

---

1. Unités républicaines formées dès le début des combats contre les nationalistes.

— Non... pas vraiment... enfin, oui, je connais une jeune fille.

— Et, pour elle, tu hésiterais à rentrer chez toi pour te battre ?

Emilio se cabra soudain.

— Non ! s'insurgea-t-il. Si ma patrie a besoin de moi, j'irai lui porter secours. Jus... euh... elle comprendrait si je devais partir. Elle a les mêmes idées que moi au sujet de ce qui se passe dans mon pays.

Emilio avait failli se trahir. Sébastien feignit de ne pas avoir entendu. Puis avoua :

— Je vous ai aperçus, Justine et toi, avant de venir à ta rencontre. C'est pour elle que tu hésiterais à prendre les armes, n'est-ce pas ?

— Vous nous avez vus ?

— Ne crains rien. Je serai une tombe.

— Mais M. Lansac est votre ami !

— Je crois, Emilio, que nous allons le devenir aussi. Et je ne trahis jamais mes amis. Même de fraîche date !

Emilio ne savait plus que penser. Il s'en voulait déjà d'avoir trop parlé. Certes, Sébastien Rochefort l'avait rassuré. Il lui avait même raconté sa propre histoire familiale et son engagement en Indochine où il avait soutenu les indépendantistes, puis son départ précipité vers la Polynésie. Mais ils ne se connaissaient que depuis quelques heures. Qu'est-ce qui lui certifiait que ses propos n'allaient pas être divulgués sur la place publique et lui être préjudiciables ?

Sur le moment, il demeura dans l'expectative. Mais quand Sébastien l'invita à rencontrer les membres de sa famille à Anduze et notamment sa sœur Faustine et son mari, Vincent Rouvière, qui venaient d'accueillir dans leur propriété des réfugiés basques, il comprit qu'il n'avait plus à se méfier de son interlocuteur.

— À Anduze aussi, nous avons des exilés de la première heure. Mon beau-frère, à la demande du maire, a accepté sans hésiter d'héberger deux familles et de leur offrir du travail dans ses vignes. Si tu le souhaites, je te les présenterai. Je passerai te prendre quand tu voudras.

Emilio se sentit tout à coup impliqué, malgré lui, dans l'histoire tragique de son pays. Il accepta la proposition de Sébastien, conscient qu'il ne pouvait demeurer indifférent au sort de ses compatriotes ayant déjà fui la répression sanglante exercée par les troupes nationalistes depuis trois mois.

# 9

## La tentatrice

L'hiver succéda à l'automne et apporta son cortège de froidures. Puis un nouveau printemps éclata dans un jaillissement de couleurs et de fragrances miellées. Les arbres s'auréolaient de reflets d'argent tandis que le firmament s'émaillait de rose à chaque lever du jour. Un vent léger s'immisçait dans les ramures et faisait blouser la robe vert tendre des châtaigniers.

Dans les vignes, les hommes partaient de plus en plus tôt au travail, profitant des petits matins frais et toniques pour s'occuper des ceps endormis par les derniers frimas. L'année s'annonçait sous d'heureux auspices pour les prochaines vendanges, même s'il était encore un peu tôt pour affirmer que 1937 serait un millésime à retenir. Mais les paysans, qui connaissaient les arcanes de l'œnologie, savaient deviner ce qui était en faveur d'une bonne ou d'une médiocre récolte.

Aux Grandes Terres, Augustin Lanoir, le régisseur de Louis Lansac, ne se trompait jamais. Dès l'arrivée du printemps, il prédisait toujours avec exactitude si le ciel offrirait ou pas ses faveurs et s'il fallait s'attendre à la cuvée du siècle. Depuis vingt ans qu'il travaillait pour les Lansac, il avait parfois crié au miracle. En effet, il avait su déterminer avec précision les millésimes exceptionnels, avant même que les vendanges soient commencées. Il se souvenait très bien des années sublimes qui avaient donné les meilleurs nectars depuis la Grande Guerre : en 1921, après un été torride, on récolta des raisins gorgés de sucre, qui procurèrent un vin puissant et suave, d'un équilibre rayonnant. La réussite avait été partout éclatante, la Bourgogne avait donné des blancs et des rouges brillants de mille feux, la Champagne des cuvées de légende et l'Anjou des breuvages d'une éternelle jeunesse ; ce fut également l'année du siècle pour les saint-émilion et les sauternes. L'année 1928, après un été exceptionnellement chaud, avait offert une récolte généreuse et produit des vins solides, très charpentés. Et l'année de la Grande Dépression ! Ah ! l'année 1929 ; il s'en souvenait plus que de toute autre. Certes, la morosité régnait partout dans les esprits en ce mois d'octobre, car nul ne savait ce qui allait se passer dans les mois suivants. Mais les conditions avaient été si favorables que le ciel pouvait bien s'assombrir, les vendanges, elles, s'étaient révélées comme les plus belles depuis une éternité. Dès sa naissance, ce millésime voluptueux suscita l'enthousiasme par sa précocité, son charme immédiat, sa douceur et sa richesse somptueuse. Cette année-là, tous les vignobles furent touchés par la grâce. Elle serait sans aucun doute l'année du siècle. Augustin Lanoir en était persuadé.

Pour cette année 1937, il sentait venir un millésime généreux qui donnerait des vins robustes et charpentés, solides et pleins de feu, mais harmonieux. Il s'en ouvrait fréquemment à Emilio, qui apprenait chaque jour auprès de lui les secrets de la vigne et du vin.

— J'espère que, lorsque tu rentreras dans ton pays, tu sauras mettre à profit tout ce que je t'aurai enseigné, lui disait-il comme un maître à son élève. Le Languedoc comme ta Catalogne natale peuvent devenir de grandes régions viticoles. Mais il faudra encore du temps pour que les viticulteurs prennent conscience que qualité et quantité ne font pas bon ménage. Vois-tu, ici, sur nos coteaux, depuis la terrible crise du phylloxera du siècle dernier, les paysans ont trop planté de vigne, et pas toujours les meilleurs cépages. Il sera nécessaire un jour d'arracher l'excédent et de songer aux variétés moins productives, qui donnent des vins de qualité. C'est ce que je fais sur le domaine des Grandes Terres. M. Lansac, après son père, me donne carte blanche. Et je crois que depuis que je régis son vignoble, il n'a pas eu à le regretter. Mais nous ne sommes pas nombreux à penser et à agir ainsi.

Emilio se montrait très attentif aux conseils avisés de son maître. Il se souvenait parfaitement des paroles de son père, quand il travaillait sur le domaine du comte don Fernando Aguilera. Arturo Alvarez ne disait pas autre chose qu'Augustin Lanoir. Mais là-bas, il n'était pas à bonne école ; les vignes produisaient en quantité un vin robuste et âpre, de piètre qualité, que les consommateurs coupaient généralement avec de l'eau.

— Quand je rentrerai chez moi, j'appliquerai vos méthodes et j'essaierai de convaincre les viticulteurs qu'il vaut mieux miser sur des vins nobles plutôt que sur des vins de grande consommation.

— As-tu l'intention de retourner bientôt au pays ? s'enquit Augustin, peu au courant des événements qui se déroulaient en Espagne depuis maintenant plus de dix mois.

— Pour l'instant, je n'y songe pas. Mais si la situation venait à se dégrader et à mettre ma famille en danger, alors je partirais pour aller les aider.

— Tu les aideras à fuir vers la France comme ces réfugiés installés sur notre domaine ?

— Si c'est la seule solution, oui, je le ferai.

— Tu es courageux, petit. Je n'aimerais pas être à ta place. Ni à celle de tes parents !

Emilio espérait que cela n'arriverait pas. Non seulement parce qu'il ne souhaitait pas que sa famille connaisse les affres de l'exode, mais aussi parce qu'il ne pouvait plus se passer de Justine.

Malgré les recommandations de son père, la jeune Lansac s'était jetée à corps perdu dans les bras d'Emilio et, chaque fois qu'elle rentrait de l'université de Montpellier, où elle avait entrepris en octobre des études de droit en vue de devenir avocate, elle n'avait de cesse de le rejoindre secrètement dans un endroit discret du domaine des Grandes Terres. Alors, ils s'aimaient à en perdre la raison.

Et Justine se perdait dans ses rêves et imaginait qu'un jour viendrait où son beau Catalan l'emmènerait sur les rives paradisiaques du pays où l'amour est roi et où personne ne pourrait s'opposer à leur destin.

Emilio, lui, restait lucide, car il savait que la réalité ne serait pas aussi idyllique. Il avait conscience des obstacles qui parsèmeraient leur route lorsqu'ils dévoileraient leur liaison au grand jour. D'abord, il lui faudrait choisir définitivement entre Justine et Maria.

Pour l'instant, il en reculait l'échéance, laissant au temps le temps d'éclaircir son horizon, et maintenait Justine dans le secret espoir qu'il ferait bientôt la lumière en lui. Aveuglée par ses sentiments, celle-ci lui accordait toute sa confiance et ne montrait aucun signe de jalousie ni d'impatience. Ensuite, Emilio s'inquiétait de plus en plus de la situation de son pays. Il avait appris de source sûre que depuis le mois de mars le camp républicain était en proie à de sanglants affrontements internes mettant en danger la capacité de la République à reconquérir le terrain perdu sur les troupes de Franco. Au cours de la première semaine de mai, à Barcelone, les milices anarchistes et communistes du POUM[1] avaient été massacrées par les groupes d'intervention inféodés à Moscou. Le temps de la révolution sociale semblait avoir vécu. Par ailleurs, l'Allemagne nazie se montrait très active aux côtés des nationalistes. Comme la plupart des observateurs du conflit, la France avait été bouleversée par le bombardement de civils à Guernica, le 26 avril, perpétré par la légion Condor.

Emilio ne pouvait plus méconnaître ce qui se déroulait dans son pays. Sébastien Rochefort le tenait régulièrement informé chaque fois qu'il passait voir son ami Lansac aux Grandes Terres et suscitait en lui désapprobation, émotion et, de plus en plus, sentiment de révolte.

Aussi, lorsque Justine se montrait avec lui un peu trop optimiste, il se refermait, tentait de la raisonner. En vain. La jeune Lansac vivait dans un monde où les

---

1. Parti ouvrier d'union marxiste, de tendance trotskiste, indépendant de Moscou.

atrocités semblaient ne pas avoir leur place, d'où les malheurs paraissaient bannis, où seul l'amour avait droit de cité.

*
* *

Irène Lansac ignorait que sa sœur revoyait Emilio. Elle avait tenté de la mettre en garde, sans succès, puis avait oublié son aventure qu'elle avait crue passagère.

Depuis qu'elle avait abandonné toute velléité d'études, elle passait le plus clair de son temps à pratiquer l'équitation, discipline dans laquelle elle excellait, à la plus grande satisfaction de son père. Elle participait régulièrement à des concours hippiques dans la région et même au-delà. Plusieurs fois récompensée, elle exhibait avec fierté ses coupes et médailles dans une vitrine du salon. Lorsqu'un visiteur s'extasiait devant ses trophées, Louis se faisait un réel plaisir – non sans éprouver un brin de vanité – de clamer que sa fille était une graine de championne.

— Elle veut être professeur d'équitation, ne cessait-il d'affirmer. Elle est encore jeune, mais dans quelques années, elle obtiendra ses diplômes et enseignera sa passion aux autres. Elle est vraiment douée.

L'aînée des Lansac aimait chevaucher dans les terres du domaine de son père et s'entraînait assidûment au saut d'obstacles chez un ami de Louis qui tenait un manège.

Emilio la voyait parfois caracoler aux abords des vignes. Elle ne lui prêtait jamais attention et continuait son chemin sans jamais s'intéresser au travail des hommes. En revanche, elle ne passait pas inaperçue tant son port altier et ses qualités incontestables de cavalière attiraient les regards.

Irène savait se faire admirer. Elle adorait se sentir adulée et éprouvait de la fierté quand tous se retournaient sur sa personne.

— Qu'elle est belle, la fille du patron! s'extasiait souvent Paulo qui n'avait d'yeux que pour elle. Une vraie amazone de roman. Comme j'aimerais qu'elle vienne un jour nous parler!

— Elle est bien trop arrogante pour ça, lui répondait alors Emilio qui n'avait pas l'air de l'apprécier. Elle ne ressemble pas à sa sœur!

— Qu'en sais-tu?

Paulo ignorait que son ami fréquentait la fille cadette de Louis Lansac. Depuis plus de huit mois, Justine et Emilio avaient su dissimuler leur liaison au prix de mille subterfuges.

Un matin, alors qu'Emilio travaillait seul dans une parcelle de vignes nouvellement plantées, il entendit derrière lui un cheval au galop. Il se retourna et aperçut Irène en position scabreuse sur sa monture. Elle avait beau tirer de toutes ses forces sur le mors de l'animal, elle ne parvenait pas à s'en faire obéir.

La jeune Lansac arrivait droit sur lui à travers la rangée de ceps qu'il venait de sulfater. Agrippée à la crinière de la bête déchaînée, un pied sorti de l'étrier, elle criait des mots incompréhensibles.

Emilio eut juste le temps de s'écarter. Sur son passage, l'alezan arrachait des mottes de terre, saccageait les jeunes plants, ruait des quatre fers pour désarçonner sa cavalière. Brutalement, il s'arrêta.

Projeta Irène par-dessus son encolure. Finit par se calmer.

— Holà, holà! fit Emilio pour l'amadouer. Doucement, mon beau! Doucement.

Puis il se porta au secours d'Irène qui semblait évanouie, le nez dans la boue. Il la retourna. Lui passa la main sur le visage. Puis à la base du cou pour tâter son pouls.

— Ça va, mademoiselle?

Irène ne répondit pas immédiatement.

Emilio réitéra sa question. Il la secoua avec précaution. Puis il fit couler entre ses lèvres un peu d'eau de sa bouteille.

— Vous m'entendez? Dites quelque chose!

Alors, Irène entrouvrit les yeux. Feignit de ne pas savoir ce qui lui était arrivé. S'accrocha au cou d'Emilio.

Gêné, celui-ci se laissa faire. Il la souleva légèrement, l'adossa contre le cep qui se trouvait juste derrière elle.

— Ça va mieux? s'enquit-il. Vous n'avez rien de cassé? Remuez lentement les jambes... Là, puis les bras... Remuez la tête. C'est parfait... Vous avez de la chance de vous en tirer à si bon compte!

Irène sourit. S'agrippa de nouveau à Emilio.

— Aidez-moi à me relever, s'il vous plaît... Oh, j'ai mal partout!

— Rien d'étonnant après une telle chute! Vous auriez pu vous rompre le cou. Votre cheval me paraît bien fougueux!

— Ce n'est qu'un poulain. Et c'est la première fois que je le monte. C'est sa première sortie depuis l'hiver. Je n'ai pas pu le retenir.

— Je m'en suis rendu compte!

Irène semblait confuse. Elle fit mine de se plaindre de ses contusions et remercia Emilio pour son attention.

— Heureusement que vous étiez là ! Sans vous, je ne sais pas où mon cheval m'aurait entraînée.

— Je n'ai rien fait ! Il s'est arrêté tout seul.

— J'ai bien vu que vous avez essayé de lui barrer la route. C'était dangereux ! Vous êtes un homme courageux.

Irène revint vers sa monture. Calmée, celle-ci se laissa approcher sans réticence.

— Je vous revaudrai cela, Emilio. Je n'oublierai pas que vous avez tenté de me sauver la vie.

— Je n'ai rien fait d'exceptionnel, mademoiselle.

— Appelez-moi donc Irène. Entre nous, ce sera plus cordial. Après tout, vous appelez bien ma sœur par son prénom, n'est-ce pas ?

— …!

— Ne soyez pas gêné. Je suis au courant de votre relation avec Justine. Mais vous n'avez rien à craindre…

Irène allait remonter sur son cheval, quand elle se ravisa.

— Je comprends mieux Justine à présent !

— Que voulez-vous dire ?

— Ma sœur a beaucoup de chance ! Vous êtes… vous êtes vraiment charmant, Emilio.

Tandis qu'elle prononçait ces paroles affables, Irène se rapprocha du jeune Catalan et lui passa la main sur le visage. Lui effleura les lèvres du bout des doigts. Puis elle se dressa sur la pointe des pieds et déposa un baiser sur sa bouche.

Emilio ne réagit pas.

— Vous ne dites rien !
— … !
— Vous êtes muet !
— Au revoir, mademoiselle. La prochaine fois, faites attention, je ne serai pas toujours là !

Emilio s'écarta de quelques pas et reprit son travail. Irène enfourcha son alezan et tira sur les mors.

— Je reviendrai vous voir… À bientôt.

La cavalière s'éloigna lentement, sans brusquer sa monture. Elle se retourna plusieurs fois en direction d'Emilio comme si elle attendait de sa part qu'il lui adressât à son tour un dernier regard. Puis elle prit le galop et disparut dans un nuage de poussière.

Plusieurs jours s'écoulèrent.

Emilio avait presque oublié sa rencontre avec Irène dans les vignes. Son esprit était de plus en plus préoccupé par les événements qui se précipitaient dans sa Catalogne natale et dans les régions agressées par les nationalistes. Sous l'influence pressante de Sébastien Rochefort, qui ne manquait pas une occasion de le tenir informé, il se demandait chaque jour quelle attitude adopter vis-à-vis des siens. Devait-il partir les secourir pendant qu'il était encore temps, ou pouvait-il attendre dans le douillet confort de l'amour que lui prodiguait Justine ?

Un soir, alors qu'il tardait à regagner son logement, mettant une dernière main, dans la cave, aux travaux de vinification des vendanges précédentes, Irène vint le rejoindre. Augustin Lanoir avait donné ses ultimes recommandations à son protégé, lui conseillant de bien veiller à l'ouillage[1] des barriques.

Elle se fit très discrète. Il ne l'entendit pas arriver. Tous les compagnons d'Emilio avaient déjà quitté le chai. À pas de velours, elle se glissa derrière un fût de chêne et l'observa. Au fond d'elle-même, elle ne pouvait s'empêcher d'admirer sa sveltesse, son profil sculpté comme un marbre grec, ses muscles saillants, son regard doux et ténébreux. Elle mourait d'envie de se précipiter vers lui, de s'agripper à ses épaules, de le déshabiller pour mieux sentir le parfum de sa peau, de l'embrasser à pleine bouche et de se perdre dans la volupté étourdissante du grand frisson. Irène était une fille fougueuse qui contenait mal ses pulsions amoureuses. Tenace et enjôleuse, elle parvenait souvent à ses fins. Les hommes sur qui elle jetait son dévolu résistaient rarement à la tentation à laquelle elle les soumettait. Elle jouait de son charme sans aucune retenue, sans pour autant tomber dans la turpitude. Elle connaissait les limites à ne pas franchir. Aussi, jamais elle ne s'était donnée sans avoir ressenti au préalable une once de sentiment au fond de son âme assoiffée de plaisir. Jamais elle ne s'était affichée avec un membre du personnel de son père, par égard envers ce dernier, mais aussi parce que, dans son esprit, cela ne seyait pas à une jeune fille de bonne famille.

Mais depuis qu'elle savait Justine amoureuse, elle ne pensait plus qu'à se rendre compte par elle-même des raisons intimes qui avaient fait tomber

---

1. Opération consistant à refaire régulièrement le niveau d'une cuve ou d'un fût pour compenser l'évaporation.

sa cadette dans les bras du bel Emilio. C'était une sorte d'obsession. Une tentation aveugle de se mettre elle-même en danger, au risque de se compromettre aux yeux de son père et de se brouiller à jamais avec sa sœur.

Ce soir-là, rien ne put la retenir d'aller retrouver le jeune Catalan dans son antre et de le soumettre à son tour à l'attrait de ses charmes.

Lorsque Emilio sentit sa présence derrière lui, il se retourna et, surpris, lui demanda sans se départir de son calme :

— Que faites-vous là, mademoiselle ?

— Je t'ai déjà dit de m'appeler par mon prénom, Emilio, lui répliqua-t-elle aussitôt en le tutoyant. Est-ce si difficile ?

— C'est que... je ne vous connais pas et vous êtes...

— La fille de ton patron ! Mais tu n'as pas autant de scrupules avec Justine ! Alors, pourquoi te gêner avec moi ?

Irène s'approcha de lui. Tenta de le détourner de sa tâche en le tirant par le bras.

— Laisse donc tomber deux secondes ton travail ! Viens, suis-moi. Je ne vais pas te manger.

Elle l'attira dans un coin plus sombre de la cave, là où personne en y entrant ne pourrait les découvrir. Emilio se laissa faire, non sans quelque réticence.

— Que me voulez-vous ? lui demanda-t-il.

— Seulement parler avec toi. Tu travailles pour mon père depuis plus de trois ans ; or je ne te connais pas encore !

— Vous êtes la fille du patron. Je ne suis qu'un de ses ouvriers !

Irène saisit les mains d'Emilio. L'attira tout contre sa poitrine.

— Sens comme ça cogne là-dedans ! Embrasse-moi, Emilio. Embrasse-moi fort !

Elle ne lui laissa pas le temps de réagir, elle s'approcha de son visage et l'embrassa sur la bouche à lui en faire perdre haleine.

Emilio ressentit toute la chaleur qui émanait de son corps. Perçut ses seins se dresser sous son corsage largement entrouvert. Son envie intime de se donner à lui comme si rien ne pouvait apaiser le feu qui la brûlait de l'intérieur.

Il tenta de la repousser. Elle s'accrocha encore plus à ses épaules. Lui griffa le cou. L'ébouriffa. Força sa bouche à s'ouvrir sous l'effet de sa langue.

Emilio finit par faiblir. Desserra les lèvres et se laissa gagner par le plaisir. Il l'embrassa à en perdre toute notion de l'acte qu'il était en train de commettre. Leurs mains cherchèrent à se déshabiller mutuellement. Irène l'obligea à s'agenouiller. Retroussa sa robe. L'attira vers son jardin secret pour lui offrir ce qu'elle avait de plus précieux. Emilio ne savait plus où il s'égarait, tant le parfum qu'il percevait dans l'intimité de la jeune fille l'enivrait.

Irène ne pouvait retenir ses halètements de plaisir, alors qu'Emilio n'était pas encore totalement passé à l'acte. Tout à coup, il se reprit.

— Qu'est-ce que vous cherchez ? lui dit-il sur un ton de reproche. Qu'est-ce que vous espérez de moi ? Vous n'êtes qu'une ensorceleuse !

Surprise, Irène remit de l'ordre dans sa tenue. Toisa Emilio.

— Tu n'es qu'un imbécile ! Tu ne comprends pas que je t'aime.

— C'est impossible, mademoiselle.

— Irène ! Je m'appelle Irène !

— Vous ne pouvez pas m'aimer, Irène. J'aime votre sœur. Et elle m'aime aussi. Vous n'avez pas le droit de lui faire du mal !

— Elle n'en saura rien !

— Mais je ne vous aime pas, moi !

Vexée, Irène n'insista pas.

Elle tourna les talons. Feignit de s'en aller.

— Je n'ai pas dit mon dernier mot, Emilio. Tu entendras encore parler de moi. Tu finiras par regretter de m'avoir repoussée. Et tu reviendras vers moi plus vite que tu ne le penses.

Elle quitta précipitamment la cave sans se retourner.

## 10

### La grande décision

Les réfugiés accueillis par Louis Lansac venaient tous du Pays basque. Ils avaient fui le danger fasciste et se proclamaient républicains. Emilio les avait rencontrés et avait beaucoup discuté avec eux. Ils lui avaient appris que les nationalistes avaient mené une sévère répression partout dans les régions qu'ils avaient conquises et que tous ceux qui s'étaient montrés partisans de la République et qui avaient participé aux opérations de collectivisation avaient été arrêtés en masse, ainsi que de très nombreux responsables syndicaux ou membres locaux des partis de gauche. Les exécutions ne cessaient pas depuis la progression des troupes rebelles. On comptait déjà les victimes de la terreur fasciste par milliers.

Elias Atxabal, l'un des protégés de Louis Lansac, lui affirma :

— La plus grosse tuerie a eu lieu en août dernier en Estrémadure, quand les soldats de la Légion se sont emparés de la ville de Badajoz. Ils ont massacré plus de deux mille miliciens républicains[1]. Ils n'ont

---

1. Bilan évalué à l'époque. Selon l'historien britannique Hugh Thomas, auteur de *La Guerre d'Espagne*, Paris, Robert Laffont, 1961, il aurait été plus proche de deux cents.

eu aucun mal, les sauvages ! Leurs adversaires étaient complètement désarmés.

— Nous sommes au courant de cette tragédie, releva Sébastien Rochefort qui assistait à la conversation. Deux de mes amis journalistes en ont relaté les faits. Cela prouve la vraie nature du régime fasciste de Franco.

— Au Pays basque, poursuivit Elias, les nationalistes s'en sont pris aussi au petit clergé catholique. Ils ont reproché aux prêtres de se maintenir en territoire républicain alors que leur hiérarchie avait choisi le camp de Franco. Du coup, ils ont fusillé seize prêtres et en ont emprisonné et expulsé beaucoup d'autres. C'est lamentable de s'en prendre aux religieux !

— En Catalogne, les extrémistes de gauche ont fait la même chose ! reconnut Emilio. Je ne vais pas à la messe, mais moi non plus je n'admets pas qu'on s'en prenne aveuglément aux membres de l'Église.

Emilio sentait de plus en plus la pression peser sur ses épaules d'exilé. Chaque jour qui passait lui rappelait que son pays était en proie à de terribles souffrances et que les siens étaient peut-être en danger. Or, lui vivait en toute quiétude, réfugié dans le cocon douillet de l'amour que lui vouait Justine. Il s'était rendu plusieurs fois chez son oncle Estéban, à Montpezat, pour lui demander conseil. Le frère de son père lui avait sagement recommandé d'attendre.

« Ne va pas te jeter dans la gueule du loup, lui avait-il dit. Tes parents ne risquent rien. La Catalogne est encore aux mains des républicains. Le gouvernement tient toujours Madrid. Pour l'instant les fascistes n'ont pas le dessus. »

En vérité, même Elias Atxabal minimisait la situation. Comme la plupart des ressortissants réfugiés à l'étranger, il n'avait pas accès aux dernières informations en provenance de son pays. Or, depuis que l'Allemagne et l'Italie s'étaient pleinement investies dans le conflit aux côtés de Franco en lui envoyant armes lourdes, aviation et plusieurs dizaines de milliers d'hommes, les données penchaient de plus en plus en faveur des nationalistes. Et ce n'étaient pas le concours apporté aux républicains par les Soviétiques ni les effectifs des Brigades internationales qui pouvaient contrebalancer la situation.

Les premiers réfugiés avaient été plutôt bien accueillis par la population tant leur état lui avait inspiré de la pitié. Dans le Gard, le préfet se réjouissait même du mouvement de solidarité qui s'était immédiatement dessiné en faveur des malheureux. Ceux-ci, en fuyant la tyrannie, avaient tout perdu. Il se félicitait de l'aide octroyée par les particuliers et par certaines associations.

Toutefois les relations avec les habitants s'étaient dégradées dans plusieurs communes, notamment au Vigan et à Saint-Hippolyte-du-Fort. Plusieurs femmes basques y avaient violemment manifesté leur mécontentement dans des magasins où elles avaient refusé de payer la nourriture qu'elles s'étaient appropriée.

Aussitôt averti, le maire de Saint-Hippolyte les fit amener jusque dans son bureau.

— Les autorités françaises ont le devoir de subvenir à nos besoins ! proclamèrent-elles avec véhémence, dans leur langue maternelle.

Elles se montrèrent si grossières que l'interprète qui les accompagnait dans leur requête n'osa traduire leurs propos au premier magistrat de la commune.

— Que disent-elles ? s'enquit celui-ci. Demandez-leur de se calmer. Je suis prêt à les écouter. Mais d'abord, qu'elles cessent de faire un esclandre !

Le malheureux interprète fit diversion.

Les jeunes femmes finirent par devenir un réel danger. Le maire dut faire appel aux gendarmes pour les contenir.

Finalement les dix meneuses de Saint-Hippolyte et du Vigan furent aussitôt transférées à Nîmes avec leurs vingt-trois enfants. Le calme revint alors dans les deux petites communes.

— Je crains que cet incident ne présage rien de bon ! déplora Hector Barral devant Louis Lansac qui avait assisté à l'altercation. Aujourd'hui, nous maîtrisons la situation car les réfugiés ne sont pas nombreux. Mais qu'en sera-t-il lorsqu'ils afflueront par milliers ?

— Vous me semblez bien catastrophiste, Hector ! Qu'est-ce qui vous fait dire que des flots de réfugiés vont bientôt déferler sur notre région ?

— Rien, pour l'instant. Mais vous verrez ! Si la guerre civile en Espagne perdure au profit des fascistes, la population prendra peur et nous demandera l'asile. Or nos autorités ne sont pas prêtes à accueillir toute la misère du monde, ni même celle d'un seul pays, fût-il ami.

Depuis le mois de mai 1937, les arrivées de réfugiés n'avaient pas cessé dans le Gard. En août, à la suite de la conquête finale du nord-ouest de l'Espagne par les troupes franquistes, deux convois débarquèrent à Bordeaux. Plus de mille trois cents hommes, femmes et enfants furent aussitôt acheminés à Nîmes, puis dispersés dans trente-cinq départements. Deux cents d'entre eux furent accueillis par une quinzaine de communes gardoises telles que Bessèges, Uzès, Le Vigan, Saint-Hippolyte-du-Fort, Anduze, Robiac, Gagnières. Certains maires commencèrent à s'inquiéter : leur communauté d'exilés dépassait parfois la centaine d'individus. Toutefois, les incidents étaient rares, grâce à la conduite souvent exemplaire des principaux intéressés.

— Tant que nous pourrons leur procurer des locaux pour les loger, reconnaissait le maire de Saint-Hippolyte, cela se passera bien. Mais il arrivera un moment où nous ne pourrons plus les héberger décemment. Dans ce cas, je ne vois pas comment nous ferons pour leur fournir un abri et des vivres sans soulever une réaction de rejet de la part de nos administrés qui se sentiront peut-être, comment dire... submergés.

— Nous n'en sommes pas encore là ! releva Louis Lansac qui se voulait assurément optimiste. Franco n'a pas gagné la guerre. D'ailleurs dans certaines communes, le mouvement s'est inversé.

— C'est-à-dire ?

— Des réfugiés commencent à retourner en Espagne, précisa Sébastien Rochefort qui accompagnait son ami Lansac. La plupart, par la frontière catalane, dans l'intention de se battre contre les nationalistes. D'autres pensent qu'ils ne risquent plus rien en rentrant chez eux, les combats étant terminés. Mais je crains que Franco ne leur fasse pas de cadeaux !

Les trois hommes se réunissaient souvent dans les locaux de la mairie et faisaient le point de la situation des communes avoisinantes qui, tels Anduze et Le Vigan, avaient recueilli un bon lot d'immigrés. À leurs yeux, il était encore trop tôt pour connaître le vainqueur de ce conflit fratricide qui se déroulait aux portes de la France. Mais tous les trois déploraient la gravité des événements.

— Si les autorités françaises ne prennent pas immédiatement des mesures drastiques pour prévoir une arrivée massive d'exilés dans les mois qui viennent, on court à la catastrophe, affirmait Hector Barral, le plus lucide des trois.

— Les Français ont bon cœur, fit Louis Lansac. Ils leur ouvriront leurs portes.

— Je n'en suis pas si sûr, coupa Sébastien. Quand le flot deviendra impossible à endiguer, elles se refermeront. C'est à craindre. En tant que journaliste, je vais bientôt me rendre en Catalogne ; puis je tâcherai de gagner les zones de combat. Je veux me rendre compte par moi-même de l'avancée des troupes fascistes et du degré de résistance des milices républicaines. Après quoi, je pourrai vous dire s'il faut redouter le pire ou non.

— Vous allez partir en reportage ? s'étonna Louis Lansac. Correspondant de guerre, en quelque sorte ! Mais c'est très dangereux !

— J'aime m'engager pour les causes que je soutiens. Pour moi, la liberté en Espagne n'est pas uniquement l'affaire des Espagnols. La peste noire sévit de plus en plus en Europe. Si Franco gagne cette guerre, notre pays sera entièrement entouré par des puissances totalitaires. Cela donnera des idées à d'autres. Je ne souhaite pas que toute l'Europe devienne fasciste.

Sébastien n'avait pas hésité une seconde lorsque son rédacteur en chef, au journal *Le Populaire*, lui avait demandé de couvrir les événements qui ensanglantaient l'Espagne. Depuis plusieurs semaines, il s'était donc rapproché de certains exilés pour appréhender les difficultés qu'il rencontrerait une fois sur le terrain. Il avait décidé, sans en référer à sa hiérarchie, de partir en compagnie de quelques réfugiés désireux de rentrer chez eux pour combattre avec les républicains. Ainsi, pensait-il, il pourrait mieux ressentir ce qui animait ces combattants pour la liberté.

*
* *

De son côté, Justine mettait toute son énergie à retenir Emilio, le devinant prêt maintenant à franchir le pas. En son for intérieur, elle craignait qu'en allant porter secours aux siens, il ne renoue avec Maria et ne finisse par l'oublier.

— Promets-moi de ne pas me quitter, lui fit-elle jurer. Quand je sentirai mon père dans de meilleures dispositions, j'irai le trouver et lui parlerai à nouveau. Il comprendra que mon bonheur est plus important que le qu'en-dira-t-on.

Emilio répugnait à lui promettre des choses qu'il savait ne pas pouvoir tenir si, par malheur, la situation s'aggravait. Certes, pour l'instant rien ne l'obligeait à partir. Son père lui-même l'avait tranquillisé dans une lettre qu'il lui avait postée en mai, peu avant l'écrasement des insurgés anarchistes et marxistes de Barcelone par l'État républicain et les communistes orthodoxes. Mais, depuis cette reprise en main musclée des autorités légales sur les milices désobéissantes et libertaires, le danger de voir les nationalistes triompher s'accroissait de jour en jour.

— Je n'ai pas l'intention d'aller me battre ! rassura Emilio. Ne t'inquiète pas. Tant que la guerre civile ne met pas ma famille en danger, je ne partirai pas.

Justine sentait bien qu'Emilio ne disait pas exactement ce qu'il pensait. Au reste, elle n'ignorait pas qu'un certain nombre de réfugiés regagnaient chaque jour leur pays. Les préfets, en effet, devant la charge financière que leur accueil occasionnait aux communes, les incitaient à rentrer chez eux. Cette pression s'accrut en automne sur recommandation du ministre de l'Intérieur Marx Dormoy.

— Beaucoup de tes concitoyens prennent le chemin du retour, ajouta Justine. Pourtant la guerre n'est pas finie ! L'ami de mon père s'apprête même à rejoindre l'Espagne pour faire un reportage sur les combats qui s'y déroulent encore. C'est mon père qui me l'a appris. Ta région sera peut-être bientôt en danger ! Que feras-tu alors ?

Si la Catalogne, en effet, demeurait toujours républicaine, à présent l'étau se resserrait. Les armées putschistes gagnaient du terrain et faisaient une percée en direction de la Méditerranée pour tenter, en atteignant la mer, de couper en deux les territoires tenus par les troupes gouvernementales.

En octobre, les vendanges permirent à Emilio d'oublier ses inquiétudes. Il se jeta à corps perdu dans le travail et décida de ne plus se préoccuper de la situation en Espagne.

Paulo trouva étrange son soudain détachement et le lui signifia. Emilio lui répondit qu'il ne voulait plus entendre parler de la guerre civile qui sévissait chez lui. Que la Catalogne, de toute façon, serait un jour indépendante et n'obéirait plus à l'Espagne, et que Franco n'oserait pas s'attaquer aux Catalans de crainte de voir le conflit perdurer à ses dépens.

— Sache une bonne fois pour toutes que Catalans et Espagnols sont des peuples différents ! Je ne me battrai que si la Catalogne est en danger. Pour le moment, ce n'est pas le cas. Alors, fiche-moi la paix avec toutes ces histoires !

Paulo n'insista pas. Il comprit que son ami était partagé entre l'amour de son pays et celui qui l'attachait maintenant à la France. Il était persuadé néanmoins qu'un jour viendrait où il prendrait la grande décision qui lui déchirerait le cœur.

Irène n'avait pas dit son dernier mot. Refusant l'échec infligé par Emilio lors de sa tentative de séduction, elle se mit en tête de le pousser dans ses ultimes retranchements pour voir comment il réagirait.

Elle s'arrangea pour le rencontrer de nouveau, seul, un soir, alors qu'il terminait son travail à la cave. Comme la première fois, elle se glissa furtivement dans le chai et, profitant de la demi-obscurité, s'approcha de lui sans se faire remarquer. Lorsqu'elle parvint à quelques pas derrière son dos, elle le toisa :

— Alors Emilio, tu m'évites !

Interdit, ce dernier faillit lâcher le tonnelet qu'il s'apprêtait à transvaser dans une barrique. Se reprit de justesse. Fulmina.

— Qu'est-ce que vous êtes encore venue faire ici ? Ce n'est pas un endroit pour les femmes ! Votre père sait-il que vous perturbez le travail de ses ouvriers ?

— Ne fais pas semblant d'ignorer pourquoi je suis revenue, Emilio !

— Je ne veux pas le savoir ! Vous ne m'intéressez pas, Irène. Je vous l'ai déjà dit. Faut-il que je vous le répète ?

— Ne sois pas si sauvage, mon beau Catalan ! Je ne désire que ton bien. Tu as tort de me repousser. Avec moi, tu n'aurais rien à craindre de la part de mon père. Je n'ai pas l'intention de te demander de m'épouser comme cette petite sotte de Justine.

— Votre sœur ne m'a rien demandé de tel !

— Non, mais elle le souhaite. Comme elle est naïve, ma petite sœur !

— Tenez-la en dehors de tout cela !

— Je veux seulement te séduire et que tu te laisses séduire. Pour le plaisir. Personne n'en saura rien. Voyons, Emilio, laisse-toi aller. Il n'y a rien de mal à prendre du bon temps.

Irène s'approcha d'Emilio comme une chatte désireuse d'obtenir des caresses. Elle lui effleura la joue du bout des doigts, se fit enjôleuse, tenta de l'enlacer.

Alors, d'un mouvement brusque, Emilio la renversa sur le sol. La serra de toutes ses forces entre ses cuisses. L'embrassa violemment sur la bouche. Lui souleva la jupe comme un hussard.

Surprise, Irène se débattit. Mais Emilio lui colla une main sur la bouche pour la contraindre au silence.

— C'est ça que tu désires, hein ! lui cria-t-il devant son visage révulsé. Tu veux que je te prenne de force ! Tu veux savoir comment les Catalans font l'amour !

Irène cessa de se cabrer et le regarda fixement dans les yeux.

— Hum… hum…

Emilio desserra son étreinte.

— Oui, prends-moi ! Là. Tout de suite, parvint-elle à murmurer.

Alors Emilio se redressa. Lui cracha au visage.

— *Ets una puta*[1] ! lui cria-t-il. Tu ne mérites même pas mon crachat !

Furibonde, Irène se releva à son tour. Se jeta contre la poitrine d'Emilio toutes griffes dehors. Celui-ci la repoussa violemment. Elle retomba en arrière en se cognant la tête contre un fût de chêne.

Reprenant ses esprits, elle sortit précipitamment de la cave en hurlant :

— Tu me le paieras, Emilio ! Tu me le paieras ! Attends-toi à avoir des nouvelles de mon père.

Sans se départir de son calme, Emilio retourna à son travail et tâcha de ne plus penser à l'intrusion de la fille aînée de Louis Lansac.

Irène ne tarda pas à parler à son père. Furieuse d'avoir été une seconde fois éconduite par celui qui avait su conquérir le cœur de sa sœur, elle lui apprit que Justine n'avait pas cessé de fréquenter son ouvrier agricole.

---

1. « Tu n'es qu'une pute ! », en catalan.

— En es-tu sûre ? s'étonna Louis. Justine m'avait pourtant promis de mettre un terme à cette liaison. Cela fait des mois que je n'en ai plus entendu parler. Je pensais qu'elle avait enfin choisi la voie de la raison !

— Demande-le-lui toi-même. Tu verras ce qu'elle te répondra !

— Mais pourquoi m'apprends-tu cela maintenant ? Qu'est-ce qui te pousse à dénoncer ta sœur ? Vous seriez-vous querellées toutes les deux ?

— Non. Mais je croyais bon de te tenir au courant de ce qui se passe sous ton toit. Tu ne voudrais quand même pas devenir la risée de tes amis et de tes propres employés ! Cet Emilio profite de la crédulité de Justine. Il faut que tu mettes fin au plus vite à leur relation.

— Je n'approuve pas ton attitude, Irène ! s'interposa Armande Lansac. Je n'aime pas la délation. Encore moins entre sœurs !

— Irène n'a pas tort ! rectifia Louis. J'avais déjà mis Justine en garde. Elle m'a trompé. Je vais lui parler. Mais cette fois, je ne lui laisserai pas le choix.

Armande ne trouva pas les arguments pour arrêter son mari. Celui-ci était dans son droit d'intervenir auprès de leur fille. Pourtant elle aurait préféré que cette histoire de cœur entre Justine et son bel Emilio se termine plus naturellement. Elle était au courant des amours de sa fille cadette. Mais, jusqu'à ce jour, elle s'était montrée discrète, persuadée que ce n'était qu'une amourette sans conséquence. Devant la détermination de Louis, elle décida de se taire.

Louis Lansac parla d'abord à Justine et lui signifia sans détour qu'elle devait mettre fin à sa liaison avec Emilio Alvarez. La jeune fille, surprise d'avoir été dénoncée par sa sœur, s'effondra et ne sut que répondre. Elle s'enferma dans sa chambre et refusa de réapparaître au moment du repas.

Puis Louis Lansac convoqua son ouvrier agricole dans son bureau. Il lui tint un discours ferme et sans appel.

— Je ne peux plus te garder à mon service, Emilio. Tu te doutes pour quelle raison !

Emilio hésita. Devina aussitôt le rôle d'Irène dans cette subite décision. Il ne chercha pas à se dissimuler derrière de mauvais prétextes.

— Je vous comprends, monsieur Lansac. Je ne conteste pas votre jugement. Je pars immédiatement. Le temps de ramasser mes affaires dans mon logement.

— Comprends-moi bien, poursuivit Louis, comme à regret. Je n'agis pas de gaieté de cœur. Tu es assurément l'un des meilleurs éléments sur mon domaine. Mais je t'avais prévenu. Je ne peux accepter ce que vous teniez secret, Justine et toi. Je vous avais demandé de choisir. Aujourd'hui, vous me voyez obligé de prendre cette décision que vous-même n'avez pas su prendre en temps voulu...

Emilio écouta Louis Lansac sans l'interrompre.

Quand celui-ci eut terminé de lui expliquer sa position, il prit congé non sans lui demander une ultime faveur.

— J'aimerais avertir moi-même Justine que je m'en vais. Me le permettez-vous ? Je vous promets de ne pas chercher à l'éloigner du chemin que vous lui avez assigné.

— Tu as mon accord, Emilio... Puis-je savoir quelles sont tes intentions après que tu nous auras quittés ?

Emilio temporisa. Son regard devint flou. Lansac crut percevoir des larmes dans ses yeux.

— Tu n'auras aucun mal à retrouver une bonne place chez un confrère. Je te donnerai une lettre de recommandation qui ne pourra que faciliter ton embauche.

— Ce ne sera pas utile, monsieur. J'ai l'intention de rentrer chez moi, en Catalogne.

Louis Lansac ne demanda pas à Emilio de s'expliquer davantage.

— Alors, bonne chance, Emilio, se contenta-t-il de lui souhaiter. Mon ami Sébastien Rochefort pourrait t'être utile dans ta démarche. Je vais lui téléphoner pour l'avertir de tes intentions. Il saura te trouver le bon moyen pour rentrer en Espagne. Car j'ai ouï dire qu'il ne fallait pas foncer tête baissée sur la frontière.

— Je vous remercie, monsieur. Dites-lui que je suis prêt à le rencontrer.

— Je te conduirai chez lui, à Anduze, dès qu'il m'aura donné son accord.

Le soir même, Sébastien Rochefort proposa à son ami Lansac de lui amener Emilio le plus vite possible, car il s'apprêtait à gagner l'Espagne dans les jours suivants, en compagnie de deux autres Espagnols.

Emilio retrouva une dernière fois Justine au milieu des vignes, dans l'intimité du cabanon où elle avait fait la connaissance de Sébastien Rochefort. Leurs adieux furent interminables, tant ils éprouvaient chacun un immense chagrin de devoir se séparer. Justine ne comprenait pas comment sa sœur avait pu les dénoncer et ne pouvait lui pardonner son excès de jalousie.

— Ne lui en veux pas, lui demanda Emilio. Elle ne sait pas à quel point nous nous aimons. Pour elle, tout cela n'était qu'un jeu. Elle a eu envie de s'immiscer entre nous, comme pour tenir un rôle qu'on ne lui avait pas donné.

— Tu es trop bon, Emilio. Ma sœur n'est mue que par de mauvais sentiments. Elle paiera un jour sa trahison.

Emilio ne parvint pas à obtenir le pardon de Justine.

Celle-ci tenta une dernière fois de lui faire promettre de revenir la chercher dès que toute cette tragédie dont ils étaient les victimes serait terminée.

Emilio s'en abstint. Car il savait que, au-delà des Pyrénées, quelqu'un d'autre l'attendait.

# Deuxième partie

# LE COMBATTANT

# 11

## Le départ

Après qu'Emilio eut fait ses adieux à son ami Paulo, Louis Lansac le conduisit chez Sébastien Rochefort sans attendre. Celui-ci avait pris ses quartiers au Clos du Tournel, le mas familial qu'occupait toujours sa mère, Élisabeth.

À soixante-dix-huit ans, l'épouse d'Anselme Rochefort coulait des jours tranquilles à Anduze, non loin de sa fille Faustine et de son gendre Vincent Rouvière dont le domaine viticole de Tornac s'étendait jusqu'à sa demeure. De temps en temps, elle recevait la visite de son autre fille, Élodie, qui, avec son mari Pietr Boroslav, s'était installée à Marseille. Quant à Jean-Christophe, l'aîné de la fratrie, depuis qu'il s'était remarié avec l'héritière des bonneteries Fournier du Vigan, il délaissait sa famille au profit de ses affaires qui avaient connu un net rebond après la profonde dépression des années trente[1].

Sébastien était en grande discussion avec Vincent Rouvière à propos des Espagnols que celui-ci hébergeait. Les deux réfugiés désiraient rentrer dans leur pays pour se battre contre les nationalistes, mais souhaitaient laisser leurs familles respectives chez

---

1. Voir du même auteur, *Les Rochefort* et *L'Enfant rebelle*.

leur hôte, dans l'attente de jours meilleurs. L'un d'eux parlait parfaitement le français.

— Nous ne pouvons pas faire courir le risque à nos femmes et à nos enfants de nous accompagner. Ce serait trop dangereux pour eux. Au Pays basque, dans nos villages, les franquistes ont emprisonné tous ceux dont un membre de la famille a pris part à la révolution.

Sébastien connaissait le danger encouru par les candidats au retour. Beaucoup étaient systématiquement arrêtés, jugés et condamnés sévèrement, quand ils n'étaient pas fusillés sur-le-champ. Mais Vincent, pour sa part, hésitait à garder à son service des familles séparées des maris, de crainte que son domaine ne devienne un refuge d'antifranquistes. Sur l'insistance de Faustine, il finit par se laisser convaincre.

— Il ne faut pas les abandonner sans qu'ils sachent où aller ! plaida-t-elle en leur faveur. Les femmes continueront à nous aider dans les vignes. Quant aux enfants, il est temps qu'ils s'inscrivent à l'école pour y apprendre notre langue.

Vincent ne paraissait pas aussi enthousiaste que sa femme. Mais, se souvenant de la situation dans laquelle il se trouvait lui-même lorsqu'il avait été adopté par les Rouvière, il se départit de ses réticences.

— Quand les maris seront partis au combat, reconnut-il, ces familles seront comme des orphelins abandonnés. Je ne peux quand même pas les mettre à la porte !

Louis Lansac, qui n'était pas intervenu dans le débat auquel il venait d'assister avec Emilio, crut bon toutefois de préciser :

— La France ne laissera pas la situation de ces malheureux se dégrader. Il faudra bien que les autorités les prennent en charge.

— Jusqu'à présent, les préfets se débrouillent avec les moyens du bord, lui objecta Sébastien. Je crains que, si les événements empirent, ils ne soient vite débordés !

— Accepteriez-vous de vous occuper aussi d'Emilio ? finit par demander Lansac. C'est pour cette raison que je l'ai accompagné jusque chez vous. Il désire rentrer en Catalogne. Il vous expliquera lui-même ses intentions.

Sébastien réfléchit. Hésita un instant.

— C'est que… j'avais décidé de partir dès demain. Et à trois seulement. Avec un quatrième, le passage à la frontière sera plus compliqué, enfin… nous risquerons davantage de nous faire remarquer ! (Puis, s'adressant à Emilio :) Es-tu prêt à partir sans attendre ? Tu as préparé ton paquetage ? Car il faut prévoir de dormir à la belle étoile, quel que soit le temps. Nous sommes en octobre, le froid doit déjà sévir en montagne.

— Ça ne me fait pas peur. Je suis prêt à tout !

Louis Lansac laissa son ouvrier agricole aux bons soins de Sébastien et reprit la route de Saint-Hippolyte.

— Bonne chance, Emilio, lui dit-il en guise d'adieu. J'espère que tu parviendras à mettre ta famille à l'abri.

— Vous ne m'en voulez pas, monsieur ?

— Tout cela est terminé maintenant, Emilio. Tout va rentrer dans l'ordre à présent. Toi et moi avons pris les sages décisions. Prends soin de toi. Et que Dieu te garde !

— Merci pour votre bonté, monsieur ! Je n'oublierai jamais ce que vous avez fait pour moi.

Une fois Lansac parti, Sébastien prit Emilio à part et lui demanda :

— Que s'est-il passé chez Lansac ? Je veux le savoir, si ce n'est pas indiscret.

Emilio hésitait à se dévoiler.

— C'est à propos de Justine, n'est-ce pas ?

— Justine et moi, nous nous sommes quittés. M. Lansac ne voulait pas que nous continuions à nous voir. C'est Irène, la sœur de Justine, qui nous a trahis.

— C'est la raison pour laquelle tu désires rentrer chez toi, à présent ?

— Oui. C'est préférable. Pour tout le monde.

— Mon ami Lansac n'a pas l'air de t'en vouloir !

— C'est un homme très généreux. Il aurait pu me jeter à la porte sans se préoccuper de ce que j'allais devenir.

Sébastien laissa le jeune Catalan un moment seul, prétextant une affaire urgente à régler.

Emilio en profita pour examiner la pièce dans laquelle il se trouvait et admira les meubles anciens qui la décoraient. L'odeur de cire et de bois de châtaignier lui rappela soudain des images de son enfance, à l'époque où son père lui demandait de l'accompagner dans la riche demeure du comte don Fernando Aguilera pour rendre compte à son maître de l'avancée des vendanges ou de la vinification. Il osait à peine manifester sa présence et tâchait de rester le plus possible dans l'ombre de son père de crainte de se faire réprimander. Cette odeur lui laissait toujours une impression de malaise, comme celle de l'encens dans les églises, qu'il assimilait à la mort et aux enterrements auxquels il avait assisté. Depuis qu'un jour, alors qu'il suivait les cours de catéchisme, un prêtre lui avait posé des questions sur sa vie intime pour lui faire confesser le péché d'onanisme, il avait pris la religion en exécration et s'était juré de ne plus mettre les pieds à la messe. Il se défendait toutefois d'être athée, et n'approuvait pas pour autant les actes de violence perpétrés contre les curés par certains anarchistes de son pays.

Tout à sa contemplation, il se perdit dans ses pensées et s'envola rejoindre Justine au pays des rêves.

— C'est bon, le surprit Sébastien. C'est arrangé. Nous ne partirons que dans deux jours, le temps que tu puisses te préparer. J'ai contacté mes relations. Cela ne pose aucun problème.

Sébastien ne lui avait pas révélé dans quel but il allait accompagner des réfugiés en Espagne. Emilio crut sur le moment qu'il faisait le passeur pour aider ses semblables à franchir la frontière.

— Vous connaissez les endroits par où nous pourrons entrer dans mon pays ? s'inquiéta-t-il.

— Non, pas encore. Mais mes contacts le savent, heureusement !

— Vous ne connaissez pas les points de passage !

Alors Sébastien lui expliqua la mission qu'il désirait mener à bien en franchissant les Pyrénées.

— Je veux témoigner par mon journal du drame qui déchire ton pays.

— Vous allez vous battre aux côtés des républicains ?

— Tu peux me tutoyer, Emilio. Je te l'ai déjà demandé. Dans deux jours, nous allons nous embarquer dans la même galère ! Autant simplifier les choses.

— Tu vas donc te battre contre Franco ?

— Non... enfin, sauf si j'y suis obligé. Je vais couvrir les événements pour mon journal. Je suis dépêché par *Le Populaire*. Mais si je suis en danger, alors je n'hésiterai pas à prendre les armes. Et toi ?

— Je crois te l'avoir déjà dit. Je veux d'abord m'assurer que ma famille ne risque rien. Ensuite, si le péril se précise, je les emmènerai se mettre à l'abri.

— J'espère pour toi que tu n'auras pas à te battre, Emilio. Et que tu réussiras ta mission.

Emilio ne parla pas de Maria à Sébastien. Mais depuis qu'il avait fait ses adieux à Justine, il devait bien reconnaître en son for intérieur qu'il pensait de plus en plus à elle, comme si, soudain, elle avait repris dans son cœur la place qu'elle n'aurait jamais dû cesser d'occuper.

*
* *

Le départ fut donc retardé de deux jours.

Novembre 1937 commençait dans les brumes et la grisaille des petits matins interminables. Sébastien venait d'apprendre que le pouvoir républicain espagnol s'était installé à Barcelone pour échapper à l'étau qui se resserrait sur Valence où il s'était établi depuis le 6 novembre 1936. Il n'ignorait pas qu'en Catalogne, le pays d'Emilio, la situation s'était beaucoup dégradée, surtout depuis le printemps, lorsque les groupes libertaires avaient été épurés, voire éliminés par les autorités gouvernementales. Il se garda de lui en parler afin de ne pas l'inquiéter à propos de ce qu'il risquait de découvrir une fois parvenu chez lui.

Les deux autres Espagnols qui devaient les accompagner étaient des Basques de la région de Saint-Sébastien. Ils étaient arrivés en France avec les premiers réfugiés, en juillet de l'année précédente. Pères de famille, âgés tous deux d'une trentaine d'années, ils avaient été horrifiés par le massacre de Guernica et désespérés d'apprendre en juin la chute de Bilbao, qui avait fait près de quinze mille morts. Ils avaient alors décidé de rentrer chez eux le plus vite possible afin de prendre les armes contre les nationalistes. Ils désiraient intégrer une milice dans la région de Madrid où les combats faisaient toujours rage malgré la tentative de diversion remportée par les républicains à la bataille de Brunete, puis à la bataille de Belchite en Aragon.

Lorsque Sébastien prit connaissance de leurs intentions, il leur proposa aussitôt de les accompagner, non pour leur servir de guide, mais pour faire un bout de chemin en leur compagnie et mieux appréhender ce qui motivait vraiment ces combattants de la liberté qu'ils représentaient à ses yeux. Sébastien avait activé ses relations, pris ses précautions pour que leur passage ne soit divulgué à personne, brouillé les informations concernant sa propre absence à son journal pendant les semaines qu'il pensait demeurer en Espagne sur le front des hostilités.

Seul son rédacteur en chef était dans la confidence ainsi que son épouse, Pauline, qu'il avait laissée à Paris où elle collaborait à un magazine féminin dont elle assurait l'éditorial. Inquiète de voir partir son mari dans un pays en pleine guerre civile, secrètement, elle avait demandé à leur fils Ruben de tenter de dissuader son père de prendre un tel risque. Mais Ruben, loin de partager les craintes de sa mère, eut l'idée d'accompagner Sébastien sur les chemins d'Espagne.

— Je veillerai sur lui, prétexta-t-il pour rassurer Pauline.

— Ton père ne voudra pas de toi ! Tu le connais ! Et toi, mon chéri, tu es beaucoup trop jeune pour aller te mettre en danger dans un pays en guerre !

— Maman ! J'ai vingt-quatre ans ! Je ne suis plus un gamin !

Rien ne put convaincre Ruben de ne pas se lancer dans l'aventure. Le jeune Rochefort montrait depuis toujours le même tempérament que son père. Et si, contrairement à lui, il ne s'était pas opposé à ses parents au moment de l'adolescence, il témoignait d'un engouement analogue pour la défense des grandes causes humanitaires et le soutien des peuples opprimés face à leurs tyrans.

— Tu as bien de qui tenir ! finit par concéder Pauline. Ah, heureusement que j'ai ta sœur auprès de moi ! Sinon je me sentirais souvent délaissée ! Entre un mari qui ne cesse de parcourir le monde à la recherche de toutes les causes perdues et un fils qui suit son chemin, je me demande parfois si je suis encore mariée !

— Nous ne serons pas longtemps partis, maman. Tu en profiteras pour sortir avec Rose ; en filles, toutes les deux. Ma sœur se fera un plaisir de t'accompagner au cinéma et au théâtre.

— Vous êtes tous les mêmes, vous les hommes ! Vous ne pensez qu'à vadrouiller aux quatre coins du monde. Ton père m'a déjà délaissée une fois pour s'aventurer en Indochine. Cela ne lui a pas suffi ! Maintenant il court sur les fronts de guerre. Et toi, tu veux l'accompagner ! Vraiment, je ne sais pas ce que j'ai fait au bon Dieu pour avoir de tels hommes !

Ruben avait enlacé sa mère et l'avait consolée, comme toujours dans ses moments d'inquiétude.

— Il ne nous arrivera rien, maman. Je te le promets.

Ruben n'avait pas averti Sébastien qu'il désirait se joindre à lui et à son petit groupe d'exilés. Connaissant la date de son départ, il se rendit à la Fenouillère, chez son oncle et sa tante, la veille au soir, et les tint aussitôt informés de sa décision. La première surprise passée, Faustine tenta, comme sa belle-sœur avant elle, de l'en dissuader :

— Mon frère ne nous a pas dit qu'il allait en Espagne ! Il doit seulement conduire Luis, Pedro et Emilio jusqu'à la frontière.

— Il ne désire pas que cela s'ébruite. Moins nous serons nombreux à connaître ses intentions, moins il courra le risque de se faire arrêter.

— Mais je pensais que la France fermait les yeux sur les passages clandestins des hommes et des armes en faveur des républicains espagnols ! s'étonna Vincent.

— Oui, en théorie. Mais en pratique, il faut se méfier. Il n'y a rien d'officiel. La frontière est toujours bien gardée.

— Le gouvernement n'a-t-il pas pris des mesures pour faciliter le retour des Espagnols chez eux ? Je ne comprends plus très bien !

— Tu as raison, mon oncle. Mais mon père n'est pas espagnol. De plus, je suis sûr qu'ils ne passeront pas, tous les quatre, les mains vides. Ils en profiteront pour passer des armes. Et cela peut être risqué. Les gendarmes et les douaniers français pourraient leur chercher des ennuis s'ils ne sont pas de leur bord. Tu comprends ce que je veux dire ? Tous les Français n'approuvent pas les républicains. Beaucoup les considèrent comme des rouges ou de dangereux anarchistes. Aussi, ceux qui se font prendre avec des armes à la main sont souvent arrêtés. Que ferons-nous d'eux si Franco gagne la guerre civile ? On les lui remettra en mains propres ! Ils seront fusillés sans jugement. Voilà pourquoi il est préférable que personne ne sache que papa est en route pour l'Espagne en compagnie de trois républicains.

— Et tu veux les accompagner ! Ton père est-il d'accord ?

— Il l'ignore encore. Mais je vais le lui annoncer en sortant d'ici. Je trouverai les arguments pour le convaincre qu'il doit m'accepter. Je plaiderai en faveur de maman, qui se fait un sang d'encre. Il comprendra.

Ruben ne s'attarda pas chez son oncle et sa tante, et partit aussitôt chez sa grand-mère, au Clos du Tournel, où séjournait son père.

Quand celui-ci le vit arriver, il crut d'abord qu'il venait lui apprendre une mauvaise nouvelle. Ruben le rassura sans attendre et lui annonça le but de sa visite à Anduze.

— M'accompagner en Espagne ! s'étonna Sébastien. Mais n'y compte pas. C'est trop dangereux.

— Si c'est dangereux pour moi, ça l'est aussi pour toi, papa.

— C'est ta mère qui t'envoie ?

— Oh, non ! Au contraire. Elle aurait préféré que je tente de te dissuader de partir. Tu la connais !

— Nous sommes déjà quatre. À cinq, nous nous ferons repérer. À l'origine, je ne voulais pas plus de deux réfugiés. Lansac m'a demandé de prendre en plus son ouvrier agricole, Emilio. J'ai accepté parce que je me suis occupé de lui et qu'il veut rentrer en Espagne pour secourir sa famille. Mais, en ce qui te concerne, ta présence n'est pas nécessaire !

— Je pourrai t'être utile, pour transporter ce que tu vas dissimuler dans tes bagages !

— Qu'est-ce que tu insinues ?

— Papa ! Je t'en prie ! Je n'ignore pas que tu désires prendre ta part dans ce conflit. Moi aussi, j'ai mes antennes ! Je t'aiderai. À cinq, nous serons plus efficaces. Et nous pourrons transporter plus d'armes qu'à quatre.

Sébastien ne put nier plus longtemps qu'il avait l'intention de passer des armes en même temps que ses exilés.

— Je dois d'abord assurer le convoyage d'un stock d'armes légères par Latour-de-Carol, finit-il par reconnaître. Dans nos bagages, nous n'aurons que quelques armes, des pistolets, des munitions, des grenades. Mais le gros de la cargaison doit être acheminé vers Puigcerdà dans la plus grande discrétion, par des routes de terre à travers la montagne, en évitant les postes frontières. Je dois veiller à ce que tout parte bien dans la bonne direction et que le camion ne soit pas détourné de sa destination. Trop d'armes envoyées de France atterrissent dans le camp nationaliste par la complicité de certains douaniers favorables à Franco.

Sébastien accepta l'aide de son fils, mais lui fit promettre de lui obéir en toutes circonstances.

— Une fois de l'autre côté de la frontière, lui signifia-t-il, nous quitterons Emilio, Luis et Pedro. Nous nous rendrons là où les combats font rage. Je veux témoigner du comportement héroïque des républicains et des horreurs que les fascistes répandent sur leur passage.

— Es-tu certain que les horreurs ne sont que le fait des nationalistes ?

— Non, bien sûr ! Mais je connais la vraie nature du régime de Franco. Rassure-toi, je dénoncerai aussi les exactions perpétrées par certains républicains qui, sous prétexte de se battre pour la liberté, agissent parfois comme des bourreaux.

\*
\* \*

Le lendemain à l'aube, ils prirent la direction des Pyrénées. Sébastien avait décidé d'utiliser sa propre voiture jusqu'à Latour-de-Carol, puis de la confier aux bons soins d'un de ses contacts qui tenait un garage de mécanique sur la route de Porté, dans l'attente de son retour.

Emilio ne semblait pas très à l'aise à côté de ses compagnons d'infortune qui ne cachaient pas leur détermination à se battre jusqu'à la mort s'il le fallait pour défendre l'Espagne libre. Lui n'avait que l'intention d'aller mettre sa famille à l'abri de tout danger. Combattre, il l'envisageait, mais seulement s'il y était contraint par les franquistes.

— Si tu ne t'engages pas dans les milices républicaines, l'avertit Luis, le plus jeune des deux Basques, lorsque les nationalistes parviendront chez toi, ils t'enrôleront de force dans leurs troupes. Et tu seras obligé de te battre contre nous. C'est ce que tu désires ?

Emilio se méfiait de ses deux camarades qu'il jugeait trop exaltés. Pour lui, la guerre était l'affaire des militaires, pas des civils. Il ne concevait pas de prendre les armes comme un soldat pour aller affronter des hommes rompus au combat. Il n'avait pas l'intention de rejoindre les miliciens. Au reste, la Catalogne échappait encore à la guerre, même si les derniers événements y rendaient la paix très fragile.

— Je me battrai si ma famille est menacée, affirma-t-il comme pour se disculper.

— Il sera peut-être trop tard ! répliqua Pedro. Est-ce que ton père a participé au mouvement de collectivisation, dans ton village ?

— Je l'ignore. Tout ce que je sais, c'est que le comte pour lequel il travaillait a été chassé de son domaine et que la commune a pris ses terres pour les confier aux paysans. C'est mon père qui me l'a appris.

— Alors, crois-moi, ton père est bon pour le poteau d'exécution si les troupes de Franco investissent ton village et lui mettent la main dessus. Et le reste de ta famille sera aussi en danger.

— C'est la raison pour laquelle je veux aller l'aider à se mettre à l'abri.

— Si tu ne prends pas les armes, je ne vois pas comment tu pourras le défendre !

Emilio cessa de discuter.

À l'avant de la voiture, Sébastien et Ruben les laissaient discourir. Ils ne comprenaient pas ce qu'ils se disaient en espagnol, leur langue commune, mais ils se doutaient que les deux Basques n'appréciaient pas l'attitude d'Emilio.

Sébastien crut préférable d'intervenir pour calmer les esprits.

— Après avoir vu sa famille, Emilio va me servir de guide, s'avança-t-il. Il connaît bien la région de Valence où je désire me rendre. Nous serons sur le front des hostilités dans le secteur où les nationalistes tentent une percée vers la Méditerranée. J'ai besoin d'un interprète. C'est pourquoi Emilio m'accompagne.

Les deux Basques ne demandèrent pas plus d'explications.

À Prades, Sébastien s'arrêta dans le centre de la commune pour téléphoner.

— Je dois avertir mon contact que nous sommes arrivés, déclara-t-il. Ruben, reste avec nos trois amis. Je n'en ai pas pour longtemps.

Il s'éclipsa dans un café qu'il semblait connaître, passa de l'autre côté du comptoir et disparut dans l'arrière-salle.

Au bout de quelques minutes, il revint l'air satisfait.

— C'est bon, dit-il. Nous pouvons continuer. On nous attend à Latour-de-Carol.

Deux heures plus tard, ils parvinrent dans la petite commune frontalière. La nuit tombait sur les cimes pyrénéennes et étendait son drap de cendres sur la vallée du Carol. Les rues du village paraissaient étrangement calmes. Pas âme qui vive !

— On ne dirait pas que, à quelques kilomètres d'ici, de l'autre côté de la ligne de crête, le pays est en ébullition, remarqua Ruben.

— La Catalogne échappe encore aux combats fratricides ! releva Sébastien. Mais pour combien de temps ?

Il se rendit à l'adresse que lui avait communiquée le tenancier du café à Prades.

— Nous sommes arrivés, dit-il à ses passagers. Tout le monde descend. Pour ce soir, nous serons hébergés par le propriétaire de ce garage où je vais laisser ma voiture. Demain, je dois m'occuper du convoi, murmura-t-il à l'oreille de son fils. (Puis à tous :) On repartira après-demain. À pied. Je vous conseille de prendre des forces. Le passage de la frontière ne sera pas facile. Et nous serons chargés.

Sébastien n'avait pas encore dit à ses réfugiés qu'il leur ferait porter des armes dans leurs bagages.

Luis s'étonna :

— Pourquoi ne passe-t-on pas par Bourg-Madame, la ville frontalière ? Les Français ne demanderont pas mieux que de nous laisser retourner en Espagne. Quant à la garde civile espagnole... de l'autre côté, c'est la Catalogne ; nous ne risquons rien ! Beaucoup de Basques sont déjà rentrés chez eux en passant par là !

— Je ne l'ignore pas. Si tu veux t'aventurer seul, tu peux tenter de franchir la frontière en touriste, Luis ! Mais ne compte pas sur moi pour t'accompagner.

— C'est bon, chef ! Je passerai par là où tu as décidé de passer.

Les cinq hommes furent reçus par Henri Garcia, le garagiste qui servait de contact aux passeurs de la zone. Le surlendemain, il devait les conduire sur le chemin qui, à travers la montagne, leur ferait atteindre l'Espagne sans risquer de rencontrer les gendarmes ou les douaniers français.

# 12

## Le passage

Ils partirent de nuit, afin de ne pas éveiller les esprits curieux. Personne ne les avait vus arriver et n'était au courant de leur présence chez Henri Garcia.

Sébastien avait pris la précaution de ne pas se faire remarquer lorsque, la veille, il s'était rendu à Enveitg pour vérifier que la cargaison, qu'il était chargé de transférer en Espagne était parvenue à bon port. La petite gare était le terminus de la ligne reliant la Cerdagne à Perpignan. Un train de marchandises était attendu vers dix-neuf heures. Dans l'un des wagons, des caisses d'outils agricoles étaient mêlées à des caisses d'armes lourdes – fusils-mitrailleurs, mitrailleuses, mortiers, et toute une panoplie de munitions. Le matériel se trouvait en pièces détachées et était savamment dissimulé. À la gare, trois agents des chemins de fer appartenant à un réseau clandestin de la région avaient été avertis de l'arrivée du convoi. Ils étaient chargés de transborder discrètement la cargaison dans un petit camion que devait leur fournir Henri Garcia et que Sébastien devait conduire à la gare. Une fois le transfert terminé, la mission de ce dernier se résumait à veiller à ce que le convoi prenne bien la route de l'Espagne en évitant le poste frontière de La Vignole. Peu après Yravals, le conducteur – l'un des trois employés de la gare – devait emprunter, de nuit et tous phares éteints, le chemin carrossable qui aboutissait à Saneja, du côté espagnol. Le risque de rencontrer la douane volante n'étant pas exclu, Sébastien ne devait pas s'aventurer au-delà d'Enveitg. Par précaution, toutes les missions du groupe de soutien aux républicains espagnols étaient dispersées entre de multiples agents de liaison afin de brouiller les pistes au maximum et rendre plus complexe toute velléité d'en retrouver les initiateurs.

Son travail accompli, le soir même Sébastien se pencha sur sa carte d'état-major avec Ruben, et étudia les différentes possibilités de franchir la frontière à pied en évitant la proximité des postes de douane. Henri Garcia, qui connaissait bien les lieux, lui vint en aide.

— Ne prenez pas le chemin le plus court, qui vous mènerait directement à Guils de Cerdanya, leur conseilla-t-il. La frontière n'est pas très éloignée d'ici. Mais les gendarmes et les douaniers patrouillent dans le secteur. Vous risquez de les rencontrer. Mieux vaut faire un détour qui vous rallongera, mais qui vous assurera plus de tranquillité.

Les deux exilés basques ne comprenaient pas pourquoi il leur fallait prendre autant de précautions. Luis s'étonna :

— Qu'est-ce qu'on risque ? Nous sommes espagnols ! Ils ne nous garderont pas de force si nous leur disons que nous rentrons chez nous.

— Tu oublies que nous t'accompagnons, coupa Ruben. Et nous, nous sommes français. Ils nous demanderont pourquoi nous ne passons pas par le poste frontière. Ils se méfieront et nous embarquerons, dans tous les cas !

Sébastien estima le moment opportun de leur révéler enfin la vérité.

— Puisque vous voulez vous battre, je dois vous apprendre que nous allons transporter des armes dans nos bagages. Nous n'entrerons pas en Espagne les mains vides. Mon fils et moi avons pris parti pour la République. Vous n'avez aucune objection ? Nous profiterons de notre passage clandestin pour apporter des armes légères et des munitions. Chacun cinquante kilos sur le dos ; ça ne vous fait pas peur, j'espère !

Les deux Basques se consultèrent du regard. De son côté, Emilio semblait aussi surpris qu'eux.

— Nous sommes des combattants, monsieur Rochefort. Donc nous sommes des vôtres.

— Et toi, Emilio, toujours partant ? demanda Sébastien.

— Pas de problème. Je te fais confiance.

— Alors tout me paraît en ordre.

Henri Garcia leur conseilla de remonter un peu plus en amont sur le chemin parallèle à la route du col de Puymorens.

— Sur environ quatre kilomètres, leur précisa-t-il. Puis vous prendrez par la montagne en direction du Serre-des-Camps. Ça grimpe fort, jusqu'à plus de mille sept cents mètres. Mais vous serez tranquilles, en plein massif forestier. Ensuite, vous longerez la crête vers le sud-est pour atteindre Bolvir. Je vous accompagnerai jusqu'au moment où vous vous enfoncerez dans la montagne. Une fois arrivés à Bolvir, vous irez voir un certain Juli Sanchiz. Vous lui direz que vous venez de ma part et lui donnerez le mot de passe : « Ce pays a un goût de soleil. » Il vous aidera ensuite à poursuivre votre route.

À sept heures du matin, Sébastien, Ruben et leurs compagnons quittèrent Henri Garcia et prirent le chemin des crêtes. Le froid sévissait en ce début novembre. La neige tapissait déjà les plus hauts sommets du Campcardos. L'Espagne et l'Andorre étaient à portée de main et pourtant la route leur paraissait bien longue pour atteindre leur objectif.

Chargés d'un sac à dos rempli d'armes et de munitions, en plus de leurs effets personnels et d'un minimum de nourriture pour tenir deux jours sans ravitaillement, ils marchaient en file indienne, sans parler pour économiser leurs efforts. La pente était raide et le chemin à travers la forêt étroit et encombré de broussailles. Le ciel bas limitait la visibilité et créait une atmosphère étrange. Le moindre bruit se répercutait sous le couvert végétal, comme amplifié par quelque mystérieux haut-parleur. Le craquement des branches sèches sous leurs pas se mêlait aux halètements de leur respiration. Les cinq hommes peinaient, mais ne lâchaient pas prise. Ils savaient qu'ils ne faisaient que commencer une longue marche vers l'inconnu, qui serait peut-être parsemée d'embûches imprévisibles. Mais leur motivation les exaltait plus que les douleurs qu'ils ressentaient déjà ne les rebutaient.

Le soleil se leva au cours de l'après-midi. Ils en profitèrent pour faire une halte et s'alimenter.

— Qu'avez-vous mis dans ces foutus sacs ! ronchonna Luis. Des armes à feu ou des pierres ? Je n'ai jamais porté un barda aussi lourd !

— Dis-toi que c'est pour la cause, lui répliqua Emilio en se moquant de lui. Tu désires te battre, il faut donc transporter les armes qui te seront utiles au front !

Le soir, ils atteignirent l'endroit du parcours le plus proche de la ligne frontalière. Sébastien fit le point à l'aide de sa carte et de sa boussole.

— Si mes calculs sont exacts, la frontière n'est distante que de quelques centaines de mètres. Par prudence, nous allons attendre que la nuit soit complètement tombée pour poursuivre. On ne sait jamais.

Ils restèrent aux aguets pendant une bonne heure, le temps que le massif montagneux plonge totalement dans l'obscurité.

Le froid devenait de plus en plus vif. Ils revêtirent les blousons doublés de fourrure que leur avait fournis Henri Garcia avant leur départ. Puis ils se blottirent contre leurs sacs pour ne pas perdre le peu de chaleur qu'ils avaient emmagasiné en marchant. Pedro grelottait. Il sortit une cigarette de sa poche. Tenta de l'allumer avec son briquet. Sébastien l'arrêta sur-le-champ.

— Tu veux nous faire repérer ! Range ton briquet tout de suite !

Le Basque obtempéra non sans rechigner dans sa langue maternelle.

Sébastien allait donner l'ordre de reprendre la route quand ils entendirent dans le lointain des aboiements rauques.

— Un chien ! dit Ruben.

Ils restèrent tous à l'écoute sans bouger.

Les aboiements se précisèrent.

— Il y en a même deux, remarqua Emilio. Ce sont les douaniers ou les gardes civils. Ils patrouillent sur le chemin de crête.

— Non, nous sommes encore sur le versant français, indiqua Sébastien. Ce sont donc les gendarmes. Il faut s'en aller le plus vite possible et passer de l'autre côté. S'ils nous prennent, notre compte est bon.

Ils hissèrent aussitôt leurs sacs sur leurs épaules et, à pas de velours, comme des voleurs, se dirigèrent à travers les fourrés vers l'endroit que la boussole de Sébastien désignait comme étant le point le plus proche du territoire espagnol.

Derrière eux, des hommes en uniforme s'approchaient dangereusement. Les chiens avaient flairé une odeur suspecte et tiraient sur leurs laisses.

— Dépêchons-nous ! murmura Sébastien. Il ne faut pas leur tomber dans les mains avec notre cargaison.

Dans la nuit noire, ils cheminaient avec difficulté, se dépêtrant à grand-peine des broussailles qui leur enlaçaient les pieds comme pour mieux les retenir et les offrir en victimes aux représentants de la loi.

Tout à coup, les aboiements cessèrent. Le danger semblait s'écarter. Sébastien consulta sa boussole et sa carte en y projetant le faisceau de sa torche.

— Je crois que nous sommes passés ! exulta-t-il. Nous sommes sauvés. Les gendarmes français en tout cas ne peuvent plus rien contre nous.

Ils dévalèrent la pente qui s'ouvrait devant eux à grandes enjambées. La forêt s'éclaircit. Bientôt ils aperçurent une lueur dans le lointain. Une clairière s'étendait à leurs pieds. Une ferme d'altitude leur apparut comme par enchantement.

— Allons demander l'hospitalité, proposa aussitôt Luis. Emilio n'a qu'à passer le premier. Il est catalan. Ça devrait faciliter les choses.

Emilio regarda Sébastien d'un air inquiet.

— Non, ce ne serait pas prudent, s'opposa celui-ci. Nous ne pouvons courir le risque de tomber sur des partisans de Franco, même si c'est peu probable. Avec les armes que nous transportons, c'est trop dangereux. Nous allons dormir à la belle étoile. Demain, quand nous serons un peu plus loin dans le territoire espagnol, nous aviserons.

Tous obéirent sans discuter et se préparèrent à passer la nuit dehors par un froid qui aurait rebuté le plus téméraire des chats.

*
\* \*

Ils se réveillèrent au lever du soleil. Sous leurs yeux, la Catalogne resplendissait de beauté dans une lumière virginale. Emilio avait les larmes aux yeux de revoir son pays après une si longue absence. Il pensa aussitôt à ses parents et à Maria qu'il sentait si proches, maintenant qu'il foulait sa terre natale.

Ils parvinrent à Bolvir aux environs de midi, sans problèmes. La petite bourgade paraissait endormie. Pourtant, en cette saison, la chaleur n'était pas la cause de sa léthargie. Rien ne laissait présumer que le pays connaissait les affres de la guerre civile. Certes, le front des hostilités se trouvait à plusieurs centaines de kilomètres, néanmoins Emilio jugea étrange qu'un si grand calme régnât sur le village.

— On dirait que les habitants se terrent dans leurs maisons ! s'étonna-t-il.

— C'est l'heure du repas, supputa Ruben. Tout le monde est en train de manger.

— Non, c'est trop tôt. Nous sommes en Espagne. Les gens mangent plus tard qu'en France. Pas avant quatorze heures !

Méfiants, ils avancèrent lentement, comme s'ils se sentaient épiés. Leurs sacs, remplis jusqu'à ras bord, ne jouaient pas en leur faveur. Cinq hommes, dont deux étrangers de surcroît, chargés comme des ânes bâtés, ne pouvaient en effet que susciter la suspicion.

Sébastien savait que le gouvernement avait exigé l'intégration des milices dans l'armée populaire afin de mieux les contrôler et de canaliser le flux d'armes provenant de l'extérieur. Des groupes anarchistes avaient refusé de rentrer dans le rang, se méfiant d'un pouvoir qu'ils qualifiaient de bourgeois et inféodé à Moscou. L'opposition entre libertaires et communistes orthodoxes nuisait au camp républicain dont la cause n'était pas comprise ni acceptée par tous les courants antifascistes. Aussi, Sébastien craignait qu'en cas d'arrestation les gardes civils ne les prennent pour des anarchistes en route pour aller ravitailler leurs camarades dans la montagne.

L'adresse fournie par Henri Garcia ne mentionnait que de vagues détails.

« Vous ne pouvez pas vous tromper, lui avait-il expliqué. À la sortie du village, traversez la route qui vient de Puigcerdà. Juste en face, vous emprunterez le chemin de terre. À quelques centaines de mètres de là, vous trouverez une ferme isolée, adossée à une colline et tout entourée de prairies. C'est la ferme de la Farga. Elle appartient à Juli Sanchiz. »

Ils ne s'attardèrent pas dans la traversée du village. Seul un enfant d'une douzaine d'années les aperçut sans leur prêter une attention particulière.

La ferme était repérable de loin. Lorsqu'ils arrivèrent à proximité, Sébastien demanda à ses équipiers de se dissimuler derrière un bosquet d'arbres et de l'attendre.

— Cachez bien vos sacs ! leur assigna-t-il. Si des paysans passent devant vous, qu'ils ne les remarquent pas ! Et ne restez pas en vue. Je pars seul aux renseignements. Attendez que je vous appelle pour vous découvrir.

De longues minutes s'écoulèrent avant que Sébastien revienne.

Juli Sanchiz n'avait pas l'étoffe d'un héros. Âgé d'une quarantaine d'années, son embonpoint disgracieux paraissait le handicaper dans le moindre de ses mouvements. Son teint rougeaud trahissait son penchant pour la bonne chère, et sa calvitie prononcée le vieillissait d'une dizaine d'années. Voyant débarquer chez lui les quatre compagnons de Sébastien, leurs sacs sur le dos, il ne put contenir sa surprise.

— Vous êtes cinq ! leur dit-il. Mais ce n'était pas prévu ! Je ne peux pas vous conduire tous ensemble en lieu sûr. On se fera très vite remarquer. Pensez donc, à six dans un véhicule, avec votre chargement dans le coffre ! Les gardes civils vont tout de suite se méfier et nous arrêter. Vous ne deviez être que trois !

— Je sais, expliqua Sébastien. Mais j'ai dû accepter deux autres gars.

Alors, Pedro s'avança et prit la parole.

— Luis et moi allons vous quitter ici. Nous n'avons plus besoin de vous pour poursuivre notre chemin. Nous regagnerons le Pays basque par nos propres moyens. Ensuite nous aviserons. Le plus important pour nous était de rentrer en Espagne sans problèmes. Nous vous en remercions, monsieur Rochefort. Nous y sommes arrivés grâce à vous et vos amis. Il est temps maintenant que nous nous séparions.

Sébastien ne fut pas surpris de la décision de ses compagnons basques. Il savait qu'ils avaient hâte de retrouver leurs familles, puis d'aller se battre dans l'armée populaire.

— Dans ce cas, ajouta-t-il, je crois que le problème est réglé, n'est-ce pas, Juli ?

— Effectivement, dans ces conditions, je peux vous aider à vous rendre plus loin en terre catalane.

\*
\* \*

Sébastien, Ruben et Emilio demeurèrent deux jours chez Juli Sanchiz, le temps de reprendre des forces et de permettre à ce dernier d'avertir d'autres contacts.

— Voilà, tout est en ordre, leur dit-il la veille de leur départ. Les armes vont être transportées de chez moi jusqu'au front en Aragon, là où les républicains s'attendent à une forte poussée des nationalistes. Nous n'aurons plus à nous en occuper. De même, le convoi que vous avez supervisé à Enveitg est arrivé à bon port. Votre mission, monsieur Rochefort, a parfaitement réussi. Il vous reste à poursuivre votre chemin vers la zone de combats, puisque c'est ce que vous souhaitez. Demain, je vous emmènerai dans la région de Barcelone. Ensuite, vous vous débrouillerez seuls. Mais tout danger aura disparu ! Vous ne risquerez plus grand-chose.

Le jour dit, comme promis, Juli Sanchiz conduisit Sébastien, Ruben et Emilio jusqu'aux abords de Barcelone, en prenant soin d'éviter les grands axes. La route qui reliait la capitale de la Catalogne à la frontière, en effet, était très fréquentée par des convois militaires et par la police, qui surveillait attentivement les voitures en provenance de la France. Certes, la Généralité catalane comptait de nombreux amis de l'autre côté des Pyrénées et le gouvernement espagnol entretenait des relations permanentes avec la France, mais les opposants à la République pouvaient aussi profiter de la perméabilité de la frontière pour favoriser l'entrée dans le pays d'éléments qui viendraient en aide aux forces nationalistes. Au reste, lorsque des exilés choisissaient le camp de Franco et demandaient à rentrer légalement chez eux, les autorités françaises les faisaient généralement passer par le Perthus ou par Bourg-Madame. Les gardes civils catalans veillaient donc au grain et, en cas de doute, arrêtaient ceux qu'ils soupçonnaient d'être des ennemis de la liberté.

— Il ne faudrait pas qu'on nous accuse d'allégeance à la cause fasciste ! expliqua Juli. Rien ne prouve, en effet, que nous avons choisi le bon camp.

— Ma carte de presse devrait suffire à convaincre les plus suspicieux, allégua Sébastien. Mon journal est connu pour son soutien aux républicains.

Lorsqu'ils parvinrent à une dizaine de kilomètres au nord de Manresa, Juli s'arrêta.

— Je ne vais pas plus loin, déclara-t-il. Au-delà, je ne suis plus dans mon secteur, mais dans celui de Barcelone. Nous ne devons pas dépasser certaines limites, par mesure de sécurité.

À l'arrière de la voiture, Emilio semblait tout excité. Son visage exprimait une grande émotion. Il fixait le paysage à travers les vitres et ne pouvait s'en détacher. Ruben le premier s'en inquiéta :

— Quelque chose te tracasse, Emilio ? lui demanda-t-il.

— Non, c'est que… nous arrivons dans ma région. Je reconnais les hameaux que nous traversons.

— Tu es originaire du coin ? s'étonna Juli.

— Oui, de Montserrat, un petit village situé au pied de la Sierra del Flori et de la *muntanya* de Montserrat. Toute ma famille y habite.

— Alors, mon gars, je te souhaite bon courage ! ajouta Juli.

— Pourquoi me dites-vous cela ? s'inquiéta le jeune Catalan.

— Oh, pour rien ! Mais, si j'étais toi, je ne ferais pas long feu dans ce bourbier. Les milices s'y sont affrontées sauvagement, d'après ce qu'on m'a raconté. Communistes, anarchistes et partisans du pouvoir officiel ! Les libertaires refusaient de livrer leurs armes et d'obéir aux ordres du gouvernement. Une belle pagaille ! Et des morts inutiles ! Dire que, pendant ce temps-là, Franco ne cesse de gagner du terrain dans le sud du pays. Il doit bien se marrer quand il apprend que les républicains se tapent sur la gueule pour des querelles d'idées !

Emilio ne comprenait pas comment sa petite commune, jadis si tranquille, avait pu en arriver à de telles extrémités. Il feignit de ne pas s'en émouvoir pour garder la tête froide.

— De toute façon, si ça va mal, j'emmènerai ma famille loin d'ici, en France s'il le faut.

— Prends garde qu'on ne t'enrôle pas de force, petit. Les miliciens ne sont pas des anges, ni même des enfants de chœur ! S'ils ont besoin de soldats, ils ne te laisseront pas le choix. Pas plus eux que ceux de Franco !

Sébastien écoutait sans intervenir. Il savait que tout ce qu'affirmait Juli était vrai, et n'ignorait pas le danger qui pèserait sur Emilio si, par malheur, la situation se dégradait en Catalogne.

Il détourna la conversation et encouragea Emilio à poursuivre son chemin jusqu'aux siens en sa compagnie.

— Il sera toujours temps d'aviser, coupa-t-il.

Puis il remercia aimablement Juli pour l'aide qu'il leur avait apportée et invita son fils et Emilio à reprendre leurs sacs, délestés des armes qu'ils avaient transportées.

— Nous allons continuer à pied, dit-il. D'après ma carte, nous ne sommes effectivement qu'à une vingtaine de kilomètres de Montserrat. Nous pouvons y arriver avant la nuit si nous marchons d'un bon pas.

Juli leur fit ses adieux et disparut aussitôt, laissant ses trois passagers de l'ombre seuls au bord de la route.

## 13

**Retrouvailles**

Ils marchaient depuis plus d'une heure quand une camionnette les accosta. Le conducteur leur demanda en catalan où ils allaient. Emilio expliqua qu'ils se rendaient à Montserrat où résidait sa famille.

— Je vous y emmène, proposa alors l'automobiliste. C'est ma direction.

Ils ne se firent pas prier et s'engouffrèrent dans le véhicule utilitaire.

— Tes amis ne sont pas espagnols ?

— Ils sont français. Ils m'accompagnent jusque chez moi. Je travaille en France depuis trois ans.

— Qu'est-ce qui t'amène en Catalogne, si ce n'est pas indiscret ?

Emilio hésita. Il se retourna vers Sébastien, l'air dubitatif. Celui-ci avait compris la question à demi-mot. Il lui fit signe des yeux de ne rien révéler de ses intentions.

— Une simple visite à ma famille. Il y a longtemps que je n'ai pas vu mes parents.

— Si tu n'es pas rentré depuis trois ans, tu trouveras du changement, mon gars ! Tu verras, en Catalogne, la révolution sociale a bouleversé les anciennes structures et les vieilles habitudes. Le peuple a pris goût au pouvoir, même si le gouvernement est revenu sur les mesures de collectivisation.

Emilio évita de discuter politique le temps du parcours. Ignorant dans le détail le contexte dans lequel vivait maintenant sa province, Sébastien et Ruben l'incitaient à la discrétion et à la prudence.

— Beaucoup de nos compatriotes sont rentrés en Espagne quand ils ont appris le bombardement de Guernica, poursuivit le conducteur. Mais cela n'a pas empêché les nationalistes de s'emparer de tout le nord-ouest du pays. Au Pays basque, en Galice, dans le León, la guerre est terminée. L'armée rebelle fait régner l'ordre de façon drastique. La région de Santander est tombée fin août. Même les Asturies ont fini par capituler le mois dernier. Je n'aimerais pas y habiter !

Emilio pensa aussitôt à ses deux compatriotes basques qu'il venait de quitter et qui avaient pris la route de leur province. Il ne put s'empêcher d'exprimer sa crainte :

— Luis et Pedro risquent de se faire arrêter, dit-il en s'adressant à Sébastien.

Le conducteur comprenait le français. Il changea de langue :

— Vous avez des amis qui sont retournés au Pays basque ?

— Seulement des connaissances, précisa Sébastien.

— Je leur souhaite bonne chance et surtout bon courage ! Les exécutions sommaires, là-bas, on ne les compte plus.

Devinant que leur bienfaiteur n'était pas partisan de la rébellion des généraux putschistes, Emilio avança :

— Ils sont rentrés pour prendre les armes. Comme beaucoup.

— Et toi, petit ? As-tu l'intention de te battre contre les franquistes ?

— Je vais rendre visite à ma famille, répéta-t-il. Tant qu'elle ne risque rien...

— Oh, si ça continue, nous aussi, nous ferons les frais de la guerre. Déjà, les Italiens ne se sont pas privés de bombarder Barcelone en février dernier[1] ! Et depuis, ça continue.

— Barcelone bombardée ! s'étonna Emilio.

— Oui, coupa Sébastien. Je ne t'en ai jamais parlé pour ne pas t'affoler, sachant que ta famille n'habite pas très loin.

— Y a-t-il eu des victimes ?

— Hélas ! Et de gros dégâts matériels. Beaucoup d'immeubles ont été détruits par les bombes. Les Italiens tentent d'empêcher les Russes d'envoyer des armes par le port de Barcelone.

— Comment t'appelles-tu ? finit par s'enquérir l'automobiliste.

— Alvarez. Emilio Alvarez.

— Alvarez ! Mais je les connais tes parents. Ton père travaillait pour le comte don Fernando Aguilera.

— C'est exact.

— Moi, je m'appelle Josep Farga. Je suis quincaillier à Montserrat.

Aussitôt, dans la camionnette, l'atmosphère se détendit. Emilio retrouva confiance.

Mais, une fois parvenu à Montserrat, il se tut subitement, fixant du regard les rares passants qui

---

[1]. Le 13 février 1937, le croiseur italien *Eugenio di Savoia* amorça le premier bombardement de la capitale catalane qui fit dix-huit morts et occasionna de gros dommages.

marchaient dans les rues, comme s'il cherchait à les reconnaître. Son émotion était perceptible.

— Ne t'inquiète pas, lui souffla Ruben à l'oreille. Tes retrouvailles vont bien se dérouler. Tu n'as rien à craindre. Il ne s'est rien passé de grave ici. Ta famille doit être saine et sauve.

— C'est qu'ils ne m'attendent pas ! Je n'ai prévenu personne. Comment vont-ils m'accueillir ? Ils seront tellement surpris de me voir débarquer à l'improviste !

— Leur joie n'en sera que plus grande !

En réalité, Emilio se souciait surtout de l'attitude de Maria. Maintenant qu'il s'approchait de celle à qui il avait promis le mariage, il se reprochait de l'avoir trompée et de lui avoir menti. Ses lettres s'étaient raréfiées au fil du temps. Leur contenu s'était édulcoré, pour devenir plus amical qu'amoureux. Dans ses réponses, Maria ne se plaignait jamais de la longue absence qu'il lui infligeait, et lui démontrait toujours avec le même amour que son cœur battait sans cesse pour lui, chaque jour qui la rapprochait de son prochain retour.

— Pense à ta fiancée, poursuivit maladroitement Ruben. Elle sera tellement heureuse de te revoir !

Josep ne perdait pas une parole. Curieux, il s'immisça dans la conversation :

— Tu es fiancé au pays ? Avec qui ?

— Ma fiancée s'appelle Maria. Maria Elena Caldès, elle est la fille aînée de Marti et Lluïsa Caldès.

Josep s'étonna à nouveau.

— Tu sais, petit, que tu as beaucoup de chance ! Marti Caldès est mon cousin. Je le vois pour ainsi dire tous les jours. Alors je vais vous conduire directement chez lui.

— Non ! coupa Sébastien qui commençait à trouver l'attitude charitable de Josep un peu envahissante. Nous devons d'abord nous rendre chez les parents d'Emilio.

— Suis-je bête ! Bien sûr, senyor. Je vous y emmène illico.

Josep sortit du village par le sud, prit la direction de Barcelone puis, arrivé à destination, s'arrêta au bord de la route.

Emilio ne disait plus rien. Ne faisait plus un geste. Comme paralysé par l'émotion.

Sébastien le secoua.

— Allez ! Le temps des retrouvailles est enfin arrivé. (Puis, à Josep :) Je vous remercie. Je crois que nous serons amenés à nous revoir !

— Sans doute. Je passerai un de ces jours prendre de vos nouvelles. Cela me donnera l'occasion de rendre visite à mes amis Alvarez.

La maison d'Arturo Alvarez se situait un peu à l'écart de la route, en plein milieu des vignes. Le paysage ressemblait étrangement à celui qui entourait le domaine des Grandes Terres. Sébastien s'en étonna le premier.

— Je comprends mieux à présent pourquoi tu te plaisais tant chez mon ami Lansac ! Chez lui, tout te rappelait ton pays d'origine.

— C'est un peu ça, reconnut Emilio. Je me sentais comme chez moi aux Grandes Terres. Mais, maintenant, j'ai l'impression, en rentrant chez les miens, que je suis devenu un...

Il s'arrêta. Se rembrunit. Fit diversion.

— Ne traînons plus ! poursuivit-il.

— Devenu quoi ? insista Ruben.
— Un étranger, finit par avouer Emilio.

*
* *

Les Alvarez ne s'attendaient pas au retour de leur fils. Celui-ci se présenta chez lui, d'abord seul, ayant demandé à ses deux amis de patienter un peu à l'écart afin de donner aux siens le temps de s'accoutumer à son retour.

— Ce ne sera pas long, leur dit-il. Une petite demi-heure. Une fois les effusions passées, je reviendrai vous chercher.

En réalité, Emilio ne tenait pas à montrer les larmes qu'il risquait de verser en revoyant son père et sa mère. Encore moins son émotion et sa gêne si, par hasard, Maria se trouvait auprès d'eux à ce moment-là.

Lorsqu'il pénétra dans la cour de la ferme familiale – une petite métairie octroyée par don Fernando Aguilera –, son cœur cessa de battre. Il savait qu'à cette heure-là ses parents étaient sans doute en train de déjeuner. Il monta lentement les marches de l'escalier qui donnait accès à l'unique pièce à vivre. Il s'arrêta un court instant devant la porte. Il respira à fond comme un sportif juste avant l'effort. Actionna le marteau de bronze et attendit. Machinalement, il donna trois coups puis un quatrième, comme lorsqu'il s'amusait, plus jeune, à faire croire à sa mère qu'elle avait une visite.

À l'intérieur, Eulàlia fut la première à réagir, reconnaissant la manière de son fils de cogner à la porte.

— Emilio ! ne put-elle retenir.
— Quoi, Emilio ? fit son mari, étonné.
— C'est Emilio qui frappe, je te dis.
— Eh bien, va ouvrir ! Qu'est-ce que tu attends ? Mais tu te trompes ! À l'heure qu'il est, ton fils est loin d'ici.

Eulàlia obtempéra, toute frémissante. Elle ôta son tablier et glissa ses doigts dans ses cheveux pour se donner meilleure apparence. Puis elle entrebâilla la porte, gardant néanmoins une once de méfiance. Depuis que la guerre civile sévissait, elle avait appris à se montrer prudente avec les visiteurs. Il lui était arrivé, en effet, de laisser entrer des miliciens anarchistes qui lui avaient demandé sans aucune prévenance de leur fournir à boire et à manger. Ils s'étaient comportés chez elle comme en pays conquis, alors que son mari avait toujours soutenu la cause de la CNT[1] depuis le début de la révolution sociale.

Quand elle reconnut le visage de son fils dans l'embrasure de la porte, elle finit d'ouvrir et lui sauta au cou avec de grands cris de joie.

— Emilio ! Oh, Emilio, mon chéri ! Je savais que c'était toi. Entre, entre donc.

Arturo tomba à son tour dans les bras de son fils et l'embrassa chaleureusement.

— Comme tu as changé ! remarqua-t-il aussitôt. Tu es devenu un homme, à présent. Tu as forci et tu portes la barbe ! Avec tes cheveux longs, tu passerais presque pour un guérillero !

---

1. Confédération nationale du travail : organisation anarcho-syndicaliste fondée en 1910 à Barcelone.

Emilio sourit et laissa ses parents se remettre de leurs émotions.

— Mon frère et mes sœurs ne sont pas là ? s'enquit-il.

— Ils sont tous placés dans des fermes de la région, expliqua Arturo. Tu sais, tu vas vite t'apercevoir que, depuis ton départ, les choses ont beaucoup changé ici. C'est devenu difficile. Tes sœurs et ton frère doivent gagner leur vie pour qu'on s'en sorte tous. Mais tu auras bien le temps de te rendre compte de tout cela par toi-même ! Pour l'instant, laisse-nous à notre joie ! Viens, assieds-toi à la table. Ta mère et moi étions en train de finir notre repas. As-tu mangé, au moins ?

— Non, mais je n'ai pas faim.

— Si, si, il faut manger ! insista Eulàlia. Tu as fait un grand voyage, tu dois reprendre des forces.

— Je propose d'abord de boire un verre à ton retour, ajouta Arturo.

Emilio estima le moment venu d'introduire ses deux compagnons.

— Je ne suis pas seul ! Deux amis m'ont accompagné.

— Des Catalans comme toi, qui travaillaient en France ? demanda son père.

— Non, deux Français qui m'ont aidé à passer la frontière.

— À passer la frontière ? s'étonna Eulàlia. Il fallait qu'on t'aide pour rentrer chez toi !

— Ce n'est pas si simple, tu sais, maman. Je t'expliquerai plus tard.

— Fais donc entrer tes amis, proposa Arturo. Où les as-tu laissés ?

— Juste devant la ferme.

Emilio ressortit et appela Sébastien et Ruben.

— C'est bon, leur dit-il, vous pouvez avancer. Les grandes effusions sont terminées !

Une fois les présentations effectuées, Arturo demanda à sa femme de mettre le couvert pour ses visiteurs et les invita à passer à table. Contrairement à son mari, Eulàlia ne comprenait pas bien le français. Emilio fit l'interprète.

— Ainsi, vous êtes les amis de notre fils ! poursuivit Arturo. Et vous l'avez aidé à franchir la frontière.

Sébastien se doutait qu'il ne devait pas trop parler pour ne pas inquiéter inutilement les parents d'Emilio.

— Aider est un grand mot. Disons que nous avons fait la route de concert.

— Qu'êtes-vous venu faire en Catalogne, si ce n'est pas indiscret ?

— Je suis journaliste, dans un quotidien parisien, *Le Populaire*. On m'a envoyé couvrir les événements de la guerre. Quant à mon fils, Ruben, il me seconde dans ma tâche.

— Vous allez vous rendre sur le front ! C'est très dangereux ! Même les journalistes y trouvent la mort !

— Je ne l'ignore pas. Mais c'est mon métier... Dites-moi, s'étonna Sébastien, où avez-vous appris le français ?

— Quand j'étais jeune, mon frère et moi sommes allés travailler dans votre pays. Moi pendant cinq ans. Puis je suis revenu. Mon frère, lui, y est resté.

Sébastien n'avait pas encore proposé à Emilio de l'accompagner afin de lui servir d'interprète. Aussi craignit-il que son père prenne les devants et lui demande si son fils avait également l'intention de le suivre. Heureusement, il n'en fit rien.

Le repas terminé, Arturo convia sa femme à préparer les chambres pour ses hôtes.

— Vous pouvez rester chez nous autant que vous le désirez, leur suggéra-t-il. Maintenant que nos enfants sont tous partis, nous avons de la place.

— C'est très aimable de votre part, monsieur Alvarez. Mais nous ne voulons pas déranger. Nous irons nous installer à l'hôtel. Il doit bien y en avoir un dans la commune.

— Il n'en est pas question ! Nous avons déjà accueilli des miliciens. Nous pouvons héberger des Français, amis de notre fils ! C'est pour nous un grand honneur. Nos pays ne sont-ils pas unis ?

— Je regrette que mon gouvernement n'ait pas pu s'engager davantage auprès du vôtre pour lutter contre le fascisme. Mais il faut garder l'espoir. La France ne laissera pas s'installer le fascisme à ses portes.

Arturo ne semblait pas souhaiter s'étendre sur les événements qui ensanglantaient sa patrie. Sébastien comprit sa retenue et se garda de s'aventurer sur ce terrain épineux.

Tandis que les trois hommes finissaient de manger en tentant de se parler sans l'aide d'Emilio, celui-ci se rapprocha de sa mère et lui demanda à mi-voix :

— Comment va Maria ?

— Elle t'attend chaque jour avec une patience d'ange. Elle risque de tomber des nues en te voyant arriver !

Emilio s'assombrit. Le visage de Justine venait tout à coup de réapparaître devant ses yeux. Eulàlia s'aperçut de son trouble.

— Quelque chose te chagrine ? N'es-tu pas heureux de la retrouver après toutes ces années d'absence ?

— Si, bien sûr, maman ! Que vas-tu chercher là ? Je me demandais seulement si elle m'avait attendu.

— Bien évidemment, grand nigaud, qu'elle t'a attendu ! Maria est la plus exquise des fiancées. Elle ne souhaitait qu'une chose : que tu l'invites à venir te rejoindre en France. Maintenant qu'elle a vingt ans, ses parents l'auraient laissée partir.

— Je lui avais promis de rentrer dès que j'aurais mis un peu d'argent de côté. Comme tu peux le constater, ça n'a pas été très long. Trois ans, ce n'est pas le bagne !

— Bientôt quatre ! rectifia Eulàlia. Ça a été dur pour cette petite. Tous les jours à guetter le facteur ! À se demander si tu ne l'oubliais pas, si tu n'étais pas malheureux. Elle commençait sérieusement à s'inquiéter ces derniers temps. Tes lettres se faisaient plus rares. J'espère qu'il n'y a rien de grave entre vous !

— Ne te fais pas de souci, maman. Quand pourrai-je la voir ?

— Dès ce soir, quand elle sera rentrée du travail. Elle a été embauchée à la coopérative agricole à l'époque où les terres ont été collectivisées. Le gouvernement a fait marche arrière, mais la coopérative a subsisté. Ton père t'expliquera mieux que moi tout ce qui s'est passé en ton absence. Tu sais, la vie ici n'est plus tout à fait comme avant. Nous sommes rationnés pour la nourriture, par exemple. Les temps sont durs !

Emilio n'eut pas le loisir de se rendre chez les Caldès, les parents de Maria. Josep Farga, leur cousin, s'était précipité chez eux après avoir déposé ses trois passagers et leur avait appris le retour d'Emilio. À peine rentrée du travail, Maria accourut chez les Alvarez, transportée de bonheur.

Leurs retrouvailles manquèrent d'intimité. Emilio eût préféré demeurer seul avec sa fiancée. Quand celle-ci entra sans frapper à la porte, exultant à l'idée de se laisser emporter d'ivresse dans ses bras, Sébastien et Ruben sortaient de leurs chambres, tout habillés de propre après leur long voyage et rasés de près.

Tous furent surpris par son irruption.

— Maria! ne put retenir Emilio. Maria! Tu es venue! Comment as-tu su que j'étais de retour?

La jeune fille se jeta au cou de son fiancé, ne trouvant pas les mots pour lui répondre tant son bonheur était à son comble et son émotion débordante.

— Le cousin Josep nous a avertis, finit-elle par avouer. Oh, Emilio, comme je suis heureuse!

Elle l'embrassa sans retenue, oubliant la présence des parents de son fiancé et de leurs hôtes.

Sébastien dévisageait Maria avec insistance, à la fois gêné et sidéré. Il comprit tout à coup pourquoi Emilio s'était épris de Justine aux Grandes Terres.

Tandis que les deux amoureux continuaient à ignorer ce qui se passait autour d'eux, Ruben s'aperçut de son étonnement et, discrètement, lui demanda:

— Pourquoi regardes-tu Maria de cette manière? Elle t'a tapé dans l'œil?

— Non, ce n'est pas pour ça. Mais... si tu savais... elle est tout le portrait de Justine.

— De Justine Lansac!

— Oui, parfaitement. Elles se ressemblent comme deux gouttes d'eau. Les mêmes yeux, le même visage ovale, la même corpulence, la même coiffure, à la seule différence que Maria est brune tandis que Justine est blonde. C'est incroyable !

Sébastien ne pouvait contenir sa surprise. Ses dernières paroles arrivèrent aux oreilles d'Arturo.

— Qu'est-ce qui est incroyable, monsieur Rochefort ?

— Euh... rien. Enfin, ces retrouvailles ! J'en suis moi-même tout ému.

Emilio se dégagea des bras de Maria et, revenant à sa famille et à ses amis, lui demanda de s'avancer vers eux.

— Je te présente Sébastien Rochefort et Ruben, son fils. Ils m'ont aidé à franchir la frontière et m'ont accompagné jusqu'ici.

Maria salua les deux Français en leur parlant dans sa langue maternelle. Emilio traduisit :

— Elle vous souhaite la bienvenue.

Le soir, la famille de Maria se joignit à celle d'Emilio et, ensemble, ils continuèrent à fêter le retour de l'enfant chéri.

Le repas terminé, Emilio ramena sa fiancée chez elle. Sébastien et Ruben se retrouvèrent enfin seuls.

— Alors, qu'essayais-tu de me signifier tout à l'heure, à propos de Maria ? demanda Ruben à son père.

— Je te disais que Maria et Justine Lansac se ressemblaient comme deux gouttes d'eau.

— Et qu'est-ce que tu en déduis ?

— D'après toi ?

— ... !

— Je suis persuadé qu'Emilio recherchait Maria auprès de Justine. Sa fiancée lui manquait trop. Et il devait se sentir très seul loin de chez lui.

Inconsciemment, Justine le ramenait vers elle. Tu me comprends ?

Ruben ne connaissait pas Justine Lansac. L'explication de son père lui parut un peu compliquée.

— Tu sais, quand un homme s'écarte de celle qu'il aime, c'est que ses sentiments ont changé et que, momentanément en tout cas, il a envie d'aller voir ailleurs.

— Tu te trompes, Ruben. Chez Emilio, c'est plus complexe que ça. C'est un garçon très sensible. Il a un bon fond. Il devait souffrir à l'idée de trahir la confiance de Maria. Mais en même temps Justine devait sans doute lui apporter autre chose.

— Quoi ?

— Son caractère… comment dirais-je… déterminé, fonceur. Justine est une fille qui n'aurait pas hésité à le suivre s'il le lui avait demandé. Je la vois bien s'engager dans ce conflit espagnol. À son âge, elle épouse déjà les grandes idées que je défends.

— Un peu plus et tu me dirais qu'elle te ressemble ! C'est de la haute psychologie ! Tout cela me dépasse. Moi, quand je tiens à une femme, je ne vais pas voir ailleurs pour la retrouver ! Et si je ne l'aime plus, je le lui dis et tout est terminé entre nous. C'est beaucoup plus simple.

— Tout n'est pas si simple dans la vie, Ruben. Crois-moi. J'en sais quelque chose.

Sébastien ne s'était jamais étendu devant son fils sur sa propre histoire, à l'époque où il avait quitté sa mère Pauline pour courir l'aventure en Indochine d'où il était revenu avec sa demi-sœur Rose, née d'un second amour avec une jeune Vietnamienne[1]. Lui aussi avait été partagé entre deux femmes. Il éprouva l'envie de lui raconter son passé, profitant d'un peu d'intimité. Mais Ruben, fatigué par son voyage, lui signifia qu'il était temps d'aller se coucher.

— Tu m'expliqueras ça un autre jour, si tu veux bien. Pour aujourd'hui, je crois que nous avons eu notre dose d'émotions !

Sébastien devait bientôt demander à Emilio de l'accompagner dans sa mission. Il craignait un refus de sa part, maintenant qu'il avait retrouvé la sérénité dans les bras de sa jeune fiancée.

---

1. Voir *Les Rochefort*.

## 14

### Préparatifs

Emilio avait repris ses anciennes habitudes. Et, si les conditions n'étaient plus tout à fait identiques à celles d'avant son départ pour la France, il ne lui fut pas difficile de s'intégrer aux nouvelles structures qui s'étaient imposées en son absence. Son père, désormais, ne travaillait plus pour le comte, mais pour la coopérative viticole de sa commune. Le tribunal populaire n'ayant retenu aucun grief à son encontre, le comte avait recouvré la possession de son domaine après que le gouvernement eut décidé de revenir sur les mesures de spoliation dont avaient été victimes les grands propriétaires de la région. Certes, toutes les terres n'avaient pas été restituées. Les petits paysans avaient donc conservé, en partie, le bénéfice de ce que la révolution sociale leur avait accordé. Défendus par les syndicats, beaucoup profitaient maintenant d'un statut plus sécurisé, et travaillaient pour la collectivité.

— À Barcelone, expliqua Arturo, les ouvriers avaient pris en main le contrôle de leurs outils de production. Les syndicats y sont toujours très influents. Les usines étaient gérées par des comités de travailleurs. Les transports publics, les hôtels, les restaurants, les salons de coiffure, beaucoup de commerces étaient administrés directement par leur propre personnel.

— Pourquoi parles-tu au passé ? s'étonna Emilio. Le gouvernement a-t-il fait marche arrière ?

— Oui. Caballero a voulu remettre de l'ordre dans les régions qui échappaient à son autorité. Surtout en Catalogne. À Puigcerdà, il y a eu des heurts entre les carabiniers et les patrouilles de la CNT qui assuraient le contrôle de la frontière. La Garde civile et la Garde d'assaut sont intervenues à Figueras pour dissoudre le Conseil de Cerdagne. Et, à Barcelone, les affrontements sont devenus de plus en plus fréquents et violents entre partisans et adversaires de la révolution sociale.

— Si je comprends bien, l'autonomie de la Catalogne n'est toujours pas effective !

— Il y a trop de dissensions chez les républicains. Tant qu'ils ne s'entendront pas, ils feront le jeu des nationalistes. Avec le cabinet Negrín[1], les mesures répressives à l'encontre des mouvements libertaires se sont amplifiées.

— Mais à quoi joue donc ce gouvernement ? Il souhaite la défaite !

— Il désire simplement reprendre la main sur ceux qui n'obéissent pas à son autorité. Pour sûr, l'alliance antifranquiste a vécu ! Je crains que la guerre civile ne se termine aux dépens des républicains.

— Tu me sembles bien pessimiste, papa !

— Non, je suis réaliste. Peu à peu le gouvernement annule toutes les mesures de la collectivisation...

---

1. Juan Negrín, socialiste, plus proche des thèses défendues par le Parti communiste, a remplacé Francisco Largo Caballero en mai 1937 après la démission de ce dernier.

Qu'en pense ton ami journaliste ? Lui as-tu parlé de la situation de notre pays ?

— À vrai dire, pas beaucoup. Tu sais, en France, l'Espagne paraît lointaine. Même si de nombreux Français se tiennent au courant.

Emilio était stupéfait d'apprendre de la bouche même de son père que la révolution sociale espagnole était en train de vivre ses derniers jours. En quittant la France, il croyait encore que le peuple espagnol, en se révoltant contre la tentative de coup d'État fasciste de Franco, avait aussi triomphé de tout ce qui empêchait son pays de devenir une grande démocratie à l'image de la France ou du Royaume-Uni. Il ne cacha pas sa déception.

— Que faut-il faire dans l'immédiat pour sauver ce qui reste de notre révolution ?

— Moi, je pense qu'il faut d'abord s'assurer que les nationalistes ne prendront pas le pouvoir. Car, avec eux, ce sera pire ! Il n'y aura plus du tout de libertés en Espagne. Les puissants retrouveront tous leurs privilèges et nous, les travailleurs, serons encore une fois réduits au silence et à la misère.

— Tu sembles donc partisan d'assurer la victoire militaire avant de poursuivre la révolution !

— Le pays doit s'unir contre le fascisme. C'est le plus urgent. Après, on verra ce qu'on peut faire. Chaque chose en son temps.

— Alors, tu donnes raison au gouvernement Negrín !

— Je veux d'abord éviter l'anarchie. On ne peut prétendre à rien sans un minimum de respect des autres et de tolérance. Il faut écouter ceux qui ne pensent pas comme nous, et se mettre autour d'une table pour discuter. Jusqu'à présent, trop de gens ont été persuadés qu'ils détenaient à eux seuls la vérité et les bons moyens d'agir. Comme tu le sais, on a assassiné beaucoup de prêtres dans notre province. En quoi cela pouvait-il servir la cause de notre révolution, alors que beaucoup d'Espagnols sont croyants et pratiquants ? Même si ce ne sont pas mes idées, je n'ai pas approuvé ces exactions.

— Je partage ton point de vue. Quand j'ai appris cela par la presse – même en France, on en a parlé –, j'ai été outré.

Emilio et son père n'avaient pas échangé leurs opinions depuis longtemps. Cette conversation ne fit que renforcer leurs convictions.

— Tu vois, petit, poursuivit Arturo, si j'étais plus jeune, je n'hésiterais pas. Je partirais me battre pour mon pays, si la liberté était à ce prix.

Emilio ne sut comment interpréter cette remarque.

— Je ne dis pas cela pour que tu ailles te battre dans l'armée populaire ! rectifia aussitôt Arturo. Ta mère serait dans tous ses états.

Sébastien annonça son intention de s'absenter quelques jours pour se rendre à Barcelone. Il ne souhaitait pas brusquer la décision d'Emilio, préférant lui laisser du temps pour reprendre ses marques auprès des siens et surtout auprès de Maria.

— Après tout ce que j'ai appris, j'ai hâte d'aller me rendre compte par moi-même de ce qui se passe dans la capitale catalane, expliqua-t-il aux Alvarez. Je ne veux pas non plus abuser de votre hospitalité. Cela fait huit jours que nous sommes chez vous. Il est grand temps que Ruben et moi prenions congé.

— Vous ne nous dérangez pas du tout ! se récria Eulàlia, traduite par son mari. Vous êtes ici chez vous. Nous vous l'avons dit à votre arrivée.

— Je vous remercie beaucoup, madame Alvarez. Dans ce cas, nous repasserons avant de partir sur le front. J'aurai d'ailleurs un service à demander à Emilio. Mais rien ne presse. Nous verrons à mon retour.

Sébastien et Ruben prirent donc congé.

Décembre commençait. Déjà le froid tombait sur les sierras qui entouraient le pays catalan. L'hiver s'annonçait précoce et semblait imminent, tandis que, sur le terrain, les troupes fascistes narguaient la république affaiblie par ses disputes internes et ses luttes fratricides.

*
* *

À Barcelone, Sébastien et Ruben découvrirent un spectacle terrifiant. La ville, plusieurs fois bombardée par l'aviation italienne, vivait dans la hantise permanente d'attaques aériennes. Ses habitants ne s'habituaient pas à devoir se terrer dans les abris creusés un peu partout pour leur défense. Depuis que le gouvernement avait violemment imposé son autorité aux libertaires et aux anarchistes, tout n'avait pas été réglé, et les dissensions entre les différents partis légitimes laissaient encore régner un certain désordre.

Comme ailleurs en Catalogne, les Barcelonais souffraient du rationnement, des privations, du manque de liberté imposé par l'insécurité et le danger de voir les ennemis de la République profiter de la situation. Néanmoins, plus que le péril fasciste, Sébastien perçut une atmosphère de suspicion à l'égard de tous ceux qui ne s'inscrivaient pas dans la ligne officielle marquée par le gouvernement Negrín. Aussi montra-t-il beaucoup de discrétion lorsqu'il entreprit de rencontrer les représentants de la CNT et du POUM.

Il connaissait bien la capitale catalane. Il s'y était rendu à deux occasions avant que la Seconde République ne plonge dans le chaos. Il y avait croisé des intellectuels, des écrivains comme lui, mais aussi des peintres, dont Picasso en 1934, alors que ce dernier visitait le musée d'Art catalan, et Salvador Dalí peu avant son départ de Catalogne provoqué par la guerre civile. Il se souvenait de l'effervescence qui régnait dans les rues de la vieille ville, sur les Ramblas, autour de la Sagrada Familia. La cité était le siège des grands courants de la pensée moderne. Elle rayonnait bien au-delà de la Méditerranée et s'affirmait déjà comme une brillante métropole.

Aussi, Sébastien ne put contenir son désarroi devant le spectacle affligeant qui se déroulait sous ses yeux. À chacune de ses sorties, il s'apitoyait de voir, impuissant, tous ces gens malheureux qui ne connaissaient plus que le drame de la guerre civile, des luttes fratricides, des obus lâchés du ciel par des avions ennemis. Partout, ce n'étaient que ruines et désolation. Les bombardements avaient détruit beaucoup d'immeubles et fait de nombreuses victimes. Les hommes et les femmes qu'il croisait ne parvenaient pas à cacher leur angoisse. Leur regard traduisait à la fois leur désespoir et leur colère d'avoir été abandonnés ou trahis. Beaucoup en effet avaient cru qu'un monde plus juste allait surgir du grand mouvement de libération qu'avait fait naître la révolution sociale l'année précédente. Mais les événements de mai avaient anéanti leurs espérances et créé en eux un sentiment d'amère défaite.

Chaque jour qu'ils vécurent au sein de la population barcelonaise, Sébastien et Ruben ne cessèrent d'interroger ceux qui osaient encore parler sans crainte de passer pour des agents de l'ennemi. La peur de la délation retenait le plus grand nombre. Aussi, beaucoup s'écartaient lorsqu'ils s'approchaient d'eux dans l'intention de les questionner sur leurs conditions d'existence. Ils notaient dans un carnet, soigneusement dissimulé dans leurs effets personnels et sans jamais mentionner de noms, les commentaires de ceux qui se laissaient aborder et qui étaient capables de leur répondre en français. Leur méconnaissance de la langue les empêchait souvent d'obtenir les renseignements précis qu'ils désiraient. Mais ils finissaient toujours par trouver un homme ou une femme qui parlaient français et qui voyaient en eux les porte-parole dont ils avaient besoin pour crier leur désespoir à la face du monde civilisé qui semblait les oublier.

À la mi-décembre, Sébastien rencontra le chef du gouvernement, Juan Negrín. Nommé au printemps par le président Azaña, le nouveau président du Conseil ne faisait pas l'unanimité au sein des républicains. Sébastien ne se dissimula pas sous un excès de réserve et lui demanda sans ambages quelles étaient ses intentions à propos de la guerre.

— Je dois faire face à une situation d'urgence, lui expliqua-t-il. Depuis mon arrivée au pouvoir, je tente de remettre de l'ordre dans les rouages de l'État. À mon prédécesseur, on reprochait un manque d'implication du gouvernement dans le processus révolutionnaire et la mauvaise gestion de l'effort de guerre. Je veux renforcer le pouvoir central vis-à-vis des syndicats. Il ne faut pas inquiéter inutilement les classes moyennes et la bourgeoisie de notre pays, comme l'ont fait les anarchistes et les communistes libertaires.

— Comment comptez-vous vous y prendre, monsieur le président du Conseil ? s'étonna Sébastien, qui ne comprenait pas très bien comment le nouveau chef du gouvernement pourrait poursuivre l'œuvre sociale amorcée par le *Frente popular* sans trahir l'essence même de celui-ci.

— En lançant une politique de renforcement de l'armée et du pouvoir gouvernemental. Je veux limiter le mouvement révolutionnaire et établir une économie de guerre.

Sébastien prenait bonne note des explications du chef du gouvernement. Mais, au fond de lui, il craignait que Juan Negrín n'enterre un peu vite la révolution sociale porteuse de tant d'espoirs chez les petites gens des villes et des campagnes. Déjà les grands propriétaires avaient recouvré leurs terres, les organisations nées de la collectivisation ayant été démantelées ; les milices militaires avaient été intégrées de force dans l'armée populaire ou désarmées. La prison centrale de Barcelone, surnommée la Modelo, était redevenue une prison politique qui regorgeait d'opposants, des républicains récalcitrants. Des centaines de militants anarchistes et communistes révolutionnaires y étaient enfermés depuis le printemps 1937.

Déçu par ce qu'il découvrait de jour en jour, Sébastien décida d'écourter son séjour et de prendre du recul pour écrire ses articles destinés à son journal.

— Il me faut du calme pour faire le point, expliqua-t-il à son fils. Nous allons rentrer à Montserrat, chez les Alvarez. Ensuite nous poursuivrons notre reportage en partant à la rencontre de ceux qui défendent la liberté au péril de leur vie.

— Tu n'as pas l'air d'apprécier le nouveau chef de gouvernement ! remarqua Ruben.

— Il me paraît trop centralisateur, trop…

— Trop stalinien !

— Dans un sens. Alors qu'il se prétend socialiste et partisan d'un régime en faveur du peuple. L'avenir nous dira ce qu'il fera face aux fascistes qui gagnent chaque jour du terrain sur le plan militaire.

Tandis que Sébastien et Ruben s'apprêtaient à retrouver Emilio chez les siens, l'armée républicaine, sur ordre de Juan Negrín, se préparait à lancer une vaste opération sur la ville de Teruel, en Aragon, tenue par les nationalistes.

*
* *

De son côté, Emilio avait retrouvé Maria et, en sa compagnie, semblait oublier son aventure avec Justine. Ils travaillaient ensemble à la coopérative viticole du village et passaient toute la journée et une bonne partie de la soirée à se dévorer des yeux, comme s'ils venaient de se rencontrer. Leurs amis et compagnons de travail ne cessaient de se moquer gentiment d'eux et leur insufflaient l'idée de se marier au plus tôt avant qu'ils ne commettent l'irrémédiable. Car, la révolution avait beau avoir renversé les tabous et les carcans sociaux, les esprits demeuraient toujours très attachés aux valeurs familiales.

« Alors, leur disait-on d'un ton ironique, quand vous déciderez-vous à passer devant le curé ? À Montserrat, les anarchistes ne l'ont pas encore assassiné ! Il ne faudrait pas fêter Pâques avant la mi-carême ! »

Emilio avait promis d'épouser Maria à son retour, dès lors qu'il aurait économisé un peu d'argent en France. Mais il devait reconnaître que ce qu'il apportait dans ses valises ne représentait pas une somme suffisante pour pouvoir s'installer à son compte et offrir à sa fiancée la tranquillité d'un foyer bien établi. Avant son départ, en effet, il avait envisagé de racheter quelques hectares de terres afin de ne plus dépendre d'un propriétaire, comme son père et son grand-père avant lui. Il s'était mis en tête l'idée de travailler ses propres vignes. Jadis, chaque fois qu'il se rendait chez le comte don Fernando Aguilera, il exécrait la morgue et l'air condescendant de ce dernier vis-à-vis de ses ouvriers. Il n'éprouvait que répugnance et révolte quand il était contraint de baisser l'échine et d'obéir aux ordres pour ne pas perdre sa place ni mettre celle de son père en péril. Aussi, lorsqu'il avait appris que les grands domaines fonciers avaient été confisqués et que les terres avaient été données aux paysans, ses espoirs de voir se réaliser son rêve avaient décuplé. Mais ils avaient vite été anéantis dès lors que le nouveau gouvernement avait fait marche arrière pour tenter de se réconcilier avec la bourgeoisie et les grands propriétaires. En outre, son retour précipité de France ne lui permettait pas d'acheter une terre suffisamment grande pour nourrir toute une famille. La somme qu'il avait économisée ne représentait que le quart du prix de la vigne de Francisco Sala qu'il convoitait avant son départ et qui était toujours à vendre.

Aussi, quand Maria lui parlait mariage, Emilio temporisait.

«Nous devrions encore attendre, suggérait-il. Nous n'avons pas assez d'argent pour nous installer.»

Mais Maria se montrait impatiente. Pendant la longue absence d'Emilio, elle avait mûrement réfléchi à leur avenir. Et, étant donné la situation dans laquelle se trouvait à présent son pays, elle avait conscience qu'il n'était pas judicieux de remettre à plus tard ce qu'elle désirait le plus chèrement: épouser Emilio, fonder un foyer, travailler pour pouvoir élever les enfants qu'ils auraient bientôt. Maria était la raison même. Dans les moments difficiles, elle gardait toujours l'espoir que le temps finirait par effacer les affres de la vie, mais qu'il ne fallait pas en perdre un seul instant. Aussi ne souhaitait-elle pas ajourner encore la date de leur mariage. Loin de songer à s'engager dans la lutte pour la liberté, comme certaines de ses amies, elle n'aspirait qu'à mener une vie calme, loin des tumultes de la guerre civile dont elle ne pouvait cependant ignorer les menaces croissantes.

Un soir, alors que les parents de Maria s'étaient absentés, elle l'invita à la rejoindre chez elle, dans la ferme intention de lui demander de l'épouser en dépit de ses hésitations. Emilio n'était jamais resté seul avec sa fiancée sous le toit familial, ni chez elle ni chez lui. Il ne se serait jamais permis d'outrepasser les convenances. Chacune de leurs retrouvailles se déroulait au grand jour ou, plus discrètement, dans des lieux éloignés du public, mais où il leur était malaisé de laisser libre cours à leurs tentations. Aussi, jamais encore ils ne s'étaient donnés l'un à l'autre.

Maria avait prémédité sa soirée. Elle n'en pouvait plus d'attendre Emilio, qu'elle sentait trop réservé. Elle ne comprenait pas pourquoi il lui montrait tant de retenue depuis son retour. Lorsqu'ils furent seuls, elle l'entraîna dans sa chambre. Emilio la suivit, étonné de découvrir sa fiancée aussi libre avec lui, alors que, jusque-là, elle avait toujours obéi aux convenances et aux règles en vigueur dans la plupart des familles espagnoles.

Elle se blottit dans ses bras, l'enlaça et joua de ses charmes comme jamais elle n'avait osé le faire.

Emilio ne put s'empêcher de songer à Justine, aux merveilleux moments qu'ils avaient vécus ensemble. La jeune Lansac n'avait jamais montré de réticence à se donner à lui. Elle l'entraînait sur les plus hauts sommets du plaisir dans l'insouciance du qu'en-dira-t-on et se perdait avec lui dans un éden de volupté.

Emilio ne résista pas longtemps à l'appel de Maria. Il la déshabilla, lentement. Découvrit son corps pour la première fois. Se laissa emporter à son tour dans les méandres de ses désirs. Maria se donna à lui sans retenue. Il la prit avec une douceur infinie. La transporta avec délicatesse jusqu'au paroxysme du bonheur.

Quand ils se réveillèrent, l'aube se levait à peine. Les parents de Maria étaient rentrés peu après minuit et ne s'étaient pas aperçus de la présence d'Emilio dans la chambre de leur fille. Gagnée par la panique, celle-ci se sentit tout à coup placée devant le fait accompli.

— Qu'allons-nous faire ? s'inquiéta-t-elle. Tu ne peux pas quitter la maison sans qu'ils te voient ! Que leur dira-t-on ?

— La vérité ! Ça ne servirait à rien de leur mentir. Nous avons passé la nuit ensemble. Ce ne sera pas la dernière.

— Alors, tu veux bien m'épouser ! releva aussitôt Maria.

— J'en ai toujours eu l'intention. En aurais-tu douté ?

Ils décidèrent de faire front. Les parents de Maria s'étonnèrent effectivement de la présence du fiancé de leur fille sous leur toit, mais ne s'insurgèrent pas, à la grande surprise des deux tourtereaux. Juan Caldès, le père de Maria, en vint même directement au fait.

— Il faudra songer à vous marier, tous les deux ! leur déclara-t-il en leur proposant le petit déjeuner. Vous avez assez attendu ! (Et prenant sa femme à témoin :) Hein, qu'en dis-tu, Dolorès ?

La mère de Maria sourit, mais ne répondit pas.

— Nous devons partir au travail ! coupa Emilio pour faire diversion.

— Nous fixerons la date avec tes parents dès que nous les verrons, ajouta Juan. Au printemps, ce serait parfait.

— Au printemps ! s'étonna Maria, mais c'est trop long ! Pourquoi pas juste avant Noël ?

Maria consulta Emilio du regard. Celui-ci sembla l'approuver.

— Alors, va pour Noël, fit Juan, si c'est ce que vous désirez.

*
* *

Sébastien et Ruben rentrèrent de Barcelone, fourbus et quelque peu désappointés par ce qu'ils y avaient découvert.

Le soir même, Sébastien demanda sans détour à Emilio :

— Accepterais-tu de nous suivre sur le terrain de bataille, à Teruel ? J'aurais besoin de tes services d'interprète. Cela me fera gagner un temps appréciable. À Barcelone, il nous a été difficile de nous faire comprendre.

Pris de court, Emilio hésita. Regarda Maria qui l'avait raccompagné chez lui après le travail. S'assombrit.

— Tu n'es pas obligé, poursuivit Sébastien. J'admettrais volontiers que tu refuses. Mais si tu acceptes, je m'arrangerai pour que tu ne sois pas ennuyé par les autorités qui ont l'intention d'enrôler les jeunes de ton âge dans l'armée populaire afin de contrer l'avancée des nationalistes. Le gouvernement a prévu la mobilisation.

— De plus, ajouta Ruben, si les franquistes venaient à gagner du terrain et à parvenir jusqu'ici, c'est dans leurs rangs que tu risques de te retrouver, contraint et forcé ! Tu n'auras pas le choix. Il te faudra te battre contre les tiens.

— J'espère que nous ne connaîtrons pas cette situation ! coupa Sébastien pour ne pas donner l'impression de faire pression sur Emilio.

Dans son coin, Maria faisait grise mine. Elle savait qu'Emilio ne se défilerait pas devant ce qu'il considérait comme son devoir. Elle ne se trompait pas.

— Interprète ! releva ce dernier. Je commence à en avoir l'habitude. Mais pourquoi Teruel ?

— La ville est tenue par les franquistes depuis le début de la guerre civile. Juan Negrín m'a confié que, d'un point de vue psychologique, la ville n'étant pas bien défendue, sa capture permettrait aux républicains de reprendre l'initiative. Une défaite des fascistes remonterait le moral des troupes, car Teruel est considérée par les nationalistes comme un symbole de leur supériorité sur le front aragonais après les échecs cuisants de Brunete et de Belchite. Une telle victoire renforcerait aussi l'autorité de Juan Negrín sur les factions anarchistes et libertaires, encore dominantes en Catalogne, notamment dans l'industrie de guerre. Enfin, d'un pur point de vue militaire, cela permettrait de rétablir une route plus sûre entre les deux bastions de la résistance antifasciste, Teruel étant une entrave pour les communications entre la Catalogne et le reste de l'Espagne républicaine. Depuis quelques jours, les troupes gouvernementales y ont lancé une offensive afin de reprendre la ville aux nationalistes. Au dire des stratèges, il semblerait que Teruel serait facile à conquérir[1].

— Le gouvernement doit absolument éviter que Valence soit coupée de Barcelone, ajouta Ruben.

---

1. La bataille de Teruel durera du 15 décembre 1937 au 22 février 1938.

En tenant Teruel, les républicains assureraient la protection de la Catalogne où s'est réfugié le gouvernement en octobre dernier.

— Nous avions décidé de nous marier pour Noël ! osa intervenir Maria.

Surpris, Sébastien demeura sans voix quelques secondes. Puis il rectifia :

— Dans ce cas, je retire ma demande. Je ne voudrais pas vous empêcher de convoler en justes noces et nuire à votre bonheur.

— Cela ne nous empêchera pas de nous marier, poursuivit Emilio. Combien de temps serons-nous partis ? Une petite semaine ? Nous serons donc rentrés pour Noël, n'est-ce pas ?

Sébastien hésita. Consulta son fils du regard. Précisa :

— J'espère bien ! De toute façon, rien ne nous oblige à rester sur place, même si les combats ne sont pas terminés. En ce qui me concerne, il me faudra bien revenir de temps en temps à l'arrière pour contacter mon journal et faire parvenir mes articles du front. Je vous promets que nous fêterons Noël ensemble, ici, à Montserrat.

Le regard attristé, Maria ne put retenir Emilio. Elle se blottit dans ses bras et lui fit jurer de prendre soin de lui devant le danger qu'il allait courir sous le feu des canons.

## 15

### L'enfer de Teruel

Au cours de son entretien avec le président du Conseil Juan Negrín, Sébastien avait obtenu une dérogation pour Emilio. Ce dernier ne serait pas mobilisé dans les rangs républicains, mais détaché auprès de lui comme adjoint de correspondant de presse. Cela lui permettrait de ne pas porter l'uniforme et surtout de ne pas être obligé de se battre sur le front comme un simple soldat du contingent. Néanmoins, il devait respecter certaines consignes, notamment celle de demeurer au service de l'armée si celle-ci avait besoin de lui.

Cette nouvelle rassura Maria, qui crut que son fiancé échapperait ainsi à l'enfer du feu. Elle ignorait que Sébastien et Ruben avaient la ferme intention d'aller au plus près des zones de combat, qu'ils voulaient être les témoins de ce conflit qui n'en finissait pas d'ensanglanter l'Espagne, pour prouver que ce dernier n'était que le préambule d'un autre désastre qui s'annonçait pire encore.

Comme la plupart des observateurs étrangers, Sébastien était persuadé que ce qui se passait sur le territoire espagnol servait d'entraînement aux armées hitlériennes et mussoliniennes. La guerre de mouvement, avec son cortège de chars d'assaut et d'avions de chasse, y était savamment expérimentée par les états-majors allemand et italien depuis l'origine du conflit. Aucune grande puissance, hormis la Russie, ne s'en était émue. Or ce n'étaient pas les quelques centaines de cadres militaires soviétiques dépêchés par Staline qui permettaient de compenser les effectifs des deux États fascistes engagés auprès des nationalistes espagnols.

Les républicains espéraient éloigner de Madrid les troupes franquistes en lançant une nouvelle offensive sur Guadalajara afin de sauvegarder les communications entre Valence et Barcelone. Des unités du Nord et la Légion Condor avaient été transférées autour de la capitale. Les combats faisaient rage depuis la mi-décembre.

Le chemin fut long pour Sébastien, Ruben et Emilio avant d'atteindre leur but. La ligne de front la plus proche se situant dans la région de Saragosse, ils prirent d'abord la direction de l'ouest. Dès qu'ils entrèrent en Aragon, ils se trouvèrent brutalement plongés dans un pays en guerre, où la population errait sur les routes afin d'échapper aux bombardements des avions allemands et italiens. Parfois les tirs d'artillerie les obligeaient à rebrousser chemin, leur interdisant de poursuivre plus loin. Ils comprirent très vite qu'il ne s'agissait plus d'une simple révolution n'affectant que les civils, mais d'une véritable guerre entre des armées composites, constituées de troupes d'élite et de mercenaires à leur solde.

Du côté nationaliste, les Allemands et les Italiens représentaient un apport en hommes et en matériel très important, et donnaient aux unités de Franco une réelle suprématie sur l'ensemble du territoire. Du côté républicain, certes, les Soviétiques avaient dépêché des officiers et fourni des tanks particulièrement opérants sur le terrain, mais ils n'équilibraient pas l'expérience des premiers dans les offensives. Quant aux Brigades internationales, composées de volontaires venus de tous les pays du monde, malgré leur acharnement aux combats, elles ne rivalisaient pas avec l'extrême efficacité de la Légion Condor envoyée par Hitler.

Sébastien entra rapidement en relation avec le commandement républicain pour éviter de prendre des risques inutiles et de mettre la vie d'Emilio et celle de son fils en danger. Ils apprirent dès leur premier contact que la ville de Teruel était encerclée par les armées des deux camps. Il leur fallait donc se montrer extrêmement prudent.

L'officier qui les reçut à Lérida avant leur départ pour le front les avertit :

— Sachez que, si vous tombez dans les mains des nationalistes, je ne donne pas cher de votre peau ! Surtout vous, Emilio Alvarez. Ils ne vous rateront pas, même si vous ne portez pas l'uniforme républicain ! Soit ils vous fusilleront sans autre forme de procès, soit ils vous enrôleront de force dans leurs rangs. Quant à vous, messieurs les Français, ils essaieront de vous faire parler avant de se débarrasser de vous.

— Merci du conseil, répliqua Sébastien, mais je suis journaliste ! Mon devoir est de tenir le monde informé de ce qui se passe dans votre pays. Je n'ignore pas les risques que j'encours. Soyez-en persuadé, nous ne nous mettrons pas inutilement en danger.

— Je vous aurai prévenus !

Ils ne s'attardèrent pas dans la région de Saragosse, ayant appris que les républicains avaient lancé l'offensive sur Teruel depuis quelques jours.

Quand Sébastien, Ruben et Emilio arrivèrent dans les environs de la cité assiégée, les troupes gouvernementales avaient achevé leur jonction. Ils furent surpris par le froid qui sévissait. La neige s'était mise à tomber et recouvrait les clochers des églises, minarets d'anciennes mosquées reconverties. Les assaillants comme la population civile semblaient paralysés, pris dans un étau de glace.

Les habitants étaient tous à la recherche d'eau potable, car les républicains avaient fait sauter le barrage d'Arquillo de San Blas qui alimentait la ville. Ils sortaient à leurs risques et périls sous la mitraille de l'aviation nationaliste venue en aide aux troupes assiégées.

Ni Emilio ni ses compagnons français n'avaient connu un tel froid dans leur vie. La température était tombée à – 20 °C. La tempête de neige s'était accentuée au fil des jours, transformant le paysage alentour en véritable banquise. Les chemins étaient gelés et impraticables, les canalisations béantes, la végétation pétrifiée. Les moteurs des camions, des tanks et des avions peinaient à démarrer, ce qui retardait les actions prévues par l'état-major des deux camps.

Le 20 décembre, Sébastien entraîna ses compagnons dans une tranchée avec l'autorisation d'un officier de la 25ᵉ division qui leur servait de guide dans leur démarche périlleuse. Ils y découvrirent un spectacle hallucinant. Les soldats paraissaient statufiés sur place. Certains portaient aux pieds de simples espadrilles et tentaient de se réchauffer en buvant de grandes rasades d'alcool.

— Vous venez fêter Noël avec nous, hombres ! leur dit un milicien passablement éméché. Vous n'avez pas peur de la mort !

Il leur montra l'un de ses camarades qui semblait dormir, assis à ses côtés. Il le secoua. L'homme tomba sur le flanc, raidi par le froid.

— Vous voyez, il est mort ! Il n'a pas résisté.

Emilio traduisait au fur et à mesure les paroles du soldat. Il connaissait le castillan et évitait de s'exprimer en catalan afin d'inciter ses compatriotes à parler sans crainte. Car il avait conscience de sa situation privilégiée. Ne portant pas l'uniforme et se trouvant en compagnie d'un journaliste étranger, d'aucuns auraient pu lui reprocher d'avoir obtenu les faveurs d'un dignitaire du gouvernement. Or, dans les rangs, le mécontentement commençait à s'élever au regard des mauvaises conditions dans lesquelles se battaient les troupes populaires.

Sébastien questionnait. Ruben prenait des photos et notait les réponses traduites par Emilio. Ils passaient d'un soldat à l'autre sans montrer leur désarroi, sans s'émouvoir, de peur de ne pouvoir poursuivre leur démarche.

Le 22 décembre, les républicains atteignirent le centre de la ville. Leurs tanks s'établirent sur la place Torico. Sébastien et son équipe se trouvaient aux premières loges et assistaient à la victoire tant attendue en compagnie d'autres correspondants de guerre. Les nationalistes avaient décroché après de durs combats à l'intérieur de la ville, surtout du côté du cimetière et du stade de football. Les derniers affrontements avaient été très rudes, car les franquistes avaient défendu chaque rue, chaque maison avec acharnement. Les civils avaient subi de lourdes pertes. La ville n'était plus qu'un champ de ruines. Lorsque le Banco de España, le couvent Santa Clara et l'hôtel d'Aragon, siège du commandement nationaliste, furent enlevés par les troupes populaires, Radio Barcelona put annoncer la chute définitive de Teruel sur les ondes.

Le soir, Sébastien et son équipe se retrouvèrent en compagnie d'autres journalistes, Ernest Hemingway, Robert Capa et Herbert Matthews du *New York Times*. Lorsqu'ils apprirent l'heureuse nouvelle, ils ne purent retenir leur joie.

— Les fascistes ont essuyé leur première grande défaite ! exulta Hemingway. La République est sauvée !

— Pensez-vous que Franco restera sans réagir ? s'étonna Sébastien.

— Je ne crois pas. Mais cette victoire va galvaniser le courage des républicains.

Emilio, de son côté, espérait que la guerre se terminerait bientôt, dès lors que les miliciens s'étaient montrés supérieurs sur le terrain. Il songea à Maria, à la promesse qu'il lui avait faite avant de partir. Une fois encore, il devait bien reconnaître qu'il ne l'avait pas respectée. L'année nouvelle était entamée depuis plus d'une semaine. Or ne s'était-il pas engagé à l'épouser pour Noël ?

— Ne t'inquiète pas ! tenta de le rassurer Ruben. Elle comprendra. Maintenant que la reddition des franquistes est acquise, nous allons rentrer à Montserrat.

Du côté républicain, cette victoire fut accueillie dans la liesse. En effet, Teruel était la première capitale de province à avoir été reconquise par l'armée populaire. La population fut aussitôt évacuée et la cité transformée en place forte afin d'empêcher toute progression des franquistes vers la côte.

\*
\* \*

Sébastien n'eut pas le temps de revenir à Montserrat. Quelques jours après leur défaite, les fascistes se ressaisirent et reprirent l'offensive en tentant de s'emparer des collines entourant la ville. L'artillerie italienne et l'aviation nationaliste, appuyées par la Légion Condor, rompirent les lignes de défense républicaines. Sébastien se trouva acculé au moment même où il pensait sortir du piège où il s'était laissé enfermer.

— Il est trop tard pour s'enfuir ! reconnut-il, navré de décevoir Emilio. Nous ne pouvons pas mettre nos vies en péril pour retourner à Montserrat. Je vais télégraphier un message à mon agence de Barcelone pour faire prévenir ta famille et rassurer Maria.

— Serons-nous bloqués ici longtemps ? s'inquiéta Emilio.

— J'espère que non !

Janvier se montrait aussi brutal que décembre. Les températures ne remontaient pas. Les soldats souffraient terriblement du froid et ne trouvaient de ressort qu'en se convainquant que leur enfer allait bientôt cesser. Or la contre-offensive nationaliste mit fin à leurs espoirs. Trois bataillons de la 84e brigade refusèrent même de repartir au combat. Pour couper court à toute tentative de mutinerie, le mouvement de révolte fut immédiatement réprimé par l'état-major. Trois sous-officiers et cinquante soldats furent aussitôt fusillés, soixante autres arrêtés dans l'attente de leur jugement.

— On a connu ça en 1917, déplora Sébastien qui avait fait la Grande Guerre. Quand le commandement tire trop sur les forces et le moral des hommes, ceux-ci finissent par se retourner contre lui.

Chaque jour voyait son lot de désertions et de refus d'obéissance. Les soldats ne savaient plus comment survivre à l'épuisement, au froid, à la faim et au découragement. Or les nationalistes resserraient leur étau sur Teruel.

Montant toujours très près de la ligne de front afin de vivre le quotidien des troupes, Sébastien faisait prendre de gros risques à ses deux compagnons. Ceux-ci le suivaient sans rechigner. Ils lui faisaient confiance, fiers de faire partie de ceux qui, par leur présence, témoignaient au monde entier de ce qui se passait réellement dans le pays du poète Federico García Lorca, fusillé par les fascistes au début du conflit[1]. Toutefois, conscient du danger, un soir, il sortit trois armes de son sac et leur dit :

— Tenez, prenez ces pistolets. Ils pourraient vous être utiles. Ce ne sont pas de gros calibres, mais ils

---

1. Le 19 août 1936 à Viznar.

vous permettront de parer au plus pressé en cas de nécessité.

Ruben s'étonna.

— D'où les sors-tu ?

— Tu oublies ce que nous avons transporté dans nos bagages en passant la frontière ! J'ai gardé quelques armes et munitions. Je me doutais que nous pourrions en avoir besoin.

Emilio saisit le pistolet que lui tendait Sébastien, ouvrit le chargeur.

— Je n'ai jamais utilisé une arme de ma vie ! objecta-t-il.

— Fais attention ! Ça part tout seul ces jouets-là. J'espère que tu n'auras pas à t'en servir, mais on ne sait jamais.

Emilio fronça les sourcils.

— Non, reprends ton arme, je n'en veux pas. Je ne suis pas soldat. Je n'ai pas l'intention de tuer quelqu'un. J'ai accepté de te suivre seulement pour t'aider. Je suis ton interprète. Uniquement ton interprète !

— Ne fais pas d'histoires, Emilio ! Songe à Maria. Tu dois pouvoir te défendre. Devant toi, les fachos n'hésiteront pas une seule seconde. Tu ne l'ignores pas. Interprète ou pas !

— Écoute mon père ! insista Ruben. Et ne pense pas au pire. Vu la situation dans laquelle nous nous trouvons, il ne faut courir aucun risque. Tu sais ce qui t'attend si tu tombes dans leurs mains.

Le jeune Catalan finit par suivre les conseils avisés de ses deux compagnons. Il saisit le pistolet à contrecœur et le glissa dans sa ceinture.

— Ne le perds pas, lui dit Sébastien. Je n'en ai pas d'autres.

Plusieurs jours s'écoulèrent.

Le 25 janvier, les républicains lancèrent une nouvelle offensive afin de briser leur encerclement par les forces fascistes. Mais l'assaut fut repoussé. La lutte fut acharnée des deux côtés, rendue encore plus difficile par le froid qui s'était accentué. Dans les rues assiégées de la ville, les soldats se battaient au corps à corps, à la baïonnette. Les dépouilles étaient abandonnées sur place et répandaient partout une odeur pestilentielle. Ni dans un camp ni dans l'autre on n'avait le temps d'enterrer les cadavres.

Sébastien, Ruben et Emilio se trouvaient souvent sous le feu des Messerschmitt allemands et des Fiat CR.32 italiens. Ils se protégeaient comme ils pouvaient, derrière des pans de murs, en plongeant dans une tranchée ou un trou d'obus. Les bombardiers Heinkel de la Légion Condor étaient redoutables et causaient de gros dégâts au sol.

— On se croirait en enfer ! se plaignait Ruben. Ça fuse de partout.

Inlassablement, Sébastien se positionnait au plus près des soldats et, lors d'une accalmie, en profitait pour les faire parler. Les renseignements qu'il récoltait allaient toujours dans le même sens. Tous se lamentaient à cause du froid, mais avaient en eux la rage de repousser les fascistes jusqu'au dernier.

— Nous les exterminerons ! leur dit un jour un jeune milicien originaire d'Aragon. Dans mon village, ils ont fusillé tous les hommes qui refusaient de les suivre. J'ai perdu mon père, mon frère et mon oncle.

Ma mère est devenue folle de désespoir. Aussi, hombre, tu peux me croire, je ne leur ferai pas de cadeau !

— Ceux d'en face sont des Espagnols comme toi ! argua Sébastien qui tentait toujours de sonder les sentiments les plus profonds de ceux qu'il interrogeait.

— Non, ce sont des fascistes, qui combattent aux côtés des nazis et des mussoliniens ! Les vrais Espagnols sont pour la liberté.

Une haine viscérale à l'encontre des nationalistes animait les miliciens. Le soir même, Sébastien écrivit dans son carnet : « La réconciliation entre les Espagnols des deux camps sera longue et douloureuse. L'oubli et le pardon ne triompheront qu'au prix de lourds renoncements et sacrifices. Mais l'oubli est-il possible quand on a tout perdu et qu'on n'a plus que la haine pour seule raison de vivre ? »

*
* *

Début février, ils se trouvaient en position de repli en compagnie du 13ᵉ corps d'armée. Les nationalistes avaient lancé l'offensive au nord et passé à pied l'Alfambra, prise par les glaces. Les hommes de l'armée populaire, malgré une héroïque résistance et l'aide des Brigades internationales, surpris par une charge de cavalerie spectaculaire de la 1ʳᵉ division du général Monasterio[1], ne parvinrent pas à repousser l'assaut de leurs adversaires. Le général républicain Sarabia ordonna alors la retraite.

---

1. L'une des dernières de l'Histoire.

— Ne restez pas dans le secteur, leur conseilla l'aide de camp du général. C'est devenu trop dangereux. Nous ne pouvons plus assurer votre sécurité. Nous attendons les renforts de la 47ᵉ Division de Valence. Mais ça prendra plusieurs jours.

Sébastien écouta l'aide de camp. Sous le feu nourri de l'aviation qui bombardait et mitraillait les troupes en repli, il emmena ses compagnons à l'abri, dans une ferme abandonnée par ses occupants. La poche de l'Alfambra ayant été réduite, la route de Teruel s'ouvrait désormais devant les nationalistes.

— Il est temps de quitter les lieux, reconnut enfin Sébastien. L'étau se resserre. Il faut se replier en direction de Valence.

Emilio n'avait jamais refusé d'accompagner Sébastien au plus près du danger. De plus en plus, il se sentait concerné par ce qu'il vivait au quotidien parmi les hommes de l'armée populaire. Et, si jamais aucun d'eux ne lui avait fait de remarques désobligeantes sur son activité auprès d'un journaliste français, il avait parfois honte de ne pas essuyer le feu, avec eux, un fusil à la main, pour défendre son pays.

— Je ne veux pas partir ! déclara-t-il, au grand étonnement de Sébastien et de son fils.

— Comment ça ! Tu ne veux pas te replier pour te mettre en sécurité ?

— J'aurais l'air d'abandonner mes frères.

— Je ne comprends pas... Avec moi, tu es aussi utile que si tu portais l'uniforme ! Tu accomplis une autre mission. Et tu prends autant de risques que si tu te battais les armes à la main.

Emilio ne semblait plus convaincu. Il se retira derrière la grange de la ferme pour réfléchir et faire la paix en lui. Dans son esprit, tout se mélangeait. Les souvenirs de Justine, les images de Maria en jeune mariée, les Grandes Terres, le domaine de don Fernando Aguilera... Le silence, autour de lui, lui paraissait étrange. Dans cet enfer, pouvait-il exister des havres de tranquillité, songeait-il avec mélancolie, des endroits qui, miraculeusement, échappaient à l'horreur et à la folie des hommes ? La ferme où ils avaient trouvé refuge avait, certes, subi des dégradations, mais celles-ci n'étaient que la marque du temps, non des obus tombés du ciel. Au reste, tout s'y trouvait encore à sa place dans la cour et tout autour – les outils, la charrue, le tas de fumier –, comme si les propriétaires s'étaient absentés quelques jours, dans l'intention de revenir bientôt et de reprendre leur paisible existence sans craindre les troupes qui mettaient à feu et à sang le reste du pays. La guerre semblait ne pas avoir semé ses graines de malheur dans ce coin de paradis.

Plongé dans ses pensées, Emilio n'entendit pas les bruits furtifs qui rompirent soudain le silence autour de lui. Adossé à un mur en ruine, les yeux fermés pour mieux se perdre dans ses songes et retrouver un peu de sérénité, il fut tout à coup surpris par la présence devant lui d'un soldat aux couleurs nationalistes. Celui-ci le menaçait de son fusil et lui ordonna de lever les bras et de ne pas bouger.

— Pour qui es-tu ? demanda la jeune recrue qui s'étonnait d'avoir affaire à un homme ne portant pas l'uniforme. Franco ou Azaña ?

Emilio comprit immédiatement le parti à tirer de sa condition de civil. Il temporisa. L'air détendu.

— Ne crains rien, lui dit-il. Je suis avec toi. Les républicains sont passés par ici et ont saccagé ma ferme. Tu vois, ils ont tout cassé !

L'homme relâcha son attention. Baissa le canon de son fusil. Demanda à Emilio de lui procurer à boire et à manger.

Emilio fléchit les bras. Le soldat prit peur.

— Bouge pas ! Sinon, je te règle ton compte. Avec qui es-tu ? J'ai entendu du bruit. T'es pas seul ?

Les voix de Sébastien et de Ruben lui étaient parvenues aux oreilles.

Alors, sans le préméditer, profitant d'une seconde de relâchement de son agresseur, Emilio dégaina son revolver et tira à bout portant, vidant son chargeur avec une rage qui le surprit lui-même. L'homme s'effondra aussitôt devant lui, le regard hagard, puis figé.

Emilio resta abasourdi. Tout s'était passé si vite ! Il se baissa pour vérifier que le soldat était bien mort. Le secoua. Eut un haut-le-cœur devant le sang qui sortait à grands flots de la gorge de sa victime.

Sébastien et Ruben accoururent aussitôt qu'ils eurent entendu les coups de feu. Ils trouvèrent Emilio, les bras ballants, penché au-dessus du cadavre. Il avait lâché son arme et paraissait atterré.

— Que se passe-t-il ? s'enquit Sébastien.

Emilio lui cachait le corps inanimé du soldat. Sébastien ne comprit pas tout de suite ce qui venait de se dérouler.

— J'ai tué un homme ! répondit Emilio sans se retourner. J'ai tué un homme !

Sébastien s'approcha de quelques pas, aperçut la victime.

Il écarta Emilio. Demanda à Ruben de s'occuper de lui.

— Parle-lui. Je crois qu'il est sonné. Je vais faire disparaître le corps. Ensuite, il faut filer d'ici au plus vite avant que les nationalistes nous tombent dessus.

Emilio semblait complètement dépassé par l'acte qu'il venait d'accomplir.

— Tu te rends compte, dit-il à Ruben. J'ai tué un homme ! C'est la première fois !

— C'était toi ou lui ! Tu n'as rien à te reprocher. J'aurais fait la même chose si j'avais été à ta place.

Ruben consolait son ami comme si ce dernier avait perdu l'un des siens.

— N'y pense plus ! C'est la guerre, Emilio. Il y a des tas de gens qui meurent pour défendre la liberté. Tu n'as rien fait d'autre qu'éliminer un ennemi de ta patrie.

Emilio reprit petit à petit ses esprits. Mais son cœur se sentait entaché d'une lourde faute qui pesait sur sa conscience.

Tandis qu'ils se repliaient sur Valence, les troupes franquistes poursuivaient leur contre-offensive. Bientôt Teruel se retrouva totalement encerclée et assiégée, cette fois par les nationalistes. Le 22 février, les dernières unités républicaines abandonnèrent leurs positions. La route vers la mer était désormais ouverte devant l'armée rebelle.

# 16

## Parenthèse

Tandis que les forces franquistes poursuivaient leur offensive vers la mer, Sébastien, Ruben et Emilio, dans le port de Valence, s'embarquaient sur un navire à destination de Barcelone. Ils avaient eu l'opportunité de profiter de trois places sur un cargo qui appareillait en direction de la Catalogne malgré le danger que faisait courir la marine italienne. Celle-ci, en effet, ne cessait de menacer tout bâtiment républicain qui naviguait dans les eaux territoriales et pilonnait régulièrement les villes de la côte catalane, soumettant leurs habitants à rude épreuve.

Lorsque les trois reporters arrivèrent sains et saufs sur les quais du port de Barcelone, c'est une cité complètement ravagée qu'ils découvrirent. Sébastien n'ignorait pas la situation. Mais, depuis son précédent passage dans la capitale catalane, les effets des bombardements s'étaient encore accentués. Tous les centres névralgiques étaient la proie des avions de guerre italiens : les usines d'armement, les gares, les aérodromes, les centrales électriques, les routes, les ponts, les casernes militaires. Rien ne leur échappait sur le territoire catalan grâce aux services de renseignements à la solde des rebelles infiltrés en zone républicaine.

La population, qui avait déjà essuyé une terrible attaque de la part du croiseur italien *Eugenio di Savoia* un an plus tôt, connaissait à nouveau l'enfer des bombes depuis un mois. L'église Sant Felip Neri avait été détruite, quarante-deux victimes ayant été ensevelies sous les décombres, dont de nombreux enfants. Tous les quartiers de la ville portaient les stigmates de l'horreur, notamment le quartier gothique et celui de la Barceloneta qui avait dû être partiellement évacué en octobre précédent.

Sébastien avait peine à croire ce qu'il voyait, et semblait très affligé.

— Je dois me rendre à mon agence afin de mettre mes articles en forme et les envoyer au journal, annonça-t-il à son fils. Emilio et toi, ne m'attendez pas. Rentrez à Montserrat. J'en connais une qui doit mourir d'impatience.

Emilio ne montrait pas ses sentiments. Mais la colère l'emportait en lui sur la stupéfaction. Il ne se laissa pas envahir par le découragement ni par la compassion envers ses compatriotes qu'il découvrait dans le plus grand dénuement. Il éprouvait au contraire une folle envie de redresser la tête et de combattre l'oppression, l'iniquité et la tyrannie de ceux qui s'en prenaient aveuglément à sa patrie. Sur le moment, il ne faisait plus la différence entre sa terre natale, la Catalogne, où il avait ses racines bien ancrées, et son pays, l'Espagne, en proie aux rebelles qui le martyrisaient depuis plus de dix-huit mois.

— Quand la guerre sera terminée, affirma-t-il en quittant Sébastien, les fascistes devront rendre des comptes.

Sébastien ne lui répondit qu'évasivement. Dans son esprit, la victoire des miliciens n'était pas assurée, et il craignait que les forces nationalistes, grâce à l'aide des dictatures nazie et mussolinienne, ne finissent par l'emporter.

— J'ai bien peur qu'Emilio ne se berce d'illusions, déplora-t-il en aparté devant Ruben en lui demandant de prendre soin de son protégé. Franco et sa clique sont beaucoup mieux organisés que les républicains. Ah, si seulement la France et l'Angleterre étaient venues secourir la jeune démocratie espagnole quand il était temps d'intervenir ! Nous n'en serions pas là !

— Oui, mais tu sais comme moi que l'Angleterre surtout ne voulait pas aider les républicains pour la seule raison qu'elle voyait en eux des communistes ! Et qu'elle préférait encore la victoire des franquistes à celle des amis de Staline.

— En attendant, lorsqu'ils auront gagné cette maudite guerre, nous aurons quatre États fascistes aux portes de notre pays : le Portugal de Salazar, l'Espagne de Franco, l'Italie de Mussolini et l'Allemagne de ce fou d'Hitler ! Belle palette, en vérité ! L'Angleterre ne pourra pas dormir sur ses deux oreilles si les dictatures s'unissent pour dominer l'Europe. Que fera-t-elle face à un continent contaminé par la peste brune ? Et si la France venait à basculer à son tour dans le camp des pestiférés ?

— Crois-tu cela possible ?

— Rien n'est assuré, Ruben. En février 1934, l'extrême droite française a été à deux doigts de renverser la République. Il ne faut jurer de rien. Dans notre pays, certains hommes politiques ne me semblent pas très fiables. D'ailleurs, Franco a ses partisans chez nous, même parmi les intellectuels. Je connais bien ce milieu. Pour n'en citer que quelques-uns, je peux t'affirmer que Franco a toutes les faveurs de Claudel et Brasillach.

— Tous des catholiques bon teint !

— Ça ne les excuse pas ! Heureusement, d'autres soutiennent la République !

— Qui par exemple ?

— Oh, ils sont nombreux parmi mes collègues écrivains, mais aussi parmi les artistes. Simone Weil, André Malraux se sont pleinement impliqués dans le conflit.

— Comme toi !

Sébastien sourit. Regarda son fils avec reconnaissance.

— Plus que moi, lui répondit-il. Simone Weil s'est enrôlée dans les Brigades internationales, et Malraux a créé une escadrille aérienne avec des pilotes volontaires pour aider l'armée populaire. En Angleterre, Arthur Koestler s'est engagé dès le début de la guerre comme journaliste. Les fascistes l'ont fait prisonnier en Andalousie et l'ont torturé pour qu'il parle. Je l'ai rencontré à Paris juste avant son départ. Il m'avait fait part de ses intentions. Un grand bonhomme, ce Koestler !

— Comme Hemingway que nous avons côtoyé à Teruel !

— Oui, et il y en a d'autres, heureusement !

Sébastien se sentait soulagé d'évoquer avec son fils le nom de ses collègues journalistes ou écrivains qui s'étaient personnellement impliqués dans le conflit espagnol du côté de la République et de la liberté. Cela lui remontait le moral quand il se mettait à douter de l'issue de cette guerre fratricide.

— On s'en sortira bien un jour ou l'autre, admit-il. Si tous les hommes de bonne volonté se donnent la main, le fascisme ne vaincra pas.

Ruben se montrait moins réaliste que son père. Il se disait persuadé en effet que les républicains finiraient par l'emporter.

— Le bien renverse toujours le mal, conclut-il un peu naïvement. Même s'il faut accepter quelques sacrifices.

*
* *

Quelques jours plus tard, Ruben et Emilio rentrèrent à Montserrat. Ce qu'ils y découvrirent les consterna aussitôt. La petite commune avait été la proie des bombardements et présentait elle aussi un spectacle de désolation des plus affligeants. De nombreuses maisons avaient été détruites et répandaient leurs ruines sur le bord des routes. Même le toit de l'église avait souffert et laissait passer le froid soleil de février à travers sa charpente à moitié défoncée. À l'extérieur, des terrains cultivés ressemblaient à des champs de bataille, tant ils étaient parsemés de trous d'obus. Des arbres étaient déchiquetés et semblaient supplier le ciel de leurs branches décharnées de bien vouloir mettre un terme à leur martyre.

Emilio craignait pour ses parents et pour Maria. Au fur et à mesure qu'il avançait en direction de l'exploitation familiale, son émotion grandissait. Il marchait, muet, tel un automate, à côté de Ruben.

Celui-ci respectait son angoisse et ne l'ennuyait pas avec des questions inutiles qui n'auraient fait que le perturber davantage.

Quand ils arrivèrent devant la cour de la ferme, le chien de son père aboya et accourut au-devant d'eux. Emilio comprit à sa réaction que rien de grave ne s'était passé en son absence chez ses parents.

Arturo fut le premier à les accueillir et ne put retenir des larmes de joie. Il les conduisit auprès de sa femme qui, à son tour, tomba dans les bras de son fils.

— Dieu merci, vous êtes sains et saufs !

Mais aussitôt, n'apercevant pas Sébastien, elle s'assombrit.

— Il est arrivé quelque chose à ton ami français ? s'inquiéta-t-elle.

— Non ! Il est resté à Barcelone pour son travail. Mais il nous rejoindra bientôt. Que s'est-il passé ici ? Nous avons vu des tas de ruines en traversant le village.

Eulàlia se mit à geindre.

— Oh, mon Dieu ! Quelle tristesse ! On aurait dit que le ciel nous tombait sur la tête. On ne savait plus où aller se réfugier.

— Des bombardements ! coupa Arturo. L'aviation a fait sauter les ponts sur la route de Manresa. Toute la région a beaucoup souffert. Mais c'est rien à côté de ce qu'ont subi les habitants de cette pauvre ville ! Et à Barcelone, c'est pire encore.

— Je sais. Nous y sommes passés. Le spectacle est affligeant.

— Quand, de loin, on apercevait les avions arriver au-dessus de nos têtes, on courait se cacher dans la cave, poursuivit Eulàlia. Je n'ai jamais connu cela dans toute ma vie ! Quel grand malheur s'abat sur nous !

— Et Maria ? s'enquit Emilio pour faire diversion. Comment va-t-elle ?

— Elle t'attend avec impatience ! Tu dois t'en douter. Elle espérait tant que vous vous marieriez à Noël ! La pauvre petite, elle a été déçue de ne pas te voir revenir à temps ! Mais à présent tout va rentrer dans l'ordre, n'est-ce pas ?

— Oui, nous allons pouvoir nous marier. Tranquillise-toi. Il faut seulement choisir une date.

— Maria y a déjà songé ! Elle souhaite que ce soit le plus vite possible. Nous aussi.

Emilio se sentit tout à coup plus serein. Retrouver les siens, se savoir attendu par celle qui l'aimait le réconforta, alors que, dans son esprit, rôdait encore l'image morbide de ce soldat fasciste qu'il avait tué peu après la reddition de Teruel.

Le mariage eut lieu la semaine avant Pâques, le samedi 9 avril 1938. Les deux familles souhaitèrent fêter l'union de leurs enfants dans la plus grande discrétion, à cause des événements qui endeuillaient le pays. Elles ne tenaient pas, en effet, à manifester publiquement leur joie, alors que d'autres avaient perdu un fils ou un père au combat. Aussi, seuls les proches furent conviés à la cérémonie et au festin qui suivit chez les parents de Maria. Pour l'occasion, Julio, le frère cadet d'Emilio, obtint une permission. Son unité se trouvait sur la rive gauche de l'Èbre où les troupes de l'armée populaire s'étaient retranchées après la défaite de Teruel. Ses trois jeunes sœurs étaient également présentes, ainsi que les cousins des Caldès, Josep Farga et sa femme, qui tenaient la quincaillerie de Montserrat. Sébastien et Ruben furent invités avec tous les honneurs des deux familles, qui se firent un vrai plaisir de leur demander d'être les témoins de leurs enfants. Ils acceptèrent sans hésiter.

Maria ne souhaitait pas non plus que le mariage se déroulât en grande cérémonie. Certes, elle avait insisté pour revêtir une robe de mariée traditionnelle, mais elle avait dû annoncer auparavant à sa famille et à son fiancé qu'elle attendait un enfant depuis plus de quatre mois. Bien qu'attachés aux valeurs traditionnelles, ses parents ne lui avaient fait aucun reproche. Ils lui avaient seulement conseillé de demeurer discrète. Emilio, quant à lui, n'avait pu cacher son étonnement.

— Enceinte ! s'était-il exclamé sans tenter de dissimuler son émotion. Es-tu sûre ? Ça ne se voit pas !

— Certaine ! Cela date du jour où nous sommes restés chez moi, seuls, tous les deux.

Emilio n'aurait jamais cru qu'une seule fois aurait suffi à assurer sa paternité. Sur le moment, trop surpris par la révélation de sa fiancée, il avait été quelque peu décontenancé. Mais il s'était aussitôt repris :

— C'est un heureux événement ! Nous allons nous marier au plus vite.

Maria avait été soulagée. Pendant toute la durée de son absence, elle s'était beaucoup inquiétée de savoir comment il prendrait la nouvelle. Elle ne l'avait pas informé dans les lettres qu'elle lui avait adressées sur le front. Elle avait préféré attendre son retour, quitte à ce que son état ne puisse plus passer inaperçu aux yeux des autres. Ses parents n'avaient rien remarqué, car elle n'avait pas beaucoup grossi et s'était mise à porter des robes amples à la manière des paysannes d'autrefois, ce qui avait surpris sa mère.

— Ce sera un garçon ! s'était exclamé Emilio en retrouvant sa joie de vivre. Cette naissance est le signe que tout va bientôt s'arranger.

Maria était au comble du bonheur.

Le lendemain du mariage, ils s'installèrent dans une petite maison que leur prêtèrent les cousins Farga.

— Elle ne nous sert à rien pour l'instant, reconnut Josep. Elle vous dépannera. Quand cette maudite guerre sera terminée et que vous aurez acquis une situation plus stable, vous aviserez.

Emilio ne savait comment remercier Josep.

Il reprit aussitôt son poste à la coopérative du village, qui avait été très perturbée par les événements. Maria, elle, cessa son travail afin de ne pas compromettre la naissance de son enfant.

Quelques jours plus tard, Sébastien apprit par Radio Barcelona que les nationalistes avaient atteint la Méditerranée, coupant ainsi l'Espagne en deux et isolant Barcelone du reste des territoires encore tenus par les républicains.

*
\* \*

Depuis le début du mois de mars, les unités rebelles n'avaient pas cessé de gagner du terrain. Grâce à l'appui des bombardiers de la Légion Condor relayés par une colonne de Panzer, le corps d'armée marocain avait rapidement progressé vers la rive droite de l'Èbre. Franco avait alors ordonné à ses troupes de franchir le fleuve. Sur l'autre rive, aux confins de l'Aragon et de la Catalogne, les républicains avaient été contraints de reculer jusqu'à Lérida. Le déferlement des nationalistes devenait incontrôlable et tenaillait de plus en plus la Catalogne où était réfugié le gouvernement. La population de Barcelone se sentait menacée. Les violents bombardements italiens des 16, 17 et 18 mars avaient fait plus de trois mille morts et des dizaines de milliers de blessés, et avaient semé la terreur dans une ville en proie à la panique. L'explosion d'une bombe sur un camion chargé de dynamite avait provoqué une telle déflagration que le bruit avait aussitôt couru qu'une arme de destruction massive d'un type nouveau avait été utilisée.

Devant l'imminence du danger, Sébastien décida de repartir sur le front.

— Juan Negrín est allé voir Léon Blum à Paris, expliqua-t-il à Ruben qui, depuis leur retour, semblait prendre du bon temps en compagnie des jolies Catalanes qu'il rencontrait. Il a obtenu la réouverture de la frontière pour laisser passer des armes. Les bombardements sur Barcelone ont ému le monde entier. Le pape Pie XI lui-même a protesté auprès de Mussolini. Je ne peux pas demeurer ici sans rien faire. La situation est tendue. Nous devons y retourner.

— Avec Emilio ?

— Non. Il est marié, à présent. Et Maria est enceinte. Il a d'autres responsabilités. Nous nous passerons de lui.

Quand il annonça son intention aux Alvarez, Emilio, qui était présent chez ses parents, n'hésita pas un instant.

— Je pars avec vous !

Sébastien s'étonna. Puis refusa.

— Tu penses à Maria ? Et à l'enfant qu'elle porte ! S'il t'arrive quelque chose, elle se retrouvera seule dans la tourmente. Je ne peux lui infliger une telle déchirure en acceptant ta coopération. Je me débrouillerai sans toi.

— Il n'en est pas question ! protesta le jeune Catalan. Je dois accomplir mon devoir. De toute façon, si les nationalistes passent par ici, ils m'enrôleront de force et je devrai me battre contre mon propre frère. C'est cela que tu désires pour moi ? Et si je leur résiste, ils me fusilleront. Alors, Maria n'aura rien gagné dans cette histoire. Je préfère t'accompagner.

Sébastien ne put argumenter plus longtemps.

Le soir même, Emilio annonça sa décision à Maria. Connaissant le caractère entêté de son mari, celle-ci ne lui opposa aucune difficulté.

— Si tu estimes que c'est une manière d'accomplir ton devoir, je ne peux t'empêcher de partir sur le front avec tes amis. Mais jure-moi de prendre soin de toi et de ne courir aucun risque inutile. Pense que dans quatre mois à peine, tu seras père. Tu ne veux pas que notre enfant naisse orphelin ! Ce serait le pire cadeau que tu pourrais lui faire pour sa venue au monde !

Emilio enlaça Maria tendrement. L'embrassa dans le cou, là où il percevait le mieux, les yeux fermés, la douceur de sa peau, son parfum, la chaleur intérieure de son corps. Il caressa son ventre qui ondoya sous sa main.

— Je le sens, dit-il. Il réagit quand je te touche.
— Bien sûr, il te reconnaît ! Et il t'entend.
— Crois-tu qu'il a compris que je vais m'absenter ?
— Les enfants, même dans le ventre de leur mère, ressentent bien des choses.

— Alors, quand je serai parti, il faudra lui parler. Pour qu'il ne m'oublie pas. Lui expliquer que je suis allé me battre pour lui, pour qu'il soit libre et heureux.

— Te battre ! Mais, Emilio, jusqu'à présent il n'en était pas question ! Tu as bénéficié d'une dérogation grâce à Sébastien, uniquement pour lui servir d'interprète.

— C'est vrai. Mais il y a une chose que je ne t'ai pas encore révélée…

Emilio hésita. Il se tut, estimant qu'il avait déjà trop parlé. Mais Maria exigea qu'il aille au bout de sa déclaration.

— Au cours de notre retraite de Teruel, j'ai tué un homme, avoua-t-il. Un nationaliste.

— Tu as…

Maria n'acheva pas sa phrase.

— Oui, c'était un jeune soldat franquiste. Il me menaçait. Je crois qu'il était mort de trouille. Peut-être bien qu'il avait été enrôlé de force, je ne sais pas ! C'était lui ou moi. Alors, je n'ai pas réfléchi, j'ai vidé mon chargeur dans sa poitrine. Il est tombé, devant moi, sans un mot.

— Mon Dieu ! déplora Maria que l'idée de donner la mort n'avait jamais effleurée. Et tu as quand même décidé d'aller te battre alors que tu peux faire autrement !

— Je ne veux pas tuer. Je hais la guerre. Mais je sais que si la situation se renouvelait, je serais sans doute contraint de réitérer mon acte. Quand on se trouve sur le terrain, il faut pouvoir parer à toute éventualité. D'ailleurs Sébastien nous a donné un pistolet pour qu'on puisse se défendre. Sur le coup, j'ai failli refuser. Mais je dois reconnaître qu'il serait inconscient d'opérer sur le front sans une arme dans sa poche. Les fascistes savent que les journalistes penchent, pour la plupart, du côté de leurs ennemis. Ils en ont déjà fusillé plusieurs. Ils ne nous feront pas de cadeau s'ils nous prennent. Alors, si je dois encore tirer pour me défendre ou pour aider les nôtres, je n'hésiterai pas. Je leur prêterai main-forte.

Maria ne trouva pas d'arguments pour faire renoncer son mari. Emilio lui fit de tendres adieux et lui promit de revenir auprès d'elle à son premier appel.

— J'ignore quand nous rentrerons, lui dit-il. Mais si tu as besoin de ma présence près de toi, n'attends pas. Contacte-moi. Sébastien t'expliquera comment nous joindre. Si je ne suis pas de retour quand tu arriveras à terme, fais-moi prévenir rapidement. Je veux être là pour ce grand événement. Je pars tranquille, je sais que tes parents veilleront sur toi. Je t'écrirai tous les jours pour te donner de nos nouvelles.

— Je ferai la même chose, mon chéri. J'espère que nos lettres parviendront à destination !

Quelques jours plus tard, à l'aube, ils se séparèrent. Sébastien et Ruben ne s'attardèrent pas en de longs et pénibles adieux.

Tous les trois reprirent le chemin rocailleux de l'enfer sur lequel ils avaient déjà beaucoup souffert. Franco venait de refuser la paix des braves[1] que Juan Negrín lui avait proposée afin de mettre un terme à la guerre fratricide qui n'en finissait pas d'anéantir l'Espagne.

---

1. Programme en treize points proposé par le gouvernement aux vainqueurs et publié le 1er mai 1938.

## 17

### La déroute

Deux mois s'étaient écoulés depuis leur départ. Deux mois pendant lesquels l'armée populaire, sur le qui-vive dans le Nord, avait subi de grosses pressions au sud, autour de Valence que les franquistes tentaient de conquérir.

Pour la plupart des gouvernements étrangers, l'issue de la guerre ne faisait plus de doute. Les nationalistes allaient bientôt remporter la victoire. C'était compter sans l'opiniâtreté de Juan Negrín, qui ne désespérait pas de reprendre la main en lançant par surprise une offensive massive contre les unités fascistes stationnées sur la rive droite de l'Èbre. Ainsi, par la même occasion, pensait-il soulager Valence et la Catalogne.

Sébastien avait appris qu'une contre-attaque des troupes gouvernementales se préparait sur l'Èbre. Le fleuve passait pourtant pour une barrière infranchissable, surtout en cette saison à cause du débit des eaux. Il entra en relation avec le commandement du colonel des milices, Juan Modesto, et obtint sans difficulté l'autorisation de suivre de près les opérations militaires qui n'allaient pas tarder à être engagées.

Conscient du danger, il proposa à son fils et à Emilio de rester à l'arrière.

— Je me débrouillerai sans vous, prétexta-t-il. Je prendrai mes notes seul, et une fois le calme revenu, je rédigerai mes articles et les ferai parvenir à mon journal. Si je vois que les risques s'éloignent, je vous appellerai.

— Pas question ! objecta Ruben. Je ne t'ai pas accompagné pour faire le lampiste. Je ne te lâche pas d'une semelle. Emilio, lui, fait ce qu'il veut.

— J'ai accepté de te suivre, ajouta celui-ci. Ce n'est pas pour me défiler le premier jour.

Sébastien ne put convaincre ses deux compagnons de ne pas affronter le danger avec lui.

— Dans ce cas, il ne faudra pas commettre d'imprudences, avertit-il. Je crains que ça barde ! Franco n'a pas l'intention de relâcher sa pression.

Le plan de franchissement de l'Èbre ne manquait pas d'audace. Pour surprendre les troupes nationalistes, le général Rojo avait envisagé d'étendre la zone de traversée sur plus de quatre-vingts kilomètres, à moins de quinze kilomètres de Tortosa. Une centaine de barques plates pour le transfert des hommes, une douzaine de barges pour le passage des blindés et l'érection d'un pont de fer avaient été prévues pour faciliter la traversée du fleuve.

Tout se passa pendant la nuit. Sébastien se trouvait aux premières loges. Jamais il n'avait assisté à un tel déploiement de matériel de la part du génie militaire. Emilio non plus ne pouvait s'empêcher de s'extasier devant le spectacle qui se déroulait sous ses yeux écarquillés.

— C'est un vrai débarquement ! Avec un tel dispositif, ça m'étonnerait que les franquistes ne s'aperçoivent de rien ! Ils ne vont pas tarder à répliquer.

La manœuvre, en effet, n'avait pas échappé aux généraux nationalistes. Mais, plus soucieux de maintenir la pression sur le nœud routier de Gandesa, ils laissèrent les républicains tenter de se déployer.

Sébastien avait décidé de rejoindre une compagnie de jeunes soldats catalans, âgés de seize ou dix-sept ans. À la suite des durs combats précédents, certains bataillons, ayant perdu beaucoup d'éléments, avaient été reconstitués à l'aide de recrues appartenant à la classe 1941, qu'on avait surnommée la *Quinta del biberón*[1].

Alors que cette unité s'apprêtait à franchir le fleuve, Emilio, que Sébastien avait entraîné au milieu des hommes en armes, crut reconnaître un garçon de son village. Sur le coup, sidéré de constater sa présence sur le champ de bataille – ne sachant pas que des jeunes de son âge avaient été mobilisés –, il s'approcha de lui pour se convaincre qu'il ne faisait pas erreur.

— C'est bien toi ! dit-il en le tirant par la manche. Sergi ! Sergi Blanes !

Le soldat fixa Emilio du regard. Le reconnut. S'étonna à son tour.

— Emilio Alvarez ! Mais que fais-tu là ? En civil ! Tu n'es pas en tenue de combat !

Emilio expliqua sa situation sans rentrer dans les détails, comme le lui avait conseillé Sébastien au moment de l'obtention de sa dérogation.

---

1. La classe du biberon.

— Je suis détaché au service de presse, ajouta-t-il. Auprès d'un journaliste français qui couvre la guerre pour un grand quotidien de son pays.

Le milicien se satisfit de la réponse d'Emilio et n'en demanda pas davantage.

— Mais toi, que fais-tu ici ? s'étonna Emilio. Tu es bien trop jeune pour te battre !

— Ma classe d'âge a été mobilisée. Je n'ai pas pu y échapper.

Derrière eux, Ruben écoutait leur conversation. Il ne put se retenir d'intervenir.

— Alors, c'est que ça va mal ! Quand on en est à envoyer des gosses au casse-pipe, ça sent la fin ! Bientôt ce sera le tour des vieillards !

Sergi Blanes, ne comprenant pas le français, demanda à Emilio de traduire.

— Que dit-il ?

— Oh, rien ! Que tout a l'air de s'arranger sur le front.

— Tu penses également que nous parviendrons à repousser les fascistes ?

— C'est certain ! s'avança Emilio. Tu ne vois pas ce déploiement de forces ? On n'a jamais vu ça !

— On va bientôt traverser le fleuve. Toi aussi ?

— Oui, je crois, si on obtient l'autorisation.

Sébastien laissa les deux amis se retrouver quelques instants. Mais l'adjudant de Sergi rappela ce dernier à son devoir.

— Soldat Blanes, votre section a déjà embarqué. Qu'est-ce que vous attendez pour la rejoindre ? Auriez-vous l'intention de vous défiler ? Vous n'ignorez pas ce qui arrive aux déserteurs.

Emilio allait intervenir. Sébastien l'arrêta dans son élan.

— Laisse, lui conseilla-t-il. Il vaut mieux que tu ne t'en mêles pas. Pas toi !

Puis, se retournant vers le gradé :

— Cette jeune recrue est du même village que mon interprète, expliqua-t-il en se tournant vers Emilio qui traduisit aussitôt.

— C'est pas une raison pour traîner !

Sergi adressa un au revoir de la main à son ami de Montserrat et disparut dans la foule des soldats qui s'enfournaient les uns après les autres dans les embarcations.

Sébastien emmena ses deux compagnons vers la rive et demanda à l'officier qui supervisait l'opération l'autorisation de traverser à leur tour.

— Prenez la barque suivante, lui ordonna ce dernier. Ils vous trouveront bien trois places. Mais faites vite !

À cet endroit, le fleuve charriait ses flots avec fougue et rendait la traversée périlleuse. Les barques, pleines à craquer, s'enfonçaient jusqu'à l'extrême limite, sous le poids de leur cargaison humaine. À l'intérieur, les soldats se pressaient les uns contre les autres, leurs fusils à la main, leurs sacs sur le dos, le regard fixé sur la rive opposée, dans la crainte de chavirer. La nuit rendait encore plus angoissante la manœuvre.

Depuis des heures, les troupes républicaines se déversaient de l'autre côté du fleuve, sans savoir vraiment ce qui les attendait.

Située en amont de la barque de Sébastien, celle où était monté le jeune Sergi prit tout à coup de la gîte. Son pilote essaya de garder la bonne direction et de redresser la barre. En vain. L'esquif fut emporté par le courant et partit à la dérive. Emilio, le premier, prit conscience du danger. Il alerta le pilote de sa barque afin qu'il tente d'intervenir.

— Elle vient droit sur nous ! s'écria-t-il. Il faut accélérer, sinon c'est la collision assurée.

Autour de lui, tous regardaient arriver avec stupeur l'embarcation devenue incontrôlable. Au dernier moment, le pilote de celle-ci donna un coup de barre à droite et parvint à reprendre la bonne direction. Mais il toucha la barque où se trouvait Emilio sur le flanc, provoquant une secousse brutale. À l'intérieur des deux barques, les hommes perdirent l'équilibre. Plusieurs tombèrent à l'eau. La panique s'empara des autres. Plus en aval, on avait assisté à l'accident. Déjà des bouées de sauvetage avaient été jetées dans les flots afin de porter secours aux naufragés.

Sergi, bousculé par l'un de ses camarades, avait été projeté par-dessus bord. Alourdi par son paquetage, il commençait à s'enfoncer.

Emilio s'en aperçut.

— Il ne sait pas nager ! s'écria-t-il. Il va se noyer.

— Il faut l'aider ! ajouta Ruben, impuissant.

Alors, sans réfléchir, Emilio se jeta à l'eau. Son ami avait déjà disparu dans un tourbillon. Il plongea une première fois. Revint à la surface pour reprendre sa respiration. Plongea à nouveau.

De longues secondes s'écoulèrent. Sébastien et Ruben commençaient à s'inquiéter, tandis que, de leur côté, les soldats des autres embarcations repêchaient leurs camarades au fur et à mesure que ceux-ci passaient près d'eux.

Sergi s'enfonçait. Il perdit bientôt connaissance.

Emilio, qui était bon nageur, l'avait vu couler à pic. Il fonça avec rage dans sa direction. Le chercha désespérément dans la noirceur des flots. Lorsqu'il l'aperçut à nouveau, il l'agrippa par sa vareuse. Le plaqua contre lui et le remonta à la force de ses jambes. Parvenu à la surface, il saisit une bouée que leur avait lancée un soldat. Mit Sergi hors de danger. Regagna le bord du fleuve.

Quelques instants plus tard, épuisé, il retrouva Sébastien et Ruben sur l'autre rive.

— Il a repris connaissance ! annonça aussitôt Ruben. Ne t'inquiète pas. Il s'en sortira. Mais sans toi, il se serait noyé. Il te doit une fière chandelle !

Alors que Sergi Blanes reprenait ses esprits, dans la nuit du 25 juillet le reste des troupes républicaines finissait de débarquer sur la rive droite de l'Èbre en une vingtaine de points, espérant créer l'effet de surprise chez leurs adversaires.

*
* *

À Montserrat, Maria s'inquiétait. Elle avait écrit à Emilio, mais n'avait reçu aucune nouvelle. Pourtant, il lui écrivait de son côté. Mais le courrier ne leur parvenait pas, sans doute à cause des vicissitudes du front.

— Il a peut-être été tué ! s'interrogeait-elle, angoissée.

Son père et sa mère avaient beau la rassurer, elle n'entendait que ce que son cœur lui soufflait : Emilio courait un grand danger.

Autour d'elle, les habitants de son village commentaient sans cesse les événements de la campagne de l'Èbre, et se montraient très pessimistes. Certains avaient déjà fui le pays pour se réfugier plus loin, vers la frontière française, les uns chez des parents, les autres chez des amis, en prévision d'une éventuelle percée des troupes nationalistes.

Les sœurs d'Emilio, Clara, Florència et Amèlia, étaient rentrées dans leur famille, de crainte de se retrouver isolées dans les fermes où elles travaillaient, en cas de retraite accélérée des miliciens. Leurs patrons respectifs leur avaient conseillé de repartir chez elles et de demeurer le plus possible regroupées.

— Les soldats ne font pas de cadeau aux jeunes filles quand ils se sentent vainqueurs. Mieux vaut ne pas tomber dans leurs pattes ! expliqua le brave viticulteur qui employait Amèlia, la plus jeune des Alvarez.

Cette dernière prévint ses deux autres sœurs qui travaillaient dans le même village, situé à une vingtaine de kilomètres de Manresa. Elles décidèrent aussitôt de retourner à Montserrat pour être auprès des leurs en cas de coup dur.

En l'absence d'Emilio, Maria tentait de trouver du réconfort auprès de ses belles-sœurs. Celles-ci ne la laissaient jamais seule et lui prodiguaient tous leurs soins quand elle avait besoin d'attention et de soulagement. Depuis plusieurs mois, l'enfant qu'elle portait la fatiguait et menaçait de venir au monde avant terme. Le médecin avait conseillé à la future maman d'éviter les stations debout trop longues.

— Ménagez-vous, lui ordonna-t-il en lui prescrivant quelques tranquillisants naturels afin de calmer son angoisse. Restez au lit le plus longtemps possible. Ne faites aucun effort inutile. Mangez bien, prenez des forces, le bébé en profitera.

Clara, la plus âgée des sœurs d'Emilio, tenta d'aller aux nouvelles pour savoir si son frère était toujours vivant. Elle se rendit tout près de la zone de transfert des troupes, sur les bords de l'Èbre. Mais très vite, on lui recommanda de rentrer chez elle, à cause du danger qu'il y avait à parcourir les routes sans être accompagnée.

— Ne restez pas dans le secteur, mademoiselle, lui intima un jeune sergent brigadiste, originaire de Perpignan. C'est trop risqué. Si votre frère a franchi le fleuve, il doit se trouver sous le feu des canons de l'artillerie fasciste. Ça barde sur le front.

Clara ne se soumit pas aux injonctions du sergent. Elle persista dans sa quête et atteignit les rives de l'Èbre au moment où Franco avait ordonné d'y concentrer le gros de son artillerie et de son aviation.

— Vous êtes complètement inconsciente, l'admonesta le brigadiste qu'elle était allée rejoindre à ses risques et périls, dans l'espoir qu'il l'écouterait.

— Non, je suis entêtée ! lui répliqua-t-elle. Je suis catalane. Comme vous !

Le jeune volontaire finit par céder.

— C'est bon, je vais voir ce que je peux faire pour vous. Mais restez en retrait. Ne vous exposez pas inutilement.

Clara obéit au sergent et attendit que ce dernier vînt lui donner des nouvelles. Elle lui signala auparavant que son frère se trouvait en mission spéciale en compagnie d'un journaliste français et de son fils, lui fournit leurs noms et une description précise d'Emilio.

Quelques jours passèrent. Clara avait trouvé refuge dans le presbytère abandonné d'une petite église, occupé seulement par la bonne du curé, depuis que celui-ci avait été tué sauvagement par la population du village l'année précédente. La pauvre femme en était restée à moitié folle. Elle avait échappé au massacre par miracle et avait été laissée libre, sur l'intervention du chef du groupe d'anarchistes qui avaient pris possession des terres de la commune à l'époque de la collectivisation. Depuis, elle vivait recluse dans l'église en ruine et dans le presbytère, persuadée que le malheureux prêtre réapparaîtrait bientôt.

Le sergent tarda à revenir. Clara crut qu'il l'avait oubliée. Elle finit par aller aux nouvelles, malgré le bruit des canons qu'elle entendait au loin et qui s'approchait. On lui apprit que le jeune brigadiste français avait trouvé la mort lors d'une attaque de son unité près de Mequinenza.

Découragée, elle décida de rentrer à Montserrat. Elle savait que sa belle-sœur était sur le point d'accoucher. Elle arriva juste à temps. Maria souffrait de violentes contractions depuis la veille. Le médecin avait été prévenu, car l'enfant nécessitait sa présence auprès de la parturiente.

Quand Maria vit Clara de retour, seule, elle crut qu'Emilio avait été tué. Elle s'effondra sans prononcer une parole. Clara la rassura aussitôt :

— Tout n'est pas perdu. Je ne suis pas parvenue à savoir où il se trouvait. Mais personne ne m'a dit qu'il lui était arrivé quelque chose de grave. Il est vivant, c'est certain ! Quelque part sur le front, avec Sébastien et Ruben.

Inconsolable, Maria s'abandonna. Elle perdit aussitôt les eaux.

— Vite ! s'écria sa mère. Le travail a commencé. Je vais chercher le médecin. Toi, Clara, reste aux côtés de Maria.

Dolorès Caldès se précipita chez le docteur Ravallo, mais ne le trouva pas à son cabinet. Celui-ci était parti en tournée visiter ses malades.

— Le temps presse ! s'époumona-t-elle devant sa femme. Ma fille est sur le point d'accoucher. L'enfant va naître d'un moment à l'autre.

— Je n'ai aucun moyen de le prévenir, déplora l'épouse du médecin. Dès qu'il sera de retour, je l'avertirai.

— Pourvu qu'il ne soit pas trop tard !

Dolorès rentra chez elle en courant.

— Alors ? s'enquit Clara.

— Il n'est pas chez lui. Peut-elle encore attendre ?

— Je crains que non. Les contractions se rapprochent de plus en plus. Et elle souffre beaucoup.

— Dans ce cas, il faut aller chercher la vieille Alicia. Elle peut aider Maria à mettre son enfant au monde.

Dans le village, Alicia passait davantage pour une faiseuse d'anges que pour une accoucheuse. Sa mauvaise réputation la tenait à l'écart des familles respectables qui se méfiaient de ses prétendus pouvoirs.

— Vous n'y pensez pas ! s'insurgea Clara. Pas cette sorcière !

— On n'a pas le choix. Elle seule peut délivrer ma fille.

Devant les souffrances de Maria, Clara finit par se rendre à la raison. Elle alla quérir Alicia. Celle-ci prépara dans la hâte une petite mallette et la suivit chez les Caldès.

Maria était au bord de l'évanouissement. Allongée sur son lit, le teint blafard, elle retenait courageusement ses cris. Son visage ruisselait de sueur. Le regard fixé au plafond, elle s'efforçait de penser à Emilio afin d'oublier ses douleurs.

Lorsqu'elle l'examina, Alicia déclara sans détour :

— Ça se présente mal ! C'est un siège. Il va falloir utiliser les fers.

— Les fers ! s'apeura Dolorès. Mais c'est dangereux ! Vous risquez de blesser le bébé, de l'estropier à vie. Et ma fille risque l'hémorragie !

— Si vous refusez, je repars chez moi. Je ne peux rien faire d'autre. C'est vous qui décidez. Si vous préférez attendre le médecin, moi je n'y vois pas d'inconvénients. Ce n'est pas ma fille. Mais s'il arrive malheur à cette petite, vous ne viendrez pas pleurer !

Dépitée, Dolorès consulta Clara du regard. Toutes deux hésitaient.

Tout à coup le tonnerre gronda dans le ciel. Un orage s'annonçait. Une violente averse s'abattit sur le village.

— Il ne manquait plus que ça ! grommela l'accoucheuse. Je vais rentrer trempée.

— Non, restez ! finit par accepter Dolorès. Faites votre travail.

Alors, Alicia ouvrit sa mallette, déplia sur le bord du lit une grande serviette en éponge, d'une propreté douteuse, y déposa divers ustensiles qu'elle désinfecta sommairement avec de l'alcool. Elle écarta le plus possible le col de l'utérus de Maria, tenta de faire tourner le bébé dans son ventre, en vain.

— Il refuse de bouger. C'est un gros paresseux ! Il faut que j'aille le chercher.

Elle saisit ses forceps, demanda à Clara de maintenir sa belle-sœur bien calée sur le dos.

— Surtout, empêchez-la de se relever. Elle doit éviter tout mouvement brusque, sinon je risque de la blesser.

Morte de peur, Clara allait s'exécuter. Dans un coin de la chambre, Dolorès priait la Sainte Vierge pour qu'elle vienne en aide à sa fille, et ne cessait de se signer le front.

— J'y vais, annonça Alicia.

— Arrêtez ! retentit alors une voix d'homme à l'entrée de la pièce. Arrêtez tout de suite !

Les trois femmes regardèrent derrière elles, hébétées.

Le docteur Ravallo écarta Alicia sans ménagement.

— Qu'alliez-vous faire, misérable ? Sortez d'ici, sorcière !

Décontenancée, l'accoucheuse ramassa aussitôt ses ustensiles et fila sans demander son dû.

— Pourquoi ne m'avez-vous pas attendu ? reprocha le médecin aux deux autres femmes.

— Mais… mais… tenta de se justifier Dolorès.

— Ma belle-sœur avait perdu les eaux. Elle était prête, ajouta Clara.

— Avez-vous minuté l'espace entre deux contractions ?

— Euh... non.

— Alors, qu'est-ce qui vous prouvait qu'il y avait urgence au point de faire intervenir cette avorteuse ?

Une fois sa colère passée, le médecin donna un tranquillisant naturel à Maria et l'examina à son tour. Il lui posa les mains sur le ventre, la palpa comme s'il caressait son enfant.

— Voilà, c'est bien ! dit-il. Voyez, il a compris. Rien ne sert de précipiter les événements. Il s'est retourné tout seul. Et maintenant, il est en bonne position.

— Comment avez-vous fait, docteur ? s'étonna Clara.

— Je n'ai rien fait. C'est le bébé qui a senti qu'il devait m'aider à le mettre au monde.

Le docteur Ravallo procéda à l'accouchement sans brusquerie. Maria se détendit et, courageusement, écouta ses conseils avisés.

— Quand je vous le dirai, poussez fort en vous redressant. Agrippez-vous aux deux chaises qui sont calées de chaque côté de votre lit. Allez-y maintenant ! Allez, Maria !

Au bout d'une dizaine de minutes, l'enfant pointa sa tête.

— Ça y est, il vient ! exulta le médecin. Encore un petit effort.

Maria était épuisée.

— Je n'y arriverai jamais !

— Poussez une dernière fois !

Le médecin encourageait la jeune fille. Mais il devait bien reconnaître que son col était étroit. Il s'était abstenu de le dire jusqu'à présent pour ne pas l'affoler davantage.

Il se retourna vers sa mère et sa belle-sœur.

— S'il ne passe pas dans la minute qui vient, le bébé risque l'asphyxie. Dans ce cas, je devrai ouvrir le col.

Dolorès savait qu'un tel acte n'était pas sans danger, surtout quand il était pratiqué en dehors du milieu hospitalier.

— Nous n'avons plus le temps de la transporter chez moi où les conditions d'intervention seraient quand même meilleures qu'ici, ajouta le docteur Ravallo.

Sur son lit, Maria semblait anéantie et ne réagissait plus.

— Allez, petite, encore un dernier effort ! l'encouragea le médecin.

Alors, Maria poussa un hurlement qui s'entendit à des lieues à la ronde. Elle appela Emilio à son aide. Visualisa son enfant dans son ventre, et lui ouvrit la porte du monde.

Maria accoucha dans la douleur. D'une petite fille qu'elle prénomma Inès, en l'absence de son père.

Août n'en finissait pas d'accabler les soldats de sa chaleur torride.

Emilio, pris au piège de l'autre côté du fleuve, ne pouvait espérer rentrer dans l'immédiat. Le front se refermait progressivement derrière lui. Il savait que Maria devait bientôt accoucher. Aussi se faisait-il beaucoup de soucis, car il lui avait promis d'être auprès d'elle pendant l'heureux événement. Une fois de plus, il ne pouvait tenir sa promesse.

— Rassure-toi, le consola Ruben. Elle a dû recevoir tes lettres. Tu lui as expliqué que nous ne pouvons pas refranchir l'Èbre sans nous mettre en danger. Elle comprendra. L'essentiel est que nous rentrions sains et saufs, et sans trop tarder. Les républicains ont repris le dessus. Nous sortirons bientôt de cette nasse.

Emilio feignit de croire son ami, mais, au fond de lui, il devinait que son retour à Montserrat allait encore attendre.

*
\* \*

Les combats faisaient rage depuis plus d'un mois. Les nationalistes n'étaient pas parvenus à endiguer entièrement la percée des républicains. Ceux-ci espéraient déborder vers le delta de l'Èbre et la mer.

Lorsque Sébastien eut connaissance de la situation sur ce côté-là du front, il osa faire part de son optimisme.

— C'est plutôt une bonne nouvelle, même si les rebelles résistent toujours sur la plupart des points stratégiques. En Tchécoslovaquie, Hitler a envahi les Sudètes et fait peser sur l'Europe la menace d'un conflit mondial. Il était donc temps que les républicains consolident leurs acquis et soient en position de force.

— Tu crois que la guerre est imminente en Europe? s'inquiéta Ruben.

— Nul ne sait où Hitler s'arrêtera. Mais si Franco est vainqueur en Espagne, cela l'encouragera encore plus à déclencher les hostilités.

Sur le plan international, en effet, la crise des Sudètes interpellait tous les observateurs. Mais Franco commençait à se méfier de l'Allemagne. Il craignait qu'en cas de conflit généralisé la France n'attaque l'Espagne sur la frontière pyrénéenne. Ce qui ne lui permettrait pas d'assurer sa victoire sur les républicains. Alors, malgré les vives critiques du gouvernement allemand qui lui reprochait de se laisser enliser, à la surprise générale il annonça sa neutralité dans un éventuel conflit européen.

Quand la nouvelle se répandit, Sébastien sembla complètement dépité.

— Franco a bien manœuvré, reconnut-il devant son fils et Emilio. Il s'est gardé les mains libres en cas de guerre avec l'Allemagne.

Dans le mois qui suivit, les troupes nationalistes se concentrèrent massivement sur l'Èbre et reprirent l'offensive. Pour se protéger, les miliciens se terrèrent dans un système de double tranchée creusée par le génie sur les hauteurs des sierras.

Les combats se poursuivirent encore pendant des semaines, sous un soleil torride. Les républicains s'accrochaient à leurs bastions, misérables collines pierreuses sans eau, perforées par les obus. La faim et la soif les tenaillaient. Mais ils résistèrent courageusement, tandis que, dans les airs, une bataille acharnée opposait les Polikarpov fournis par les Soviétiques aux Messerschmitt de la Légion Condor.

Très rapidement, l'avantage pencha du côté des franquistes qui reprirent petit à petit les territoires conquis par les républicains.

Sébastien avait entraîné son fils et Emilio sur les hauteurs de la Sierra de Cavalls. Sous une pluie incessante d'obus, ils avaient peine parfois à se mettre à l'abri. Ils admiraient le courage des miliciens qui, après s'être repliés dans la seconde ligne de tranchées pour se protéger des bombardements, repartaient vite réoccuper leurs positions avancées dès la fin de la préparation des tirs d'artillerie afin de repousser l'attaque d'infanterie.

— Quelle stratégie ! s'extasiait Sébastien. On se croirait à Verdun, pendant la Grande Guerre. Ces jeunes soldats sont aussi valeureux que nos Poilus de 14-18 !

Après l'assaut, quand le temps du repos lui laissait un peu de répit, il rédigeait ses réflexions à propos de ce qu'il avait vu et entendu dans les tranchées. Il ne pouvait pas s'empêcher de faire la comparaison avec sa propre guerre, celle qui avait anéanti l'Europe vingt ans plus tôt.

Un soir, la sierra fut l'objet de bombardements plus intenses que d'habitude.

— Ne restons pas dans le secteur ! prévint Emilio qui était parti aux nouvelles auprès de son ami Sergi Blanes, dont l'unité avait été transférée en première ligne. Les divisions de Navarre et d'Aragon du général Valiño occupent les hauteurs de la sierra. Ça va barder !

Sébastien et ses deux compagnons eurent à peine le temps de battre en retraite. Sous le feu nourri de cent soixante-quinze batteries et de plusieurs dizaines d'avions, les républicains perdirent en l'espace de quelques jours toutes leurs positions sur les sierras de Cavalls et de Pàndols.

À la mi-novembre, la neige commença à tomber.
— Il ne manquait plus que cela ! se plaignit Ruben qui grelottait.

La fièvre le tenaillait et épuisait toutes ses réserves. Sébastien s'était procuré des cachets d'aspirine, mais l'état de son fils empirait.

— Mettons-nous à l'abri pour qu'il se repose ! ajouta Emilio. Si les fascistes nous tombent dessus, il n'aura pas la force de leur résister.

Le froid s'installait précocement sur la sierra. Le paysage déployait partout le même spectacle : un drap immaculé qui ressemblait de plus en plus à un lugubre linceul.

Les troupes républicaines furent bientôt contraintes de refranchir l'Èbre à contresens. Mais le cours d'eau était en crue et présentait encore plus de danger que lors du premier passage.

Un vent de panique s'était emparé des soldats républicains. Derrière eux, les fascistes avançaient à marche forcée pour les acculer vers le fleuve et les empêcher de traverser.

Sébastien avait rejoint un groupe de journalistes anglo-saxons, parmi lesquels se trouvaient Ernest Hemingway, Herbert Matthews et Robert Capa. Ceux-ci l'invitèrent dans leur barque, avec son fils et Emilio.

— Il ne faut pas s'attarder, fit Hemingway. Sinon, nous allons être pris au piège.

Ils montèrent aussitôt dans la dernière chaloupe qui s'apprêtait à franchir le cours d'eau. Ruben, épuisé, se traînait et ne disait mot. Emilio le soutenait.

Lorsque l'embarcation atteignit le milieu du fleuve, elle fut déviée de sa trajectoire par un fort courant. Alors, Hemingway s'empara des rames et, de toutes ses forces, tenta de regagner l'autre rive. Sébastien crut leur dernière heure arrivée. L'esquif sautait sur les rapides comme un fétu de paille entraîné par les eaux. Le reporter américain, dont le courage étonnait tous ses coéquipiers, ne lâchait pas prise. Une force herculéenne l'animait. Ses muscles saillaient sous les manches de ses vêtements. Emilio lui-même, qui ne connaissait pas particulièrement le journaliste ni l'écrivain célèbre qu'il était déjà, s'extasiait devant l'exploit qu'il essayait de réaliser[1].

Au prix d'interminables efforts, il parvint à sauver les hommes qui s'en étaient remis à lui.

Sébastien, le premier, lui tomba dans les bras et, chaleureusement, le remercia de les avoir sortis d'un si mauvais pas.

— Ne vous réjouissez pas trop vite, répliqua l'Américain. Nous ne sommes pas encore hors de danger. Les fascistes nous talonnent.

*
* *

La bataille de l'Èbre prit fin dans le désarroi pour tous ceux qui avaient cru en une victoire possible

---

1. Événement du 18 novembre 1938, rapporté par Ramón Hidalgo Salazar dans *La ayuda alemana a España, 1936-1939*, Paperback, 1975.

des républicains. Désormais il n'y avait plus que des Espagnols en guerre les uns contre les autres. En vertu d'un accord passé avec les démocraties, Juan Negrín avait accepté le retrait des Brigades internationales qui défilèrent dignement devant lui et la Pasionaria, à Barcelone, le 15 novembre.

Sébastien avait été outré par cette décision, même s'il avait appris qu'en contrepartie Mussolini avait ordonné de rappeler ses troupes et que la Légion Condor avait quitté l'Espagne. « L'issue de la guerre ne fait plus de doute ! » avait-il télégraphié à son journal lorsqu'il avait pu calmement faire le point sur les événements qu'il avait vécus au cœur même de l'action militaire.

Dès lors, la Catalogne était isolée du reste de l'Espagne et complètement tenue en tenaille, des Pyrénées à l'Èbre. Après quelques semaines de pause, en décembre les nationalistes lancèrent une ultime offensive sur le Sègre, affluent de la rive gauche de l'Èbre, visant les villes de Tarragone et de Barcelone.

Devant le danger imminent, Sébastien exigea d'Emilio qu'il rentre au plus vite à Montserrat pour veiller sur son épouse et son enfant.

— Maria a accouché depuis longtemps. Ta place est auprès d'elle. Je n'ai plus besoin de tes services. Si, comme je le crois, les fascistes continuent leur percée, je crains que Barcelone ne soit bientôt assiégée.

— La résistance barcelonaise se dressera devant Franco, répliqua fièrement Emilio. Personne ne viendra à bout des Catalans !

Emilio pensait comme beaucoup d'Espagnols. Les républicains, dans leur ensemble, espéraient que l'opiniâtreté des Catalans parviendrait à repousser les troupes de Franco. Mais il ignorait combien les Barcelonais avaient été déçus et découragés par le retrait des Brigades internationales. Face à la défaite, les dissensions qui opposaient toujours les hommes du pouvoir ne faisaient qu'exacerber leur écœurement. De plus, la famine les rendait plus moroses encore et de moins en moins enclins à redresser la tête devant l'ennemi qu'on disait à leurs portes.

Devant l'urgence de la situation, Emilio finit par accepter.

Début décembre, il prit congé de ses amis. Sébastien et Ruben avaient décidé de couvrir la retraite des républicains aussi longtemps que leur sécurité leur permettrait de demeurer auprès d'eux.

— On se reverra à Montserrat, jura Sébastien, qui cachait son pessimisme pour ne pas affoler Emilio. Prends bien soin de Maria et de ton enfant. Et ne t'inquiète pas, les fascistes ne passeront pas ! ajouta-t-il en paraphrasant la Pasionaria.

— *No pasarán !*[1] s'écria Emilio en serrant Sébastien dans ses bras.

Le jeune Catalan ne put retenir ses larmes. Son émotion l'empêchait de s'épancher.

— Allez ! Tout ira bien, conclut Ruben qui n'aimait pas les grandes effusions. Il est temps de se quitter.

---

1. Appel de Dolorès Ibárruri, depuis le balcon du ministère de l'Intérieur, à Madrid le 19 juillet 1936.

# Troisième partie

# LE FUGITIF

# 18

## La mort dans l'âme

Malgré le malheur qui s'abattait sur le pays, Emilio ne contenait pas sa joie d'avoir retrouvé Maria. Celle-ci, de son côté, l'avait attendu avec une telle impatience qu'elle fut incapable de retenir ses larmes lorsqu'il se présenta devant elle, dépenaillé, amaigri, hirsute, la barbe ensauvagée. Sur le moment ni l'un ni l'autre ne put exprimer le moindre mot, paralysés de bonheur qu'ils étaient tous les deux de se savoir sains et saufs. Maria la première rompit le silence et, prenant son mari par la main, lui dit :

— Viens, ne fais pas de bruit.

Elle l'entraîna dans la chambre à coucher, plongée dans la pénombre.

— Elle dort !

Emilio découvrit son enfant pour la première fois. Il fondit en larmes, à son tour.

— Comment l'as-tu appelée ?

Maria sourit. Caressa le visage de son mari.

— Comme ta grand-mère, mon chéri : Inès.

L'enfant se réveilla, émit un petit gazouillement, ouvrit les paupières.

— Elle nous a entendus ! dit Maria. Elle a deviné que son papa est rentré.

Emilio s'approcha du berceau, prit sa fille délicatement dans ses bras.

— Elle te ressemble. Elle a tes yeux et ton sourire.

— Elle a ta bouche et une fossette sur le menton, comme toi !

Maria ne cessait de dévorer Emilio du regard. Elle avait tellement attendu cet instant de retrouvailles !

— Dieu merci ! répétait-elle. Il ne t'est rien arrivé. Je craignais tant que la petite ne soit orpheline avant même d'avoir pu voir son père.

— N'y pense plus. Tout cela est terminé maintenant. Les franquistes ne l'emporteront pas. On les a contenus sur le front de l'Èbre.

Emilio mentait pour ne pas effrayer Maria. Mais au fond de lui, il ne doutait plus de l'issue du conflit.

— Pourquoi tes amis français ne t'ont-ils pas accompagné ? s'inquiéta-t-elle. Ils sont rentrés en France ?

— Non. Ils poursuivent leur reportage. Ils suivent toujours les miliciens. Tant qu'il y aura des combats, ils resteront sur le front.

— Ils font vraiment un métier dangereux ! Jure-moi que tu n'y retourneras plus.

Emilio n'aimait pas promettre sans savoir ce qui arriverait à l'avenir.

Maria lui ôta Inès des bras.

— Pour notre fille ! l'implora-t-elle.

Emilio hésita.

— Si rien ni personne ne m'y contraint, la rassura-t-il. Il faut seulement souhaiter que je ne sois pas obligé de prendre les armes pour nous défendre.

Maria déposa son enfant dans son berceau. Saisit son mari par la main. L'entraîna vers le lit.

— Viens ! lui souffla-t-elle dans le creux de l'oreille. J'ai tellement envie !

— Elle risque de nous entendre, voyons !
— Elle va vite se rendormir.

Dans les jours qui suivirent, Emilio demeura auprès de sa fille sans jamais la laisser seule une seconde, comme s'il voulait rattraper le temps perdu depuis sa naissance. Il regrettait de ne pas avoir été présent lors de l'accouchement de Maria. Mais celle-ci ne lui demanda aucune explication. Elle savait qu'à ses yeux il n'avait fait que son devoir. Après tout, n'avait-elle pas cessé de remercier Dieu de lui avoir épargné la mobilisation ? Elle connaissait de nombreux jeunes garçons de son âge, habitant le même village, qui n'étaient pas rentrés du front. Ils y avaient été faits prisonniers ou tués par les franquistes. D'autres étaient revenus estropiés à vie à la suite de combats sanglants ou à cause des explosions d'obus sur les terrains de bataille.

Dans leur petite maison de Montserrat, ils reprirent leur vie paisible en tâchant d'oublier les affres de la guerre. Inès les accaparait. Le soir, Emilio ne s'attardait pas à la coopérative viticole où il avait retrouvé son poste. Il rentrait dès son travail terminé et s'occupait de son enfant comme un père affectueux et attentif. Maria avait quitté son emploi, préférant s'occuper de sa fille.

— Ta mère pourrait la garder pendant que tu travaillerais, lui suggéra Emilio. Elle serait ravie, autant que la mienne d'ailleurs.

Mais Maria insista pour ne pas se séparer de son bébé tant qu'elle l'allaiterait.

— Nous nous priverons un peu plus ! se justifia-t-elle. Nous n'avons pas besoin de deux salaires. Nous pouvons vivre modestement, sans trop en souffrir.

Les conditions d'existence s'étaient beaucoup dégradées depuis que la Catalogne, à son tour, était assiégée. Partout sévissait l'indigence. La faim commençait à toucher de plus en plus de familles qui n'avaient pas la chance de pouvoir compter sur les ressources d'un jardin, d'un poulailler ou d'un clapier. En ville, les pauvres étaient légion. Le rationnement, la pénurie, le marché noir plongeaient les habitants dans une atmosphère de fin de règne. Peu nombreux étaient ceux qui croyaient encore en une victoire possible des républicains. Le découragement avait gagné les cœurs. La fierté des Catalans avait sombré dans l'abîme du renoncement. L'esprit de révolte avait cédé la place à la résignation et au défaitisme.

Or l'étau se resserrait autour de Barcelone. Le 23 décembre, le Caudillo[1], venu en personne au château de Pedrola près de Lérida, avait donné l'ordre de lancer l'offensive. Le front avait aussitôt fléchi, notamment sur le Sègre.

Noël puis la nouvelle année furent fêtés dans l'angoisse d'une possible capitulation et de la répression qui, pensait-on, n'allait pas tarder à s'abattre sur les républicains si, comme Franco l'avait déjà manifesté, aucune mesure d'indulgence n'était accordée aux vaincus.

Les parents d'Emilio s'inquiétaient, car ils se doutaient que leur fils ne pourrait pas longtemps justifier sa situation s'il venait à tomber aux mains

---

1. Titre porté par le général Franco à partir de 1936.

des rebelles. Arturo lui-même, en tant qu'ancien syndicaliste et membre de la coopérative de son village, pouvait craindre à juste titre pour sa liberté, voire pour sa vie, si les nationalistes découvraient ses activités.

Emilio avait beau les rassurer, il ne parvenait pas à calmer leur angoisse.

— Pour l'instant, nous ne risquons pas grand-chose, leur affirma-t-il. Si nous sommes discrets, ils ne nous remarqueront pas. Et puis, nous ne sommes pas encore vaincus, que je sache !

— As-tu pensé que nous pourrions être dénoncés ? avança Eulàlia.

— Nous sommes tous solidaires, car nous sommes des Catalans ! Il ne viendrait pas à l'esprit d'un Catalan de trahir l'un de ses frères !

— Que Dieu t'entende, mon fils !

Dans l'incertitude du lendemain, Emilio tâchait de vivre comme si de rien n'était. Mais force lui était de constater que la situation se dégradait de jour en jour. Aussi songeait-il de plus en plus à mettre les siens hors de danger. En son for intérieur, il avait déjà pris sa décision : repartir en France, sauver ses parents, sa femme et son enfant du danger fasciste.

La résistance catalane, très affaiblie, n'était pas parvenue à endiguer l'assaut des nationalistes. Barcelone était la cible de bombardements incessants et dévastateurs. On y comptait les victimes par milliers. Sa population vivait terrée dans les abris et ne sortait plus que pour aller au ravitaillement. Bientôt les franquistes franchirent le Llobregat, dans les environs immédiats de Barcelone, contraignant le gouvernement républicain à se réfugier à Gérone.

Dès lors, abandonnés à leur triste sort, les Barcelonais comprirent qu'il était inutile de résister. Malgré l'acharnement de quelques miliciens communistes qui élevèrent des barricades pour défendre la ville, la situation était devenue désespérée.

Emilio suivait toutes ces nouvelles par la radio, quand il parvenait encore à la capter. En outre, certains habitants de la commune, bien informés, rapportaient que la capitulation de Barcelone était imminente et que, déjà, les routes étaient encombrées de milliers de fuyards qui avaient quitté la ville en direction de la frontière pyrénéenne.

Alors, la mort dans l'âme, devant l'irrémédiable il décida de faire face :

— Si nous restons ici plus longtemps, expliqua-t-il à Maria, nous serons pris en tenaille entre les troupes qui arrivent de Lérida par l'ouest et celles qui tentent de faire leur jonction par le nord. Barcelone étant perdue, il faudrait partir avant qu'il ne soit trop tard.

Maria s'assombrit.

— Partir ! Mais que fais-tu de notre bébé ?

— Nous allons partir tous les trois, voyons !

— Pour aller où ?

— Je l'ignore. Nous devons nous mettre en sécurité. Je n'ai pas envie de subir le joug des fascistes. La situation peut encore s'inverser. Les troupes républicaines se sont repliées, certes, mais elles n'ont pas capitulé.

— Qu'en pensent tes parents ?

— Je ne leur en ai pas parlé. Mais je vais essayer de les convaincre de nous accompagner. Ils ne doivent pas rester ici à attendre les franquistes. Ils n'ont rien de bon à espérer d'eux.

*
* *

Emilio ne parvint pas à décider ses parents. Ceux-ci ne croyaient pas qu'ils risquaient gros à demeurer chez eux dans l'attente des troupes franquistes. Ses sœurs refusèrent également de partir. Toutes avaient un fiancé dans le village. Elles ne désiraient pas s'en aller sans eux. Or, ils avaient été appelés dans les milices républicaines dès le début de la mobilisation et se battaient toujours sur le front.

— Quand ils reviendront, nous les suivrons où ils décideront de se retrancher, prétexta Clara qui parlait aussi au nom de ses sœurs. Il me semble inutile et dangereux de courir les routes sans savoir où se cacher et sous les tirs de l'aviation.

On déplorait déjà de nombreuses victimes sur les chemins de l'exil où les colonnes de réfugiés essuyaient des attaques aériennes intempestives. Les troupes républicaines n'opposaient aucune résistance face à leurs ennemis que plus rien n'arrêtait, et se mêlaient aux cortèges des fuyards dans la plus grande confusion. Civils et militaires se trouvaient mêlés et se ralentissaient mutuellement.

Les adieux furent déchirants. Eulàlia ne voulait pas laisser partir sa belle-fille, prétextant qu'elle saurait prendre soin d'elle et de son bébé.

— Ici, dans notre ferme, on ne risque rien ! insistait-elle. On peut facilement se cacher si les soldats nous menacent. À toi, ils ne feront rien, tu as un enfant.

— Ce n'est pas un bébé qui les arrêtera ! coupa Arturo qui appuyait la décision d'Emilio. Partez, pendant qu'il en est encore temps. N'attendez pas.

Emilio tenta de fléchir sa mère. Mais celle-ci s'obstina.

— De mon vivant, je n'abandonnerai jamais ma maison ! s'insurgea-t-elle. Même devant les soldats de Franco. Je préférerais mourir ! Ce n'est pas à mon âge que je vais commencer à m'enfuir.

— On ne s'enfuit pas, maman. On va seulement se mettre à l'abri. En attendant que le danger s'éloigne.

— Et quand nous rentrerons, ils auront tout saccagé ! Non, je ne veux pas les laisser faire.

— Sur ce point, ta mère a raison, intervint Arturo. Ne t'en fais pas pour nous. Je saurai nous défendre s'il le faut. Pense plutôt à garder ta petite hors de danger. Reste bien auprès de Maria, ne la quitte jamais. Ne vous éloignez pas l'un de l'autre. Dans la cohue que vous rencontrerez sur les routes, faites bien attention de ne pas vous séparer.

Eulàlia ne cessait de verser des larmes de désespoir. L'idée de voir partir son fils et sa petite-fille la noyait de chagrin.

Derrière leur mère, Clara, Florència et Amèlia ne disaient mot. Aucune n'avait laissé percevoir ses sentiments, mais, au fond d'elles-mêmes, elles éprouvaient la même crainte d'apprendre un jour ou l'autre une terrible nouvelle concernant leur fiancé et leur frère cadet, Julio, enrôlé dans les milices. Emilio les rassura.

— Ils reviendront bientôt. La guerre est finie. C'est malheureux de devoir accepter la défaite, mais c'est ainsi. Quand les armes se seront tues, les soldats seront démobilisés. Ils rentreront dans leurs foyers. Vous les reverrez, soyez patientes.

Emilio manquait de persuasion dans ses propos. Il n'ignorait pas que Franco ne ferait aucune concession à ceux qui se seraient battus jusqu'au bout contre ses troupes. Ses sœurs comprirent qu'il ne croyait pas lui-même les paroles qu'il leur adressait pour les réconforter. Elles feignirent d'abonder dans son sens et l'étreignirent une dernière fois avant qu'il prenne la route de l'exil avec Maria et la petite Inès.

— Soyez prudents, leur dit Clara qui connaissait les dangers encourus sur les chemins sanglants de l'exode. Donnez-nous de vos nouvelles pour qu'on sache où vous êtes.

Emilio n'avait pas encore réfléchi à l'endroit où il comptait s'installer avec Maria et son enfant. Sur le moment, comme la plupart des Catalans et autres Espagnols qui fuyaient devant l'avancée des soldats – certains depuis la lointaine Andalousie –, il pensait trouver refuge, dans un premier temps, au cœur des Pyrénées, dans l'une de ces vallées encaissées où les troupes fascistes éprouveraient beaucoup de difficulté à déloger les poches de résistance. Après… après ! Il était incapable d'imaginer la suite. Car, en son for intérieur, il ne pouvait se résoudre à l'irrémédiable.

— J'espère que nous ne serons pas obligés de nous réfugier au-delà de la frontière ! répondit-il à sa sœur. Car si tout le monde demande asile à la France, cela posera un énorme problème au gouvernement français qui ne nous attend certainement pas.

— Remarque, tu saurais où te rendre ! interrompit Arturo. Tu n'es pas sans adresse. Alors que tous ces malheureux que tu vas croiser en chemin n'ont sans doute aucune relation en France. Ils seront totalement démunis s'ils doivent s'y réfugier.

Emilio ne répondit pas à son père. Tout à coup venait de resurgir dans son esprit l'image des Grandes Terres, des Lansac, de Justine. Dans le tumulte de sa vie depuis son retour, les événements et la distance l'avaient éloigné de son passé et de Saint-Hippolyte. Comme si un voile opaque s'était déposé sur ses souvenirs.

— Je ne souhaite pas retourner chez mes anciens employeurs, trancha-t-il. D'ailleurs, je n'ai pas l'intention d'aller en France ! La République peut encore être sauvée. La France ne tolérera pas que le fascisme s'érige impunément devant ses portes. Ni l'Angleterre, d'ailleurs. C'est Sébastien qui l'affirme !

Arturo comprit que son fils dissimulait un lourd secret concernant son séjour en France. Il n'insista pas. Il étreignit longuement Maria et son enfant. Les embrassa, les yeux remplis de larmes. Leur susurra à l'oreille :

— Soyez courageuses, mes petites. Emilio vous protégera. Maintenant, il est temps que vous partiez.

Emilio quitta les siens en contenant son émotion. Il ne souhaitait pas ajouter sa peine à celle de sa mère, qui ne retenait pas ses sanglots.

Il avait préparé deux sacs à dos et un harnais pour porter Inès sur le ventre. Ainsi équipé, il pourrait veiller sur son enfant tout en gardant les mains libres. Il ne s'était pas démuni de l'arme que Sébastien lui avait confiée. Sans la montrer à Maria, il l'avait dissimulée dans une poche de sa vareuse et était prêt à s'en servir s'il lui fallait défendre les siens.

Ils se rendirent ensuite chez les parents de Maria pour les derniers adieux. Les effusions y furent aussi longues et douloureuses que chez les Alvarez.

Puis ils prirent la route de l'exil.

Le lendemain, le 26 janvier 1939, les nationalistes investissaient le centre de Barcelone sans rencontrer d'opposition. Franco, dans un geste symbolique, avait laissé une colonne motorisée italienne pénétrer la première dans la ville.

Le gouvernement s'était replié vers la frontière, laissant aux Barcelonais un sentiment de total abandon. L'armée républicaine ne montrait plus aucune envie de se battre, tant elle était gagnée par le découragement et la lassitude. Seuls quelques petits groupes d'inconscients résistaient derrière des barricades de fortune ou dissimulés sur les toits des immeubles, sans espoir de pouvoir faire obstacle au rouleau compresseur qui déferlait sur la Catalogne depuis plusieurs semaines. Deux jours avant l'arrivée des troupes de Franco, Barcelone était devenue une ville fantôme. Beaucoup d'habitants avaient déjà fui vers la frontière. Les autres se terraient chez eux sans oser sortir, de crainte de se retrouver nez à nez avec leurs ennemis. Les bombardements laissaient une cité en ruine, en proie au pillage, aux épidémies, à l'insécurité. Un véritable cauchemar s'était abattu sur toute la région.

Et tandis qu'à Madrid la discorde régnait encore entre les derniers représentants de la République sur ce qu'il convenait de décider, le président Azaña était passé en France, abandonnant son président du

Conseil, Juan Negrín, réfugié à Figueras, seul aux commandes d'une république aux abois.

Emilio s'inquiétait du sort de Sébastien et de Ruben. Après leur séparation, ceux-ci avaient poursuivi leur dangereux reportage, demeurant au cœur de l'action, sous le feu de l'artillerie et de l'aviation fascistes. Ils lui avaient promis de passer par Montserrat une fois leur mission terminée. Mais Emilio n'avait pas pu les attendre. Serait-il parti sur les routes s'il avait su que Ruben avait été gravement blessé par un éclat d'obus ?

Le jeune Rochefort s'était éloigné de son père après leur passage du Sègre. Profitant d'un moment d'accalmie, il avait suivi un groupe de miliciens qui l'avaient invité à boire un verre dans le café du village qu'ils venaient de libérer avec leur unité.

— Avec tout ce qui est tombé du ciel, le cafetier a dû abandonner son comptoir, plaisanta l'une des jeunes recrues. Nous n'aurons qu'à nous servir.

Les combats avaient été si violents que les hommes aspiraient à un repos bien mérité. De leur côté, les franquistes, s'ils avaient cessé le feu, ne s'étaient pas retirés très loin. Ils occupaient encore les collines situées tout autour.

— Viens donc boire avec nous, le Français, lui proposa le sergent qui avait mené son bataillon à la victoire.

Réfugié dans une maison dont le toit avait miraculeusement été épargné par les bombardements, Sébastien profita de l'absence de son fils pour mettre de l'ordre dans ses notes et pour étudier ses cartes afin de mieux suivre le mouvement des troupes.

Lorsque les miliciens eurent vidé quelques bouteilles de vin, ils rejoignirent leur campement à l'entrée du village. Grisé par les vapeurs de l'alcool, Ruben ne pensait plus au danger. Or le chemin se situait à découvert. De leurs positions, les franquistes pouvaient observer à loisir tous les mouvements de leurs ennemis. Lorsque Ruben et ses compagnons arrivèrent dans leur zone de tir, ils firent feu dans leur direction, les prenant par surprise. Six hommes furent abattus sur-le-champ, deux autres ne durent leur salut qu'à la rapidité avec laquelle ils s'esquivèrent dans les fossés mitoyens. Quant à Ruben, blessé à la jambe droite, il s'affala sur le bas-côté et fit le mort.

À la tombée de la nuit, les secours vinrent chercher les corps des victimes et l'emmenèrent à l'abri. Ses jours n'étaient pas en danger. Mais sa blessure obligea son père à le faire rapatrier au plus vite. Ruben fut donc évacué dans l'urgence vers Perpignan, puis sur l'hôpital de Montpellier, où il fut opéré sans tarder.

— La blessure n'est pas très belle, reconnut le chirurgien. Mais je vais sauver votre jambe.

Ruben avait craint le pire. À Perpignan, lorsqu'on lui avait annoncé qu'on ne pouvait l'opérer sur place, les hôpitaux de la ville étant trop encombrés par les blessés de guerre, il avait cru que son état était désespéré et qu'il faudrait l'amputer.

Son père eut beau l'encourager à ne pas perdre espoir, le jeune Rochefort se voyait déjà finir sa vie dans un fauteuil roulant comme son oncle Jean-Christophe et son grand-père Anselme avant lui.

— Fais confiance aux médecins ! À Montpellier, j'ai des relations. Je te promets de te mettre dans les mains du meilleur chirurgien de la faculté.

Sébastien l'avait donc accompagné, mettant fin à l'aventure périlleuse qu'ils menaient depuis plus de six mois.

Après deux semaines de convalescence, Ruben put rentrer chez lui. Dans un premier temps, tous deux firent une halte d'une semaine à Anduze, pour rassurer Élisabeth Rochefort sur l'état de son petit-fils.

— Tout va bien, grand-mère, lui déclara aussitôt celui-ci. On m'a certifié que je remarcherai bientôt.

— Qu'avais-tu besoin d'aller parcourir un pays en guerre ! se plaignit Élisabeth. Tu n'aurais jamais dû écouter ton père !

— Mère, Ruben m'a suivi de son plein gré. Je ne l'ai pas forcé. C'est même lui qui a insisté.

— L'Espagne a besoin d'aide, ajouta Ruben. Nous n'avons fait que notre devoir.

— J'espère que vous n'allez pas y retourner. Que ce qui t'est arrivé vous serve de leçon !

— Je crains que ma jambe, même bien rafistolée, ne m'empêche dorénavant de parcourir les champs de bataille !

— Et toi, Sébastien ?

Ce dernier ne répondit pas. Il détourna la conversation.

— Au fait, que font Vincent et ma sœur Faustine en ce moment ? J'ai hâte de les revoir.

Après une semaine passée au sein de sa famille, Sébastien ramena son fils à Paris où sa femme, Pauline, les attendait avec impatience. Elle avait toujours été en relation avec eux, grâce aux contacts que Sébastien avait noués dans les milieux politique et diplomatique.

Lorsque celui-ci apprit la chute de Barcelone, il ne put s'empêcher de s'inquiéter pour Emilio, dont il n'avait plus de nouvelles. Mais il gardait l'espoir que son ami ait échappé aux troupes fascistes.

— C'est un Catalan ! disait-il quand il évoquait avec son fils les durs moments qu'ils avaient passés ensemble dans l'enfer espagnol. Et les Catalans sont comme les Cévenols : ils ne baissent jamais la tête devant l'oppresseur !

# 19

## Sur les routes

La chute de la capitale catalane jeta sur les routes des dizaines de milliers d'habitants. Ils venaient s'ajouter à ceux, extrêmement nombreux, qui arrivaient par vagues entières des autres régions conquises par les franquistes. Certains remontaient des villes les plus méridionales de la péninsule Ibérique et comptaient déjà plusieurs semaines d'exil. Ils avaient cru échapper aux fascistes en se réfugiant en Catalogne. Leur tranquillité ne fut que de courte durée. Il leur fallait à nouveau partir pour fuir la terrible répression qu'ils n'éviteraient pas. Aussi les voies d'accès à la frontière pyrénéenne étaient-elles totalement envahies par des flots de réfugiés que rien ne semblait plus pouvoir arrêter dans leur course éperdue vers la France, seul pays, à leurs yeux, pouvant encore leur porter secours et où ils espéraient retrouver un peu de paix et de réconfort.

Sachant que les armées du Nord constituaient un danger du fait de leur avancée vers Vich depuis décembre, Emilio décida de s'écarter de la route de Puigcerdà qu'il avait empruntée avec Sébastien et Ruben en arrivant de France. Dans un premier temps, il préféra se rapprocher de celle du Perthus, la plus éloignée des zones de combat, mais aussi la plus fréquentée par les exilés.

L'hiver s'était installé sur la région comme un occupant sans pitié. Le froid, la neige, le gel tiraillaient les malheureuses victimes de la guerre et les rendaient plus vulnérables que jamais. Des cortèges interminables de pauvres hères s'étiraient le long des routes, mélange hétéroclite de paysans encombrés de leurs charrettes et parfois de leur bétail, d'ouvriers poussant bicyclettes ou landaus croulant sous le poids de leurs bagages, bourgeois chaudement vêtus portant à la main de trop lourdes valises. Quelques-uns de leurs semblables, plus chanceux, essayaient de se faufiler avec leurs automobiles à travers une cohue indescriptible, dans l'espoir de parvenir avant les autres à l'inaccessible frontière. Les militaires, en déroute, s'efforçaient vainement de se frayer un passage et ne faisaient qu'ajouter à la panique générale quand, soudain, le bruit d'un Junker dans le ciel annonçait un déluge de feu. Alors, tous tentaient de s'écarter de la route et de se protéger dans les fossés, sous un pont, contre un muret. La plupart n'avaient que leur foi où se réfugier au plus fort de l'apocalypse.

Dans les régions qu'ils traversèrent les premiers jours, Emilio et Maria ne rencontrèrent guère de difficultés. Les routes leur parurent même plutôt calmes au regard des événements qui se déroulaient à proximité. La population, comme partout ailleurs, était divisée. Les anciens préféraient attendre, ne croyant pas que les nationalistes les persécuteraient à leur arrivée. Au fond, n'étaient-ils pas des Espagnols, certains des Catalans, comme eux? Leur longue expérience de la vie leur donnait l'espoir qu'entre gens civilisés la barbarie ne pouvait s'instaurer. Ils ignoraient sans doute les exactions qui ensanglantaient déjà certaines provinces depuis maintenant plus de deux ans et demi. Certes, ils voyaient défiler devant leurs portes des cohortes de pauvres bougres, dans le plus grand dénuement, mais, comme toujours dans les cas les plus dramatiques, ils pensaient, à tort, que le malheur était pour les autres et ne les toucherait pas tant qu'ils ne montreraient pas d'hostilité farouche à l'ennemi. Mieux valait courber le dos dans la tempête plutôt que de tenter de résister ou, pire, de fuir sans savoir où aller, en laissant toute une vie derrière soi.

Lorsque Emilio conseillait à ses compatriotes de s'éloigner avant qu'il soit trop tard, il se heurtait souvent à un mur d'incompréhension, voire à un désaveu total dès lors qu'il leur avouait que toute sa famille était restée dans son village.

« Comment as-tu pu les abandonner ? lui reprochait-on parfois. On ne doit pas laisser ses parents sans protection. »

Il avait beau expliquer que c'était leur choix, qui plus est un choix identique au leur, il parvenait rarement à convaincre ses détracteurs.

Trop occupée à prendre soin de son bébé, Maria ne se rendait pas compte de l'état d'esprit de ceux qui refusaient de voir l'irrémédiable. Elle percevait surtout le drame que connaissaient ceux qui, comme elle et son mari, avaient décidé de partir, de ne pas rester à attendre en vain la clémence des vainqueurs. Comme Emilio, elle se doutait que ceux-ci ne leur permettraient pas de vivre en paix. Dans son village, des miliciens revenus du front avaient évoqué les représailles que les rebelles exerçaient sur leurs prisonniers. Dans les villes tombées entre leurs mains, des milliers d'hommes et de femmes avaient été passés par les armes, les viols étaient monnaie courante et il ne faisait pas bon se retrouver aux prises avec les Marocains, troupes coloniales qui avaient participé à toutes les campagnes de Franco depuis la première heure de l'insurrection.

Le jour, ils marchaient en prenant soin d'éviter les axes les plus fréquentés afin de ne pas risquer de rencontrer des bataillons d'avant-garde envoyés pour ouvrir la voie aux unités d'infanterie et d'artillerie. Parfois ils voyaient filer au-dessus de leurs têtes des avions italiens ou espagnols en vol pour une macabre mission sur les chemins encombrés de la frontière. Dépourvus d'informations, ils ignoraient que la route du Perthus ne présentait aucune sécurité, car elle était soumise aux mitraillages meurtriers des Junkers et des Stukas. Ils pensaient, non sans raison, qu'en s'éloignant de la ligne de front intérieure, ils courraient moins de danger.

La sierra leur semblait un refuge pour qui pouvait marcher en dehors des sentiers battus. Aussi Emilio n'hésitait-il pas à quitter la route quand il estimait que le flux de fuyards devenait trop visible depuis les airs. Il entraînait Maria et leur enfant sur les pentes escarpées de la montagne, où il se sentait plus en sécurité. Mais ils devaient souvent franchir des obstacles imprévus, traverser des torrents, contourner des forêts sans savoir où ils déboucheraient. Sans boussole et sans carte, se dirigeant à la seule position du soleil, ils faisaient souvent de longs détours pour atteindre leur but.

Dans son harnais, la petite Inès dormait la plupart du temps, bercée par le pas lent de son père, pelotonnée contre son ventre dont elle savourait la chaleur. Au moment de la tétée, elle commençait à gazouiller et à s'agiter. Alors, Maria la prenait dans ses bras, ouvrait son manteau, dégrafait son corsage et lui donnait le sein pendant quelques minutes seulement, car elle manquait de lait. Emilio s'émouvait devant ce tableau idyllique et oubliait, le temps d'un bref instant de répit, la situation dans laquelle il avait entraîné sa petite famille. Il faisait le guet, pas tellement pour surveiller la venue de soldats ennemis, mais plutôt pour protéger Maria d'éventuels curieux. Il veillait sur elle et son bébé comme sur un précieux trésor convoité par des êtres malintentionnés. Maria se sentait en sécurité avec son mari et ne pensait plus au danger présent partout autour d'eux, parfois plus près qu'ils ne l'imaginaient.

Le soir, quand le soleil tombait derrière les crêtes, ils cherchaient un refuge pour passer la nuit, un cabanon abandonné, un abri de berger, un porche à l'entrée d'un village. Le froid les obligeait à se calfeutrer sous les couvertures de laine qu'ils avaient emportées et à maintenir Inès entre leurs deux corps enlacés, afin de la garder au chaud. Leurs provisions des premiers jours étant épuisées, ils devaient acheter leur nourriture aux paysans qu'ils rencontraient. Le lait pour Inès était leur plus grand souci. L'enfant n'avait pas encore l'âge de manger des aliments solides. Or le lait de Maria ne suffisait pas. Quand ils frappaient à la porte d'une ferme, ses occupants se montraient parfois méfiants à leur égard, craignant sans doute d'ouvrir à des brigands ou à des membres d'unités franquistes, voire à des miliciens zélés. À l'époque où les libertaires régnaient en maîtres absolus sur la région, de nombreuses exactions avaient été perpétrées sous couvert de la prise du pouvoir par le peuple. En Catalogne, comme dans certaines régions du Sud, des massacres au nom de la lutte antifasciste avaient été déplorés et avaient sali l'honneur des républicains. Le gouvernement de la Généralité catalane, présidé par Lluis Companys, n'existait plus que pour la forme. En fait, le pouvoir réel se trouvait dans la rue. Les travailleurs n'avaient pas attendu les consignes des organisations syndicales pour procéder aux collectivisations de force dans tous les secteurs d'activité, à la ville comme dans les campagnes. Aussi avait-on déploré certains excès de la part de quelques extrémistes ou d'individus peu scrupuleux agissant davantage en leur nom propre qu'en celui de la collectivité.

Mais, quand Maria présentait son enfant, les portes s'ouvraient en grand. Les paysans abandonnaient toute méfiance devant le spectacle de la vie. Ils prenaient pitié de ce petit être ballotté sur les routes, qui leur souriait lorsqu'ils se penchaient au-dessus de son visage angélique. Emilio ne demandait jamais rien sans proposer de l'argent, mais, la plupart du temps, les braves gens ne lui faisaient pas payer le lait du bébé.

\*
\* \*

Ils marchaient depuis trois jours lorsqu'ils furent confrontés à leur premier grand danger.

Combien de kilomètres avaient-ils déjà parcourus dans la sierra ? Habitué aux longues randonnées, Emilio se doutait qu'ils n'avaient pas beaucoup progressé à cause d'Inès, à qui ils ménageaient des moments de repos réguliers. Ils venaient de traverser le río Tordera et se trouvaient sur les pentes de la sierra de Montseny, le massif le plus vaste et le plus élevé de toutes les montagnes littorales. La crête du Turó de l'Home les surplombait de toute sa hauteur enneigée. Ses versants accusés leur rendaient la tâche pénible. Le sentier qu'ils avaient emprunté après le franchissement du fleuve grimpait sous un épais manteau de hêtres et de sapins vers les sommets dominés par les buissons et les prés. À cette altitude, les hommes étaient rares en cette saison où les troupeaux avaient retrouvé leurs étables pour l'hiver. Les champs de neige, tout proches, rendaient la montagne inaccessible. Celle-ci était redevenue le domaine de la faune sauvage.

Sortis de la forêt, ils atteignirent bientôt la zone découverte des prairies. Comme tous les soirs, ils cherchèrent un gîte pour la nuit. Ils s'abritèrent dans une sorte de chalet d'alpage délaissé pendant la morte-saison. La porte était restée ouverte. Sans doute parce que le propriétaire des lieux ne craignait pas les voleurs. En outre, mis à part quelques ustensiles de cuisine, un réchaud, une table, un banc et une paillasse, l'unique pièce du refuge ne comportait rien de valeur.

— Ça sent la vache ! remarqua Maria avec dégoût.

— C'est normal, il n'y a aucune séparation entre la zone d'habitation et l'étable. Mais peu importe, nous serons au chaud ce soir, c'est l'essentiel.

— Il y a une cheminée. Nous pourrons même faire du feu.

— Non, objecta Emilio. La fumée pourrait nous faire repérer.

Maria s'occupa aussitôt d'Inès qui réclamait sa tétée, tandis qu'Emilio entamait le tour du propriétaire pour vérifier que tout était calme dans les parages. Il s'éloigna du chalet en direction d'un bosquet de sapins dont l'ombre se profilait sur la lande sous la lumière blanchâtre de la lune.

Emilio aimait ces moments de solitude qu'il volait à Maria et à son enfant pour se retrouver seul, face à lui-même et à son destin. Il prenait alors conscience que son existence n'avait rien d'une rivière tranquille qui s'écoule entre des rives verdoyantes et sereines, dans la plénitude d'un bonheur achevé. Mais il refusait de se laisser envahir par le doute.

Maintenant qu'il était père, il se sentait investi d'une responsabilité supplémentaire qui ne lui permettait plus de s'égarer sur des chemins détournés. Certes, il n'avait pas oublié son aventure avec Justine Lansac, mais lorsqu'il se prenait encore à penser à elle, il chassait immédiatement son visage de son esprit afin de ne pas salir son honneur ni trahir les promesses faites à Maria le jour de leur mariage.

Il s'assit sur une pierre à l'orée du bois de sapins. Le clair de lune illuminait la prairie dans laquelle le petit refuge paraissait irréel, comme sorti d'un livre pour enfants. Le ciel s'était cristallisé et brillait d'une myriade de points incandescents. Malgré le froid sec et tranchant comme une lame d'acier, il lui semblait que le paradis devait être à l'image de ce que ses yeux découvraient dans l'immensité astrale qui s'imposait à lui et lui donnait l'impression d'assister au premier jour de la Création.

Perdu dans ses pensées, il n'avait pas pris conscience du temps écoulé. Maria ne le dérangeait jamais quand elle le savait ainsi replié sur lui-même. Elle se doutait qu'il avait vécu, en France et surtout sur le front, en compagnie de ses amis français, des événements dont il ne souhaitait pas parler. Aussi ne l'interrogeait-elle jamais sur ce passé récent qu'elle soupçonnait douloureux.

Tout à coup, dans le silence profond de la nuit, un cri retentit. Il sortit de ses songes. Se rendit à l'évidence : Maria! C'était Maria qui appelait à l'aide!

Sans réfléchir, il bondit en direction de la fermette, son revolver au poing.

Les cris redoublaient.

Maria était en danger!

Il trouva la porte entrebâillée. Or, il en était persuadé, il l'avait refermée derrière lui pour ne pas laisser le froid s'infiltrer à l'intérieur.

Il hésita une seconde. Reprit son souffle. Donna un grand coup de pied dans la porte qui s'ouvrit avec fracas.

— Qu'est-ce qui se passe? hurla-t-il.

Devant lui, un homme, pantalon baissé, s'apprêtait à violenter Maria qui se débattait, retenue par un autre individu sur le lit de paille qu'elle avait elle-même aménagé dans le fond de la pièce. La malheureuse se démenait de toutes ses forces, mais ne parvenait pas à se dégager de l'étau dans lequel la maintenaient les deux forbans.

— Lâchez-la ! ordonna Emilio en pointant son arme. Sinon je tire !

Un troisième larron, dissimulé derrière la porte, ne lui laissa pas le temps d'exécuter sa mise en garde. Il lui asséna un violent coup sur la tête qui le fit trébucher sur le sol en terre battue.

À moitié étourdi, Emilio, qui tenait encore son arme à la main, se redressa lentement.

— Alors, on joue au petit soldat ! lui dit celui qui venait de le frapper.

Il le menaçait avec une carabine. À leurs uniformes, Emilio vit qu'il s'agissait de militaires. Mais il ne put deviner sur le moment à quel camp ils appartenaient.

— Dépose ton arme ! lui ordonna l'homme au fusil.

Emilio refusa d'obtempérer.

— Que tes copains relâchent d'abord ma femme ! Je vous préviens, s'ils ne s'exécutent pas, je te tire dessus avant que tu aies le temps de réagir.

— Tu ne nous fais pas peur avec ton pistolet d'opérette ! Alors cette jolie fille, c'est ta femme ! Et ce petit morveux, ton loupiot ! Qu'est-ce que vous faites dans les parages ? Vous vous enfuyez ? Vous êtes des rouges, hein ! Des bolcheviks !

Emilio comprit enfin à qui il avait affaire.

— Et vous, des phalangistes. Des fascistes à la solde de Franco !

— N'insulte pas notre Caudillo ! Sinon je t'envoie immédiatement voir le Père éternel !

La discussion avait quelque chose d'irréel. Tandis qu'Emilio et le franquiste se menaçaient de leurs armes, Maria se trouvait toujours entre les mains de ses deux agresseurs. Elle tenta de se dégager. En vain.

Dans son coin, la petite Inès commençait à s'agiter comme si elle avait pris conscience du danger que couraient ses parents. Elle se mit soudain à pleurer d'une voix aiguë.

L'homme qui tenait Emilio en joue sursauta. Se retourna dans la direction du bébé.

Alors, sans réfléchir, Emilio tira. Le soldat s'effondra. D'un coup. La tête la première dans la paille, manquant de peu s'affaler sur l'enfant qui cessa aussitôt de crier.

Les deux autres individus, sous le choc, ne réagirent pas. Ils lâchèrent Maria, qui en profita pour leur échapper et se réfugier près de son mari. Celui-ci menaçait à présent les deux phalangistes.

— Je ne vous conseille pas de tenter quoi que ce soit ! leur dit-il. Sinon, ce sera votre tour.

Pris au dépourvu, les deux hommes reculèrent de quelques pas. Se retrouvèrent coincés contre le mur de la pièce.

Emilio mit sa femme hors de leur atteinte.

— Occupe-toi d'Inès, lui ordonna-t-il. Je vais leur régler leur compte. Ils ne nous ennuieront plus.

— Tu n'as pas l'intention de les...

Maria ne termina pas sa phrase.

Les deux franquistes ne disaient mot. Ils commençaient à craindre pour leur vie. L'un d'eux tenta un pas en avant. Emilio lui tira dans les jambes, l'atteignant à la cuisse. Il s'effondra à son tour dans un cri rauque de douleur.

— Non, Emilio, non ! s'écria Maria. Ne les tue pas !

Les yeux d'Emilio étaient injectés de sang. Sa colère semblait le rendre aveugle.

— Si je ne les avais pas arrêtés, poursuivit-il, ils t'auraient violée et nous auraient éliminés après. Ainsi qu'Inès. Et tu veux que je les relâche comme s'ils n'avaient rien fait !

— L'un est déjà mort. L'autre est blessé !

— Si je les laisse partir, ils alerteront leurs camarades. Nous n'irons pas loin. Leurs collègues auront vite fait de se jeter à nos trousses et de nous rattraper. Dans ce cas, je ne donne pas cher de notre peau ! C'est ça que tu veux ?

Maria ne trouvait pas d'arguments pour calmer Emilio. Face au dilemme qu'il lui soumettait, elle reconnut que leur vie était en péril.

— Fais comme bon te semble, finit-elle par admettre.

Alors Emilio ordonna au seul homme valide d'aider son camarade à se redresser, et de passer devant.

— Allez, dehors ! Dépêchez-vous !

Le blessé râlait de douleur. Emilio poussa les deux franquistes sans ménagement de son poing armé. Maria n'avait jamais vu son mari dans une telle fureur. Elle en fut toute retournée. Depuis qu'il avait assisté à des scènes d'une extrême violence sur le front, Emilio s'était endurci et était pénétré d'une terrible rancœur à l'égard des fascistes qu'il considérait comme des assassins. La cruauté et la sauvagerie dont il avait été témoin dans les tranchées de la bataille de l'Èbre avaient eu raison des sentiments d'indulgence qu'il éprouvait encore quand il avait accepté la mission proposée par Sébastien. Jusqu'alors, il tenait les nationalistes pour les ennemis de la liberté, pas totalement pour ses propres ennemis. Mais, lorsqu'il se sentit personnellement menacé et qu'il prit conscience que ceux d'en face ne faisaient preuve d'aucune clémence vis-à-vis des soldats républicains et de la population civile qu'ils soumettaient à leurs terrifiantes exigences, son comportement changea brutalement. Son âme se fit d'acier, son regard d'airain face aux bourreaux de la République. Il ne leur accordait plus aucun crédit, aucun pardon. Lui-même avait l'impression de devenir victime. Mais une victime qui refusait désormais de courber l'échine devant l'irrémédiable.

Il s'éloigna du chalet, poussant devant lui ses deux prisonniers, et leur ordonna de se diriger vers le bosquet de sapins. Maria, son enfant dans les bras, tremblait de crainte qu'il ne commette l'irréparable.

— Emilio ! intervint-elle.

— Laisse ! Je sais ce que je dois faire.

Elle resta seule, dans l'obscurité, en présence du cadavre du soldat qui les avait menacés de son arme.

Elle s'attendait à entendre résonner deux coups de feu.

Une petite minute plus tard, hébétée, elle vit revenir Emilio, l'air plus détendu.

— Qu'as-tu fait ? lui demanda-t-elle. Elle n'ignorait pas qu'Emilio portait sur lui en permanence une arme blanche très efficace.

— Ce que je devais, lui répondit-il.

— Tu... comme ça, froidement ! Oh, mon Dieu, Emilio ! Comme la guerre t'a rendu...

— Arrête, voyons ! Je ne les ai pas tués. Je les ai seulement attachés l'un à l'autre, et bâillonnés. Puis je les ai laissés filer. L'un des deux étant blessé, ils n'iront pas très vite. Cela nous donne du temps pour déguerpir. Il ne faut pas rester ici. Lorsqu'ils auront retrouvé leur unité, ils nous courront après. Prépare la petite. Nous partons immédiatement.

Maria fut soulagée. Elle avait cru un instant que son mari était devenu aussi impitoyable que ses ennemis. Elle emmitoufla Inès dans une couverture, la plaça dans son harnais, ramassa tout ce qu'elle avait déballé pour la nuit et rejoignit Emilio qui l'attendait à l'extérieur.

Il fumait une cigarette, l'air méditatif.

Le ciel s'était obscurci. De gros nuages s'étaient amoncelés, venant de la côte. Le froid lui transperçait les os.

— Il va neiger! dit-il, grelottant, dès qu'il entendit Maria derrière lui. Dépêchons-nous. Il faudrait atteindre le plateau en contrebas avant le lever du jour. Nous devrions y trouver un village.

— Ce n'est pas risqué? s'inquiéta la jeune femme.

— De toute façon, nous ne pouvons pas éternellement marcher à l'aveuglette. Nous allons rejoindre les colonnes de réfugiés. La route du Perthus ne doit pas être très éloignée. Après, nous aviserons.

## 20

### Une marée humaine

Après une nuit et une longue journée de marche, Emilio et Maria atteignirent enfin la route du Perthus à une quinzaine de kilomètres au sud de Gérone. Ils crurent sur le coup que toute la population de l'Espagne défilait sous leurs yeux. Jamais ils n'auraient imaginé une telle marée humaine. La route et ses bas-côtés regorgeaient de malheureux qui, après trois, quatre, cinq jours à errer dans le plus grand dénuement, ne savaient plus à quel saint se vouer. Tous espéraient que la ville de Gérone allait s'ouvrir à eux et leur offrir un peu de sécurité.

Ils se joignirent au cortège de fugitifs, se mêlant aux femmes, aux enfants, aux vieillards qui avançaient vers le nord dans le but de se soustraire à la répression franquiste. Ils se placèrent dans le sillage d'une carriole tirée par une mule, croulant sous un bric-à-brac de matelas, de paniers et de sacs remplis de hardes. Son propriétaire y avait attaché une vieille chèvre par une corde. L'animal, tête baissée, semblait résigné autant que son maître à son inéluctable destin. De temps en temps, il émettait de timides bêlements qui avaient le pouvoir de maintenir éveillée la petite Inès. Celle-ci, bien au chaud dans son harnais, souriait avec innocence, en regardant son père qui essayait de la divertir en lui parlant.

Lorsque vint le moment de la tétée, Maria fut en peine de lui donner le sein. Son lait s'était tari. Elle ne parvint pas à l'alimenter. Désespérée, elle se mit à pleurer.

— C'est à cause de la fatigue, tenta de la rassurer Emilio. Ça reviendra.

— Il faut lui trouver du lait. Sinon elle va mourir de faim !

Dans les montagnes, Emilio n'avait jamais éprouvé de difficultés à aller aux provisions. Mais sur cette route de l'exode, les conditions de survie se dégradaient rapidement pour qui ne savait s'y prendre.

Il s'approcha de la charrette qu'ils suivaient et s'adressa à son propriétaire :

— Votre chèvre produit du lait ? lui demanda-t-il. Mon enfant a faim. Ma femme ne peut plus l'allaiter. Je vous paierai.

Le paysan, un vieil homme décharné et sans âge, accompagné de son épouse, tout aussi famélique, le dévisagea comme s'il s'attendait à voir surgir son pire ennemi. Il se mit à trembler de tout son corps et à courber le dos en avant. Emilio comprit qu'il était mort de peur.

— N'ayez aucune crainte ! Je ne vous veux aucun mal. Seulement un peu de lait pour ma fille. Tenez, voici quelques pesetas pour le dédommagement.

L'homme arrêta son attelage sur le bas-côté, s'assit à côté de sa chèvre, commença à la traire.

— Elle ne donne pas beaucoup ! s'excusa-t-il en tendant le récipient à Emilio. Même pas un demi-litre par jour ! Mais vous pouvez le prendre. Nous nous en passerons.

Emilio insista pour qu'il accepte son argent. Le vieil homme refusa.

— Les enfants ne doivent pas payer pour les erreurs de leurs parents. Si ce grand malheur nous est tombé dessus, c'est que Dieu nous punit de nos fautes !

— Les fascistes ne sont pas l'instrument de la colère divine ! Vous vous trompez, grand-père. Ils sont seulement les ennemis de la République.

Le lendemain à la tombée de la nuit, ils arrivèrent enfin à Gérone. La ville, située à un peu moins de cent kilomètres au nord de Barcelone, était complètement engorgée par le flot de fugitifs qui s'étaient jetés sur les routes dès la nuit du 23 au 24 janvier. Des vagues successives n'avaient pas cessé de déferler dans les ruelles étroites de la cité antique traversée par le río Oñar. Si bien que sa population se trouvait totalement paralysée et ne savait plus comment faire face au raz de marée humain qui l'envahissait. À la périphérie, des camps provisoires avaient été érigés à la hâte par l'armée populaire qui, malgré les mitraillages de la Légion Condor et de l'aviation nationaliste, ravitaillait les réfugiés par camions.

Dans la cohue générale, Emilio demanda à Maria de ne pas bouger. Ils s'étaient installés en compagnie du vieux paysan et de sa femme juste à l'entrée d'un campement.

— Je vais aux renseignements, lui indiqua-t-il. Ne t'inquiète pas. Je reviens très vite.

Le froid sévissait avec cruauté. La température ne s'élevait pas au-dessus de zéro degré. La plupart des fugitifs, partis dans la précipitation, manquaient de vêtements chauds adaptés aux hivers rigoureux.

Aussi les morts se comptaient-ils déjà par centaines, surtout parmi les personnes âgées et les nourrissons. Les vautours étant nombreux dans la région, les autorités de la ville avaient dû procéder à l'ensevelissement hâtif des dépouilles en bordure des chemins ou des terrains vagues. De plus, l'état sanitaire des réfugiés augmentait le risque d'épidémie. Des femmes enceintes avaient accouché en pleine nature, parfois avec l'aide d'une paysanne, accoucheuse dans son village. La solidarité commençait à s'organiser, mais beaucoup souffraient de la faim, du froid et de la dysenterie.

Emilio avait connu des situations douloureuses sur le front, parmi les combattants. Il savait quelles épreuves l'homme était capable d'endurer, quelle rage pouvait l'animer pour se sortir du désespoir, quand tout semblait perdu. Mais devant le spectacle hallucinant qui se déroulait cette fois sous ses yeux, il éprouva soudain l'envie de fuir, de prendre Maria et son enfant dans ses bras et de partir loin, le plus loin possible de cet enfer qui s'imposait à lui comme un terrifiant cauchemar. Jamais il n'aurait imaginé une telle misère humaine, un tel chaos.

Et pourtant, il était à cent lieues d'imaginer ce qu'il allait encore découvrir!

*
* *

Au petit matin, un vent de panique s'empara du campement où ils s'étaient finalement installés avec le couple de vieux paysans. Un nouveau groupe de fugitifs était arrivé dans la nuit. La rumeur courut aussitôt qu'une colonne de blindés ennemis se trouvait aux portes de la ville et que celle-ci allait bientôt être assiégée.

— Les franquistes arrivent ! Les franquistes arrivent ! s'écriaient les plus alarmistes. Vite, il faut s'enfuir.

En réalité, personne ne pouvait confirmer cette information, dont on ignorait la source. Nul n'avait vu les chars de l'armée nationaliste à proximité ni même l'ombre d'un casque de phalangiste. Mais le bruit s'amplifia à toute vitesse. Alors, sans même prendre la peine de se renseigner, des familles entières commencèrent à lever le camp, ramassant à la hâte leurs maigres paquetages, remballant sur leurs charrettes leur bric-à-brac, abandonnant sur place la moitié de leurs effets. En l'espace de quelques minutes, tous les campements furent sur le qui-vive. La rumeur se propagea comme un feu de paille. Par instinct de survie, des milliers d'hommes et de femmes se ruèrent sur la route en direction du nord, ainsi que sur les chemins de traverse qui s'engorgèrent aussitôt. Des colonnes entières se retrouvèrent complètement bloquées. En moins d'une demi-heure, la ville et ses environs se vidèrent de leurs réfugiés comme un abcès que l'on vient de percer.

Emilio aida Maria à se remettre sur pied. Depuis leur arrivée dans le camp, elle se sentait fébrile. Ses forces s'amenuisaient. Elle aurait eu bien besoin de se reposer quelques jours avant de reprendre la route.

— Il ne faut pas rester là ! lui expliqua Emilio. Si le bruit qui court n'est pas une rumeur, nous sommes en danger. Il faut repartir, comme tout le monde.

— Pour aller où ? se plaignit Maria qui n'en pouvait plus d'errer sur les chemins sans savoir quand se terminerait cette fuite éperdue.

— Plus au nord. À Figueras. Là où le gouvernement a pris ses quartiers. Nous y serons plus en sécurité.

Les vents de panique successifs qui affolèrent la ville de Gérone finirent par apeurer la population des villages alentour. Ceux-ci se vidèrent également de leurs habitants, qui vinrent grossir le flot des fugitifs.

Figueras. Ultime asile avant la frontière du Perthus située à vingt-cinq kilomètres seulement ! La ville fut à son tour assiégée par les réfugiés. Ceux-ci affluèrent par dizaines de milliers jusqu'à atteindre le chiffre de cent cinquante mille en trois jours. Tous affamés, malades, affaiblis, certains agonisant. Le château de San Fernando était devenu le siège des organes du Conseil des ministres. Juan Negrín venait de s'y installer après un court séjour au château de La Agullana, près de la frontière française où s'était établi le président de la République, Manuel Azaña.

Les réfugiés s'étaient répandus partout et campaient aux abords de la ville, ainsi qu'à l'intérieur, dans les rues, sur les places publiques, sous les portes cochères, dans les vestibules des immeubles d'où personne n'osait les déloger. Sur la route, ils avaient encore subi les attaques impitoyables de l'aviation qui ne cessait de les harceler. Beaucoup y avaient trouvé une mort tragique.

Devant un spectacle si affligeant, Emilio décida de s'écarter de cette marée humaine.

— Nous ne pouvons pas rester ici, expliqua-t-il à Maria. L'étau se resserre. Je suis persuadé que le gouvernement lui-même finira par s'en aller. Nous sommes acculés à présent.

— La frontière n'est plus très loin !

— La route du Perthus est trop engorgée. Je ne veux pas m'y engager.

— Je ne comprends pas ! Tu ne veux plus te rendre en France ? Je croyais que c'était notre dernière chance d'échapper aux fascistes !

— Nous leur échapperons. Mais nous allons prendre un autre chemin.

Maria s'assombrit. Elle ne souhaitait pas s'écarter à nouveau des grands axes de circulation. Elle s'y trouvait plus en sécurité que sur les voies de traverse qu'Emilio lui avait fait emprunter dans les massifs montagneux. Non que le danger y fût moindre – les mitraillages et les bombardements rendaient la progression des fugitifs toujours périlleuse –, mais parce qu'elle gardait un effrayant souvenir de ce qui lui était arrivé dans le chalet d'altitude, sur les pentes de la sierra de Montseny.

— Tiens, regarde ! poursuivit Emilio. J'ai récupéré une vieille carte de la région auprès d'un réfugié.

Il déplia le document sous les yeux de Maria.

— Tu vois, nous sommes ici. Tout le monde s'engouffre sur la route du Perthus. Je ne sais pas ce qu'ont décidé les Français, mais il faut craindre que le passage de la frontière soit difficile dans ces conditions. Si ça bloque, les franquistes ne vont pas se gêner pour bombarder. C'est trop dangereux. Je te propose de passer encore par la montagne. Regarde, par le col d'Ares.

— Mais c'est beaucoup plus long ! Et plus dur ! Je n'y arriverai jamais !

Emilio ne se doutait pas que de nombreux fugitifs avaient eu la même idée et que la route du col d'Ares était aussi engorgée que celle du Perthus. Il finit par convaincre Maria.

— Je t'aiderai, lui dit-il. Nous y parviendrons. Tu es forte.

*
\* \*

Tandis que la majorité des fugitifs se ruait vers le col du Perthus où la frontière avait été ouverte uniquement aux civils, Emilio et Maria reprirent le chemin de la montagne en direction de Camprodón.

Sur les routes verglacées des vallées pyrénéennes, le flot des fuyards grossissait d'heure en heure. La plupart ignoraient les dernières tractations des autorités gouvernementales en pleine déliquescence. Certains hauts dignitaires de la République ne cachaient plus leur pessimisme devant la tragique situation militaire, ni le président des Cortes, Diego Martínez Barrio, ni le président de la Généralité catalane, Lluis Campanys, ni même le président du Conseil, Juan Negrín, et le chef de l'état-major central, Vincente Rojo, qui se disait « convaincu que la Catalogne était désormais perdue et qu'il n'y avait pas de force humaine capable de renverser le cours des choses[1] ».

Depuis la chute de Barcelone, en effet, les troupes nationalistes progressaient rapidement. La résistance républicaine ne les freinait pas longtemps dans leur

---

1. Propos de Vincente Rojo, tirés de son ouvrage *Alerta a los pueblos*.

avancée inexorable vers la frontière. Les raids de la Légion Condor avaient repris sur Figueras, provoquant encore de nombreuses victimes et de nouveaux mouvements de panique. La débâcle régnait partout. Sur les routes de l'exode, les fugitifs étaient de plus en plus désemparés, craignant de ne pas atteindre la France à temps. Ils campaient en rase campagne, sans protection, transis de froid, affamés, dans le plus grand dénuement.

Pour éviter de marcher à découvert, Emilio suivait les sentiers adjacents, préférant parfois effectuer un détour par les contreforts du massif de la Haute Garrotza aux profondes vallées encaissées et aux murs de roche arides et hostiles, plutôt que risquer de tomber sur une escouade d'avant-garde franquiste, voire sur des miliciens républicains qui pourraient le contraindre à s'enrôler à leurs côtés.

Mais Maria se fatiguait vite, surtout dans les montées. Elle souffrait à porter le sac qu'Emilio, pour la soulager, avait allégé au maximum.

— Nous sommes bientôt au bout de nos peines ! lui confia-t-il pour l'encourager. Dans trois jours nous devrions arriver à la frontière.

Alors ils reprirent la route carrossable et retrouvèrent les groupes de fugitifs. Maria s'en trouva réconfortée, car elle n'aimait pas la solitude des chemins de rocaille. Parfois, une ambulance militaire se frayait un passage à travers la cohue, à grands coups de klaxon. Camprodón, en effet, était le siège d'un hôpital où les blessés républicains étaient évacués en dernier recours.

— Tu vois, releva Maria, il y a autant de monde de ce côté-ci que par le Perthus. Et c'est beaucoup plus pénible !

Emilio devait reconnaître qu'il s'était trompé. Il avait cru échapper à la marée humaine en s'écartant de l'axe principal qui menait à la frontière. Force lui était de constater que les réfugiés s'étaient répandus sur toutes les routes et affluaient en direction de la France comme un véritable raz-de-marée. Tous les cols plus ou moins accessibles étaient pris d'assaut. Partout, c'était le même spectacle de cohortes hétéroclites composées de charrettes, de bestiaux, de véhicules motorisés de toutes sortes, d'hommes, de femmes, d'enfants et de vieillards amaigris, parfois estropiés. Des soldats en déroute, fusils en bandoulière, appartenant à des bataillons, qui, en se repliant, s'étaient disloqués, ajoutaient à la confusion. Des camions militaires, tractant des pièces d'artillerie, tentaient de dépasser les colonnes de civils qui obstruaient la route. De temps en temps, un gradé de l'armée républicaine, arme au poing, contraignait des miliciens en repli à faire demi-tour pour reprendre leur place dans les unités qui résistaient encore. Les derniers combats faisaient rage à proximité. La nuit, quand la multitude plongeait dans le silence, le bruit des canons ou des fusils-mitrailleurs rappelait que le danger était tout proche.

Ils n'avaient pas encore atteint la ville de Camprodón lorsque, tout à coup, la foule autour d'eux s'agita. Un vent de panique s'empara des fugitifs, qui s'écartèrent rapidement de la route. Tous s'affalèrent, ventre à terre, sur les bas-côtés, dans les fossés, se terrant comme des bêtes affolées dans les moindres recoins. En l'espace de quelques secondes, ce fut l'hécatombe. Des chasseurs à la croix gammée piquèrent sur les réfugiés hagards, complètement perdus dans le déluge de feu, et mitraillèrent sans pitié leurs malheureuses victimes. La route fut aussitôt jonchée de cadavres.

Emilio avait perçu le bruit des avions dans le lointain. Il avait immédiatement crié à Maria de s'abriter. Mais, dans la panique générale, celle-ci fut bousculée par un homme de forte corpulence. Elle n'eut pas le temps de dévaler le talus et de rejoindre Emilio qui s'était couché sur Inès pour la protéger. Derrière elle, les malheureux qui n'avaient pas pu se mettre à couvert tombaient comme les pièces d'un jeu de massacre. Instinctivement, elle regarda en arrière. Aperçut le Messerschmitt arriver sur elle, tel un énorme frelon, dard sorti, prêt à foudroyer. Une rafale de feu crépita de ses entrailles. Maria se pelotonna, comme un enfant qui craint la punition. Se réfugia dans la prière.

Quand l'alerte fut passée, elle ne se releva pas.

Emilio avait assisté à la scène. Celle-ci n'avait duré que quelques secondes.

— Maria ! s'écria-t-il. Maria !

Maria ne bougeait pas.

Emilio bondit de son refuge. Retourna Maria sur le dos. La malheureuse ouvrit les yeux, mais fut incapable de prononcer une parole.

— Ça va aller ! la réconforta Emilio. Nous sommes vivants.

Il vit alors que ses mains étaient tachées de sang. Il déboutonna le manteau de la jeune femme pour l'aider à respirer. De son flanc gauche, le sang se répandait lentement.

— Tu es blessée, là, sur le côté, lui expliqua-t-il. Mais ce n'est rien. Tu vas t'en sortir.

Maria faisait des efforts surhumains pour garder le sourire et ne pas affoler son mari.

— Inès ? chuchota-t-elle.

— Elle n'a rien. Tranquillise-toi.

Une fois l'alerte passée, les survivants, tels des êtres fantomatiques revenant de l'enfer, se redressèrent en silence et, dans la dignité, reprirent leur marche macabre vers le point de mire de leurs derniers espoirs : la frontière.

Emilio porta Maria à l'écart pour ne pas se laisser bousculer.

— Je vais essayer de trouver un véhicule pour te transporter à l'hôpital de Camprodón. Là-bas on te soignera. Ta blessure n'est que superficielle.

— Tu mens mal, mon chéri, murmura Maria en grimaçant. J'ai mal. Très mal.

Emilio se doutait que la plaie de Maria était profonde. Elle perdait beaucoup de sang. Il eut beau lui appliquer un pansement avec ce qui lui tomba sous la main et le serrer le plus possible, il ne parvint pas à arrêter l'hémorragie.

— J'ai froid, soupira Maria. Je sens que je m'en vais.

— Résiste, Maria ! Résiste ! Je t'en supplie.

La foule autour d'eux poursuivait son chemin. Les morts étaient laissés sur place, sans sépulture.

Emilio ne pouvait retenir ses larmes. Maria venait de s'éteindre. Dans le calme. Après avoir jeté un dernier regard sur son bébé. Dans ses yeux, Emilio lut ce qu'elle tentait de lui dire avant de s'en aller : « Prends soin d'Inès, qu'elle arrive saine et sauve dans le pays qui nous attend. »

Inconsolable, il demeura prostré, Inès dans les bras. L'enfant s'était endormie. Au bout d'un moment, il sentit quelqu'un le frapper sur l'épaule. Il se retourna.

Derrière lui, le couple de paysans qui lui avait offert du lait pour son bébé l'avait retrouvé.

— Vous avez donc suivi le même chemin que nous ! s'étonna Emilio.

— Nous avons quitté la route du Perthus, croyant bien faire. Mais ici ce n'est pas mieux. Le danger est aussi grand… Mais qu'est-il arrivé à votre femme ? s'enquit le vieux paysan en apercevant Maria étendue sur le bas-côté.

Emilio, noyé de chagrin, leur raconta le drame qu'il venait de subir.

— Ne restez pas seul, lui conseilla l'épouse du brave homme. Je m'occuperai de votre bébé. Il faut poursuivre notre chemin.

— Mais je ne peux pas laisser le corps de Maria sans sépulture ! C'est impossible !

Emilio était désemparé. Plus qu'il ne l'avait jamais été.

— Je m'appelle Carlos, ajouta le paysan, et ma femme Cesaria. Nous venons d'Alicante. Cela fait deux semaines que nous errons sur les routes. Nous sommes exténués. Mais nous approchons du but. Reprenez-vous, mon garçon ! C'est un bien grand malheur qui s'abat sur vous et votre enfant. Mais vous ne devez pas baisser les bras. Nous allons vous aider à enterrer votre épouse.

Emilio accepta l'offre de Carlos. Il porta la dépouille de Maria à l'écart et la déposa dans un terrain vague couvert de neige. Le paysan s'éloigna un instant. Revint muni de deux pelles.

— J'ai trouvé ce qu'il nous faut dans une remise. Mettons-nous au travail.

Une fois la fosse creusée, Emilio enveloppa le corps de Maria dans une couverture, la prit une dernière fois dans ses bras et, les yeux remplis de larmes, l'embrassa à ne plus pouvoir s'en détacher.

Carlos le sortit de son chagrin.

— Allez, mon gars, du courage !

Alors Emilio déposa délicatement le corps de Maria au fond de la tombe, replia la couverture sur son visage. Ressortit. Cesaria, en pleurs, récitait ses prières. Emilio se recueillit, les yeux fermés. Puis, d'un geste violent, saisit une pelle et s'empressa de reboucher le trou.

La neige recommençait à tomber.

Très vite elle recouvrit la sépulture d'un linceul immaculé.

# 21

## L'inaccessible frontière

Emilio était écrasé de chagrin. Plus rien ne semblait l'intéresser. Et sans la présence de son enfant, que les braves paysans avaient confortablement installée dans leur charrette, il aurait sans doute cessé de marcher pour rejoindre les rangs des républicains qui tentaient encore de faire barrage aux troupes franquistes toutes proches.

La frontière n'était plus très éloignée, mais la neige ralentissait leur progression et le relief accentué de ce côté-là des Pyrénées exigeait des fuyards de gros efforts. Quand ils parvinrent à Camprodón, ils crurent vivre un vrai cauchemar. La petite cité était totalement submergée de soldats qui allaient et venaient en tous sens, les uns à la recherche de leur bataillon qui était passé par la ville quelques instants plus tôt, dans un mouvement de débâcle indescriptible ; les autres, blessés, conduits sur des brancards vers l'hôpital afin d'y être soignés. Beaucoup mouraient avant d'y parvenir. Les services sanitaires de la commune étaient débordés, paralysés par le manque de moyens pour secourir les malheureux rescapés des derniers combats. Des véhicules militaires et civils ne cessaient de parcourir les rues, se faufilant entre les colonnes de réfugiés dont les plus chanceux avaient pu trouver un peu de repos dans les établissements publics mis à leur disposition par la municipalité. Les autres poursuivaient leur chemin dans l'espoir d'atteindre à temps le poste frontière situé à moins de trente kilomètres.

Emilio proposa à Carlos et à Cesaria de s'arrêter pour reprendre des forces. Lui-même se sentait exténué. Ils établirent leur campement à l'extérieur du bourg.

Dans ce qui lui servait de berceau, Inès paraissait hors du temps. Tout ce qui se passait autour d'elle lui était complètement étranger. L'enfant, trop jeune encore, ne s'était même pas rendu compte de la disparition de sa mère, et souriait à présent à Cesaria quand celle-ci s'approchait d'elle pour lui donner son lait. La vieille femme retrouvait goût à la vie en la prenant dans ses bras et oubliait ses tourments. Elle parlait au nourrisson comme une grand-mère à sa petite-fille, et tentait de la distraire quand, autour d'elle, l'agitation des rescapés troublait sa quiétude. L'enfant la regardait de ses yeux écarquillés et naïfs, et lui adressait des gazouillis de contentement. Alors, plus rien d'autre ne comptait pour Cesaria que d'endormir le petit ange et de le préserver du froid, de la faim et de la folie des hommes.

Ils se reposèrent une journée entière. Devant eux défilaient sans discontinuer les cohortes de fugitifs toujours plus nombreux. Emilio commença à s'inquiéter.

— D'après ma carte, la route grimpe fort jusqu'à la frontière, et la neige n'arrange rien ! Tout ce monde va se retrouver coincé si les Français ne laissent pas passer sans restriction. Il faudrait partir sans tarder. Les soldats de Franco approchent. Nous devons franchir la douane avant qu'ils nous atteignent.

Ils levèrent le camp le lendemain, à l'aube du 5 février. Le mouvement de retraite s'était encore accentué. La cohue devenait de plus en plus dense. Aux hommes et aux véhicules motorisés se mêlaient des troupeaux entiers de chevaux, mulets, moutons, chèvres, vaches et bourricots dans une débandade indescriptible. Un véritable fleuve vivant se dirigeait vers la frontière et se déversait depuis plusieurs jours déjà sur la petite ville de Prats-de-Mollo.

Emilio se résigna à suivre cette marée humaine que rien ne semblait plus contenir, pas même les directives des autorités françaises qui avaient décidé d'ouvrir en grand la frontière, aux civils comme aux militaires. Lors de sa visite dans la ville frontalière, le 31 janvier 1939, le ministre de l'Intérieur Albert Sarraut avait notifié dans un discours de ne laisser passer que les femmes, les enfants et les blessés, et de refouler tous les hommes valides. Mais les tirailleurs sénégalais, appelés en renfort pour aider les gardes mobiles et les douaniers à appliquer l'ordre ministériel, avaient vite été débordés et n'étaient plus parvenus à faire respecter la consigne.

Devant la forte pression de l'armée républicaine en déroute, le gouvernement français avait donc cédé et autorisé les hommes, militaires compris, à franchir la frontière. De plus, il avait remplacé les tirailleurs sénégalais, qui avaient un peu trop tendance à maltraiter les réfugiés, par la 3e compagnie du 126e régiment d'infanterie de Brive, afin d'assurer leur sécurité et la défense de la frontière contre une éventuelle incursion des troupes franquistes.

La nouvelle s'était ébruitée et le passage en France s'accélérait de jour en jour. Une grande frénésie régnait donc sur les routes de l'exode. Malgré le malheur qu'ils connaissaient depuis des jours, les fugitifs recommençaient à espérer. La France allait les accueillir les bras ouverts. Franco et ses armées de l'enfer ne pourraient plus les arrêter si près du but !

— On tient le bon bout ! affirmait Emilio quand, après être parti aux nouvelles, le soir, dans la neige et le froid qui sévissaient toujours, il revenait à nouveau rempli d'optimisme.

*
\* \*

Ils firent une ultime étape à Mollo, dernière bourgade du côté espagnol. De là, ils pouvaient apercevoir la crête et le col d'Ares et le long défilé qui serpentait jusqu'au poste frontière. Puis, le lendemain matin, ils s'engagèrent sur la route encombrée, tandis que les plus téméraires tentaient de passer par les autres cols de la haute vallée du Vallespir.

Le temps était exécrable. La pluie et la neige ne cessaient de tomber sur la montagne et rendaient la progression des malheureux encore plus pénible. Emilio avait confié Inès à Cesaria qui l'avait installée sur la charrette, à l'abri des intempéries. Il ne s'éloignait jamais de son enfant, de peur, par un mouvement imprévisible de panique, dans la bousculade, de perdre de vue le trésor le plus précieux que lui avait laissé Maria. Tout en marchant, il ne cessait de penser à elle. Il ne réalisait pas encore qu'elle s'était arrêtée en chemin, qu'il lui faudrait désormais vivre sans elle, sans ses caresses, sans son amour indéfectible.

Maria lui manquait.

La voie d'accès vers la France était de plus en plus obstruée, maintenant que la frontière était grande ouverte aux civils et aux militaires. C'était une route à peine carrossable que les républicains avaient aménagée à la hâte, une piste de terre rendue encore plus impraticable par la fréquentation des véhicules motorisés venant de Camprodón. Les soldats se pressaient autant que les civils pour échapper aux franquistes qui les talonnaient. Les ambulances parvenaient à peine à se frayer un passage pour évacuer d'urgence les grands blessés de l'armée de l'Èbre qui se repliait définitivement. Les miliciens marchaient avec fierté, en ordre, fusil sur l'épaule. Les traits tirés, les yeux hagards, fatigués par de trop longs combats, ils puisaient en eux leurs dernières ressources pour atteindre la frontière dignement. Ils ne voulaient pas qu'on puisse dire d'eux qu'ils n'étaient plus qu'une armée en déroute, en pleine retraite. Ils savaient pourtant qu'il leur faudrait déposer les armes en entrant en France. De l'autre côté du col, les gardes mobiles et les gendarmes procédaient à la fouille systématique de tous les hommes. Les militaires faisaient l'objet d'une plus grande attention. Mais jusqu'au dernier moment, ils tenaient à montrer qu'ils étaient encore debout.

Emilio s'écarta de la charrette de Carlos et de Cesaria pour tenter de savoir comment se déroulait le passage de la douane. On lui apprit que les réfugiés n'étaient arrêtés et fouillés qu'en bas de la route qui débouchait à Prats-de-Mollo, soit à quinze kilomètres après la frontière.

— Encore quinze kilomètres ! soupira Cesaria. En plus de ce qu'il nous reste à parcourir jusqu'au sommet. On n'en verra donc jamais la fin !

— Une fois que nous aurons franchi la douane, Franco ne pourra plus rien contre nous ! la rassura Emilio. Nous serons sauvés.

La neige avait remplacé la pluie qui tombait depuis leur départ de Mollo. La dernière épreuve ne leur épargnait rien. Emilio commençait aussi à se décourager, mais ne le montrait pas.

Ils n'étaient plus qu'à quelques kilomètres du col, quand il entendit arriver derrière lui une camionnette bâchée portant sur ses portières une croix blanche d'ambulance. Bloqué par la foule, le véhicule dut s'arrêter. Machinalement, Emilio regarda à l'intérieur et aperçut un soldat allongé sur une civière. Le malheureux geignait de douleur à cause des cahots de la route et des arrêts intempestifs. La couverture qui le maintenait au chaud était maculée de sang. À ses côtés, une infirmière tentait de le calmer en appliquant sur son front une compresse imbibée d'eau fraîche.

— Qu'est-ce qu'il a ? demanda Emilio, bouleversé.

— Il est éventré. Un éclat d'obus. Il faut l'opérer d'urgence. Sinon il ne s'en sortira pas.

— Pourquoi ne pas l'avoir fait à Camprodón, à l'hôpital ?

— La ville va bientôt tomber aux mains des franquistes. C'était trop tard. Nous avons reçu l'ordre d'évacuer les quatre mille blessés et malades des hôpitaux.

Le soldat se découvrit, tenta de regarder l'homme qu'il entendait parler à l'infirmière.

— Emilio ! murmura-t-il dans un effort surhumain. C'est toi, Emilio ?

Ce dernier crut que le blessé divaguait. Mais il dut se rendre à l'évidence, le soldat semblait l'avoir reconnu. Il se pencha davantage à l'intérieur du véhicule. Aperçut son visage. S'écria :

— Julio ! Mais... mais...

Sur le moment, il ne trouvait plus ses mots. Sa surprise l'empêchait de prononcer une parole de plus.

— Que fais-tu ici ? finit-il par demander. Tu es blessé !

— Monsieur, laissez-le ! l'interrompit l'infirmière. Vous voyez bien qu'il n'est pas en état de parler.

— Mais c'est mon frère ! Julio, mon petit frère !

— Je vous l'ai déjà dit. On le transporte en France. Dans l'espoir qu'il puisse y être opéré en urgence. Si nous arrivons à temps !

Emilio semblait désemparé. Que pouvait-il faire pour demeurer auprès de son frère ? Il ne pouvait pas abandonner sa fille aux bons soins de Carlos et de Cesaria ! Dans la panique générale, il était assuré de ne plus la revoir.

— Laissez-le se reposer, monsieur ! ajouta l'infirmière. Vous retrouverez votre frère quand vous-même aurez franchi la frontière. À Prats-de-Mollo. Là-bas vous aurez le temps de vous parler, si votre frère s'en sort.

Dépité, Emilio vit s'éloigner la camionnette, rageant de ne pouvoir rester au chevet de Julio qui l'avait à peine aperçu avant de sombrer dans l'inconscience.

— C'était mon frère, expliqua-t-il à Carlos. Il faisait partie de l'armée de l'Est. Il est gravement blessé.

Carlos compatit à sa douleur et l'encouragea à poursuivre son chemin.

— Nous sommes bientôt arrivés. Encore quelques kilomètres et nous verrons la fin de notre calvaire.

Au milieu de l'après-midi, ils parvinrent enfin au col d'Ares. La frontière était atteinte. Le salut acquis. Les franquistes ne pouvaient plus rien contre eux. La France allait les accueillir avec sa générosité légendaire, son sens de l'hospitalité indéfectible, son dévouement sans limites. Dans l'état où se trouvaient tous les malheureux réfugiés, il ne pouvait plus rien leur arriver de pire que ce qu'ils avaient enduré sur les routes de l'enfer espagnol. Ils entraient dans un pays en paix, qui avait ouvert ses frontières et qui saurait leur donner asile alors que, chez eux, la tyrannie s'apprêtait à peser sur les hommes comme une chape de plomb.

Aux abords du col régnait une panique inimaginable. Emilio crut qu'après une montée éprouvante dans la neige et le froid, la descente vers la petite commune de Prats-de-Mollo serait plus facile. Mais le passage était obstrué par les convois militaires. Sur l'ordre de leurs supérieurs, les miliciens se débarrassaient de leurs véhicules et de leurs grosses pièces d'artillerie avant de poursuivre leur chemin.

Emilio alla à nouveau aux renseignements.

— Après le col, il n'y a plus de route, lui expliqua un soldat républicain qui venait de laisser tomber au fond du précipice la moto avec laquelle il avait effectué le trajet depuis Mollo. On ne va quand même pas abandonner notre matériel ici, pour que Franco le récupère ! Alors, on balance tout dans le ravin avant d'entrer en France.

Emilio s'approcha du bord du gouffre et découvrit avec stupeur un amoncellement de véhicules de toutes sortes, camions, remorques, motos, voitures, mitrailleuses automatiques.

— Il ne faut rien regretter, poursuivit le milicien. De toute façon, maintenant, nous n'en aurons plus besoin. Pour nous, la guerre est finie. De plus, de l'autre côté, la route s'arrête à quatre kilomètres avant le col. On n'aurait donc pas pu passer avec nos engins.

Près de lui, d'autres soldats tiraient avec leurs fusils sur les réservoirs des véhicules abandonnés.

— Ils n'auront même pas l'essence ! ajouta le milicien qui avait renseigné Emilio. Rien, on ne leur laisse rien ! Pas même le carburant.

Emilio ignorait que la route était interrompue. Il s'éloigna d'une centaine de mètres et aperçut, sur le versant français, la cohorte de fugitifs s'éparpiller à travers les arbres et les taillis. Dans la foule, des Espagnols valides et des Français dévoués transportaient les blessés sortis des ambulances sur des civières improvisées à la hâte.

— Jusqu'où les emmènent-ils ainsi ? se renseigna Emilio, qui tentait en vain de repérer son frère parmi les malheureuses victimes.

— Jusqu'au col de la Guille, le point terminal de la route française, lui répondit un des volontaires venus bénévolement de Prats-de-Mollo.

Il retourna auprès de Carlos et de Cesaria pour leur raconter ce qu'il avait vu et entendu. D'un commun accord, ils décidèrent de descendre un peu plus en contrebas afin de passer la nuit mieux abrités du vent qui soufflait sur le col comme une lame d'acier. À contrecœur, Carlos abandonna à son tour sa charrette et la plupart de ses bagages. Il détela sa mule, l'attacha à la corde de sa chèvre, chargea sur son bât un maximum de paquets et suivit Emilio. Ils amorcèrent la descente dans cinquante centimètres de neige, entourés d'une multitude de pauvres hères à leur image.

Tous les sentiers du côté français étaient envahis par les fugitifs. Ceux-ci se répandaient comme des fourmis dans les bois, le long des torrents, coupaient à travers les étendues rocheuses. Parmi eux se trouvaient beaucoup de soldats qui s'étaient battus sur l'Èbre et le Sègre. Emilio les entendit parler de leur retraite, mais n'osa leur dire qu'il était présent sur le même champ de bataille, sans doute pas très loin d'eux. Sur les brancards, les blessés souffraient en silence. Les secousses attisaient leurs douleurs. Leurs plaies, à peine cicatrisées, se rouvraient et suintaient à travers les pansements de fortune qu'on leur avait appliqués.

Parfois des plaintes lugubres montaient dans le crépuscule qui commençait à tomber sur la haute vallée du Vallespir. La nuit s'apprêtait à étouffer les cris.

À une demi-heure du col d'Ares, ils trouvèrent refuge dans une petite chapelle en ruine. Depuis le premier jour de l'exode, elle était devenue un asile avant la toute dernière étape vers Prats-de-Mollo. L'ermitage, dépourvu de porte, était grand ouvert. Dès l'entrée, Emilio fut saisi par une forte odeur d'excréments, de pus et de désinfectant qui émanait de l'intérieur. Le lieu était déjà occupé. Des soldats blessés gisaient à même le sol, dans la plus grande promiscuité et dans une absence totale d'hygiène.

— Nous allons nous installer ici pour la nuit, indiqua Emilio à Carlos et Cesaria. L'endroit n'est pas très agréable, mais cela vaut mieux que de dormir à la belle étoile dans la neige.

Au fond de la pièce, dans l'obscurité, un jeune militaire suppliait pour qu'on lui desserre ses garrots des pieds alors qu'il était amputé des deux jambes. Un autre, la tête enrubannée de pansements souillés, réclamait à boire à cor et à cri. Certains s'étaient figés dans un dernier rictus, interpellés par la mort qui rôdait telle la main d'un bourreau venue pour achever ses victimes. Les plaintes des malheureux résonnaient dans l'enceinte de pierre comme un chant lugubre et lancinant.

Cesaria refusa d'entrer.

— La petite pourrait prendre mal, prétexta-t-elle. L'endroit est trop sale et doit être plein de microbes.

Emilio, surpris, la dévisagea.

— Elle en a vu d'autres depuis que nous errons sur les routes ! Mais si vous ne craignez pas de dormir dehors, donnez-la-moi, je m'en occuperai seul.

Cesaria n'insista pas. Elle laissa Emilio calfeutrer sa fille dans sa couverture et s'allongea auprès d'elle sans plus rien dire. Carlos resta quelques minutes à l'extérieur pour fumer une cigarette. Emilio vint le rejoindre.

— Faut pas lui en vouloir, releva le vieux paysan. Elle a cru bien faire. Depuis qu'elle s'occupe de votre bébé, elle retrouve des élans maternels ! Ça lui fait beaucoup de bien, pour son moral.

— Je ne lui en veux pas, Carlos. Au contraire. Je ne saurai jamais comment vous remercier de prendre soin de mon enfant. J'avoue que sans Maria, je me sens très seul, et totalement perdu.

Les râles des blessés les tinrent éveillés toute la nuit.

Au petit matin, Cesaria alla traire sa chèvre et donna le lait à Inès, dont les yeux semblaient découvrir un monde nouveau.

Dans le ciel, un grand soleil resplendissait. Les réfugiés les plus matinaux avaient repris leur course éperdue en direction de la petite ville française, où, espéraient-ils, les habitants se tenaient prêts à les accueillir les bras ouverts, étant donné le nombre de bénévoles croisés sur les chemins de la Retirada qu'ils étaient en train de tracer pour l'Histoire et pour l'éternité.

## 22

### Prats-de-Mollo

Les premiers réfugiés étaient parvenus à Prats-de-Mollo le 27 janvier. Quelques personnes seulement, des vieillards, des femmes et des enfants, exténués, affamés, l'air hagard, le visage hâve. À leur arrivée, le maire de la commune avait ordonné de les conduire sous les préaux des écoles pour leur donner de la nourriture. Du café chaud, du lait, du chocolat et du pain leur furent distribués. Au rez-de-chaussée de l'établissement scolaire, une crèche improvisée recueillait les mères et leurs enfants en bas âge.

Mais, dès le lendemain, force fut de constater que ce n'étaient pas quelques exilés qui se précipitaient à la porte de la ville par les cols d'Ares, de Pregón et de Siern, mais une véritable cohue de plus en plus dense, accompagnée d'une multitude d'animaux de ferme qui allaient bientôt être plusieurs dizaines de milliers à encombrer les terrains vagues.

Dans la neige et le froid, Emilio, Carlos et Cesaria reprirent courageusement leur route, au petit matin du 7 février. Comme la plupart des fugitifs, ils parcoururent la distance les séparant du but par des chemins rocailleux à travers la montagne. Autour d'eux, des milliers de pauvres hères convergeaient vers le Tech dans l'unique espoir d'être accueillis par des êtres charitables qui comprendraient leurs souffrances et leur donneraient un peu de réconfort.

De la place du foirail, les habitants de la petite cité s'étaient rassemblés pour les voir affluer de loin. Beaucoup appréhendaient cette arrivée massive. Même si les esprits étaient préparés, personne ne savait comment se comporterait cette marée humaine, que certains qualifiaient de « horde d'étrangers », voire d'« envahisseurs ». Des journaux xénophobes peu complaisants, tels *L'Éclair* de Montpellier ou *Le Courrier* de Céret, méprisaient les réfugiés, mettant en garde contre le péril représenté par les républicains espagnols. Dans leurs articles acerbes, des journalistes à l'âme peu généreuse assimilaient les fugitifs du franquisme à de dangereux bolcheviks, et laissaient entendre que la paix civile allait bientôt être menacée en France si le gouvernement ne prenait pas rapidement des mesures d'urgence pour endiguer ce flot de miséreux prêt à se déverser sur le pays.

De la chapelle Sainte-Marguerite, où Emilio et ses amis avaient passé la nuit, un long ruban serpentant sur la crête cheminait lentement en direction du pont Gaston-Gérard, inauguré pendant l'été. Parfois, au hasard de sa descente, Emilio se rapprochait de la route. Depuis la veille, une compagnie du Génie de l'armée républicaine espagnole travaillait à la construction d'une voie carrossable sur le versant français afin de terminer la jonction avec la route espagnole arrivant au col d'Ares. Les blessés étaient toujours évacués vers Prats-de-Mollo sur des brancards, à dos d'homme ou de mulet jusqu'à la ferme du Cortal de Can Molins, où les plus touchés étaient embarqués sur des véhicules.

Emilio ne pouvait s'empêcher de les examiner l'un après l'autre pour vérifier que le malheureux qui râlait sous ses yeux n'était pas Julio.

— Ils l'ont déjà transporté à l'hôpital ! lui affirmait Carlos. Depuis hier, il a dû être opéré. Tu le retrouveras bientôt.

Depuis qu'il avait vu son frère proche de la mort, Emilio ne cessait de s'inquiéter. Après Maria, il craignait que le mauvais sort ne sévisse sur les siens comme une fatalité.

— Ne sois pas si pessimiste, mon petit gars ! Ça ne sert à rien de te faire du souci sans savoir.

Carlos avait beau tenter de le ramener à la raison, Emilio ne l'entendait pas et finissait par délaisser Inès. Heureusement, Cesaria s'occupait d'elle comme une vraie mère. Mais elle redoutait qu'à la douane les choses ne se compliquent. En effet, on leur avait rapporté que les femmes et les enfants étaient séparés des hommes. Que se passerait-il si Inès était retirée des mains de son père ? se demandait-elle avec frayeur. Elle n'osait l'envisager.

Dans la foule des fugitifs, de nombreux enfants descendaient seuls du col d'Ares, à travers les buissons et les rochers, dans la neige épaisse qui crissait sous leurs pieds. Ils suivaient les autres aveuglément, sans savoir où leurs pas les conduisaient. Ils ignoraient où étaient leurs parents, dont ils s'étaient sans doute séparés dans la panique générale. Ceux-ci devaient les rechercher sur les sentiers muletiers, remontant jusqu'au col dans l'espoir de les retrouver, redescendant dans l'angoisse de les perdre à tout jamais une fois la nuit tombée. Emilio en croisa tout un groupe. Ils étaient une douzaine, serrés les uns contre les autres comme pour mieux se rassurer et rester unis. Le vent soufflait et la neige tombait. Or ils étaient peu couverts et ne portaient aucun bagage. Le plus jeune, une fillette chétive, pouvait avoir cinq ans et marchait sans se plaindre, les pieds entourés de gros chiffons pour se préserver du froid, la tête enrubannée dans un morceau d'étoffe. L'aîné n'avait pas quatorze ans et menait le groupe comme un petit chef responsable de sa troupe. Il lançait régulièrement des regards en arrière pour s'assurer que ses camarades suivaient. Emilio fut tenté d'aller à leur rencontre pour leur dire de se joindre à lui et à Carlos et Cesaria. Il hésita. N'osa les interpeller. Les laissa filer sur le côté et emprunter un autre sentier. Tous les chemins mènent à Prats-de-Mollo ! se dit-il pour se pardonner de ne pas les avoir pris en charge. Ils y retrouveront certainement leurs parents !

Sur la route qui montait de la ville française, une noria de véhicules de tout genre défilait parmi les fugitifs valides qui descendaient sur les bas-côtés. Joseph Noëll Floquet, le maire de Prats-de-Mollo, avait réquisitionné camions, camionnettes, taxis et ambulances pour aller chercher les blessés au col de la Guille, au bout de la voie carrossable. Tous les Pratéens s'étaient mobilisés pour venir en aide aux malheureux. Les boulangers avaient reçu l'ordre de fournir du pain en grande quantité. Les bouchers et les charcutiers de faire cuire de la viande. Les épiciers de procurer des conserves et des produits de première nécessité. Un élan de solidarité remarquable s'était vite créé dans la population qui, en dépit des mises en garde des pourfendeurs de toutes sortes, n'avait pas hésité à répondre à l'invitation du premier magistrat de la commune.

Les troupes républicaines, harassées, lourdement chargées, faisaient parfois halte au bord de la route sous le regard éperdu des civils tout aussi exténués. Les miliciens avaient gardé leurs armes légères dans l'espoir de rejoindre, pour certains, l'armée du Sud à Valence, en embarquant dans un port français, une fois la frontière passée. Emilio ne cessait de leur demander s'ils connaissaient son frère. Il voulait absolument savoir ce qui lui était arrivé, où et dans quelles circonstances.

— Le soldat Julio Alvarez ! Un gars de Montserrat. Âgé de vingt ans ! répétait-il inlassablement.

— Connais pas ! lui répondait-on sans même le regarder, tant les hommes étaient fourbus et désabusés. Jamais vu !

Il arrêtait même les ambulances pour s'enquérir auprès des infirmières ou des bénévoles qui accompagnaient les blessés s'ils n'avaient pas croisé son frère à l'hôpital de Prats-de-Mollo.

— Comment voulez-vous qu'on reconnaisse un soldat en particulier ? lui rétorquait-on. Dans la foule de blessés et de morts qu'on nous amène et qu'on transporte, une mère ne reconnaîtrait pas son propre fils ! Attendez d'être arrivé à Prats, et allez vous renseigner auprès du médecin militaire de l'hôpital ou des deux médecins de la commune. Ils pourront peut-être vous dire où se trouve votre frère. À moins qu'il soit mort ! Dans ce cas, allez au cimetière. Plusieurs y sont déjà enterrés.

Malgré l'extrême fatigue qui le submergeait, alors qu'il touchait au but, Emilio sentait la colère monter en lui. Dans la panique à laquelle il participait, il refusait la fatalité. À ses yeux, tout ce qui lui arrivait ne pouvait avoir été inscrit dans son destin. Malgré le drame qu'il vivait, surtout depuis la mort de Maria, il sentait en lui une force irrésistible de vaincre l'adversité. On s'en sortira, répétait-il inlassablement. On s'en sortira !

Alors, galvanisé par l'espoir d'atteindre bientôt la frontière et de sortir sa fille de l'enfer, il allait porter secours aux malheureux qui, sur la route, donnaient des signes de faiblesse ou de découragement, et les aidait à se relever et à reprendre la route.

Bientôt ils approchèrent du pont qui enjambe le Tech et en deçà duquel les gardes mobiles et les gendarmes, assistés par les soldats du contingent français, arrêtaient les réfugiés.

— Nous y sommes ! exulta Carlos. Nous sommes enfin arrivés.

*
\* \*

Une foule de réfugiés se pressait aux abords du cours d'eau, juste avant la traversée du pont. On entendait de loin s'élever des cris, des plaintes, des pleurs. Carlos s'inquiéta de cette atmosphère plus qu'étrange. N'étaient-ils pas arrivés au bout de leur cauchemar ? Les Français n'étaient-ils pas leurs sauveurs ?

— Que se passe-t-il ? interrogea-t-il.

Emilio ne lui répondit pas. Quant à Cesaria, occupée avec Inès qui commençait à s'agiter, elle ne remarqua rien. Elle prit l'enfant dans ses bras pour la calmer et lui chantonna une comptine à l'oreille pour la rendormir.

Ils furent bloqués à plus de cent mètres du pont et suivirent la file. Autour d'eux, les réfugiés semblaient résignés. Sur leur gauche, des miliciens, en bon ordre, descendaient du hameau de la Preste par le col Pregón et le col de Siern. Harassés, transis de froid, trempés, ils avaient franchi la sierra de Finistrol très enneigée, par des sentiers à travers bois et rocaille, sur ce qu'on appelait «la frontière sauvage».

Quand ils approchèrent du pont, les gendarmes, aidés par des gardes mobiles, leur ordonnèrent de se soumettre à la fouille.

— Allez, allez ! Dépêchez-vous ! criaient-ils aux malheureux qui s'exécutaient sans réagir. Les hommes d'un côté, les femmes et les enfants de l'autre.

Prise de court, Cesaria ne sut que faire d'Inès qu'elle tenait toujours dans ses bras. Elle regarda Emilio, désemparée.

Celui-ci lui enleva son enfant d'un geste vif et la garda serrée contre lui, emmitouflée dans sa couverture. Cesaria et Carlos passèrent ensemble entre les deux rangs de gardes mobiles, qui, à cause de leur âge, ne les séparèrent pas. Mais les autres couples, plus jeunes, étaient systématiquement désunis.

— Les hommes d'un côté, les femmes et les enfants de l'autre ! répétaient-ils.

Quand vint le tour d'Emilio, un gendarme l'arrêta.

— Vous êtes sourd ! dit-il en catalan. Les enfants ne doivent pas rester avec les hommes. Remettez votre bébé à sa mère.

— Mais il n'en a pas ! Ma femme est morte. Elle a été tuée en cours de route.

— Débrouillez-vous ! La consigne est la consigne. Confiez-le à quelqu'un qui s'en occupera.

Autour d'Emilio, ce n'étaient que pleurs et lamentations. Un spectacle déchirant. Des familles entières étaient brutalement brisées. Des couples se retrouvaient séparés sans savoir quand ni comment ils parviendraient à se rejoindre. À quelques pas devant lui, une jeune femme sanglotait, poussant des cris pathétiques. Elle expliquait aux gendarmes qu'elle portait son bébé sur le dos, attaché dans une couverture, et qu'elle l'avait perdu dans la cohue. L'enfant avait dû se détacher et tomber sans qu'elle s'en aperçoive[1]. Complètement affolée, elle gesticulait, levait les mains au ciel comme pour implorer Dieu de lui rendre son bébé, refusait d'obéir aux gardes mobiles qui lui demandaient de passer à la fouille avant tout autre chose. Une infirmière de la Croix-Rouge tentait en vain de la calmer et, pour la réconforter, lui expliquait qu'on allait partir à la recherche de son enfant. Mais rien n'y faisait. La malheureuse continuait à se déchirer la voix et à se convulser de douleur.

En contrebas, des milliers d'exilés se pressaient aux portes de la ville, parqués dans les terrains vagues qui servaient de camps d'accueil. La municipalité, dans la précipitation, avait ouvert quatre camps. Le premier, situé juste à la droite du pont, était déjà rempli par les premiers arrivants. Les trois autres, qui s'égrenaient sur les rives du Tech entre le cours d'eau et la route de Perpignan, commençaient à être saturés à leur tour. Une grande effervescence régnait au passage du pont, rendue plus vive encore par l'arrivée massive

---

[1]. Événement rapporté dans le journal *L'Indépendant*.

d'animaux de ferme. Ceux-ci étaient parqués dans deux prairies et constituaient un énorme cheptel que les autorités pratéennes ne savaient comment gérer, car les moyens manquaient pour s'en occuper.

Emilio jeta un regard désespéré en direction de Cesaria et de Carlos qui avaient dû abandonner leur mule et leur chèvre. Mais ceux-ci étaient déjà passés à la fouille et s'apprêtaient à traverser le pont pour rejoindre, avec une cohorte de femmes, d'enfants et de vieillards, le centre de vacances de la ville de Perpignan transformé en camp de réfugiés. Il aperçut Cesaria qui se retournait dans sa direction, comme pour l'implorer de se hâter. Il cria pour lui demander de revenir s'occuper d'Inès. Mais il était trop tard. Cesaria ne l'entendit pas.

— Alors ! Décidez-vous ! ordonna le gendarme devant Emilio. Que faites-vous de votre enfant ?

C'est alors que, fendant la foule, un homme surgi de nulle part s'écria :

— Emilio, Emilio !

Ce dernier, surpris, se retourna, regarda autour de lui. Ne vit personne de sa connaissance.

— Emilio ! reprit l'homme. C'est moi !

Il se faufila entre les deux rangs de gardes mobiles. Se fit arrêter sur-le-champ.

— Où allez-vous ? lui demanda un brigadier. Vous voyez bien que nous procédons à la fouille des réfugiés. Dégagez immédiatement !

— J'ai un ami, là-bas ! Laissez-moi lui parler. Je suis journaliste au *Populaire*. Cet homme, avec son bébé, était mon assistant sur le front de l'Èbre. Je dois le voir.

Sébastien Rochefort exhiba sa carte de presse. Le gendarme hésita. Finit par le laisser passer.

— Faites vite. On n'a pas que ça à faire !

Emilio croyait rêver. Jamais il ne se serait attendu à revoir son ami dans de telles circonstances, à deux doigts de franchir la douane et de devoir abandonner son enfant.

— Sébastien ! Sébastien ! jubila-t-il.

Les deux hommes s'étreignirent longuement.

— Je savais que j'avais une chance de te retrouver ici, expliqua Sébastien. Une chance sur mille, mais je n'ai pas voulu la laisser filer. Cela fait dix jours que je guette, depuis les premiers arrivants dans cette ville. Au Perthus, on ne m'a signalé aucun Emilio Alvarez. Alors j'ai gardé bon espoir que tu passes par le col d'Ares.

— J'aurais pu traverser la frontière par la montagne. Il y a d'autres cols !

— C'était un pari risqué. Mais j'ai eu raison, n'est-ce pas ?

— Monsieur, interrompit un garde mobile, laissez-nous faire notre travail. Ce réfugié doit subir la fouille comme les autres. Mais avant il doit confier son enfant à quelqu'un.

Emilio n'hésita plus une seconde.

— Prends ma fille ! implora-t-il. Sinon, ils vont me l'enlever et je ne la retrouverai plus.

— Mais où est Maria ?

— Elle a été tuée par un avion. Je n'ai rien pu faire pour elle.

Sébastien comprit aussitôt dans quelle situation dramatique se trouvait son ami.

— Donne-moi ta petite. Je prendrai soin d'elle. Comment s'appelle-t-elle ?

— Inès.

— N'aie aucune crainte. Il ne lui arrivera rien. Fais ce qu'ils t'ordonnent. Je m'occupe du reste.

Soulagé, Emilio remit Inès dans les mains de Sébastien. Il n'eut même pas le temps de demander des nouvelles de Ruben. Aussitôt après, il subit la fouille.

À quelques mètres de lui se dressait un amoncellement d'armes récupérées par les gardes mobiles : fusils-mitrailleurs, pistolets automatiques, grenades, munitions de toutes sortes. Emilio avait soigneusement dissimulé son pistolet dans ses sous-vêtements. Dans la panique, les gendarmes ne s'en aperçurent pas et le laissèrent rejoindre les autres sans se méfier.

— Rangez-vous avec les hommes ! lui ordonnèrent-ils. Et suivez les consignes qu'on vous donnera.

Emilio regarda une dernière fois son enfant. Sébastien lui fit un signe de la main pour le rassurer. Puis il fut happé par le flot des malheureux qui, à son image, commençaient leur séjour en France dans les camps d'accueil que l'administration elle-même avait dénommés « camps de concentration ».

*
\* \*

Alors que Carlos et Cesaria avaient été immédiatement évacués vers un département de l'intérieur, Emilio fut conduit au camp de Saint-Martin, vaste champ jonché d'une multitude d'abris de fortune constitués de branches et de couvertures, que les exilés avaient érigés à la hâte afin de se protéger du froid, du vent, de la pluie et de la neige.

Le premier soir de son installation, le cœur lourd d'avoir dû se séparer de son enfant, il s'éloigna des autres réfugiés et monta sur un tertre d'où il pouvait embrasser le camp d'un seul regard. Un étrange spectacle se déroulait sous ses yeux fatigués et larmoyants. Une vision dantesque, à la fois grandiose et fantasmagorique. Comme sortie d'un monde irréel dont il ne serait que le contemplateur impuissant. Or il devait se rendre à la raison : ce qui se passait en contrebas, à quelques centaines de mètres de lui, ne résultait pas de son imagination. C'était la réalité. Une réalité devenue son quotidien. Une fourmilière à échelle humaine grouillait d'êtres faméliques qui semblaient avoir perdu leurs âmes et cherchaient dans la nuit à s'enfouir sous terre pour survivre. Une myriade de lucioles, multitude de feux allumés pour lutter contre le froid, illuminait le camp et rayonnait dans le ciel d'une pureté de cristal. Des volutes de fumée blanche s'élevaient en panaches évanescents, répandant dans l'air des odeurs âcres de bois brûlé qui se mêlaient aux effluves sauvages d'un monde en perdition. Quelle désolation ! pensait Emilio en contemplant la vallée à la tombée de la nuit. Quel destin dérisoire ! Quelle déchéance ! Quelle humanité ! Si Dieu existe, pourquoi permet-Il de telles souffrances, de tels drames ?

Seul parmi ses semblables, il se sentit tout à coup submergé d'humilité, dépourvu de toute espèce de fierté. La conscience d'être devenu ce à quoi il était réduit à présent lui ôtait ce qui lui restait d'orgueil et de vanité. Je ne suis qu'un être à la dérive, se mortifiait-il, un misérable dans une foule de misérables, qui n'ont même plus de toit pour s'abriter, même plus de pain pour nourrir leurs enfants, même plus de force pour redresser la tête !

Devant l'adversité, Emilio dut cependant faire face pour ne pas abandonner Inès au triste sort des orphelins. Il se devait de réagir, pour elle, pour la retrouver et lui offrir une vie décente. Dans le camp, les hommes ne baissaient pas les bras et s'organisaient pour lutter par eux-mêmes contre le sort. Ils devaient tenir. Résister. Refuser de se montrer aux abois.

Alors, quand au crépuscule il entendait s'élever une complainte de son pays accompagnée d'accords nostalgiques de guitare souvent amplifiés par des milliers de voix, il oubliait son propre malheur et retrouvait courage. Je dois me battre pour mon enfant ! se disait-il. Elle n'a plus que moi pour devenir un être libre dans ce monde à la dérive.

Le temps s'était remis au beau. Seul le froid persistait, surtout la nuit. Toutefois une couche épaisse de neige recouvrait encore les sommets. Les autorités municipales étaient débordées devant l'afflux toujours plus massif des réfugiés. Le camp de Saint-Martin, où se trouvait Emilio, comptait près de vingt-cinq mille hommes, celui de Cendréou plus de douze mille. Un service chirurgical avait été aménagé, dirigé par le médecin militaire Douat, puis un service médical sous les ordres du médecin-colonel Thomas et des deux médecins de la commune, les docteurs Rousso et Jeanjean, assistés d'infirmières bénévoles. Mais le stock de la pharmacie Allis fut rapidement épuisé. Il fallut faire acheminer par camions, depuis

Amélie-les-Bains, médicaments, alcool, coton hydrophile, pansements et compresses. De nombreux véhicules allaient et venaient dans la ville pour assurer le ravitaillement des réfugiés, et apporter le foin et la paille au bétail regroupé le long des rives du Tech dans l'attente d'être abattu sur place.

Les réfugiés avaient eux-mêmes aménagé leur campement en construisant des abris en planche et en tôle. Un peu partout, la forêt commençait à être saccagée, les réserves de bois des habitants pillées. Tout ce qui pouvait être brûlé disparaissait systématiquement, y compris les crosses des fusils que les gendarmes et les gardes mobiles n'avaient pas soustraits au moment de la fouille.

Emilio se trouvait dans le camp de Saint-Martin depuis plus d'une semaine. Il avait appris que les fascistes étaient parvenus au col d'Ares, fermant ainsi la frontière. Depuis, le flot de réfugiés avait cessé. Mais les camps ne désemplissaient pas et de nombreux miliciens républicains se trouvaient encore éparpillés dans la montagne, souvent armés.

Il n'avait pas revu Sébastien et n'avait aucune nouvelle de sa fille. Le jour, le centre d'accueil n'étant ni fermé ni entouré de barbelés, il se risquait à l'extérieur en prenant garde de ne pas se faire arrêter par un gendarme. Partout, la terre était souillée d'immondices, d'excréments humains et de déchets de toutes sortes. Aussi s'écartait-il rapidement de ces lieux pestilentiels. Il prenait le chemin de la ville en toute discrétion et déambulait dans les ruelles, dans l'espoir de rencontrer son ami. Les habitants se montraient volontiers compréhensifs quand il les accostait. Parfois, l'un d'eux lui adressait la parole en catalan et lui demandait d'où il venait et ce qui lui était arrivé. Certains lui offraient l'hospitalité, le temps d'une tasse de café, et lui proposaient un peu de nourriture. Leur générosité étonnait Emilio, mais il n'avait pas l'âme à s'épancher. Il leur répondait succinctement et évitait de croiser leur regard afin de ne pas être sollicité.

Il eut beau rôder dans le bourg, parmi les cortèges de soldats qui défilaient toujours en bon ordre sous les yeux ébahis des Pratéens, il ne trouva aucune trace du passage de Sébastien. Il refusa de s'inquiéter outre mesure. Il savait que son ami avait dû s'occuper de sa fille et la mettre en lieu sûr. Peut-être était-il empêché de revenir sur ce lieu tragique où se jouaient les dernières heures de la République espagnole, se disait-il pour se rassurer.

Un soir, de retour au camp, alors qu'il s'apprêtait à se calfeutrer dans sa cabane de branchages, en compagnie d'un camarade originaire d'un village proche de Montserrat, un dénommé Antonio Garcia, il assista à une scène qui eut le mérite de lui redonner le sourire. Dehors régnait une effervescence inhabituelle. Des gardes mobiles reprochaient à des réfugiés d'avoir dévalisé un hangar où ils avaient dérobé des planches et des tôles. Les miliciens, des Catalans qui avaient combattu sur le front de l'Èbre, tentaient de se disculper en criant tous plus fort les uns que les autres. Emilio constata que l'un d'eux restait en retrait sans prendre part à l'altercation. Il s'apprêtait à l'accoster pour lui demander ce qui se passait quand, tout à coup, une violente rafale de vent emporta au loin le bonnet qui lui protégeait la tête, dévoilant une abondante chevelure noir de jais. Surpris, le milicien tenta, en vain, de dissimuler sa tête dans ses mains. Mais les gardes mobiles découvrirent aussitôt le subterfuge.

— Mais c'est une femme ! s'exclama l'un d'eux.

— Que faites-vous là, dans ce camp ? éructa un second. C'est réservé aux hommes, ici ! Vous ne devriez pas vous y trouver.

— Elle s'y cache, reprit le premier.

Ils s'apprêtaient à lui mettre la main au collet, quand l'un des soldats avec lesquels ils avaient maille à partir s'interposa.

— Laissez-la ! leur dit-il. Cette femme est avec moi !

— Vous n'avez pas le droit d'être ensemble ! Elle ne peut pas rester. Elle doit rejoindre le camp des femmes.

La milicienne, une rouge convaincue, n'était en réalité que l'amante du soldat. Elle n'avait pas voulu quitter l'homme avec qui elle s'était battue contre les franquistes, comme de nombreuses républicaines très engagées depuis le début de la guerre.

— Je ne partirai pas ! s'écria-t-elle. Vous ne me séparerez jamais de mon homme !

Les gardes mobiles durent user d'autorité pour parvenir à se faire obéir. Emilio, pendant ce temps, s'était écarté du groupe et, souriant au fond de lui, songea à Maria. Qu'aurait-elle fait si elle avait été vivante au moment de la fouille ? se demanda-t-il. Aurait-elle agi comme cette femme amoureuse ? Se serait-elle déguisée en homme pour qu'on ne soit pas séparés ?

Cette pensée le réconforta. Il regagna son abri et raconta à son compagnon la scène dont il venait d'être témoin. Ce soir-là, ils burent ensemble un peu plus que de coutume et fumèrent en évoquant leur terre natale.

Dans la nuit du 24 au 25 février, la neige se mit à tomber à gros flocons. Des bourrasques de vent balayèrent les camps et créèrent des congères un peu partout. Emilio dut sortir de sa cabane afin de la consolider. Déjà, autour de lui, des abris avaient été soufflés et s'étaient volatilisés comme des fétus de paille. Les réfugiés ne savaient plus où donner de la tête pour se protéger. Leurs maigres effets s'envolaient aux quatre coins du camp. Dépouillés du peu qu'ils avaient pu récupérer, ils se trouvaient maintenant complètement démunis.

Tout à coup, un bruit sourd, pesant, s'ajouta au vacarme du vent.

Emilio eut juste le temps de s'écarter. À quelques mètres de lui, un baraquement, plus important que les autres, s'effondra comme un château de cartes.

— Vite ! s'écria-t-il. Les hommes sont encore dedans. Il faut les aider.

Les occupants de l'abri ne s'étaient pas inquiétés lorsque la bourrasque avait commencé à souffler, confiants sans doute dans la solidité de leur construction. Déjà des volontaires s'employaient à dégager les poutres enchevêtrées aux tôles afin de porter secours aux malheureux qui se trouvaient prisonniers des décombres.

Cette nuit-là, on déplora un mort.

— Cela aurait pu être pire ! déplora Emilio quand, le lendemain, il s'entretint avec les gendarmes venus constater les dégâts occasionnés par la tempête.

Dès lors il devenait impératif de procurer des abris plus sûrs aux réfugiés. Le temps se dégradant, ceux-ci se trouvaient dans un état de plus en plus alarmant. Les habitants de Prats-de-Mollo commençaient à craindre qu'ils ne finissent par se révolter contre la précarité de leurs conditions d'existence.

Sous la pression des officiers espagnols, la municipalité prit par décret des mesures d'urgence.

Parti aux informations, Emilio revint un matin avec de bonnes nouvelles.

— Ça y est ! révéla-t-il à son ami Antonio. On va peut-être quitter ce foutu camp. Le maire a réquisitionné les garages de la commune, la salle de cinéma et les usines désaffectées. Même le curé met à notre disposition les églises de sa paroisse !

— Les églises ! Pour quoi faire ? Pour qu'on aille à la messe ! Compte pas sur moi ! Je ne mange pas de ce pain-là ! Même si tu me files le vin de messe en prime. Moi, les curés, je ne les aime pas trop !

— Tu es un rouge indécrottable ! releva Emilio en se moquant de son camarade. Moi non plus, je n'aime pas trop les curés, mais je reconnais que parmi eux, il y a de braves gens. Je ne les mets pas tous dans le même sac.

— Je ne suis pas rouge ! Mais pire : noir comme l'anarchie, ajouta Antonio.

— Je me disais bien que tu n'étais pas très clair !

Emilio retrouvait son humour. Antonio n'était pas du genre à se froisser des moqueries de ses compagnons. Il poursuivit :

— Remarque, si la bonne du curé est à mon goût, je réviserai ma position !

— Si tu refuses d'aller t'abriter dans une église, tu pourras peut-être loger chez l'habitant. J'ai appris aussi que certains mettent à notre disposition leurs granges et même des appartements vides.

Dans les jours qui suivirent, de nombreux réfugiés bénéficièrent des mesures décrétées par la municipalité. Malheureusement il n'y avait pas assez de places pour les dizaines de milliers d'exilés entassés dans les camps pratéens. Emilio ne fut pas du nombre, ni son ami Antonio. Ils durent encore patienter, dans l'espoir que leur tour viendrait bientôt de profiter de mesures prises en leur faveur.

Chaque jour, des autocars, des autobus, des camions affrétés par les autorités administratives évacuaient des centaines d'hommes, de femmes, d'enfants et de vieillards, en direction des départements de l'intérieur. Mais aussi vers les camps de concentration installés à la hâte sur les côtes du Roussillon depuis le 1er février.

Emilio les regardait partir, non sans inquiétude, et se demandait ce qu'il adviendrait de ces hommes, la plupart des miliciens, mais aussi de ces femmes que l'on envoyait vers un destin inconnu.

## 23

### Attente

Chaque jour voyait son lot de drames se jouer sous le regard compatissant des habitants de la petite commune. Séparations brutales, départs précipités ne faisaient qu'ajouter douleur et affliction parmi les réfugiés. Ceux-ci comprenaient mal pourquoi le pays qui les accueillait les traitait comme s'ils étaient des ennemis de la République. Car, à leurs yeux, même s'ils avaient conscience du problème qu'ils représentaient, ils ne méritaient pas qu'on les parque comme du bétail dans des camps guère différents des enclos à bestiaux ouverts à proximité.

Le matin, Emilio se rendait sur la place d'où partaient les autocars pour les centres d'Arles-sur-Tech et du Boulou. Il assistait au déchirement des familles qui se voyaient désunies. Les femmes refusaient parfois de se séparer de leurs maris, leurs enfants accrochés à leurs jupes. Des couples de vieillards, craignant sans doute qu'on ne s'en prenne à eux au dernier moment, restaient soudés l'un à l'autre, dans l'attente finale qu'on les autorise enfin à monter ensemble dans l'autocar qui les emmènerait loin de cet enfer. Personne ne connaissait la destination précise où les autorités administratives avaient ordre de les envoyer. Parfois un nom circulait, le Gard, la Savoie, la Loire-Inférieure... Mais la plupart n'avaient jamais entendu parler de ces départements français ! Pour eux, c'étaient des lieux totalement inconnus. On leur avait seulement dit que femmes et enfants seraient pris en charge par les municipalités dans l'attente d'un regroupement familial. Les hommes devaient suivre dès qu'on aurait réglé le problème de leur démobilisation, car la République française ne pouvait laisser s'éparpiller sans contrôle sur son territoire d'anciens soldats, fussent-ils d'une armée supposée amie.

Le beau temps était revenu. Les réfugiés avaient réintégré leurs campements, au grand regret des habitants qui s'étaient dévoués pour les accueillir chez eux et avaient fini par tisser avec certains des liens de sympathie.
Emilio guettait toujours le retour de Sébastien. Personne ne pouvait l'informer. Sébastien Rochefort semblait avoir disparu avec sa fille. Aussi commençait-il à désespérer de les revoir bientôt.
Après avoir erré toute la journée dans les rues de la vieille ville, il regagnait son abri et tentait d'oublier le drame qu'il vivait en buvant de l'alcool frelaté déniché au marché noir. Antonio l'accompagnait dans l'ivresse et, ensemble, ils refaisaient le monde. Ils imaginaient un univers où il n'y aurait plus de riches ni de pauvres, où les besoins de chacun seraient assouvis sans bourse délier, où ne régneraient plus l'iniquité, l'indigence, ni le devoir d'obéissance aux puissants. Ils se voyaient travaillant pour le plaisir, dans le plus grand bonheur, sans souffrance ni obligation. Les enfants obtiendraient tous les mêmes droits et ne seraient plus contraints de suivre leurs parents dans

les champs ou à l'usine. L'État y serait aboli au profit d'un gouvernement collégial auquel chaque citoyen serait convié à participer en fonction de son désir et de ses capacités. Ils réinventaient sans le savoir les systèmes sociétaux utopiques tels que certains socialistes du siècle précédent les avaient conçus pour donner un peu de rêve aux pauvres, dans un monde déjà dominé par les puissances de l'argent.

Quand ils voyaient partir leurs camarades, ils osaient encore croire que leur tour viendrait bientôt. Mais ils se rendaient vite à la réalité : il semblait qu'on les avait oubliés.

— On ne s'en ira jamais d'ici ! se lamentait Antonio. Ils vont nous obliger à rentrer en Espagne !

Antonio ignorait que, dans certaines communes frontalières et dans les camps d'accueil, on demandait aux réfugiés de choisir entre Franco et la France. Déjà de nombreux volontaires avaient accepté de retourner au pays, sans se douter du sort que les franquistes leur réservaient. Ils croyaient que, la guerre étant déclarée terminée puisque les grandes puissances avaient reconnu le nouveau régime, ils n'encouraient plus de risques à retourner chez eux. La plupart imaginaient pouvoir retrouver leur famille et leur ancien travail.

— Moi, je ne partirai que pour aller me battre contre les fascistes ! répétait Antonio. Je mourrai peut-être, mais en homme libre ! Je suis sûr que, dans les montagnes, des soldats se sont regroupés pour résister. Franco ne viendra jamais à bout des anarchistes. Ça, je peux te l'assurer !

Antonio s'exaltait après avoir vidé une bouteille d'eau-de-vie. Il ne savait plus très bien ce qu'il disait. Emilio devait souvent le faire taire, craignant que ses propos ne soient entendus par d'autres miliciens qui n'auraient pas forcément le même idéal que le sien.

— Prends garde de ne pas te montrer trop exubérant, lui conseilla-t-il. Parmi nous règne une grande diversité d'opinions. Même les hommes politiques aux commandes de la République rivalisent entre eux et sont prêts à se trahir.

Emilio évoquait une réalité hélas consternante. Alors que la République aux abois vivait ses dernières heures, de profondes dissensions opposaient les partisans de la résistance acharnée, groupés autour du chef du gouvernement, Juan Negrín, et les pessimistes, entourant le président Manuel Azaña. En coulisse, des officiers défaitistes, hostiles aux communistes, tels le général Miaja, commandant des forces armées de la zone centre-sud, et le colonel Casado, préparaient une reddition honorable et tentaient de se ménager un avenir moins sombre que celui qu'une obstination jusqu'au-boutiste leur aurait à coup sûr réservé.

— Pourquoi ne t'enfuis-tu pas d'ici ? demanda Emilio. Tu pourrais rejoindre ceux qui n'ont pas encore déposé les armes. Madrid et Valence ne sont toujours pas tombées.

— Justement, j'espère bien pouvoir intégrer l'une de leurs unités. Mais pas par l'intérieur de l'Espagne. Ce serait trop dangereux. Les fascistes occupent toute la Catalogne, le Pays basque et l'Aragon, maintenant que les frontières sont bouclées. Le seul moyen d'entrer dans le dernier bastion républicain, c'est de passer par la mer. Je dois donc rester ici, jusqu'au moment où on m'enverra ailleurs. Loin d'ici, je rencontrerai moins de risques de me faire reprendre. Alors je pourrai m'embarquer pour Valence.

Antonio pensait, comme un petit nombre, que la guerre contre Franco n'était pas tout à fait terminée. Qu'un retournement de situation en faveur des républicains était toujours possible. Mais depuis les accords de Munich, en septembre, et surtout depuis la Déclaration franco-allemande du 6 décembre 1938, les démocraties occidentales avaient renoncé implicitement à porter secours à la République espagnole. En empêchant le bolchevisme de s'installer en Espagne, disaient certains, Hitler et Mussolini rendaient service à la France.

— Et toi, qu'attends-tu pour te faire la malle ? s'étonna Antonio à son tour.

— Je ne peux pas prendre le risque de perdre ma fille. J'ignore où elle est, et même si elle est encore vivante. L'homme à qui je l'ai confiée m'a promis de me tenir au courant. Alors j'attends.

— Tu peux attendre longtemps ! Ton bonhomme a dû placer ta gamine chez des paysans pour s'en débarrasser. Il avait sans doute d'autres chats à fouetter !

— Non, c'est faux ! Tu ne sais pas qui c'est ! Sébastien est devenu un véritable ami pour moi. Même si nous ne sommes pas du même bord.

— Que veux-tu dire ? C'est un bourgeois de droite ?

— Bourgeois, peut-être, par ses origines. Mais de droite, certainement pas ! Je connais ses idées. Elles rejoignent les nôtres. Il a toujours montré beaucoup de sympathie envers les républicains. Nous avons vécu des choses terribles ensemble à Teruel et sur le front de l'Èbre. De plus, il travaille pour un journal socialiste. Et c'est un grand écrivain.

— Ah ! c'est un intello. Je me disais aussi ! Je me méfie de ces gens-là. Toujours prêts à faire la leçon au peuple ! Mais ils ignorent dans quelles conditions nous vivons au quotidien. Car eux dorment dans des draps de soie pendant que nous, on n'a que des paillasses pour se tenir au chaud !

— Tu devrais éviter les amalgames, Antonio. Tous les intellectuels ne sont pas à mettre dans le même sac. Tiens, sur le front de l'Èbre, nous avons rencontré un grand écrivain américain et un photographe célèbre, Ernest Hemingway et Robert Capa. Ces hommes, comme d'autres, ont pris de gros risques pour révéler au monde entier la guerre fratricide que nous a infligée Franco. Tu devrais réviser ton jugement à l'emporte-pièce !

— Tu vois ce qui nous oppose, Emilio ! Moi, je suis pour l'anarchie. Je ne serai jamais du côté des bourgeois, quelles que soient leurs idées. Toi, tu te dis socialiste, communiste même, peut-être ! Mais tu es prêt à pactiser avec l'ennemi. Rien ne pourra jamais nous réunir une fois cette putain de guerre finie.

— Jamais je ne pactiserai avec les fascistes ! s'insurgea Emilio.

— Et si on t'autorisait à rentrer chez toi sans encourir de sanctions, que déciderais-tu ?

Emilio hésita. Regarda dans le lointain. Dans la vallée, la brume s'était épaissie et rendait encore plus morne l'aspect du camp devant ses yeux fatigués.

— Tu ne réponds pas ! J'ai compris. Tu n'as pas besoin de parler. Tu es comme les autres.

— Mes parents m'attendent avec impatience, répliqua Emilio. A-t-on le droit d'abandonner sa propre famille au nom de ses idéaux ?

— Ma famille, c'est l'anarchie !
— Tu es trop extrémiste, Antonio. Ça te perdra.

Le jour même vers midi, Emilio reçut la visite d'un habitant du bourg, un cafetier de la place du Foirail qui lui avait offert gentiment à boire deux ou trois fois. Le commerçant s'était déplacé exprès dans le camp pour l'avertir d'une bonne nouvelle.
— Je n'ai pas voulu vous faire attendre plus longtemps, lui dit-il, aussitôt arrivé devant son abri.
Emilio se demanda sur le coup quelle information pouvait bien lui apporter ce Français qu'il connaissait à peine. Devant son air étonné, le cafetier poursuivit :
— Réjouissez-vous ! Je viens de recevoir un coup de téléphone de votre ami Sébastien Rochefort. Il m'a prié de vous avertir sans perdre une seconde que votre fille est entre de bonnes mains. Que tout va bien. Que vous ne devez pas vous inquiéter.
— Ma fille ! se fit répéter Emilio, incrédule.
— Oui, votre fille. Inès, c'est son nom, n'est-ce pas ?
— Oui, c'est exact.
— Alors, tout est parfait.
— Et Sébastien ? s'enquit Emilio.
Le commerçant hésita à poursuivre la conversation. Visiblement, le décor l'incommodait.
— Ça ne sent pas très bon ici ! releva-t-il. Nous pourrions reprendre cette discussion devant un pichet de vin, chez moi, au café. Vous savez où il se trouve ! Votre ami s'en est bien sorti, il m'a tout expliqué au téléphone. Mais venez chez moi ! On y sera mieux pour parler. Je vous en dirai plus.
Emilio accepta l'offre du brave homme. Quelques minutes plus tard, assis à la terrasse de son

établissement, malgré le froid, il apprit enfin ce qui était arrivé à Sébastien Rochefort.

— Il a emmené votre fille chez lui, à Anduze, poursuivit le cafetier. Sa sœur et son beau-frère s'en occupent.

— Faustine et Vincent Rouvière ! Ils habitent Tornac, juste à côté d'Anduze.

— Oui, c'est cela. Votre enfant ne risque donc plus rien. Vous voilà rassuré, j'espère !

— Pourquoi Sébastien ne m'a-t-il pas prévenu plus tôt ?

— Il en avait l'intention, mais il en a été empêché.

— Que lui est-il arrivé ?

— D'après ce qu'il m'a raconté, il a été envoyé par son journal couvrir les derniers événements qui se sont déroulés au Perthus, à l'arrivée des franquistes[1]. Il devait venir vous sortir d'ici juste après. Malheureusement, il n'a pas eu de chance. Il a été gravement touché au cours d'un affrontement entre républicains et phalangistes. Il a été transporté en urgence à l'hôpital de Perpignan. Ses jours ne sont plus en danger. Mais il doit encore garder le lit pendant quelques semaines, le temps que sa blessure soit complètement cicatrisée. On l'a renvoyé dans sa famille, à Anduze, en convalescence. Voilà la raison pour laquelle il n'a pas pu vous joindre ni vous donner des nouvelles plus tôt.

Soulagé, quoiqu'un peu attristé par le sort de son ami, Emilio rentra au camp le cœur plus léger.

— Alors ? s'enquit Antonio. Qu'as-tu appris de si important ?

---

1. Le 9 février 1939.

— Ma fille est hors de danger. Je vais pouvoir la retrouver dès que je serai sorti d'ici.

*
\* \*

Deux jours plus tard, venu comme chaque matin aux renseignements, il apprit une triste nouvelle : le gouvernement français avait reconnu le régime du général Franco[1], dont les armées avaient bouclé toutes les frontières. Le lendemain, le président Manuel Azaña, réfugié en France, avait donné sa démission. Tout espoir de survie pour la démocratie espagnole était tombé. Consternés, les exilés ne pouvaient admettre leur défaite définitive ni l'attitude de la France, méconnaissant les changements ministériels qui s'y étaient opérés depuis le début du Front populaire. Beaucoup croyaient encore, en effet, que les Français étaient gouvernés par les socialistes soutenus par les communistes. Ils ignoraient que les radicaux s'étaient alliés aux conservateurs et que le président du Conseil, Édouard Daladier, par les accords Bérard-Jordana approuvés le 25 février afin d'obtenir la neutralité espagnole en cas de conflit avec l'Allemagne, avait reconnu la légitimité de Franco, signant ainsi l'arrêt de mort de la République espagnole.

Dépité, Emilio errait sans but dans les rues de la petite cité, soudain submergé par le doute. Jamais, en effet, il n'avait cessé de croire en un possible renversement de situation. Il rencontrait parfois d'autres réfugiés qui tentaient d'améliorer leur ordinaire en

---

1. Le 27 février 1939.

vendant auprès de la population le peu qu'ils possédaient. En parlant avec eux, il gardait encore un petit espoir. Mais, à présent, il sentait que tout était perdu.

Un soir, il croisa deux enfants, vêtus de hardes, l'aspect famélique, sales comme des charbonniers, le visage de cire. Ils le prirent pour un habitant de la ville et lui proposèrent une montre contre de la nourriture.

— Nous avons faim ! lui dirent-ils. On n'a pas assez à manger.

— Où sont vos parents ? s'étonna Emilio.

— Notre père s'est réfugié plus loin, dans la haute montagne. C'est un milicien. Il n'a pas voulu abandonner le combat, pour demeurer libre. Il a décidé de continuer à se battre contre Franco.

— Et votre mère ?

— Elle est morte. Elle a été tuée en cours de route, dans un bombardement par les avions allemands.

— Mais vous, pourquoi n'êtes-vous pas partis avec les autres enfants ? Les Français conduisent les femmes et les enfants dans les villes de l'intérieur !

— On le sait. Mais on ne veut pas être envoyés n'importe où. On veut retrouver notre père et se battre avec lui contre les fascistes.

— Où se trouve votre abri ? s'inquiéta Emilio, ému par le triste sort des deux garçons.

Ceux-ci hésitèrent. Se consultèrent du regard.

— Vous avez peur de moi ! Vous n'avez rien à craindre. Je suis comme vous, un réfugié. Je ne suis pas soldat, mais j'ai vécu sur le front. Je ne vous dénoncerai pas, vous pouvez avoir confiance.

Le plus jeune des deux, qui pouvait avoir douze ans, allait parler le premier, mais son frère l'arrêta aussitôt.

— Qu'est-ce qui nous garantit que vous nous dites la vérité ? s'inquiéta-t-il.

— Rien. Ma parole. Il faut t'en contenter.

Les deux enfants demeuraient méfiants. Visiblement, ils craignaient de s'exprimer devant un inconnu. Emilio comprit qu'ils cachaient quelque chose qu'ils ne souhaitaient pas révéler.

— Écoutez-moi bien tous les deux : si vous me dites où vous vous abritez, je vous donnerai un pain entier et un morceau de saucisson, ainsi qu'une tablette de chocolat.

— Où as-tu trouvé tout ça ? demanda le plus âgé des deux, un garçon d'une quinzaine d'années.

L'enfant commençait à se laisser amadouer. Le fait de tutoyer Emilio prouvait qu'il reconnaissait son état de réfugié. Sans attendre sa réponse, il ajouta :

— On se cache dans la montagne, pas très loin de la ville. On n'est pas les seuls ! Y a plein de miliciens avec nous. Ils ne veulent pas qu'on les désarme. Si tu veux, tu peux nous suivre. Si t'es des nôtres, on te donnera une arme. Et tu pourras poursuivre la lutte. Regarde…

Le jeune garçon sortit de son manteau un pistolet automatique dont la crosse avait été enlevée.

— Que fais-tu avec ça ? s'étonna Emilio. Si tu te fais prendre, les gendarmes t'arrêteront et t'emmèneront je ne sais où ! Et puis, c'est dangereux. Tu pourrais blesser quelqu'un par mégarde !

— Ça risque pas ! Je m'y connais en armes à feu. Mon père m'a initié dès le début de la guerre. J'avais douze ans, comme mon frère aujourd'hui. Dans mon village, quand les fascistes sont arrivés, je me suis battu avec les miliciens, auprès de mon père. Ça bardait fort ! Quand il a fallu se replier, avec ma mère et mon petit frère on a accompagné mon père. Puis ma mère a été tuée. Et mon père n'a plus voulu qu'on le suive. Trop dangereux, nous a-t-il dit. Il nous a indiqué le passage de la frontière et nous a demandé de rester ensemble. Lui, il est parti de son côté, nous de l'autre. Mais quand j'ai su que les enfants étaient envoyés loin en France, j'ai dit à mon frère qu'il ne fallait pas se laisser prendre à la douane. Sinon, on ne reverrait plus notre père. Alors, on s'est cachés dans la montagne. Et là, on est tombés sur d'autres réfugiés qui ne veulent pas aller dans les camps. On vit avec eux. On se débrouille comme on peut.

Emilio s'approcha des deux enfants. Il constata qu'ils étaient couverts de poux et qu'ils avaient contracté la gale.

— Vous êtes dans un sale état ! leur dit-il. Il faudrait vous soigner.

— Dans la montagne, on manque de tout. Mais pas de courage ! répondit fièrement l'aîné des deux jeunes fugitifs. Alors, que décides-tu ? Tu nous accompagnes ou tu préfères rester ici et retourner dans ton camp ?

La proposition surprit Emilio. Jusqu'à présent, il n'avait pas songé à s'enfuir du camp. Considéré comme civil, il conservait l'espoir que son tour viendrait bientôt d'être transféré dans une commune d'un département voisin d'où, pensait-il, il pourrait rejoindre sa fille et reprendre paisiblement le cours de son existence. Toutefois, son ami Antonio avait entendu dire que les civils étaient aussi envoyés dans d'autres camps, comme les militaires. Des camps pires que ceux de Prats-de-Mollo. Où rien n'était prévu pour accueillir les exilés. Des camps gardés par des Sénégalais et des spahis, réputés pour avoir la crosse facile, comme les soldats des unités maures de Franco. Tout risquait donc de recommencer s'il se contentait d'attendre. Or il venait de passer trois longues semaines à vivre dans des conditions épouvantables, dans le plus grand dénuement et dans l'inquiétude de ne pas savoir ce qu'il était advenu de son enfant. Certes, depuis la veille, il était rassuré, mais il craignait de devoir encore patienter longtemps.

L'état des deux garçons l'émut. Leur courage lui donna des remords. Il n'avait pas le droit de ne rien tenter pour retrouver sa fille au plus vite, songea-t-il aussitôt. L'idée d'échapper au camp et de renouer avec la liberté le séduisit.

— Je vous suis, accepta-t-il après réflexion. Mieux vaut vivre libre qu'enchaîné, n'est-ce pas ?

— C'est ce que mon père disait toujours ! répliqua l'adolescent de quinze ans.

— Au fait, comment t'appelles-tu ? demanda Emilio en se mettant dans ses pas.

— Pedro. Et mon petit frère José.

## 24

### Dans la montagne

Si la grande majorité des réfugiés était passée par les camps d'accueil de Prats-de-Mollo – et des autres communes frontalières –, les montagnes environnantes cachaient encore de nombreux miliciens réfractaires à toute forme d'emprisonnement, fût-ce un hébergement transitoire dans les centres mis à disposition par le gouvernement français. Les plus rétifs étaient aussi ceux qui ne s'avouaient pas vaincus et qui désiraient continuer à se battre pour tenter un ultime retournement des événements en leur faveur. En ce début mars, Madrid et Valence n'étaient toujours pas tombées aux mains des factieux. Certes, leur situation n'était guère brillante, mais ce qui restait du gouvernement de Juan Negrín s'opposait encore aux généraux défaitistes qui commençaient à envisager une reddition en bonne et due forme.

Emilio ignorait ce qui se passait dans les arcanes du pouvoir. Il savait seulement que le chef du gouvernement avait accompagné le président de la République en lieu sûr, en France, et qu'il était retourné en Espagne pour parlementer avec les militaires au sujet de la poursuite de la guerre. Ceux-ci, sous la pression du colonel Casado, s'étaient secrètement réunis au sous-sol du ministère des Finances, le 4 mars, pour former un Conseil national de défense présidé par le général Miaja, et avaient destitué Juan Negrín de ses fonctions. Manuel Azaña ayant démissionné, il ne restait plus en poste aucun haut responsable du régime républicain. Les conjurés avaient donc les mains libres pour tenter de négocier avec Franco.

Dans leurs montagnes, les miliciens jusqu'au-boutistes n'étaient pas prêts à baisser les bras si facilement. Parmi eux un certain nombre de soldats des Brigades internationales avaient refusé de se laisser désarmer en octobre. Maintenant que la guerre s'achevait par la défaite, ils résistaient comme ils le pouvaient, en se cachant, et s'apprêtaient à épauler les troupes de l'armée de la zone centre-sud, la dernière encore sous contrôle républicain.

Emilio se trouvait avec eux depuis trois jours. Ses conditions d'existence n'étaient pas meilleures qu'auparavant. Au contraire ! Réfugié dans la montagne, il devait composer avec l'épaisse couverture de neige qui s'était accumulée pendant le mois de février. Il dormait à même le sol, dans une hutte de branchages, plus précaire que celle qu'il avait érigée avec Antonio au camp de Saint-Martin. Il buvait l'eau de fonte qu'il réchauffait sur les flammes d'un feu de bois. Sa nourriture se réduisait au strict minimum, car, contrairement au camp, personne ne venait distribuer des victuailles aux hommes et aux femmes qui refusaient de renoncer à leur idéal.

— Tu as une arme ? lui demanda Pedro au bout du quatrième jour.

Emilio hésita. Il ne lui avait pas montré le pistolet qu'il gardait dissimulé sous ses vêtements.

— Non, mentit-il. Je n'en ai pas besoin. Je n'ai pas l'intention de me battre, seulement de partir rejoindre mon enfant dès que l'occasion se présentera.

— Tiens ! Prends celle-ci, proposa le jeune garçon. Elle m'appartient. Je n'aurai pas de difficulté à m'en procurer une autre. La montagne regorge d'armes abandonnées par ceux qui ont fini par se soumettre.

— Je ne veux pas de ton arme !

— Prends-la, je te dis ! insista Pedro. On ne sait jamais ce qui peut arriver. Si tu tombes sur un groupe de franquistes, tu seras bien content de pouvoir te défendre.

Emilio se souvint de l'échauffourée avec les trois fascistes qui avaient menacé Maria. Devant la détermination du petit milicien, il avoua :

— Je t'ai menti. J'ai un pistolet.

Il sortit son arme et la montra à Pedro.

Celui-ci se moqua aussitôt de lui.

— Avec ça, tu n'iras pas loin ! C'est tout juste bon à effrayer une mouche ! Prends mon fusil automatique. Au moins, tu pourras abattre plusieurs hommes avant qu'ils aient le temps de réagir. Crois-moi, je sais ce que je dis ! Il n'a plus de crosse, car je l'ai brûlée pour me chauffer. On n'a pas de bois sec tous les jours. Alors, on fait avec ce qu'on a sous la main. Mais c'est une bonne arme !

Emilio finit par accepter. Au fond de lui, il s'attristait de voir des enfants réduits à l'état de petits soldats, capables de tuer pour obtenir uniquement de quoi ne pas mourir de faim, pour ne pas tomber dans les griffes de ceux qui étaient responsables de la révolte de leurs parents.

Ils étaient entourés d'un groupe de miliciens armés jusqu'aux dents. Certains avaient participé à toutes les grandes batailles, Brunete, Belchite, Teruel, l'Èbre, le Sègre. C'étaient de rudes guerriers que rien ne semblait effrayer et qui ne craignaient pas de vivre dans des conditions extrêmes pour parvenir à leurs fins. Les deux garçons partageaient leur existence sans jamais se plaindre, dans le seul espoir de revoir un jour leur père.

— Il reviendra nous chercher ! affirmait José quand Emilio sondait leur âme d'enfant pour tenter de percevoir en eux ce qui restait de leur innocence.

Des deux, José se montrait le plus sensible, le moins aguerri à ce qu'il était obligé d'endurer avec son frère. Au reste, il ne portait pas d'arme et ne prononçait jamais de paroles belliqueuses. Il évoquait souvent sa famille et, lorsqu'il parlait de sa mère, il ne pouvait retenir ses larmes, qu'il essuyait rapidement d'un revers de main.

— Tu sais, lui avoua Emilio un soir où il sentit l'enfant plus affecté que d'habitude, j'ai une petite fille qui n'aura jamais connu sa maman. Elle est comme toi, elle n'a plus que son papa. Vous êtes nombreux dans ce cas. Mais il faut te dire que cette guerre ne durera pas toute la vie. Et que tu retrouveras bientôt ton papa, dans un monde où il n'y aura plus besoin d'armes pour se défendre. Peu importe l'endroit où vous vivrez ensemble. Le principal, c'est d'être un jour réunis avec ceux qu'on aime. N'est-ce pas ?

L'enfant se rapprocha d'Emilio. La chaleur du feu de bois le réchauffait. Il se sentait bien. Emilio le prit dans ses bras comme il l'aurait fait avec son propre enfant, et le serra contre lui. Au-dessus d'eux, la lune brillait de tous ses éclats. Le ciel miroitait de mille paillettes d'argent. L'air froid et sec vibrionnait sous l'effet du souffle léger du vent qui caressait leurs visages.

— Mon frère n'est pas comme moi, poursuivit José. Lui, il ne pense qu'à se battre. Il veut rejoindre mon père pour tuer des fascistes. Moi, je préférerais rentrer à la maison. Mon grand-père et ma grand-mère nous attendent. Ils ne savent pas où on se trouve. Ils doivent se faire du souci.

— Tu les reverras bientôt, petit ! Aie confiance. Je suis sûr que tout va s'arranger.

Emilio avait pitié de l'état des deux enfants. Il se doutait que leur père risquait sa vie tous les jours pour défendre sa liberté. Qu'adviendrait-il d'eux s'il se faisait tuer ? s'inquiétait-il.

José et Pedro ne savaient pas que leur père avait rejoint les dernières unités qui se battaient pour la défense de Madrid et qu'il se trouvait dans une situation désespérée.

Depuis une semaine qu'il vivait dans la montagne aux côtés des fugitifs, Emilio se demandait si le moment de s'aventurer seul pour aller retrouver sa fille à Tornac était opportun. Sans argent et sans papiers, ne sachant pas ce qu'il advenait de ses compatriotes pris à vagabonder sur les routes de France, il hésitait à partir seul. De plus, l'idée d'abandonner les deux frères à leur dur destin ne l'engageait pas à précipiter sa décision.

Un soir, alors qu'il s'apprêtait à s'endormir, il vit arriver un milicien qui semblait le connaître.

— Tu t'appelles bien Alvarez ? lui demanda-t-il. Emilio Alvarez ?

Le soldat avait un accent des Flandres qui surprit Emilio.

— Oui. Comment m'as-tu trouvé ?

— Peu importe ! Je t'ai trouvé, c'est l'essentiel ! J'ai quelque chose d'urgent à t'annoncer.

Emilio crut sur le coup que Sébastien lui envoyait à nouveau de ses nouvelles.

— De France ?

— De France ! Pourquoi de France ?

— Ma fille ! Elle a été recueillie par des Français.

— Il ne s'agit pas de ta fille ; mais de ton frère. Julio Alvarez, c'est bien ton frère ?

— Oui, c'est mon frère. Où est-il ?

— Il est mort. Je suis désolé. Il y a déjà plusieurs semaines de cela.

— Mort ! Mais c'est impossible ! Quand je l'ai vu, il était dans une ambulance sur la route du col d'Ares. On devait l'opérer en France à son arrivée.

— Il n'est jamais arrivé en France. En tout cas, pas vivant. Je ne sais pas où ils l'ont enterré. Ils ne me l'ont pas dit. Mais quand j'ai parlé de toi à mes potes, d'un certain Emilio Alvarez, ils m'ont appris qu'ils avaient dû enterrer à la hâte un milicien dénommé Julio Alvarez. Alors, j'ai pensé que ça pouvait être ton frangin. Je me suis déplacé exprès pour te prévenir. Car j'ai supposé que tu l'ignorais peut-être.

— C'est moi qui lui ai donné ton nom, coupa Pedro. Henrik est mon ami. Il faisait partie de la brigade Commune de Paris.

— Je m'appelle Henrik Van Duynslaeger, ajouta le brigadiste. Je suis belge, mais je me suis engagé en France dans les Brigades internationales.

Emilio s'effondra sur place. L'esprit tout entier préoccupé par le sort de sa fille, il avait fini par oublier son frère, espérant seulement qu'il avait été soigné et qu'il était en convalescence quelque part dans un hôpital français.

— Bon, je dois rejoindre mon groupe, poursuivit le messager.

Emilio ne le retint pas.

Devant sa tristesse, José, à son tour, tenta de le réconforter.

— C'est pas juste! s'insurgea-t-il. Y a trop de morts dans cette putain de guerre. J'en ai marre de tout ça! Quand est-ce que ça va finir?

Pedro jeta une branche sur le feu et, se retournant vers Emilio, lui dit:

— Ne reste pas davantage avec nous. Ça ne sert à rien. Pars rejoindre ta fille. Nous, ici, on attend l'heure de se ruer tous ensemble sur ces salauds de fascistes. Beaucoup parmi nous seront tués. C'est le prix de la liberté. Mais toi, tu dois vivre, pour ta fille.

— C'est toi qui me dis ça, petit! Mais tu n'es encore qu'un enfant!

— L'enfance disparaît quand on tue les mamans! Alors, il ne reste que des hommes. Même à quinze ans!

— Et ton frère! Tu penses à ton frère! Il n'a que douze ans, lui. C'est un gosse! Si ton père ne revient pas, il n'aura plus que toi pour s'occuper de lui.

Pedro ne répondit pas. Il fit mine de ne pas avoir entendu. Se frotta les mains au-dessus des flammes.

— Brrr... il fait froid ce soir. Je vais faire du bois.

La mort dans l'âme, le lendemain matin, Emilio quitta ses jeunes amis et prit le chemin de la vallée.

*
* *

Parvenu à mi-distance du Tech, qu'il comptait rejoindre en amont de Prats-de-Mollo, il entendit des pas derrière lui. Quelqu'un le suivait depuis un certain temps. Au début, il ne prêta pas attention aux bruits qu'il percevait. Des animaux de la forêt qui déguerpissent à mon passage, pensa-t-il sur le moment. Mais les craquements s'étaient précisés et étaient devenus plus réguliers et de plus en plus proches. Il avait beau se retourner, il ne voyait rien de particulier. Alors, pour surprendre son éventuel poursuivant, il accéléra le pas, finit par courir. Puis, il se dissimula derrière un rocher. Attendit.

Effectivement, quelqu'un le suivait. Bien emmitouflé dans un gros manteau à moitié déchiré, des godillots aux pieds, un bâton sur l'épaule portant un balluchon.

Lorsque l'inconnu arriva à sa hauteur, Emilio sortit brusquement de sa cachette et l'agrippa par une manche.

—José! s'exclama-t-il, surpris. Mais que fais-tu ici?

—Je pars avec toi, fit le jeune garçon. Je ne veux plus rester avec mon frère ni attendre que les fascistes nous trouvent et nous emmènent en prison. Je suis trop petit pour me battre comme un soldat.

Emilio ne put se retenir d'enserrer l'enfant dans ses bras.

Il l'étreignit longuement contre sa poitrine. Faillit s'émouvoir.

— Tu sais... il faudra absolument prendre un bain dès que tu pourras, lui dit-il pour tourner court. Tu ne sens pas très bon !

L'enfant se mit à rire. Dans ses yeux brillait enfin une lueur de bonheur.

— Si moi je sens pas très bon, toi, tu pues le bouc ! lui répondit-il.

Ensemble ils dévalèrent les pentes de la sierra de Finistrol en direction du hameau de la Preste.

Emilio n'avait pas l'intention de retourner dans un camp. Il se doutait que, s'il se faisait prendre par les gardes mobiles ou les gendarmes, il avait peu de chance de pouvoir rentrer à Tornac au plus vite et de revoir sa fille. Aussi était-il fermement décidé à contourner Prats-de-Mollo et à descendre vers les villes situées plus en aval du Tech en évitant tout contact avec la population. Puis, de là, il pourrait regagner les Cévennes plus facilement. Son seul souci était le manque d'argent pour acheter de la nourriture, voire pour emprunter un train ou un autocar. Effectuer toute la route à pied avec José, et dans l'état où se trouvait ce dernier, était impensable à ses yeux, même si l'enfant, depuis qu'il était parti de chez lui, s'était habitué à parcourir de très longues distances.

La carte qu'il avait récupérée au camp de Saint-Martin lui serait d'un précieux secours. Quant à José, il devait reconnaître qu'il le ralentirait. Mais il ne pouvait pas abandonner l'enfant à son triste sort, maintenant que celui-ci lui avait donné toute sa confiance.

— Tu m'emmènes où ? lui demanda José naïvement.

— Chez des amis, loin d'ici. Tu verras, on s'occupera bien de toi. Et quand la guerre sera finie, tu pourras retourner dans ta famille. Tu retrouveras tes grands-parents, ton frère et ton père.

— Si les fascistes ne les ont pas tués avant !

— Ne pense pas à de pareilles choses ! Sois optimiste !

Le premier jour, ils marchèrent des heures dans la neige, comme de vaillants soldats, sans jamais se décourager. Il leur fallait faire attention, car la sierra était truffée d'hommes et de femmes en cavale. Et les gendarmes patrouillaient sans relâche pour les ramener vers les centres d'accueil. Il n'était pas question, en effet, de laisser des milliers de réfugiés armés jusqu'aux dents en totale liberté dans les montagnes. Parmi eux, les déserteurs des deux partis constituaient un lot d'individus peu sûrs dont les autorités se méfiaient.

Après avoir quitté le camp de Saint-Martin en compagnie de Pedro et José, Emilio s'était beaucoup éloigné de Prats-de-Mollo et avait gagné la haute montagne afin de se mettre à l'abri des patrouilles de gendarmes. Il y avait vécu durement aux côtés des miliciens réfractaires. Mais les conditions dans lesquelles il devait survivre à présent étaient beaucoup plus rudes encore.

Affaiblis par le manque de nourriture, l'homme et l'enfant s'épuisaient vite à marcher dans la neige et à traverser les ravines d'où ils sortaient complètement trempés. José souffrait autant qu'Emilio et retardait leur progression. Une fois la nuit tombée, ils évitaient d'allumer de grands feux pour ne pas se faire repérer par d'autres fuyards ou par les forces de l'ordre. Le froid les empêchait de s'endormir et quand, au petit matin, ils devaient reprendre la route, transis, grelottants, affamés, ils avançaient comme des automates, sans trop savoir dans quelle direction ils descendaient.

Le troisième jour, José se mit à tousser. Ses quintes interminables épuisaient ses dernières ressources. Pour soulager ses bronches enflammées, Emilio n'avait que le recours de faire chauffer de l'eau, dans laquelle il laissait infuser des aiguilles de sapin qu'il allait ramasser sur les arbres.

— Bois, petit ! Ça ne peut pas te faire de mal, lui conseillait-il.

Il s'arrêtait régulièrement pour lui appliquer sur la poitrine des cataplasmes qu'il confectionnait avec des feuilles qu'il dénichait sous le couvert neigeux et qu'il enveloppait dans un tricot de corps. La chaleur procurait à l'enfant un peu de répit et lui permettait de reprendre son souffle.

— Tu es courageux ! lui répétait Emilio pour le stimuler. Nous sommes bientôt au bout de nos peines. Quand nous serons parvenus dans la vallée, il fera moins froid. Nous nous reposerons avant de poursuivre notre chemin.

— Tu ne pourras jamais rejoindre ta fille avec moi ! Je suis un boulet. Je n'aurais jamais dû te suivre !

— Ne dis pas de bêtises, veux-tu ! Nous y arriverons. Nous en avons vu d'autres, n'est-ce pas ?

Ce soir-là, Emilio consentit à allumer un feu pour réchauffer José qui n'arrêtait pas de grelotter. Il lui avait passé tous ses vêtements. Rien n'y faisait. L'enfant était perclus de fatigue et de fièvre.

Le ciel s'était couvert. La neige menaçait de tomber. Emilio partit ramasser des branches mortes afin de confectionner un abri pour la nuit. Il disparut dans le taillis, laissant José près du brasier. Exténué, celui-ci s'endormit assis, sans s'apercevoir de l'absence de son ami.

Tout à coup, Emilio entendit des bruits de conversation à quelques pas de lui. Il tendit l'oreille. S'approcha. Il perçut bientôt une vive lueur à travers les arbres. Des miliciens ! se dit-il. Il eut envie d'aller au-devant d'eux pour leur demander de l'aide, de la nourriture pour José, peut-être même un médicament qui calmerait sa toux ! Ils étaient tout un groupe, chaudement vêtus, apparemment bien portants. Ils avaient installé leur campement comme s'ils s'étaient établis là pour un bon moment. Tout près de leur bivouac, leurs armes étaient rassemblées, disposées crosses au sol et canons pointés en l'air. L'un d'eux montait la garde. Emilio les compta. Douze ! se dit-il. Ils sont douze.

En prêtant l'oreille plus attentivement, il s'aperçut qu'ils ne parlaient pas le catalan, mais le castillan. Des Espagnols ! pensa-t-il, retrouvant soudain son esprit autonomiste. Il examina leur accoutrement. Sous leurs manteaux, il était difficile de percevoir leurs uniformes. Il réfléchit. Se pourrait-il que nous ayons repassé la frontière sans nous en apercevoir ? se demanda-t-il. Dans ce cas, ces soldats pourraient être des nationalistes !

Pris de panique, il s'immobilisa. Retint son souffle.

— Notre Caudillo aura bientôt atteint son but ! affirma l'un des soldats, éloigné d'à peine vingt mètres d'Emilio. Les rouges n'en ont plus pour longtemps. Ils sont morts ! On va tous les exterminer. Finie cette racaille qui empoisonne le pays depuis trois ans ! Negrín n'a qu'à bien se tenir. Quand on le prendra, on le fusillera sans procès !

Emilio comprit aussitôt qu'il venait de tomber sur un groupe de franquistes. Il lui fallait décamper au plus vite.

Avec maintes précautions, il rejoignit José. L'enfant dormait à poings fermés. Il éteignit immédiatement le feu qui couvait sous la braise. Jeta plusieurs poignées de neige sur les cendres. Réveilla José.

— Vite, petit ! Il faut partir. Il y a des franquistes dans les parages. S'ils nous trouvent, ce sera fini pour nous.

José se dressa sur ses jambes sans tarder, ramassa son paquetage et, sans rechigner, suivit Emilio dans la profondeur de la nuit.

Au petit matin, ils atteignirent le hameau de la Preste au-dessus de Prats-de-Mollo. Les habitants du lieu avaient vu défiler des milliers d'hommes en armes au plus fort de l'exode, quelques semaines plus tôt. Leur bourg en portait encore les stigmates. Emilio se doutait qu'ils devaient maintenant faire extrêmement attention, car les gendarmes ne les laisseraient pas s'approcher de la ville sans les arrêter ni leur demander d'où ils venaient.

Il consulta sa carte. Deux possibilités s'offraient à lui : emprunter la route vers le nord, ce qui l'obligerait à s'enfoncer dans le massif montagneux et à affronter de nouveaux cols dans la neige. Ou bien redescendre vers Prats-de-Mollo en prenant le risque de rencontrer les patrouilles de gardes mobiles. Il n'y avait pas d'autres issues.

Vu l'état de José, il ne pouvait s'aventurer plus longtemps dans la haute montagne.

— Nous allons tenter de contourner la ville et ses camps, expliqua-t-il à l'enfant. Nous passerons de nuit. Ce sera plus sûr. Une fois éloignés, nous aurons plus de possibilités de nous fondre dans la population sans nous faire remarquer.

José était trop affaibli pour donner son avis. Il suivit Emilio sans contester.

Ils marchaient depuis deux bonnes heures et s'apprêtaient à s'interrompre pour attendre la tombée de la nuit, quand un peloton de gardes mobiles et de soldats du contingent leur barra la route avant même qu'ils aient pu atteindre la limite de la cité.

— Halte ! leur lança un militaire, baïonnette au canon. Approchez-vous sans faire d'histoires, lentement.

Très vite, Emilio et José furent entourés par les hommes en uniforme.

— Levez les mains en l'air. Laissez-vous fouiller !

Emilio obtempéra. Il regarda José d'un air contrit. Dans les yeux du petit garçon se lisait toute la détresse du monde.

— Je suis navré ! lui dit Emilio. Vraiment navré !

— Cela vaut mieux comme ça, répondit José en se forçant à sourire. Nous ne serions pas allés bien loin, de toute façon.

— Avancez ! ordonna le chef de la patrouille. Que faisiez-vous sur cette route avec cet enfant ? C'est votre fils ?

— Euh… non. C'est celui d'un ami, mentit Emilio.

Un garde mobile procéda à la fouille des deux fugitifs et trouva les deux armes d'Emilio.

— Que fais-tu avec ça ? lui demanda-t-il. Tu es soldat ? Negrín ou Franco ?

Le militaire ne lui laissait pas le temps de répondre.

— Je suis républicain, parvint à expliquer Emilio. Mais je ne suis pas soldat. Nous avons survécu dans la montagne. On est tombés sur une bande de franquistes de l'autre côté de la frontière. Alors on a vite déguerpi.

— Bon, vous allez nous suivre. Je te préviens, le petit ne va pas pouvoir rester avec toi.

Emilio savait que les enfants étaient pris en charge par des associations caritatives quand ils n'avaient plus de parents.

Il se retourna vers José.

— Ne crains rien. Tout se passera bien.

— Rien de pire ne pouvait m'arriver que de tomber aux mains des fascistes, répondit fièrement l'enfant dans un accès de toux.

— Il est malade, avertit Emilio à l'adresse du chef de la brigade.

— Ne t'inquiète pas. Il sera soigné. La France ne laisse pas mourir ceux qu'elle accueille !

Emilio et José, la mort dans l'âme, suivirent les gardes mobiles jusqu'à l'entrée de la ville.

Les camps s'étaient peu à peu désemplis, mais comptaient encore bon nombre de réfugiés.

Tandis que José était pris en charge par le Secours populaire, Emilio regagna le camp de Saint-Martin où il retrouva Antonio.

## 25

### Le camp d'Argelès

Emilio sentait le désespoir l'envahir. Tous ses efforts avaient échoué. Reconduit au camp de Saint-Martin, il ne croyait plus possible d'échapper au sort que tous ses compatriotes connaissaient. Il savait que d'autres camps avaient été ouverts en toute hâte par les autorités françaises sur la côte du Languedoc et du Roussillon. Ceux qu'on avait évacués de Prats-de-Mollo depuis un mois y étaient systématiquement envoyés quand ils n'avaient pas eu la chance d'être embauchés par des employeurs à la recherche d'une main-d'œuvre bon marché. Les plus riches parmi les réfugiés avaient pu choisir leur destination vers des départements de l'intérieur, surtout s'ils avaient des connaissances dans le pays. Les autres, les plus nombreux, s'entassaient donc dans des centres que certains appelaient déjà «les camps du mépris».

Antonio attendait toujours patiemment son tour. Il ne fut pas surpris de voir revenir son camarade d'infortune. À ses yeux, partir dans la montagne et par de mauvaises conditions climatiques, comme l'avait fait Emilio, relevait de l'inconscience. Les Pyrénées n'offraient pas beaucoup d'échappatoires à ceux qui se risquaient à les affronter en plein hiver. Lui préférait attendre qu'on le sorte du trou où on l'avait conduit, momentanément, croyait-il, pour pouvoir ensuite prendre le large et tenter de rentrer en Espagne par la mer. Il n'imaginait pas quel sort était réservé à ses camarades envoyés dans les camps de concentration de la côte.

Ils ne patientèrent pas longtemps. Le 16 mars 1939, deux jours après le retour d'Emilio, ordre fut donné par l'administration d'évacuer les derniers occupants des camps pratéens. Des files ininterrompues de camions et d'autocars arrivèrent des villes voisines.

Le transfert commença immédiatement sous les yeux médusés des habitants de la commune qui voyaient leur calvaire s'achever. Il devait durer plusieurs jours.

— Allez, allez ! Suivez-nous, intima un maréchal des logis venu au petit matin prévenir qu'ils devaient lever le camp. Tout le monde dans les véhicules.

Emilio, sortant de son sommeil, entendit ronfler au loin des moteurs. Un vacarme s'étendait sur toute la vallée. Il en était de même dans les trois autres centres d'hébergement.

— Antonio ! Je crois que ton vœu est enfin réalisé ! On nous évacue.

Antonio dormait à poings serrés.

— Qu'est-ce que tu racontes ?

— On nous évacue. Allez, secoue-toi ! Sinon, nous n'aurons pas de place. Je suppose qu'il n'y a pas assez de camions et de cars pour tout le monde. Si tu ne veux pas prolonger davantage ton séjour, bouge-toi !

Déjà les réfugiés, en bon ordre, se dirigeaient vers les véhicules qui les attendaient sur la place du foirail et devant les écoles. Lorsque les premiers convois furent partis, les gardes mobiles constituèrent des files d'hommes valides et leur enjoignirent de suivre les soldats du contingent qui les accompagneraient, à pied, vers Arles-sur-Tech puis Amélie-les-Bains.

La ville était en effervescence. Les curieux, nombreux, étaient venus assister à la fin de la tragédie à laquelle ils participaient depuis maintenant plus d'un mois et demi. De nouvelles scènes de déchirement brisèrent le cœur des plus sensibles. Certains s'étaient attachés aux hommes, aux femmes, aux enfants qu'ils avaient hébergés pendant quelques jours, ou qu'ils visitaient régulièrement pour leur venir en aide. La solidarité n'avait pas manqué entre la population et les malheureux réfugiés. Ceux-ci, pour la plupart, semblaient résignés. Ils avaient refusé de rentrer en Espagne quand on leur avait demandé de choisir entre Franco et Negrín. Ils mettaient donc tous leurs espoirs dans l'accueil que la France leur donnerait à la sortie du camp.

Emilio et Antonio s'approchèrent du dernier car qui attendait devant le groupe scolaire. Ils avaient emporté leurs effets dans un sac qu'ils tenaient sur l'épaule.

— Qu'est-ce qu'il y a dans votre balluchon? grommela un garde mobile juste au moment où ils allaient embarquer. C'est trop volumineux. Il faut abandonner certaines de vos affaires.

Ils obtempérèrent sur-le-champ, dans la crainte d'être refoulés et de devoir laisser leur place.

— Avec ce qu'il me reste, se plaignit Antonio, je n'irai pas loin!

— Où nous emmenez-vous? demanda Emilio au chauffeur du car.

— Ne vous inquiétez pas ! Là où je vous conduis, vous ne manquerez de rien. Vous serez bien accueillis. Vous aurez tout le confort et vous mangerez à votre faim !

À son air ironique, Emilio comprit que l'homme plaisantait et qu'il devait s'attendre au pire.

— J'ai bien peur que, là où nous allons, confia-t-il à Antonio une fois installé dans le car, ce soit pire qu'ici !

— Je ne crois pas qu'il puisse exister un endroit plus repoussant que ce putain de camp ! Depuis qu'on y est, on vit comme des rats, on bouffe n'importe quoi, on est plein de poux et on pue comme des blaireaux ! Comment veux-tu que ce soit pire ailleurs ?

— T'as raison, Antonio ! Restons optimistes !

Une fois le car parti, Emilio s'assombrit, le regard fixé sur la ville qui s'éloignait.

— Ça ne va pas ? s'inquiéta Antonio. À quoi penses-tu ? À ta fille ? Tu devrais te réjouir ! Tu vas bientôt la revoir. De là où on nous emmène, on pourra sans doute se faire la malle plus facilement.

— Tu as certainement raison. Mais je pensais à José. Je me demande où il est à présent. Qu'est-ce qu'ils ont fait de lui ? Je n'ai pas eu de nouvelles depuis qu'on nous a repris et séparés.

Tout au long de la route s'égrenaient d'interminables cortèges de réfugiés. Des milliers de miliciens et de membres des Brigades Internationales étaient conduits sous bonne escorte vers leurs nouveaux lieux d'asile. Toutes les villes des environs connaissaient les mêmes scènes : comité de réception, encadrement militaire, tri, répartition en fonction du centre d'accueil. Arles-sur-Tech, Amélie-les-Bains, Saint-Laurent, Céret, Le Boulou étaient complètement engorgés.

Par les vitres du car, Emilio et Antonio regardaient avec étonnement l'effarant spectacle qui se déroulait sous leurs yeux. Certes, ils avaient vécu l'énorme pagaille de la retraite sur les routes espagnoles, mais jamais ils n'avaient encore pris conscience des difficultés auxquelles étaient confrontées certaines communes françaises depuis l'arrivée des républicains. Jamais ils n'avaient imaginé un tel désordre. Partout sur le parcours, ils ne voyaient que des êtres terrassés par la fatigue et par les privations. À chaque fontaine, au moindre point d'eau étaient suspendues des grappes humaines, pitoyables reliquats d'une armée vaincue. Le bord de la route était jalonné de pauvres bougres couchés à même le sol ou assis, le dos appuyé contre un parapet, les jambes allongées sur la chaussée. De part et d'autre, les prés et les champs cultivés étaient jonchés d'éclopés qui ne parvenaient plus à avancer. Les blessés avaient peine à maintenir leurs pansements en état. Leurs plaies purulentes suintaient à travers les misérables bandages que de braves infirmières bénévoles leur avaient confectionnés avant leur départ précipité. Des colonnes de deux, trois mille miliciens cheminaient, tels des troupeaux abandonnés, vers un havre de salut qu'ils n'étaient pas certains d'atteindre. Sur les places des communes traversées se déroulait chaque fois le même scénario : les soldats étaient à nouveau triés, fouillés, pour la deuxième voire troisième fois depuis leur entrée sur le territoire français, puis conduits du côté gauche ou du côté droit, selon leur choix : Franco ou la France.

Les cohortes de réfugiés n'étaient pas toujours accueillies les bras ouverts. Parfois, des habitants hostiles ou simplement apeurés leur lançaient des paroles peu amènes.

« Les Espagnols dehors ! » entendit Emilio à travers la vitre à côté de laquelle il avait pris place.

Certains brandissaient des pancartes sur lesquelles on pouvait lire : « *Abajo rojos !*[1] »

— Il me semble que tous les Français n'apprécient pas notre arrivée ! remarqua Antonio. Je crains que nous ayons quelques petits problèmes !

— Ce sont sans doute des partisans de Franco, des antirépublicains !

— Dans une démocratie comme la France ! C'est pour le moins étonnant !

— Gardons-nous de généraliser. Ces gens-là ne représentent pas la majorité des Français. À Prats-de-Mollo, les habitants ont fait preuve d'une grande générosité à notre égard. Il doit en être de même dans toutes les communes qui accueillent les réfugiés. Mais tu n'empêcheras pas les intransigeants de s'exprimer. Précisément, la France est une démocratie. Et les Français peuvent crier ce qu'ils pensent. Chez nous, avec Franco, ce ne sera plus possible, hélas !

En fin de matinée, après de nombreux arrêts dus à l'encombrement de la route et aux directives que le conducteur du car devait prendre au passage, ils arrivèrent à proximité d'Argelès.

---

1. « À bas les rouges ! »

Emilio, le premier, aperçut la mer dans les lointains, à travers le pare-brise.

Il comprit aussitôt que telle était leur destination. Il savait en effet que plusieurs centres avaient été délimités sur le littoral pour accueillir les exilés espagnols.

— Vous nous conduisez au camp d'Argelès-sur-Mer ? demanda-t-il au chauffeur.

— Exact, mon gars ! Ce n'est pas mon premier voyage, et ce ne sera pas le dernier, je crains ! Avec le Barcarès, c'est le plus gros camp de concentration ouvert par l'Administration. Au rythme où ça va, ils seront bientôt pleins tous les deux ! On ne sait plus où vous parquer !

Arrivés à l'entrée du camp, Emilio et Antonio se turent. Dans le car, les autres réfugiés demeuraient également sans voix. Devant eux, à perte de vue, la mer, grise sous un ciel de cendres ; une plage, morne étendue de sable battue par le vent ; et un vaste espace entouré de hautes clôtures de barbelés.

— Voilà, c'est là ! fit le chauffeur du car. On est arrivés. Tout le monde descend.

Dehors, un comité d'accueil les attendait. Des Sénégalais et des spahis, arme sur l'épaule, encadrés par des soldats du contingent, formaient une haie d'honneur. Certains patrouillaient à cheval tout le long de la clôture.

Antonio ne disait plus rien. Il venait de comprendre que son espoir de rejoindre l'Espagne républicaine s'éloignait de plus en plus.

\*
\* \*

Sitôt descendus du car, les réfugiés furent conduits vers ce qui serait à présent leur lieu de résidence. Après une longue attente pour vérification d'identité, fouille et succincte visite médicale, on les convia à s'installer.

— Ce ne sera pas facile de s'échapper d'ici ! remarqua rapidement Antonio. Avec tous ces Maures qui surveillent les abords du camp et les fils barbelés, on se croirait dans un camp de prisonniers !

— Ce ne sont pas des Maures ! releva Emilio. Mais des Sénégalais et des Algériens.

— C'est pareil ! Ce sont les Maures des Français ! Moi, ces gars-là, je ne les aime pas. Ils font trop de zèle devant leurs chefs. Mais je te préviens, si l'un d'eux me présente sa crosse d'un peu trop près, je t'assure que je lui ferai avaler son fusil par la baïonnette !

— Calme-toi, Antonio ! Tu n'as pas intérêt à leur montrer ton sale caractère. Sinon ils risquent de te prendre pour un ennemi. Alors tu pourras dire adieu à ton intention de rentrer en Espagne pour te battre. N'oublie pas que la France nous accueille !

Les cars déversaient leurs lots de réfugiés les uns après les autres. Ceux-ci s'ajoutaient aux milliers d'hommes et de femmes déjà installés dans le camp depuis le jour de son ouverture, le 1$^{er}$ février 1939. Sur la plage, le spectacle paraissait irréel. À perte de vue, les hommes avaient aménagé des abris de fortune, comme à Prats-de-Mollo, mais la plupart du temps en creusant des excavations dans le sol pour se protéger des bourrasques de vent.

— Il n'y a ni tentes ni cabanes en dur ! s'étonna Emilio. Il n'y a rien pour nous accueillir ! C'est pire qu'à Prats-de-Mollo !

— Je me disais bien qu'il fallait se méfier ! rétorqua Antonio. Si les Français nous envoient dans des camps, c'est qu'ils n'ont pas l'intention de nous laisser libres. Peut-être ont-ils décidé de nous renvoyer chez Franco, maintenant qu'ils ont reconnu son régime !

— Tu te trompes ! Ils ne nous auraient pas demandé de choisir à l'entrée du camp. Ceux qui veulent rentrer au pays seront sans doute reconduits sous peu au-delà de la frontière. Les autres, dont nous faisons partie, doivent certainement attendre que les directives arrivent pour être dispersés dans des villes d'accueil.

Emilio et Antonio s'installèrent, comme tous leurs compatriotes, parmi les milliers d'abris montés à la hâte. À leur tour, ils creusèrent un trou dans le sable et fixèrent sur des roseaux qu'ils allèrent couper en bordure du camp une couverture afin de confectionner une tente.

La deuxième nuit, le temps se mit à la pluie. La plage se transforma en cloaque. Les plus prévoyants avaient déniché des bâches imperméables pour se protéger des averses.

Leur abri ne résista pas longtemps. Bientôt l'eau ruissela à l'intérieur.

Leurs voisins les invitèrent à partager leur cabane, faite de planches et de rondins dérobés à l'occasion de rares sorties hors du camp dont ils avaient bénéficié pour aller travailler chez un paysan du coin. Certains réfugiés, tous volontaires, profitaient de cette aubaine pour gagner un peu d'argent et améliorer leur ordinaire.

— Ils nous exploitent, reconnut Rodrigo Portales. Mais c'est toujours mieux que rien. J'ai entendu dire que du matériel va bientôt être acheminé vers le camp pour qu'on puisse aménager des abris en dur plus confortables.

Dans cette attente, les conditions de vie des réfugiés étaient des plus sommaires. Le camp était dépourvu de tout. Rien n'avait été prévu. Ni baraquements, ni cuisines, ni infirmerie, ni sanitaires. Les malheureux étaient livrés à eux-mêmes dans la plus grande indigence. Certes, trois fois par jour, la distribution de nourriture leur assurait de ne pas mourir de faim. Elle se déroulait dans le calme et la discipline. Identique d'un jour à l'autre. Le matin, le café au lait et le pain leur calaient l'estomac après le froid de la nuit. Le soir, c'était toujours la même soupe au pain. Avec Emilio, Antonio s'amusait à deviner ce qu'ils mangeraient à midi. Le choix était peu varié : des pois chiches, des haricots, des lentilles, ou des pommes de terre. Lorsqu'il y avait de la morue, c'était un jour de fête !

Ne pas mourir de faim constituait leur grande consolation. Pour le reste, ils n'avaient que l'espoir pour tenir, leurs larmes pour pleurer, leur rage pour s'en sortir !

Les premiers jours, ce qui repoussa le plus Emilio fut la saleté de la plage. À défaut de sanitaires, les réfugiés allaient déféquer dans une sorte d'enclos situé à l'écart. L'endroit était pestilentiel et parsemé d'excréments. L'urine dégoulinait à travers le sable jusqu'à la mer et se mélangeait à l'eau qui présentait des reflets brunâtres inquiétants.

Emilio s'aperçut très vite qu'il devait faire extrêmement attention pour ne pas contracter une maladie inhérente à ces mauvaises conditions d'hygiène. Déjà, dans le camp, on avait dénombré des cas de typhoïde, de dysenterie, de gale. On craignait le typhus et le choléra. Aussi évitait-il d'aller se laver, comme le faisaient la plupart des réfugiés, en bordure de mer, trop près des lieux d'aisances. Il s'éloignait à bonne distance, critiqué par son ami Antonio qui ne prenait pas autant de précautions que lui.

— Ça se voit que tu n'as pas fait la guerre! se moquait-il, sachant qu'Emilio n'avait pas été milicien. Au front, on ne se lavait pas tous les jours. Aussi, quand on avait la chance de trouver un marigot, on ne regardait pas si l'eau était polluée!

— Tu te trompes, Antonio. Je n'étais peut-être pas militaire, comme toi. Mais j'ai connu le front. J'étais l'assistant d'un journaliste français. Nous avons couvert Teruel et l'Èbre. Je sais ce qu'est la vie sur les champs de bataille, des jours entiers sous le feu des canons.

— Alors, pourquoi réagis-tu comme une midinette?

— Fais comme il te plaira, Antonio! Si tu tombes malade, tu sauras pourquoi!

Mais le plus difficile à supporter pour les hommes du camp était assurément les conditions climatiques. En ce mois de mars, l'hiver tardait à finir. La tramontane, froide et sèche, soulevait des nuages de sable. Celui-ci s'immisçait partout, dans les tentes, dans la nourriture, dans les vêtements, sous les couvertures, dans les yeux. Quand le vent s'apaisait, la pluie glacée se mettait souvent de la partie et transformait la plage en un véritable marécage, accentuant les mauvaises odeurs.

— Je ne pourrai jamais m'habituer à cette puanteur ! se plaignait Emilio.

— À Prats-de-Mollo, c'était pas mieux !

— Non, mais on pouvait sortir du camp ! Il n'y avait pas de barbelés comme ici !

*
\* \*

Emilio commençait à désespérer de revoir un jour sa fille. Depuis qu'il l'avait remise aux mains de Sébastien à son entrée en France, plus d'un mois et demi s'était écoulé. Et Sébastien Rochefort semblait avoir bel et bien disparu. Certes, il le savait grièvement blessé, mais pourquoi n'avait-il pas continué à lui donner des nouvelles pour lui ôter toute inquiétude ?

— Comment veux-tu qu'il devine où tu te trouves à présent ? tentait de le rassurer Antonio. Il ignore que tu as été évacué sur Argelès. Avec toute cette pagaille qui règne dans les communes d'accueil, il doit être impossible de retrouver quelqu'un. Je plains sincèrement les familles qui ont été séparées.

Antonio devinait juste. Malgré les efforts de l'Administration et de certains journaux, tels *L'Indépendant* de Perpignan ou *Le Populaire*, le propre journal de Sébastien, qui passaient régulièrement des petites annonces afin de lancer des recherches, les retrouvailles se révélaient particulièrement aléatoires et souvent infructueuses. Beaucoup d'enfants demeuraient séparés de leurs parents, de nombreuses femmes de leurs maris.

Le soir, quand la tramontane cessait et que le ciel restait dégagé, Emilio aimait s'éloigner de son camarade qu'il jugeait parfois encombrant, car toujours trop exalté à son goût. Vu la foule qui grouillait autour de lui, il lui était difficile de s'isoler et de trouver un peu de tranquillité pour réfléchir et faire le point. Alors, il longeait la plage jusqu'à l'extrémité du camp et, à travers les barbelés, laissait son regard s'attarder sur les lointains. À l'horizon, vers le sud, se dressaient les Albères. Derrière, c'était l'Espagne !

Alors, Emilio sentait sa gorge se serrer, ses yeux se remplir de larmes. Qu'étaient devenus ses parents à Montserrat ? Son père avait-il été arrêté par les fascistes ? Ses activités au sein de la coopérative agricole ne lui avaient-elles pas été fatales ? Sa mère, si fragile, comment avait-elle résisté à cette implacable machine de guerre qui avait fini par anéantir tout son pays sur son passage ? Et ses sœurs, avaient-elles suivi leurs fiancés ? Dans quelle aventure téméraire ? Vers quel destin ? Et Maria… Maria ! En évoquant son souvenir, il se mettait à pleurer. Il ne pouvait concevoir que sa sépulture fût perdue quelque part dans la montagne, sans que personne sache où elle se trouvait, sans que personne puisse aller la fleurir.

— Tu pleures ! remarqua Antonio qui était venu le rejoindre.

Emilio sortit soudain de son chagrin. Essuya ses joues d'un revers de manche. Regarda son camarade d'un air décidé. Lui dit, les yeux dans les yeux :

— Les hommes qui ne pleurent pas ne sont pas des hommes !

# 26

## Sortie de l'enfer

À peine arrivé au camp d'Argelès, Emilio eut la seconde plus grande surprise de sa vie de réfugié. Alors qu'il déambulait sans but sur le bord de la plage, prenant le vent en plein visage comme pour se purifier des miasmes d'une maladie contagieuse, il aperçut à l'entrée une voiture garée sur le côté et un homme en pleine discussion avec le gendarme qui filtrait les passages. Le conducteur sortit par la portière un lourd bagage dissimulé sous une bâche. Intrigué, Emilio s'approcha sans se faire remarquer et observa.

Le gendarme discuta avec le visiteur pendant une bonne minute, puis le laissa passer. Quand celui-ci se retourna, Emilio crut le reconnaître. Mais, sur le coup, il lui fut impossible de se souvenir de l'endroit où ils s'étaient rencontrés. L'homme, embarrassé de son sac, jeta un rapide coup d'œil autour de lui. Apercevant Emilio, il lui demanda de s'approcher. Le gendarme, pour lui être agréable, interpella Emilio d'une manière moins amicale :

— Puisque tu n'as rien à faire, aide donc M. Capa à transporter son matériel !

Le cœur d'Emilio bondit dans sa poitrine. Robert Capa ! se dit-il. C'est lui ! J'étais sûr que je connaissais cet homme.

Il obtempéra sans se faire prier.

Le reporter ne reconnut pas Emilio. Dans le sauve-qui-peut auquel ils avaient tous deux participé au cours de la débâcle de l'Èbre, il l'avait à peine remarqué.

— On se connaît ! osa Emilio. On s'est déjà rencontrés.

Surpris, Robert Capa regarda son porteur improvisé d'un œil amusé. Il ne lui répondit pas immédiatement.

— Vous ne parlez pas le français ? insista Emilio. ¿ *Habla español* ? répéta-t-il en castillan.

— Je parle plus ou moins bien sept langues, ironisa le correspondant de guerre. Vous pouvez me parler en français. J'aime beaucoup cette langue.

— Je vous disais qu'on s'était déjà rencontrés !

— Vous devez vous tromper ! C'est la première fois que je visite ce camp.

— Ce n'était pas dans ce camp, mais sur le front de l'Èbre, au moment de la retraite des troupes républicaines. Vous étiez avec Ernest Hemingway. Moi, avec un journaliste français, Sébastien Rochefort. Nous nous sommes retrouvés dans la même embarcation en pleine déroute. Souvenez-vous, c'était la dernière barque qui a traversé le fleuve. Nous avons failli chavirer. Nous avons dû notre salut à M. Hemingway, qui nous a évité la catastrophe à la force de ses bras.

Le reporter réfléchit. Dévisagea son interlocuteur.

— Je me souviens parfaitement de cette péripétie, dit-il. Mais j'avoue ne pas me souvenir de votre visage, excusez-moi ! Cependant... maintenant que vous m'évoquez ces terribles événements... oui, effectivement... il y avait bien deux Français avec nous.

— Je ne suis pas français, monsieur. Mais catalan. J'étais l'assistant de M. Rochefort. Le second Français, c'était son fils, Ruben.

— Ah, oui, ça y est, maintenant ça me revient !

Emilio se sentit submergé de joie. Dans cet univers innommable, où il lui semblait ne plus être personne, quelqu'un venait de se souvenir de lui, de lui rappeler qu'il n'était pas qu'un être anonyme, un numéro sur une liste administrative, en attente d'une destinée incertaine.

— Mais que faites-vous ici ? s'étonna le photographe. Parmi tous ces réfugiés et dans ce camp épouvantable !

— Après la retraite de l'Èbre, Sébastien et moi, nous nous sommes séparés. Vous n'ignorez pas ce qui s'est passé ensuite, après la chute de Barcelone.

— Hélas ! Je couvre cette guerre depuis le début. Rien ne m'a échappé. C'est la raison pour laquelle je suis ici à présent.

— Après être rentré dans ma famille – je vous passe les détails –, j'ai participé à la grande fuite des républicains sur les routes de Catalogne, puis de France. J'ai retrouvé Sébastien par hasard à Prats-de-Mollo où je lui ai confié ma fille. On s'est à nouveau perdus de vue à la frontière. Puis j'ai atterri ici avec tous mes compatriotes.

Robert Capa suivait avec attention le récit d'Emilio qui corroborait les photos du reportage qu'il effectuait sur la guerre d'Espagne depuis trois ans. Il comprit que son jeune interlocuteur avait un service à lui demander.

— Que puis-je pour vous ? lui proposa-t-il. Si je peux vous être utile, c'est avec plaisir que j'interviendrai auprès de l'Administration ou d'autres personnes, si vous connaissez quelqu'un en particulier à contacter.

Les yeux d'Emilio recouvrèrent leur éclat.

— Si vous pouviez retrouver la trace de Sébastien Rochefort pour lui apprendre où je me trouve maintenant, je suis sûr qu'il fera tout pour me sortir d'ici. J'ai tellement hâte de revoir ma fille. Je ne sais même pas comment elle va.

— Dites-moi où je peux contacter votre ami. Je vous promets de faire tout ce qui est en mon pouvoir pour vous aider.

— J'ignore où il est exactement. Mais sa famille pourra vous renseigner. Sa sœur et sa mère habitent Anduze, dans le Gard. Elles vous donneront des nouvelles de lui et vous diront où il passe sa convalescence.

— Sa convalescence ! Il est malade ?

— Non. Il a été blessé au cours d'un reportage au Perthus, au moment où les nationalistes ont atteint la frontière. Depuis, je ne sais plus rien.

— J'y étais moi aussi. Ne vous inquiétez pas, je vais faire le nécessaire et vous tiendrai au courant. En attendant... buvons un petit coup ! Ça nous fera du bien !

Robert Capa gardait toujours une flasque de whisky dans sa poche.

Emilio le regarda avec étonnement.

— Prenez ! Ça vous remettra de vos émotions.

Ils trinquèrent ensemble à la République espagnole et à la liberté. Capa ne cacha pas sa sympathie pour la révolution espagnole et, tout en entraînant Emilio à travers les dunes du camp, lui raconta succinctement le parcours qu'il avait suivi depuis sa Hongrie natale jusqu'aux États-Unis, où il venait d'émigrer après un court séjour en Chine pour reportage.

— Je suis juif, vous savez, ajouta-t-il pour tester Emilio. J'ai dû quitter Budapest pour échapper au dictateur Horthy qui me jugeait un peu trop gauchiste. J'étais jeune à l'époque, j'avais dix-sept ans. Je me suis installé à Berlin. Puis j'ai dû fuir les nazis, pour échapper à l'antisémitisme d'Hitler. C'est à Paris que j'ai enfin trouvé la tranquillité. Alors, vous voyez, je me mets très bien à votre place. Je suis comme vous, un réfugié, un exilé, un apatride !

Emilio le laissait parler. Il avait l'air subjugué par son interlocuteur. Robert Capa avait un charisme indéniable. Il séduisait tous ceux qui l'approchaient et avait conquis le cœur de nombreuses femmes. À vingt-six ans, il avait sorti le photojournaliste de l'anonymat et incarnait parfaitement le mythe du correspondant de guerre.

— Vous ne dites rien !

— Vous êtes un réfugié. Mais vous ne vivez pas dans un camp d'internement ! Vous êtes libre.

— Vous avez raison. Je dois reconnaître que ma situation n'est pas dramatique comme la vôtre et celle de vos compatriotes. Mon engagement dans ce conflit armé doit révéler à la face du monde à quel point les dictatures sont dangereuses pour l'humanité, et comme il est urgent de les combattre plutôt que de se courber devant elles et de faire l'autruche pour ne pas voir la réalité en face ! Mais assez parlé ! Est-ce que vous acceptez de m'aider à porter mon matériel ? J'ai l'intention de prendre quelques clichés du camp.

— Pour quel journal travaillez-vous ? demanda Emilio. Mon ami Sébastien Rochefort travaille pour *Le Populaire*. C'est un journal socialiste, m'a-t-il expliqué.

— Oh ! je réalise des photoreportages pour divers magazines. Ainsi, j'ai couvert les grandes batailles de la guerre civile pour la revue française *Vu* et, un an plus tard, pour *Life*. Aujourd'hui, je photographie les camps pour la revue anglaise *Picture Post* de Stefan Lorant, vous connaissez ?

— Euh… non, reconnut Emilio. Mais mon ami Sébastien doit certainement connaître, lui ! C'est aussi un écrivain célèbre. Il a failli obtenir le prix Goncourt il y a quelques années.

Robert Capa paraissait très intéressé par ce que lui apprenait Emilio. Mais devant la situation embarrassante dans laquelle il se trouvait, il n'osa le questionner davantage.

— Allez, suivez-moi ! Je vais vous montrer comment je procède. Quand vous découvrirez mon reportage dans les magazines, vous pourrez dire : «J'étais avec lui. Tout cela est vrai ! »

Emilio ne voulut pas décevoir son bienfaiteur, mais il pensa qu'il avait peu de chance de lire son reportage dans un magazine.

— Si je parviens à sortir de cet enfer ! se contenta-t-il d'ajouter.

— Restez confiant. Je vais m'occuper de vous… Vous savez, poursuivit-il sur un ton plus détendu, cet été, je vais couvrir le Tour de France. Vous aimez les courses cyclistes ?

Pendant que Robert Capa cherchait les meilleurs plans de prise de vue qui feraient découvrir au monde la tragédie des réfugiés républicains espagnols, Emilio se plaisait à imaginer qu'il assistait au passage de cette centaine de cyclistes qui sillonneraient bientôt les routes de France, alors que des milliers de malheureux, à son image, croupissaient dans des camps immondes.

*
* *

Emilio et Antonio se trouvaient dans le camp militaire. Celui-ci était séparé du camp civil par une rivière qui se déversait dans la mer. Les réfugiés étaient regroupés par affinités afin qu'ils ne se sentent pas seuls dans cet univers qui tenait plus d'un centre de détention que d'un asile d'accueil pour étrangers. Autour d'eux, des miliciens barcelonais, qui avaient participé aux dernières grandes batailles de la République, ne juraient que de reprendre les armes et d'avoir la peau de Franco. Beaucoup étaient animés par des idées libertaires, ce qui n'était pas pour déplaire à Antonio. Mais les gardes veillaient à ce que les réfugiés ne fassent pas de politique à l'intérieur du camp, et intervenaient très vite lorsqu'ils entendaient les voix monter lors de discussions houleuses et divergentes entre anarchistes et communistes.

Les tirailleurs sénégalais ne se privaient pas d'humilier les hommes, et surtout les femmes, dans le camp des civils. On rapportait qu'ils se complaisaient à les regarder effrontément faire leurs besoins dans un manque total d'intimité. Des bruits couraient même que des malheureuses se faisaient violer et n'osaient pas se plaindre aux gendarmes de crainte de subir d'autres formes de pression.

Très affecté par ce qu'il découvrait au fil des jours, Emilio commençait à croire que la France n'avait plus l'intention d'accueillir les républicains espagnols comme les habitants de Prats-de-Mollo s'y étaient astreints, dans l'urgence, avec leurs modestes moyens.

— Ils vont finir par nous renvoyer chez nous ! déplorait-il devant Antonio. Déjà beaucoup des nôtres ont choisi de rentrer au pays.

— Ils ne savent pas ce qui les attend ! Franco ne leur fera pas de cadeaux.

En réalité, de nombreux réfugiés, civils et militaires, estimant la guerre terminée – ou presque –, étaient persuadés qu'ils ne risquaient plus rien à retourner dans leurs familles. Mais c'était surtout les dures conditions d'existence dans les camps qui les faisaient fuir un pays qu'ils avaient cru ami et qui se montrait à présent trop humiliant à leur égard. Des heurts, parfois violents, opposaient les candidats au retour et ceux qui résistaient à tout prix, quitte à endurer les pires vexations.

— Je ne pourrais pas supporter de vivre comme un paria très longtemps ! ajouta Emilio. Il faut absolument que je sorte d'ici.

Antonio, lui, poursuivait son rêve de reconquête. Il tentait de le faire partager à Emilio. Mais ce dernier, plus réaliste, n'adhérait pas à ses chimères.

— Tu te trompes, Antonio. C'est trop tôt pour espérer reprendre le combat. Peut-être, un jour viendra… à l'occasion d'un retournement de situation ! Ou d'un conflit plus généralisé entre les grandes puissances démocratiques et les dictatures fascistes. Mais seuls, je ne crois pas que les républicains espagnols pourront reconquérir le pouvoir.

Nous avons été vaincus. Notre armée est totalement désorganisée et aucune nation ne nous soutient.

Emilio se montrait clairvoyant. Pourtant, personne ne lui donnait des nouvelles de l'extérieur.

La vie au camp suivait son cours, inexorable, monotone. La plupart des réfugiés s'enfonçaient petit à petit dans une sorte de neurasthénie qui mettait parfois leurs jours en danger. Emilio le premier se plaignait de ne rien avoir à faire. Seule la pensée de revoir sa fille le maintenait hors de cette tentation de se laisser sombrer dans le néant. Certains ne parvenaient pas à surmonter leurs terrifiantes conditions d'existence. De temps en temps, on retrouvait un manteau ou une valise à la mer, flottant dans l'écume saumâtre de la désespérance.

Les décès se multipliaient. Chaque matin, un camion passait le portail de l'entrée et venait chercher sa cargaison de morts. L'infirmerie improvisée – cinq grandes tentes érigées à la hâte – offrait aux malheureux qui s'y trouvaient un peu de chaleur et de réconfort. Mais les infirmières étaient dépourvues de médicaments et devaient soigner la plupart des maladies avec de l'aspirine. Or les cas de dysenterie et d'infections pulmonaires se multipliaient.

Parfois la tension montait à l'intérieur du camp, surtout lors de la distribution de nourriture. Celle-ci était insuffisante. Les enfants souffraient de malnutrition. Emilio évitait de se ruer, comme beaucoup le faisaient, lorsque les camions venaient donner le pain. Il avait remarqué qu'à ce moment-là des petits avions les survolaient. Il trouvait cela étrange.

— Ils prennent des photos de là-haut, lui expliqua Antonio. C'est pour montrer aux Français que l'Administration ne nous laisse pas mourir de faim ! C'est de la propagande !

Quand les réfugiés apercevaient les avions dans le ciel, ils abandonnaient leur pain en le jetant dans le sable et, comme un seul homme, levaient tous le poing comme pour affirmer qu'ils étaient encore un peuple debout.

Emilio n'eut jamais confirmation des allégations de son camarade. Selon lui, il était surprenant que la France pût ainsi tromper les Français pour se donner une bonne image à la face du monde.

*
* *

Peu après sa rencontre fortuite avec Robert Capa, Emilio fut à nouveau très surpris de voir débarquer dans le camp un homme et une femme qui avaient l'air d'éviter à la fois les réfugiés et les gardes. Pourtant ils n'avaient pas pu pénétrer dans l'enceinte du camp sans autorisation. Pour avoir longuement observé les va-et-vient à l'entrée – il passait son temps comme il pouvait ! –, Emilio savait que cela était impossible.

Sans se faire remarquer, il suivit les deux inconnus qui avaient abandonné leur automobile dans la boue un peu plus loin. Ils marchaient d'un bon pas, apparemment décidés à effectuer une tâche qu'ils avaient préméditée. La femme, jeune, portait un sac en osier, du genre à transporter des légumes un jour de marché. L'homme, un chapeau sur la tête, observait l'étendue de sable qui s'étalait sous ses yeux. Lorsqu'ils furent arrivés sur un point légèrement en hauteur, l'homme prit le sac des mains de sa compagne et en sortit discrètement une petite caméra. Emilio crut qu'il s'agissait d'un photographe. Il se souvint de ce que son camarade lui avait expliqué quant au passage des avions. C'était donc bien vrai ! se dit-il. On nous prend en photo pour justifier qu'on ne crève pas dans ces camps de concentration ! Antonio avait raison !

Par inadvertance, il marcha sur une branche morte. La femme se retourna dans sa direction et attira l'attention de son compagnon. Celui-ci regarda à son tour derrière lui, aperçut Emilio.

— Ne craignez rien, lui dit-il sans tergiverser. Approchez ! Vous me comprenez ?

— Je parle français, répondit aussitôt Emilio. Excusez-moi, je ne voulais pas vous déranger.

— Vous ne me dérangez pas, voyons. Je viens réaliser des plans pour un documentaire. Je suis cinéaste.

— Vous n'êtes pas photographe ! s'étonna Emilio qui n'avait jamais vu une caméra de sa vie et ne savait pas très bien ce qu'était un cinéaste.

— Pas tout à fait ! Mais c'est un peu la même chose. Je m'appelle Jean-Paul Dreyfus[1], et voici ma compagne. Vous êtes un réfugié espagnol, un milicien républicain, n'est-ce pas ?

---

1. Jean-Paul Étienne Dreyfus, alias Jean-Paul Le Chanois (1909-1985), cinéaste bien connu pour ses nombreux films réalisés entre 1946 et 1966, a tourné un documentaire sur la Retirade et les camps de concentration intitulé *Un peuple attend*, interdit par la censure en 1939, version américaine : *A people is waiting*. Voir les travaux de Michel Cadé, professeur émérite d'histoire contemporaine à l'université de Perpignan.

— Je suis catalan, monsieur ! Et je n'ai pas servi dans les milices, j'étais seulement détaché auprès d'un correspondant de guerre français sur le front.

— Ah, je vois ! Alors, nous exerçons un peu le même métier.

Le cinéaste regarda son amie. Lui parla à l'oreille. S'adressa à nouveau à Emilio.

— Accepteriez-vous que je vous filme ? Bien sûr, je vous assure la plus totale discrétion. Votre nom n'apparaîtra pas dans le documentaire, une fois ce dernier monté.

Sur le moment, Emilio ne sut que répondre. Il craignait que l'inconnu soit un agent au service de l'Espagne franquiste. On lui avait déjà rapporté que des espions fascistes s'immisçaient parmi les réfugiés pour diverses raisons. La cinquième colonne de Franco ! Il ignorait la véracité de ces allégations.

Il se méfia.

— N'ayez pas peur ! insista le cinéaste. Pour tout vous dire, j'ai une autorisation d'entrer dans le camp en bonne et due forme, mais je dois filmer clandestinement, sinon, on ne m'autorisera plus à venir. Tenez, regardez !

Jean-Paul Le Chanois prit le cabas de sa compagne et le montra de plus près à Emilio.

— Vous voyez, je dissimule la caméra dans le sac et, par cette ouverture que j'ai pratiquée, je peux filmer sans qu'on s'en aperçoive. Ni vu ni connu, comme on dit ! C'est de la caméra cachée, en quelque sorte ! J'utilise une toute petite caméra pour cela, une Bell Howell.

Emilio demeurait dubitatif. Devant ses hésitations, le cinéaste exhiba son autorisation administrative qui portait le nom de son assistant, un certain Jean Cabrière, ainsi que le numéro de la plaque minéralogique de sa voiture : 9700 R 21.

— Vous voyez, je ne vous mens pas. L'autorisation a été délivrée par le colonel Gauthier, commandant des camps des Pyrénées-Orientales.

— Je vous crois, finit par admettre Emilio. Mais je ne comprends pas ce que je peux faire pour vous. Ici, je ne suis personne ! Je ne suis qu'un réfugié comme un autre. Vous devriez plutôt chercher une personnalité connue. Il doit s'en trouver dans les camps !

— Ce n'est pas mon but. Je désire seulement filmer pour témoigner de la réalité. Vous me suivez ?

— Que puis-je faire pour vous être utile ?

— Rien de spécial. Je vais vous montrer. Tenez, restez là, dans le plan, devant moi. Vous m'ignorez. Vous faites comme si je n'étais pas là. Vous allez déambuler en regardant le camp, d'un air résigné, comme si toute la misère du monde vous était tombée dessus. De temps en temps, vous vous arrêterez, pour contempler toute cette laideur. Moi, je m'occupe de vous mettre en scène.

— C'est la première fois qu'on me demande de faire l'acteur ! parvint à ironiser Emilio. Je ne crois pas que mon camarade Antonio me donnerait raison. C'est un anarchiste de la première heure, qui ne pense qu'à en découdre avec les fascistes !

— J'en ai filmé plus d'un ! Depuis le début de la guerre, j'ai rencontré beaucoup de monde de tous bords parmi les républicains. Pour tout vous dire, je suis moi-même très engagé auprès des communistes français.

Emilio se trouvait de plus en plus rassuré. Cet intermède inattendu lui fit tout à coup oublier la grisaille de son univers carcéral. Il demeura avec le cinéaste et sa compagne tout l'après-midi. Puis ils se quittèrent, sans s'attarder, en éprouvant un peu de gêne face à cette situation insolite.

— En fait, demanda Jean-Paul Le Chanois, avant de le laisser à sa triste destinée, comment vous appelez-vous ? On ne sait jamais… si je peux intervenir pour vous !

— Alvarez. Emilio Alvarez. Merci, monsieur. Merci beaucoup pour cette récréation.

Le cinéaste et sa compagne disparurent. Ils devaient revenir filmer dans les camps et dans les villes de la Retirade, pendant quelques jours encore. Emilio n'en sut rien. Il n'entendit plus jamais parler d'eux.

*
* *

Les jours passèrent, puis les semaines. Emilio tentait d'oublier qu'il était sans doute abandonné sur la plage la plus horrible qu'il eût jamais connue. Depuis son arrivée, les conditions d'existence des réfugiés s'étaient à peine améliorées. Pour fuir l'ennui, il accepta de participer à la construction de baraquements en planches, décidée par l'Administration. Celles-ci s'alignaient en plusieurs rangées, de part et d'autre d'allées sableuses que les réfugiés affublaient par dérision de noms d'avenues célèbres. De même, certains baraquements avaient été baptisés pompeusement « hôtel des Mille et Une Nuits », « le Palais », ou encore « l'Eldorado ». Les travaux prenaient souvent du retard. Le matériel manquait et les réfugiés dérobaient parfois les planches pour se chauffer.

Depuis le 1ᵉʳ avril, depuis que Franco avait déclaré que la guerre était finie, après la chute de Madrid le 28 mars et celle de Valence deux jours après, le camp avait commencé à se vider, de plus en plus de réfugiés étant tentés par le retour au pays. Pour beaucoup, le rêve républicain s'était arrêté sur la plage d'Argelès.

Emilio crut que ses conditions d'existence s'en trouveraient bientôt améliorées. Mais le bruit courait que les autorités administratives avaient décidé de fermer les camps de concentration et que tous ceux qui refuseraient de rentrer en Espagne allaient être dispersés dans des camps de travail à travers toute la France.

— Des camps de travail ! s'offusqua Antonio. Pourquoi pas le bagne, pendant qu'on y est ! Jamais je n'accepterai de travailler contraint et forcé, même pour les Français. Je préférerais renoncer à ma liberté ! Cette fois, je n'attends plus. Je me casse.

— Beaucoup ont essayé et se sont fait reprendre ! Sans argent et sans papiers, il est difficile d'échapper aux gendarmes et aux gens qui se méfient des étrangers. La France a peur de nous ! Nous ne sommes que de dangereux révolutionnaires aux yeux de nombreux Français, des bolcheviks ! Il n'est qu'à voir comment nous traitent certains gardes mobiles !

— Peu importe. Je préfère encore vivre dans la clandestinité que dans le mépris. Viendras-tu avec moi, Emilio ? Tu es toujours un homme libre ! Reste-le !

Emilio hésitait. La détermination de son camarade le tentait.

Il s'apprêtait à le suivre vers un destin hasardeux, sans savoir vraiment comment ils échapperaient à la vigilance des gardes, quand, un matin, un maréchal des logis vint le chercher dans son baraquement.

— Alvarez ! Où est Alvarez ?

— Je suis là. Que me voulez-vous ?

— Fais tes bagages. Tu t'en vas.

Sur le coup, Emilio crut qu'on l'envoyait dans l'un de ces camps de travail dont il avait entendu parler.

— Mais je n'ai rien demandé ! s'insurgea-t-il.

— Discute pas et suis-moi. Y a quelqu'un qui te réclame à l'entrée.

Emilio suivit le gendarme sans s'opposer davantage, laissant Antonio à ses interrogations.

— Je reviens, se contenta-t-il de lui dire en s'éloignant. Ça doit être une erreur.

Derrière le portail de l'entrée stationnait une Citroën noire. Le maréchal des logis demanda à Emilio d'attendre devant la baraque qui servait de bureau.

Plusieurs minutes s'écoulèrent. Personne ne venait l'informer. Quand tout à coup, un homme sortit à reculons, tenant dans ses mains un dossier.

— Merci, messieurs. Merci beaucoup pour votre diligence, dit-il à l'adresse des gendarmes qui se trouvaient à l'intérieur.

Emilio crut reconnaître la voix. Il n'eut pas le temps de s'approcher de l'inconnu, celui-ci se jeta littéralement dans ses bras.

— Emilio ! Enfin ! Je commençais à désespérer de pouvoir te sortir de là !

L'émotion d'Emilio l'empêchait de parler.

Sébastien l'étreignit à lui couper le souffle.

— Mais... tu pleures ! remarqua celui-ci.

— Oui ! Je ne peux retenir ma joie de te revoir. Je n'y croyais plus. Je te pensais mort ou gravement blessé.

— Je l'ai été. Mais c'est du passé. Je m'en suis tiré. Dès que j'ai pu remarcher, j'ai remué ciel et terre pour te sortir de cet enfer. Mais j'avoue que ça n'a pas été facile. J'ai retrouvé Robert Capa à Paris. Un pur hasard. Il m'a parlé de votre rencontre, ici au camp d'Argelès. C'est de cette manière que j'ai appris où tu étais.

Sébastien Rochefort emmena Emilio à l'écart et lui raconta en deux mots ce qui l'avait empêché de s'occuper de lui plus tôt.

— À la suite de ma blessure, j'ai contracté une mauvaise infection. J'ai été à deux doigts d'y passer. J'ai eu beaucoup de chance... Mais toi, comment te sens-tu ? Tu as maigri ! Mais dis-toi bien que maintenant ton calvaire est terminé. Je te ramène à la maison. À Tornac, chez ma sœur Faustine et mon beau-frère Vincent. Ils s'occupent de ta fille depuis que je la leur ai confiée.

— Comment va-t-elle ? J'ai tellement hâte de la retrouver !

— Tranquillise-toi. Elle est entre de bonnes mains.

Les premières effusions passées, Sébastien aida son ami à ramasser les quelques effets qui lui appartenaient. Emilio fit ses adieux à Antonio, non sans tristesse.

— On se reverra, amigo ! lui déclara ce dernier sans laisser percevoir une once d'émotion. Ne t'inquiète pas pour moi. Je te l'ai dit, je ne moisirai pas ici dans l'attente qu'on vienne me contraindre à travailler dans un autre camp. Je vais reprendre la lutte. La guerre contre le fascisme n'est pas terminée. Je crains qu'elle ne fasse que commencer.

Emilio laissa Argelès derrière lui, non sans ressentir l'étrange impression qu'il abandonnait ses camarades à leur sort. Il ne se doutait pas, en partant, que, durant l'été, une fois la guerre contre l'Allemagne déclarée, une deuxième installation de réfugiés provenant cette fois des départements de l'intérieur allait prolonger pendant un an et demi encore l'existence de ce camp qui devait rester tristement dans les mémoires comme le camp de la honte[1].

Quand la Citroën de Sébastien longea la plage en direction du nord, il se retourna et, par la lunette arrière, jeta un dernier regard sur ce qui avait été son enfer. Il eut une ultime pensée pour Antonio, puis il tâcha d'oublier qu'en reprenant la route d'Anduze, il s'éloignait à nouveau de ses parents dont il n'avait aucune nouvelle.

---

1. Le camp d'Argelès fut fermé en septembre 1941 après la grande révolte des femmes consécutive à la décision du gouvernement de déporter les soldats des Brigades internationales en Afrique du Nord.

# Quatrième partie

# L'EXILÉ

## 27

### Le retour

Emilio regardait s'approcher les contreforts des Cévennes à travers le pare-brise. Assis à côté de Sébastien, il ne parlait pas, plongé dans ses pensées. En découvrant les premières crêtes se profiler à l'horizon, il ne pouvait s'empêcher de songer aux montagnes qui avaient été le cadre de son calvaire.

— Si j'étais resté ici, releva-t-il, tout cela ne serait pas arrivé !

Surpris par une telle remarque, Sébastien quitta la route des yeux et releva :

— Tu n'aurais pas retrouvé Maria et vous ne vous seriez sans doute jamais mariés !

— Cela aurait mieux valu pour elle !

— Tu oublies Inès !

— Elle ne serait pas née et n'aurait pas vécu tous ces malheurs.

— Je te trouve bien amer d'un seul coup !

— Non. Seulement conscient que la destinée tient à peu de chose, et que si on savait à l'avance ce qui allait nous arriver, on réfléchirait à deux fois avant de s'aventurer dans l'inconnu.

— Regretterais-tu maintenant de m'avoir suivi quand je t'ai demandé d'être mon assistant ? À l'époque, je pensais que, comme de nombreux Espagnols, tu avais envie d'en découdre avec les fascistes. Ton pays avait besoin de tous ses enfants pour repousser la dictature.

— Je ne regrette pas mon engagement. Si c'était à refaire, je le referais. Je regrette seulement que tout cela n'ait pas servi à grand-chose !

En retrouvant le cadre de vie qui avait été le sien avant son départ, Emilio semblait mal à l'aise. Tout son passé ressurgissait devant ses yeux, comme s'il venait de traverser une parenthèse restée entrouverte.

À l'approche des Cévennes, la montagne ne lui paraissait plus aussi splendide qu'à l'époque où il filait le parfait amour avec Justine Lansac. Pourtant le printemps coloriait le paysage de toute sa magnificence. Les frondaisons s'épanouissaient dans un ciel d'azur. La robe vert tendre des arbres voletait sous les douces caresses du vent insufflé par la mer. Les beaux jours gommaient les stigmates d'un hiver long et rigoureux.

— J'ai l'impression d'être à nouveau un étranger en revenant ici ! ajouta-t-il. L'étranger que j'étais avant. Là-bas, chez moi, j'étais devenu un combattant, puis un réfugié. Maintenant je ne suis plus qu'un exilé.

— La France est ta seconde patrie, Emilio ! Ne l'oublie jamais, quoi qu'il puisse t'arriver. Un jour, j'en suis certain, tu retrouveras ton pays, ta Catalogne natale. Tu redeviendras l'homme libre que tu étais avant cette tragédie.

— Tu reconnais donc qu'ici je ne suis pas un homme libre !

— Non, ce n'est pas ce que je voulais dire !

— Qu'en serait-il si tu n'étais pas venu me chercher ? Qu'est-ce qui m'assure que je n'aurais pas été obligé d'aller dans un camp de travail forcé ? La France a prévu d'y envoyer tous les réfugiés qui n'ont pas été reçus dans les communes.

— Je ne l'ignore pas. Mais ce n'est pas ton cas, Emilio. J'ai demandé au maire de Tornac d'accepter que tu puisses résider officiellement chez ma sœur Faustine. Son mari, Vincent, accepte de te procurer du travail sur son exploitation. De cette sorte, ta situation sera légalisée. Tu n'auras plus rien à craindre.

Emilio se doutait que son ami n'allait pas l'abandonner. Mais il songeait à ces milliers de réfugiés qui n'avaient pas la même chance que lui et qui – il en était intimement convaincu – connaîtraient encore des jours très sombres.

— Je ne saurais jamais comment te remercier pour tout ce que tu fais pour moi et pour ma fille. Mais, vois-tu, rien ne sera plus jamais comme avant. Je ne pourrai plus vivre sans être persuadé que j'ai abandonné le navire au moment le plus difficile du naufrage.

— Pense à Inès. Elle a besoin de son père. Et, plus tard, elle aura aussi besoin que tu lui trouves une autre maman ! Sans oublier Maria, tu ne dois pas vivre avec le passé, dans le souvenir des êtres chers disparus. Tu es jeune, Emilio ! Tu as le temps devant toi.

Quand ils arrivèrent à proximité de Tornac par la route de Quissac, Sébastien ralentit et finit par se garer sur le bord de la chaussée.

— J'ai quelque chose à t'avouer, dit-il en se tournant vers Emilio.

Celui-ci s'étonna de l'attitude de son ami. Il lui parut subitement dans l'embarras.

— Quelque chose ne va pas comme tu le souhaites ? Un souci ! J'en suis la cause ?

— Non, rassure-toi ! Je veux seulement te prévenir que mon frère Jean-Christophe et son fils Pierre résident pour quelques jours chez ma mère au Clos du Tournel, notre mas familial à Anduze.

— Où est le problème ?

— La propriété de Vincent Rouvière, le Chai de la Fenouillère, et le Clos du Tournel sont très proches l'un de l'autre, de part et d'autre des limites communales. Nous nous voyons donc souvent.

— Et alors ?

— Immanquablement, tu croiseras mon frère ou son fils. Je te demande de faire attention. Ils n'ont pas du tout les mêmes idées que moi. Pour être franc, ils penchent plutôt du côté de l'extrême droite. Aussi, quand je leur ai annoncé que j'allais te chercher, ils n'ont pas pu s'empêcher de s'offusquer, affirmant que je ramenais un bolchevik chez nous, un révolutionnaire de la pire espèce ! Tu vois le genre de propos que tu risques d'entendre si tu les croises. Un conseil, évite-les !

Emilio trouva étrange que Sébastien puisse avoir un frère et un neveu si différents de lui.

— Et ton beau-frère Vincent ? Je l'ai déjà rencontré, il ne m'a pas paru hostile aux étrangers !

— Avec lui et ma sœur Faustine, tu n'as rien à craindre, au contraire ! Ils ont le cœur sur la main. Leurs deux enfants, Lucie et Matthieu, sont adorables. Quant à ma mère, Élisabeth, à quatre-vingts ans, elle n'est plus toute jeune ! Mais tu peux lui parler, elle t'écoutera. C'est une femme très généreuse et tolérante. Les beaux-parents de ma sœur, Donatien et Constance Rouvière, que tu verras aussi souvent, sont des gens très humbles malgré leur réussite sociale. Ils ont élevé Vincent comme leur fils. Ils t'adopteront immédiatement, j'en suis sûr.

Emilio n'était pas en terre inconnue à Anduze ou à Tornac, mais il ne se souvenait plus très bien de ceux qu'il avait rencontrés avant son départ pour l'Espagne.

— Je ferai attention, promit-il. Mais j'espère que ton frère et ton neveu ne viendront pas trop me chatouiller ! Je ne garantis pas que je saurai garder mon calme indéfiniment.

— Moins tu leur parleras, mieux cela vaudra pour toi et, en général, pour la tranquillité de nos familles.

Sébastien reprit la route. Le Chai de la Fenouillère n'était plus très loin.

Quand il parvint près de l'enclos qui délimitait la propriété, il s'arrêta devant le portail.

— Voilà, nous sommes arrivés. Tu reconnais !

Ému, Emilio ne dit mot. Après ce que venait de lui révéler Sébastien, il redoutait de ne pas être le bienvenu.

— Avant d'entrer, ajouta Sébastien, je voulais te dire que de nombreux Espagnols ont été hébergés dans différentes communes du Gard depuis leur sortie des camps. À Saint-Hippolyte-du-Fort, plus de trois cents hommes, femmes et enfants sont arrivés le 31 mars dernier. Tu vois, tu ne seras pas seul dans la région !

— Plus de trois cents !

— Oui. Trois cent trois exactement, dont une centaine de femmes et une centaine d'enfants. Ils ont d'abord été rassemblés dans le fort de l'ancienne gendarmerie. Puis ils ont été dispersés dans les familles qui ont bien voulu les prendre en charge.

Emilio fut aussitôt rassuré d'apprendre que d'autres avant lui avaient été accueillis dans les communes voisines.

— Nous nous retrouverons sans doute à certaines occasions, ajouta-t-il. Nous parlerons de ce que nous avons vécu !

— Vous vous sentirez moins seuls… Allez, il est temps maintenant de rejoindre ta fille.

*
* *

À son retour de convalescence après quatre mois de soins à l'hôpital de Montpellier, quand Sébastien eut annoncé son intention de ramener Emilio à Anduze, Vincent le premier avait proposé de l'engager afin de régulariser au plus vite sa situation. Il n'ignorait pas les difficultés qu'éprouvaient les républicains espagnols à s'intégrer. L'exode avait commencé dès le début de la guerre civile et la plupart des familles d'exilés vivaient très modestement dans leurs communes d'accueil. Aussi, pour faciliter la réinsertion d'Emilio, avait-il cru judicieux de le prendre à son service. Certes, il savait qu'avant de partir pour l'Espagne, il avait été l'ouvrier agricole de Louis Lansac. Mais celui-ci n'ayant pas donné signe de vie alors que son ami Sébastien était au plus mal, il pensa que l'ancien patron d'Emilio n'aurait plus l'intention de l'embaucher si ce dernier venait à réapparaître.

Faustine et Vincent attendaient donc Emilio avec impatience, mais aussi avec une certaine appréhension.

Depuis que Sébastien leur avait confié la petite Inès quelques mois auparavant, l'enfant ne leur avait occasionné aucun souci particulier. Elle s'était vite habituée à son nouveau cadre de vie. Choyée par l'aînée de la famille, elle se portait comme un charme et souriait constamment à tous ceux qui se penchaient au-dessus de son berceau. À quatorze ans, Lucie s'occupait d'elle comme une vraie mère, attentive à ses moindres sollicitations, à ses moindres pleurs. Faustine pouvait lui en laisser la responsabilité pendant qu'elle aidait son mari dans son travail, l'enfant ne risquait rien.

Chez les Rouvière, Inès avait trouvé un havre de paix et de sécurité, et, à défaut d'avoir sa maman auprès d'elle, elle ne manquait pas d'affection même si, à elles deux, Faustine et Lucie ne pouvaient remplacer Maria.

Mais maintenant qu'Emilio était attendu, elles s'interrogeaient. Lucie craignait de perdre subitement la garde du bébé qu'elle s'était habituée à choyer dès son retour du lycée. Quant à Faustine, elle redoutait qu'Emilio ne sache pas s'en occuper comme un père accompagné de son épouse élèverait son enfant.

« Comment va-t-il réagir ? s'était-elle inquiétée devant Vincent quand celui-ci lui avait annoncé son arrivée prochaine. Pourra-t-il être à la fois le père et la mère dont Inès a besoin ? Après ce qu'il a vécu dans les camps, ne sera-t-il pas complètement déstabilisé ? J'ai peur, Vincent ! J'ai peur qu'Inès ne manque d'amour pour s'épanouir comme elle se serait épanouie en présence de ses deux parents. »

Vincent eut beau tranquilliser son épouse, lui expliquer qu'elle ne serait pas éloignée d'Inès puisqu'il embaucherait Emilio sur son exploitation, Faustine redoutait le moment fatal où Emilio reprendrait son enfant.

Ils étaient tous rassemblés dans la salle à manger, Faustine, sa mère Élisabeth, Lucie, Matthieu et Vincent, quand Sébastien et Emilio arrivèrent au Chai de la Fenouillère. L'émotion était à son comble.

— Il a dû énormément souffrir dans les camps ! s'inquiétait Lucie.

La jeune fille avait découvert dans la presse des photos de réfugiés qui avaient suscité sa pitié et un immense dégoût devant ce que les hommes peuvent infliger à leurs semblables.

— Il faudra éviter de vous attendrir ! avertit Vincent. Même s'il vous paraît très diminué, ne montrez pas vos sentiments. Ça le gênerait. Nous ne pouvons pas nous mettre à la place de ces malheureux qui reviennent de l'enfer. Alors, gardons-nous de toute pitié à leur égard et considérons-les seulement comme des êtres qui ont retrouvé leur dignité.

Quand la porte s'ouvrit, tous se levèrent pour accueillir Emilio comme si de rien n'était.

Sébastien ne leur laissa pas le temps de prononcer une parole de bienvenue.

— Nous voici de retour ! déclara-t-il en poussant Emilio devant lui. Tout est rentré dans l'ordre.

Ému, Emilio s'approcha d'abord d'Élisabeth Rochefort, la seule à être restée dans son fauteuil à cause de ses rhumatismes. Il lui tendit la main, puis, tour à tour, salua les autres membres de la famille.

— Vous m'attendiez tous ! s'étonna-t-il. Vous n'auriez pas dû vous déranger pour moi.

— Un homme qui s'est battu pour sa liberté mérite qu'on vienne le saluer, monsieur Alvarez, répondit Élisabeth. Mon fils m'a beaucoup parlé de vous. J'ai de l'admiration pour ce que vous avez fait et pour ce que vous avez enduré. Voilà pourquoi je voulais m'associer à ma fille et à mon gendre afin de vous accueillir comme il se doit dans leur modeste demeure. Soyez le bienvenu parmi nous. Faustine m'a appris que vous alliez travailler pour elle et son mari. Je serai ravie de vous rencontrer en d'autres occasions. Et de vous aider, si vous avez besoin de quoi que ce soit.

— Je vous remercie beaucoup, madame Rochefort. J'espère ne pas devoir trop compter sur autrui. C'est déjà un grand honneur que votre fille et votre gendre me font de m'engager sur leur exploitation. Inès ne manquera donc de rien à présent... Au fait, où est-elle ? J'ai hâte de la voir !

Faustine se précipita dans la chambre où dormait l'enfant. Elle amena aussitôt Inès auprès de son père.

— Votre fille vous attend avec impatience, dit-elle sans une once de regret.

Elle tendit le bébé à Emilio. Celui-ci, ému, sembla hésiter à le prendre dans ses bras. Ses yeux se remplirent de larmes.

— N'ayez pas peur ! Voyez comme elle vous regarde ! Elle vous reconnaît, j'en suis sûre.

Emilio prit enfin son enfant et l'embrassa longuement.

— Comme elle a changé ! Et comme elle ressemble à sa mère !

— Elle est adorable ! ajouta Faustine. Elle a conquis le cœur de Lucie.

L'adolescente demeurait en retrait de la scène de retrouvailles. Au fond d'elle-même, elle éprouvait un immense chagrin à l'idée de perdre sa petite protégée.

— Je ne saurai jamais comment vous remercier d'avoir pris soin de mon enfant, insista Emilio. Le problème, maintenant, sera de trouver quelqu'un pour veiller sur elle pendant que je travaillerai.

Les yeux de Lucie pétillèrent à nouveau. Elle ne laissa pas sa mère répondre à Emilio.

— Nous pourrions continuer à nous en occuper, proposa-t-elle. N'est-ce pas, maman ?

— Bien sûr, ma chérie. Si Emilio n'y voit aucun inconvénient.

Sébastien prit son ami par les épaules.

— Je te l'avais dit : tu n'as aucun souci à te faire. Ma famille saura te venir en aide en attendant que tu retrouves tes marques.

Emilio se confondit en remerciements. Puis il demanda à demeurer seul quelques instants avec Inès.

— Je vais vous conduire dans votre chambre, proposa Faustine.

— En fait, ajouta Vincent, nous te logerons dans une pièce annexe que nous n'occupons pas. On y accède par l'extérieur du mas. Tu n'y manqueras de rien. Le matin, Jeannette viendra chercher Inès. C'est la jeune fille que nous employons. Elle secondera ma femme quand celle-ci travaillera au chai.

— Ne vous inquiétez pas, tout se passera bien, rassura Faustine. Nous formons une grande famille. Et ma mère sera pour Inès une mamie attentionnée. N'est-ce pas, maman ?

Élisabeth approuva sa fille sans restriction. Depuis qu'Inès était entrée dans la maison des Rouvière, elle avait retrouvé sa joie de vivre. L'enfant lui faisait oublier les soucis que son fils aîné, Jean-Christophe, lui occasionnait depuis des années, ainsi que son petit-fils Pierre, dont elle n'appréciait pas la conduite.

— Plutôt une arrière-grand-mère, devrais-tu dire ! rectifia-t-elle. J'ai l'âge d'une aïeule à présent.

— Mes beaux-parents seront aussi ravis de venir cajoler votre bébé, ajouta Faustine. Les parents de Vincent sont très dévoués.

Rassuré par tant de sollicitude et de reconnaissance, Emilio emmena Inès dans son nouveau logement et renoua avec elle le lien étroit qui les unissait et que la guerre avait momentanément rompu.

# 28

## Tracasseries

Plusieurs mois s'écoulèrent. Emilio travaillait dans les vignes de Vincent Rouvière comme jadis dans celles de Louis Lansac. Il reprit très vite l'habitude de se lever tôt à l'aube pour aller soufrer, sulfater, chausser les ceps. Il aimait se trouver au milieu du vignoble dès le lever du jour, au moment où la rosée matinale ne s'est pas encore dissipée et laisse planer au-dessus des sarments une odeur de terre fraîche et de grappes en maturation.

Le nouveau contremaître de Vincent, Franck Rouveyrol, l'avait pris en sympathie, comme naguère Augustin Lanoir, le régisseur de Louis Lansac. Voyant qu'il connaissait parfaitement le métier, il lui avait aussitôt confié la tâche la plus importante, celle de la taille. Mais, dans l'attente de celle-ci pour la prochaine saison, il l'avait préposé à la vinification dans le chai. Emilio approfondissait à ses côtés sa science des vins français et redécouvrait son ancienne passion. Il devait admettre que le vin de Vincent Rouvière surpassait de loin celui que ses compatriotes de la coopérative de Montserrat élaboraient, et n'avait rien à envier à celui que Louis Lansac commercialisait à Saint-Hippolyte-du-Fort.

— Un jour viendra où les vins de notre région seront reconnus à leur juste valeur, lui affirmait

Franck Rouveyrol. Pour cela, nous avons encore du pain sur la planche. Nous devrons changer nos habitudes de travail et surtout opter pour des cépages plus nobles. Vincent s'y emploie depuis qu'il s'occupe de ce vignoble. Il a hérité de son père adoptif le savoir-faire et la totalité des vignes de sa propriété. Il y a ajouté son goût pour la qualité et sa perspicacité. En quelque sorte, il est en avance sur son temps. Je suis persuadé que ses vins finiront par devenir de grands crus, reconnus sur toutes les bonnes tables.

— Pourquoi dites-vous « son père adoptif » ? s'étonna Emilio. M. Donatien Rouvière n'est pas son vrai père ?

— Oh, c'est une longue histoire [1] !

Entre le contremaître et le nouvel ouvrier agricole de Vincent, une complicité s'était immédiatement installée. Franck avait su susciter la confiance d'Emilio. Celui-ci, en sa présence, oubliait les tourments dans lesquels il avait vécu ces derniers mois. Ensemble, ils préparaient avec joie les prochaines vendanges qui s'annonçaient prometteuses.

C'était compter sans la menace de guerre qui se profilait à l'horizon.

Emilio n'eut guère l'occasion de rencontrer Jean-Christophe Rochefort. Accaparé par ses affaires qui le retenaient dans ses usines de Nîmes, handicapé par sa paralysie depuis dix ans, celui-ci se rendait rarement chez sa mère, à Anduze. Digne fils de son père, il portait à son travail plus d'intérêt qu'à sa famille, dont il s'était détaché depuis longtemps.

---

1. Voir, du même auteur, *L'Enfant rebelle*.

Remarié à Thérèse Fournier, l'héritière d'un bonnetier de Ganges, il avait repris goût à la vie après son divorce d'avec Louise, la fille aînée des Rouvière, et sa tentative de suicide qui l'avait laissé cloué sur un fauteuil roulant. Entêté autant que son père, il ne s'était jamais totalement résolu à passer la main à son fils, Pierre, âgé de vingt-huit ans, qu'il avait cependant placé à la tête de son entreprise. Père et fils s'entendaient pourtant parfaitement dans les affaires comme au point de vue des idées. Très marqués à droite, ils se défendaient tous deux d'appartenir à la mouvance d'extrême droite, mais n'avaient d'amis politiques que dans le milieu de l'Action française. Averti par Sébastien, Emilio savait qu'il ne devait en aucun cas discuter en leur présence de l'idéal qui l'animait. Au reste, il ne se serait pas permis d'aborder de tels personnages, non à cause de leur divergence d'opinion mais à cause de la différence de rang social.

Pierre Rochefort, quant à lui, venait plus fréquemment chez sa grand-mère, à Anduze. Il n'hésitait pas à délaisser ses affaires pour des fins de semaine de plaisir, parfois prolongées, qu'il affectionnait de passer en compagnie d'amis rencontrés dans la région d'Alès. L'aîné de Jean-Christophe n'était pas le préféré des petits-enfants d'Élisabeth Rochefort. Celle-ci éprouvait plus de sentiments à l'égard de son frère et de sa sœur, les jumeaux Thibaud et Alix, et des enfants de Faustine, Lucie et Matthieu, qu'elle voyait presque tous les jours, vivant tout près de leurs parents. En fait, Pierre ne résidait chez sa grand-mère que par intérêt, pour bénéficier d'un pied-à-terre propice à ses échappatoires dominicales. Élisabeth n'était pas dupe mais ne lui disait rien, car, malgré tout, il était son petit-fils.

Emilio se sentait plus concerné par les événements qui se déroulaient de l'autre côté de la frontière pyrénéenne que par les relations familiales des Rochefort. Il venait d'apprendre que le gouvernement français avait décidé de vider les camps de concentration de la côte languedocienne, et se demandait ce qu'il allait advenir de ces milliers de réfugiés qui s'y trouvaient encore depuis son départ. En l'absence de Sébastien, remonté à Paris rejoindre sa femme et ses enfants, Vincent le tenait au courant en l'invitant souvent à passer la soirée en sa compagnie et celle de Faustine.

— J'ai peur qu'Hitler ne s'en tienne pas là ! déplora Vincent quand il apprit par la presse les visées du Führer sur le corridor de Dantzig. Déjà en mars, il a envahi la Tchécoslovaquie à la grande stupéfaction des démocraties qui n'ont pas réagi. Maintenant il menace ouvertement d'attaquer la Pologne. Jusqu'où ira-t-il ?

— S'il annexe la Pologne, il déclenchera la guerre, prophétisa Emilio que l'appréhension de voir s'étendre le fléau fasciste plus tôt qu'il ne le prévoyait rendait anxieux. Ça ne cessera donc jamais ! Que ferons-nous si le gouvernement français décide de nous rejeter sous la pression des xénophobes ou de ceux qui craignent que nous nous levions tous contre l'oppression ? En Espagne, la peur de la révolution sociale a provoqué la guerre civile !

Emilio ne se montrait pas très optimiste. En outre, ses rares rencontres avec Pierre Rochefort ne l'avaient pas rassuré sur les intentions de cette frange de Français qui attendait son heure pour en découdre avec les étrangers, les Juifs, les Tziganes, les communistes et tous les partisans d'une plus grande démocratie.

Depuis son arrivée, il ne lui avait pas parlé plus de deux ou trois fois. Mais Pierre lui avait fait part de ses projets intransigeants au cas où la France viendrait à tomber dans les mains d'une droite dure.

« Vous les anarchistes espagnols, lui avait-il déclaré sans vergogne, les révolutionnaires athées qui assassinent les curés et les religieuses, on vous renverra chez Franco dès que nous aurons conquis le pouvoir. On n'a pas besoin d'étrangers dans notre pays. Vous mangez le pain des Français. Vous prenez nos femmes. Et en plus, vous revendiquez ! C'est un comble ! Je me demande ce qu'attend le gouvernement pour rouvrir les camps !

— Vous vous trompez, monsieur Rochefort, osa répondre Emilio. Les réfugiés espagnols ne sont pas tous des anarchistes ni des communistes. Ce sont souvent de pauvres gens qui ont fui la tyrannie pour ne pas vivre sous le joug des fascistes.

— Franco n'est pas un tyran ! Votre Staline, oui ! C'est un sanguinaire de la pire espèce ! Pourquoi ni la France ni l'Angleterre ne sont intervenues dans votre guerre civile ? Réfléchis ! Franco est considéré comme le meilleur rempart contre le bolchevisme au-delà des Pyrénées. Avec lui, Hitler et Mussolini, Dieu merci, nous sommes préservés de voir triompher à nos portes le totalitarisme ! D'ailleurs, la Hongrie et la Slovaquie se sont rangées derrière eux. Bientôt l'Europe tout entière se liguera contre ce fléau du communisme. »

Emilio devait se contenir pour ne pas répliquer et ne pas mettre sa situation et celle de sa fille en danger. Il avait promis à Sébastien de se tenir loin de toute polémique avec son frère et son neveu. Mais, en son for intérieur, il fulminait et, en même temps, il commençait à voir se pointer à l'horizon des jours plus sombres encore que ceux qu'il avait connus en Espagne.

*
* *

Le 3 septembre, la France et l'Angleterre déclarèrent la guerre à l'Allemagne. En vérité, personne ne fut surpris, même si la plupart des Français tentaient de ne pas penser au pire. Mais Hitler ayant attaqué la Pologne deux jours plus tôt, nul ne se leurrait. La menace pesait déjà depuis trop longtemps. Les panzers nazis et la Luftwaffe ne rencontraient qu'une faible résistance de la part de l'armée polonaise et se rendaient maîtres du territoire envahi avec une rapidité déconcertante.

L'inquiétude régnait dans toutes les familles bien informées. À présent, chacun s'attendait à ce que la France soit agressée tôt ou tard. Certes, l'état-major laissait croire aux naïfs qu'il commandait la meilleure armée du monde, mais tout être averti savait que les troupes françaises ne pourraient s'opposer très longtemps au rouleau compresseur allemand.

Emilio reçut la nouvelle avec beaucoup d'appréhension. Il était persuadé que la situation des réfugiés espagnols ne pouvait que se dégrader.

— En temps de guerre, confia-t-il à Vincent, on cherche toujours des boucs émissaires. Surtout quand tout va mal !

Pour le moment, la France ne connaissait pas la tourmente de l'invasion. Et on se mettait parfois à croire qu'Hitler n'avait nullement l'intention d'attaquer l'armée française postée aux frontières du Nord et de l'Est et qui avait pris position dans la Sarre.

Emilio ne se trompait pas. Prenant prétexte du pacte de non-agression signé par Staline et Hitler, et du dépeçage de la Pologne entre les deux dictateurs, le gouvernement avait décrété la dissolution du parti communiste[1].

— Les camps ont encore de l'avenir devant eux ! déplorait-il. Je crains que les républicains espagnols ne soient tous assimilés à des communistes. On va nous rechercher partout et nous arrêter.

— Nous ne te laisserons pas tomber, Emilio, affirmait Vincent. Sébastien t'a remis entre nos mains, tu peux compter sur nous pour te défendre, voire pour te cacher s'il le faut !

Vincent et Faustine ne croyaient pas que la France pratiquerait la politique du pire. Même si un certain nombre de Français s'en prenaient déjà délibérément aux minorités qui, à leurs yeux, étaient la source de tous leurs malheurs, ils se voulaient optimistes et faisaient confiance aux hommes qui gouvernaient le pays.

— Certes, reconnaissait Vincent, à Munich Daladier a capitulé devant Hitler, mais il n'a signé ces accords qu'à contrecœur, poussé par le désir

---

1. 26 septembre 1939.

d'apaisement de la Grande-Bretagne. Cela ne fait pas de lui un partisan du fascisme.

— Néanmoins il mène une véritable chasse aux communistes depuis le mois d'août ! releva Faustine, moins indulgente que son mari. Moi, je pense comme Emilio : si l'on continue dans cette voie, il n'y a pas que les communistes qui ont du souci à se faire ! Bientôt viendra le tour de tous ceux qui ne penseront pas comme il conviendra de penser. La guerre ne fera qu'exacerber les passions et les envies de revanche chez tous les aigris. Si ceux-ci parviennent au pouvoir, tu pourras dire adieu à la liberté d'expression, à la liberté tout court ! Dans notre armée aussi, il y a des Franco en puissance ! Ils n'attendent que leur heure pour sortir de leur tanière et précipiter la France dans la gueule du loup.

Emilio ne pouvait que donner raison à Faustine. Mais ne voulant pas ajouter son opinion à une discussion qui, pour le moment, ne trouvait d'arguments que dans les suppositions, il préféra se taire.

Les tensions montaient petit à petit entre les partisans de la guerre contre le fascisme et ceux qui, plus tièdes, voire carrément hostiles à une implication de la France dans un conflit généralisé, tenaient à une stricte neutralité à l'instar de la Belgique, de l'Espagne et même, pour l'instant, des États-Unis.

Pierre Rochefort faisait partie de ces derniers. Il ne cachait plus son attachement aux régimes forts et louait ouvertement Mussolini, à défaut d'approuver Hitler. Aussi, lorsqu'il venait à Anduze, ne manquait-il jamais de vitupérer contre Emilio comme s'il était responsable du malheur des Français.

— Tu ne devrais pas être autorisé à travailler sur nos terres ! lui répétait-il à l'envi, comme si les vignes de son oncle et de sa tante lui appartenaient. Sais-tu que tes compatriotes sont enfermés dans des camps de travail pour étrangers ? Je me demande ce qu'on attend pour t'y envoyer. Au moins tu te rendrais utile à la patrie ! Mais tu préfères peut-être retourner à Argelès ! Tu connais déjà la musique ! Ça ne devrait pas te déranger !

Emilio savait que beaucoup de réfugiés avaient été renvoyés dans les camps du Languedoc. Ceux qui voulaient y échapper pouvaient choisir de rejoindre les compagnies de travailleurs étrangers[1], dont certaines participaient à la fortification des frontières. Ils y peinaient souvent à la tâche et supportaient des conditions d'existence à peine meilleures que celles qu'ils avaient endurées dans les camps. D'autres avaient accepté de s'enrôler dans les régiments de marche des volontaires étrangers, au titre de la Légion et pour la durée de la guerre.

— Je suis en règle avec l'Administration, rétorqua Emilio qui ne souhaitait pas polémiquer. Votre oncle m'a engagé tout à fait officiellement. J'ai le droit de travailler chez lui. Le gouvernement favorise même les embauches dans l'industrie et l'agriculture de tous les exilés espagnols. Nous servons à pallier la pénurie de main-d'œuvre due à la mobilisation générale. Vous voyez, nous vous sommes très utiles ! Si nous n'étions pas venus nous réfugier dans votre pays, vous manqueriez de travailleurs alors que la guerre menace !

---

1. CTE : créées par la loi du 13 janvier 1940.

— Tu n'es qu'un impertinent, Emilio. Un Espagnol de merde !

— Vous avez dans la bouche les mêmes mots orduriers que certains gardes-chiourme dans les camps ! Je vous croyais plus éduqué !

Vexé, Pierre fusilla Emilio du regard.

— Tu ne perds rien pour attendre ! Un jour, tu regretteras de t'être heurté à moi. Souviens-toi de ce que je te dis ! Quand l'heure aura sonné de mettre tous les rouges de ton espèce hors d'état de nuire, compte sur moi pour venir te chercher. On verra alors qui aura le dernier mot !

Emilio se sentait de plus en plus mal à Tornac lorsque Pierre Rochefort résidait chez sa grand-mère. Il avait même l'impression que le jeune homme le provoquait intentionnellement pour lui chercher querelle.

N'en pouvant plus de se laisser maltraiter, il finit par s'en plaindre à Vincent.

— Votre neveu me harcèle, lui avoua-t-il un jour que Pierre avait dépassé les bornes. Je ne peux plus travailler dans ces conditions. Je ne suis plus en sécurité chez vous.

— Sébastien t'avait prévenu de ne pas tenir compte des idées de son frère et de son neveu. Ce qu'ils profèrent tous les deux n'a aucune importance. Ce ne sont que des inepties.

— Ce que Pierre me dit me va droit au cœur comme une lame tranchante. Je ne peux admettre d'être considéré comme un paria, pire : comme un danger pour mon entourage.

— Ici, il n'y a que lui qui pense cela ! Tu le sais.

— Dans votre maison, peut-être. Mais ailleurs ? Je me doute que nous ne sommes plus très bien acceptés depuis que la guerre a éclaté. Votre femme avait raison. Je vous l'ai déjà dit, il faut des boucs émissaires. Bientôt ce sera le tour des Juifs ! Ils seront l'objet de toutes les calomnies, de tous les ressentiments quand la situation se dégradera. En attendant, c'est nous, les exilés espagnols, qui payons la mauvaise humeur de ceux qui jurent de mettre les étrangers à la porte. D'ailleurs, le gouvernement les écoute, puisqu'il a rouvert les camps. Que fera-t-il des réfugiés allemands hostiles à Hitler si les nazis envahissent la France ? Il les enfermera aussi dans les camps, avec nous ! Puis avec les Juifs ! Et quand les camps seront pleins à ras bord, que décidera-t-il ? De nous envoyer tous en Allemagne ! Là-bas, j'ai entendu dire que les camps de concentration sont beaucoup plus grands et plus efficaces que ceux de la France ! Pour l'instant, Hitler n'y incarcère que les dissidents politiques ; les communistes, entre autres, comme par hasard ! Mais plus tard, ces camps pourraient servir à d'autres. Et quand ils seront pleins à leur tour, il faudra bien trouver une autre solution !

Emilio semblait déchaîné. Il devinait ce qui n'allait pas tarder à déferler sur l'Europe, quel drame toucherait alors les exilés de tout bord, de toute obédience, de toute religion, de toute race. Désenchanté, il se disait prêt à partir, pour échapper une fois encore à la tyrannie, à l'oppression, dût-il s'exposer pour permettre à sa fille de vivre libre sans rejeter sur elle la haine qu'il risquait de susciter dans son entourage en demeurant à ses côtés.

— Tu penses retourner en Espagne ! s'étonna Vincent. Reprendre les armes contre Franco ! Sais-tu que certains y songent et sont décidés à franchir la frontière au péril de leur vie ? Mais c'est de la folie ! La République espagnole, dis-toi bien que c'est du passé. En tout cas pour l'instant. Tant que la guerre menace, il ne faut plus y croire. Reste tranquille chez nous. Tu bénéficies d'un travail. Ta fille s'épanouit comme n'importe quel enfant de son âge. Ne va pas tout remettre en question à cause des stupidités de mon neveu. D'ailleurs, ses idées n'ont aucune chance de triompher. La France est une démocratie. Jamais les Français n'accepteront de se jeter dans les bras d'un dictateur pour être gouvernés. Cette guerre soudera notre peuple autour de ses grands principes de liberté. Tu peux me croire !

Emilio ne se montrait pas aussi optimiste que Vincent.

En réalité, celui-ci lui cachait le fond de sa pensée. Devant Faustine, il reconnaissait volontiers que la situation lui semblait très fragile et qu'il ne faudrait pas grand-chose pour qu'une étincelle mette le feu à la grange.

— Je crains que, lorsque Hitler nous attaquera – et il le fera tôt ou tard –, nos politiques, ne sachant plus à quel saint se vouer, se jettent dans les bras du seul être qui leur paraîtra providentiel. Un sauveur de l'humanité tout droit sorti de leurs greniers à souvenirs. Or c'est toujours dans ces cas-là que, manquant de jugement, les hommes commettent les pires erreurs.

Ce soir-là, Emilio ne prit aucune décision. Il rassura Vincent sur ses intentions. Mais il l'avertit qu'en cas de récidive de la part de Pierre, il partirait.

## 29

**Menaces**

La « drôle de guerre » surprenait tout le monde. Depuis des mois, la France était entrée en lutte officielle contre l'Allemagne, mais rien ne s'était encore passé aux frontières du pays. Certes, l'armée française se battait en Norvège avec ses alliés britanniques, mais pour l'heure le territoire échappait à toute menace d'invasion. Aussi certains se prenaient-ils à croire qu'Hitler ne nourrissait aucune velléité d'agression contre son grand voisin de l'Ouest. Déjà, dans les milieux très conservateurs, on se louait de ne pas avoir proféré de haine manifeste envers le Führer. Celui-ci n'était-il pas en train de prouver qu'il ne voulait pas la guerre contre le pays des droits de l'homme ?

La vie semblait donc suivre son cours comme si la tempête était passée au-dessus des têtes.

La stupéfaction fut générale quand, le 10 mai 1940, les troupes de la Wehrmacht envahirent sans prévenir la Belgique en dépit de sa neutralité, ainsi que les Pays-Bas et le Luxembourg !

Pourtant les dernières vendanges avaient été généreuses et avaient laissé dans les esprits un goût d'espérance !

Emilio reçut l'information sans réelle surprise. Il se doutait depuis longtemps que les nazis ne se contenteraient pas d'une demi-victoire. Il entrevoyait même qu'Hitler se dégagerait tôt ou tard de son alliance contre nature avec Staline.

Quand, trois jours après, les blindés du général Guderian réussirent leur percée sur Sedan, toute équivoque fut aussitôt levée. Cette fois la France se trouvait complètement plongée dans la guerre.

— Maintenant il faut s'attendre au pire ! conclut Emilio quand il apprit la nouvelle de la bouche de Vincent venu le prévenir.

— Seuls les territoires du Nord et de l'Est sont envahis. Notre armée peut repousser l'ennemi aux frontières. En 14, nos poilus ont bien résisté sur la Marne !

Vincent tentait de ne pas se montrer pessimiste devant Emilio, qu'il savait prêt à tout pour sauver sa liberté si chèrement sauvegardée. Mais, en son for intérieur, il reconnaissait que l'armée française, commandée par des généraux d'une époque révolue, ne tiendrait pas longtemps face à une armée moderne et suréquipée comme l'était l'armée allemande.

Les premiers affrontements devaient hélas lui donner raison. En six semaines, la défaite étant consommée, une grande partie du territoire national se trouva sous la botte de la Wehrmacht. Une autre Retirade avait dramatiquement touché la moitié nord du pays, jetant sur les routes de l'exode des milliers de réfugiés.

Aussitôt Faustine se soucia de son frère demeuré à Paris.

— Sébastien aurait dû rentrer à Anduze pendant qu'il en était encore temps ! Je crains que son journal soit bientôt interdit par les autorités d'occupation.

— La démission de Paul Reynaud et l'investiture de Pétain vont plonger la France dans le chaos. C'est la pire chose que nous puissions souhaiter ! déplora Vincent. Dorénavant, la porte est grande ouverte aux mouvements politiques les plus réactionnaires. Heureusement que de Gaulle a relevé la tête en appelant à la résistance ! Sans lui, le pays connaîtrait la honte et le déshonneur.

Devant cette tragédie, Emilio s'interrogeait. Mais très vite, son désir de défendre la liberté au nom des siens l'emporta, alors qu'autour de lui de nombreux réfugiés se refusaient à envisager le pire. Ne vivaient-ils pas dans la zone libre ? Leur situation n'avait pas vraiment changé depuis que Pétain avait obtenu les pleins pouvoirs, même si les contrôles policiers avaient tendance à se multiplier et à leur rendre la vie un peu moins facile !

Si Jean-Christophe demeurait dans l'expectative devant les événements, son fils Pierre, qui avait échappé à l'ordre de mobilisation générale grâce aux appuis de son père, ne se privait pas de jubiler devant les membres de sa famille, à chacune de ses visites à Anduze. Certes, sa mère Louise, la fille de Donatien et de Constance Rouvière, n'approuvait pas son attitude, mais, détaché d'elle depuis qu'elle s'était remariée avec Alain Dubreuil, un journaliste ami de Sébastien, il ne prêtait aucune importance à ce qu'elle pensait de lui.

Aussi, chez les Rochefort comme chez les Rouvière, évitait-on d'aborder les sujets qui fâchaient et laissait-on Pierre à ses idées pourvu qu'il n'en fît pas étalage devant les autres. Cette situation, loin de le faire réfléchir, le poussait plus que jamais à afficher sa vanité et son mépris envers ceux qu'il considérait comme néfastes pour le pays.

— Quand Pétain aura éliminé tous les bolcheviks et les Juifs, arguait-il, la France retrouvera son vrai visage. Nous n'aurons plus peur de nous affirmer devant l'Allemagne. Celle-ci est notre alliée naturelle.

Seule Élisabeth osait contredire son petit-fils et ne se privait pas de condamner ses outrances. Mais la vieille dame passait aux yeux de ce dernier pour la représentante d'une France surannée, d'un pays qui pensait davantage à se protéger qu'à prendre des risques et à aller de l'avant. Pour lui, Hitler incarnait la force vive de tout un peuple, la fierté d'une nation qui était sortie la tête haute de l'infamie que lui avait imposée la défaite de 1918. Sans renier la victoire des Alliés de la Grande Guerre, il regrettait la politique suivie par les gouvernements successifs depuis vingt ans, une politique qui, selon lui, avait plongé la France dans le passéisme, la paresse et l'absence de convictions.

— Les Français ne savent plus vénérer leur patrie, insistait-il. Ils déshonorent la couleur de leur drapeau en lui préférant le drapeau rouge des communistes. Ils ne connaissent plus la valeur de l'effort et ne pensent plus qu'aux congés payés et à travailler moins pour gagner plus, comme si les entreprises pouvaient fonctionner avec des dilettantes. Dieu merci, Pétain a remis les pendules à l'heure ! Avec lui, les mots Travail, Famille, Patrie ne seront plus galvaudés ! Et quand il nous aura débarrassés de la juiverie qui gangrène notre société, tout rentrera dans l'ordre. Les

Allemands n'attendent que cela pour nous rendre notre liberté.

À vrai dire, Pierre jetait la honte sur sa propre famille. Vincent ne se privait pas de le lui dire, mais le jeune Rochefort le toisait et lui rappelait sans cesse ses origines pour lui signifier qu'il ne faisait pas partie de sa lignée familiale, surtout depuis la révélation de l'affaire Raphaël Vigan.

— Je te signale, mon cher oncle, lui répétait-il chaque fois qu'il avait envie de l'humilier, que tu n'es que le bâtard d'une misérable pécheresse qui t'a abandonné le jour de ta naissance ! Ma tante Faustine aurait dû renoncer à toi quand cette sale histoire a été révélée au grand jour. Et le tribunal aurait dû te déposséder de ce que tu as hérité à la mort de mon aïeul. Au fond, tu n'es qu'un usurpateur !

Vincent laissait le neveu de sa femme à ses paroles haineuses. Il évitait de lui tenir tête et d'entrer dans la polémique, le sachant de plus en plus hostile à tout ce qui contrariait ses idées. Faustine condamnait les invectives de Pierre et plaignait sincèrement sa belle-sœur Louise d'avoir un tel fils.

— J'ignore de qui il tient, déplorait-elle, mais pas des Rochefort en tout cas. Mon père, certes, n'était pas tendre et ses opinions étaient bien arrêtées. Mais il n'aurait pas approuvé les propos de son petit-fils.

— Il tient de ton frère Jean-Christophe, estimait Vincent. Nous savons tous qu'il a toujours fréquenté les milieux d'extrême droite. Il a embrigadé son fils ! Pierre est jeune. Il admire son père. Alors que son frère et sa sœur penchent plutôt du côté de leur mère.

— Il est vrai que Thibaud et Alix sont très différents de lui. Ce sont des Rouvière plus que des Rochefort !

— En attendant, c'est Emilio qui devrait prendre garde. Pierre ne cesse de le harceler comme pour le pousser dans ses derniers retranchements et provoquer un incident. J'ignore pourquoi !

— Il agit par méchanceté ou par bêtise !

— Il est plus sournois que cela ! Il le nargue pour l'inciter à commettre l'acte qui le fera condamner.

— Il faut le mettre en garde.

— Il se méfie de lui, mais je crains qu'un jour il ne se contrôle plus. Quand Pierre sera parvenu à ses fins, il pourra se vanter d'avoir éliminé un dangereux bolchevik. C'est tout ce qu'il cherche !

*
* *

La France n'était plus qu'un pays asservi. Doté des pleins pouvoirs, le maréchal Pétain appliquait son programme de révolution nationale, considérant celle-ci comme la seule planche de salut pour effacer le déshonneur de la défaite.

Dans toutes les communes de la zone libre soumises à l'administration de Vichy, régnait une atmosphère délétère, voire de suspicion. Si la plupart des Français faisaient peu ou prou confiance au nouveau gouvernement, certains en vantaient publiquement les mérites sans se soucier des conséquences qu'une politique d'abdication devant l'ennemi entraînerait pour le pays.

Les partisans d'un régime fort triomphaient. Leurs idées et leur programme étaient appliqués par une bureaucratie tatillonne qui n'avait rien à envier à la précédente. Au reste, beaucoup avaient changé leur fusil d'épaule, plus pour ne pas risquer de perdre leur emploi que par réelle conviction.

Pierre Rochefort exultait. Tant à Nîmes qu'à Alès, ses connaissances occupaient les postes stratégiques. Ce qui, pour assurer le succès de ses affaires et de celles de son père, ne pouvait que lui être favorable. Maintenant que l'État français dictait sa loi, il paraissait plus intouchable que jamais.

Emilio ne craignait pas tant pour lui que pour sa fille. Il se sentait capable de se défendre au cas où les intimidations du fils Rochefort seraient mises à exécution.

— Si j'étais seul, je prendrais les devants et m'en irais sans attendre ! annonça-t-il un soir à Vincent et à Faustine qui tentaient de minimiser l'attitude de Pierre.

— Ce n'est pas la bonne solution, lui répondit Vincent. Ta sécurité à l'extérieur n'est plus assurée. Sans travail, en tant que réfugié espagnol, tu tomberas vite dans les mailles de la police, et on te renverra dans un camp. Les Juifs naturalisés ont déjà été privés de la nationalité française. Je crains que tous les étrangers ne fassent bientôt les frais d'une politique d'ostracisme délibérée de la part des autorités de Vichy. Aussi ne te risque pas à vagabonder seul sur les routes avec Inès. Tu n'irais pas loin avant de te faire arrêter.

— Je ne vois pas d'autres solutions ! À moins d'attendre passivement que les amis de votre neveu viennent me chercher ici, sous vos yeux !

Vincent réfléchit. Regarda Faustine d'un air complice. Proposa :

— Je crois qu'il faudrait t'éloigner quelque temps. Si tu ne te trouves plus sous les yeux de Pierre, il finira par t'oublier. Je sais où tu pourrais vivre en paix.

— Vous connaissez un autre domaine sur lequel je pourrai continuer à travailler ?

— Je dois d'abord me renseigner. Je te donnerai la réponse après.

Vincent laissa passer quelques jours. Puis il annonça à Emilio que son problème était résolu.

— Louis Lansac accepte de te reprendre à son service. Je l'ai rencontré chez lui, à Saint-Hippolyte. Il ignorait que tu étais rentré. Il te croyait encore dans ta famille, en Catalogne.

— Louis Lansac ! s'étonna Emilio. Mais…

— Tu n'es pas d'accord ? Il te réserve même une bonne place ; meilleure que celle que tu occupais avant de repartir en Espagne. Son régisseur, Augustin Lanoir, a cessé ses activités. Il te propose de le remplacer.

Emilio s'assombrit. Il semblait ne pas apprécier l'offre de Vincent.

— Quelque chose te chagrine ? demanda celui-ci. C'est une chance inouïe qui se présente à toi. Tu devrais la saisir sans hésiter. Pense à ta fille. Et toi, tu n'aurais plus à subir les intimidations de mon beau-frère. À Saint-Hippolyte, il ne viendra pas te chercher querelle !

Vincent ignorait la relation qu'Emilio avait entretenue avec Justine Lansac. À l'époque, Sébastien était resté très discret et n'avait pas cru souhaitable de dévoiler la vie privée de son protégé. Depuis, plus de deux ans s'étaient écoulés. Cette histoire était tombée dans l'oubli. Personne, ni chez les Rochefort ni chez les Rouvière, n'en connaissait l'existence.

— Vincent a raison, appuya Faustine. Chez les Lansac, vous seriez à l'abri de toute suspicion. Beaucoup d'Espagnols ont été accueillis par la municipalité au pire moment de l'exode de vos compatriotes. Vous ne seriez pas seul dans votre cas.

— C'est que... Non, c'est impossible ! finit par avouer Emilio.

— Pourquoi ? s'étonna Vincent, intrigué. Je ne vois pas où est le problème !

Emilio hésitait à parler.

— Pour Inès ! insista Faustine.

— Précisément, qui me la gardera quand je travaillerai dans les vignes ? Ici, vous avez la gentillesse de vous occuper d'elle. Tout le monde est à ses petits soins. Là-bas...

— La fille de Louis Lansac a proposé de t'aider, coupa Vincent. Tu penses bien que j'y ai songé. Je leur ai dit que tu avais un enfant en bas âge.

— La fille de M. Lansac !

— Oui, Justine. La plus jeune de ses deux filles. L'aînée, on ne peut pas compter sur elle, d'après les propres paroles de son père !

D'un seul coup, Emilio se voyait catapulté quatre ans en arrière, à l'époque où il était arrivé à Saint-Hippolyte-du-Fort, avant même que la guerre civile éclate dans son pays. Depuis, bien des événements avaient marqué sa vie ! Certes, il n'avait pas oublié Justine, mais, avec le temps, la blessure de leur séparation avait fini par cicatriser. De tous les drames qu'il avait traversés, il était ressorti plus fort, plus aguerri. Le souvenir de Maria, incarné à jamais par la présence de sa fille, était ancré dans sa chair et ne pourrait plus le quitter. Aussi, à l'idée de revoir Justine, craignait-il subitement de vaciller sur le socle de certitudes qu'il s'était forgé dans l'adversité.

— Justine Lansac accepterait de s'occuper d'Inès ! répéta-t-il. Elle sait donc que je me suis marié et que j'ai perdu ma femme dans la guerre !

— J'ai dû expliquer ta situation. Mais je ne suis pas rentré dans les détails. Tu n'as aucun souci à te faire. Lansac est un ami de Sébastien, tu ne l'ignores pas.

— C'est Sébastien qui vous a suggéré cette idée ?

— Effectivement. Je l'ai contacté à Paris. Il m'a conseillé de te mettre au vert pour t'éviter la présence de son frère et de son neveu. Étant donné les circonstances depuis que Pétain est chef de l'État, il vaut mieux t'écarter d'eux. Il m'a demandé d'aller voir son ami Louis Lansac. Il lui a même téléphoné en personne. Il m'a affirmé que Lansac ne laissera jamais un homme en danger face à un pouvoir fasciste qu'il condamne ouvertement. Français ou étranger. Il connaît plein de gens bien placés pour aider ceux qui s'opposent au maréchal.

— Inès serait heureuse aux Grandes Terres, insista Faustine. Elle ne manquerait de rien. Et vous seriez toujours auprès d'elle.

Emilio commençait à entendre raison. En son for intérieur il sentait que le devoir l'appelait sur d'autres chemins et qu'il ne pourrait longtemps se dérober.

— Alors ! insista Vincent. C'est oui ?
— D'accord, finit par accepter Emilio. Pour Inès.

*
* *

Octobre s'achevait sous de lourds nuages. Pétain venait de rencontrer Hitler à Montoire, précisant la collaboration entre la France et l'Allemagne. Franco, bien que très hésitant, se disait prêt depuis l'été à entrer dans la guerre. Les puissances de l'Axe se renforçaient. La pieuvre nazie s'étendait en Europe.

— Cette fois, les collabos ont gagné ! déplorait Vincent. Il est temps qu'Emilio s'éloigne.

Sans attendre davantage, il le conduisit chez les Lansac.

Lorsque Emilio vit s'approcher le domaine des Grandes Terres, il ne put s'empêcher de penser à Justine. Il songea tout à coup aux délicieux moments de bonheur qu'ils avaient vécus ensemble, se souvint de leur première rencontre au bal du 14 Juillet, de leur premier rendez-vous dans le cabanon des vignes, puis de leurs ébats dans l'ombre. Il en éprouva presque de la honte, tandis que, à l'arrière de la voiture, Inès commençait à s'agiter.

Louis Lansac les attendait, comme convenu.

Il les fit entrer dans son salon, comme il y conviait tous ses invités. Une domestique apporta immédiatement un goûter pour Inès.

— J'ai tout prévu ! dit-il aussitôt à Emilio qui ne savait quelle attitude adopter. Vincent m'a expliqué. Quel âge a votre enfant, Emilio ?

— Inès a eu deux ans au mois d'août dernier, monsieur.

— Deux ans ! Que le temps file vite ! J'ai l'impression que vous nous avez quittés hier !

— Cela fait trois ans, monsieur.

Louis Lansac parlait comme si rien ne s'était jamais passé entre lui et son ancien ouvrier agricole. Il semblait avoir oublié le différend qui les avait opposés à propos de Justine. Emilio trouvait son attitude étrange et restait sur ses gardes.

— Vincent a dû vous annoncer ma décision : celle de faire de vous mon nouveau régisseur. Vous connaissez parfaitement le travail. Je sais que vous êtes capable de diriger à la fois mon vignoble et mon chai. Je vous ai observé quand vous opériez aux côtés d'Augustin Lanoir. À l'époque, vous étiez déjà un très bon élément. Augustin a pris de l'âge et a dû cesser ses fonctions. Je le regrette. Vu les circonstances, avec cette guerre larvée qui ne dit pas son nom, je ne peux me permettre d'engager n'importe qui. J'ai besoin de quelqu'un en qui j'aie toute confiance. Sur les conseils de mon ami Sébastien qui m'a beaucoup entretenu à votre sujet, j'ai donc accepté la proposition de Vincent. Je vous promeus régisseur de mon domaine. Malheureusement, je ne pourrai pas vous accorder les mêmes gages que ceux d'Augustin. Les affaires vont mal, vous vous en rendrez compte très rapidement. La guerre y est pour quelque chose !

Emilio se demandait si Louis Lansac aborderait l'épineuse question de sa fille. Justine s'occuperait-elle vraiment d'Inès, comme l'avait prétendu Vincent ? Il n'osait l'interroger à ce sujet.

— Vous prendrez le logement que je réservais à Augustin, précisa Lansac. Quant au personnel, vous le rencontrerez tout à l'heure. Depuis votre départ, il y a eu beaucoup de changements. Vous ne retrouverez plus personne. Mais vous serez en terrain de connaissance, si je puis dire. Car j'ai embauché cinq de vos compatriotes lorsque la commune a accueilli des réfugiés au mois de mars de l'an dernier. Ce sont tous des Catalans, comme vous. Ainsi, vous ne serez pas dépaysé !

Emilio sentait sa tension se relâcher. Louis Lansac n'avait pas changé. Il se montrait toujours prêt à aider les autres, sans se soucier des problèmes, voire des dangers qu'il pourrait rencontrer.

— Je ne sais comment vous remercier, monsieur. Sans vous, je serais reparti sur les routes au risque de me faire arrêter pour vagabondage. Et, en tant qu'étranger, je me doute de l'endroit où j'aurais atterri !

— Je connais votre parcours, Emilio. Sébastien Rochefort m'a tout raconté par téléphone. D'ailleurs, il ne manquera pas de venir vous voir, m'a-t-il confié, dès qu'il redescendra chez sa mère à Anduze. Vous êtes un homme très courageux. Je ne pouvais pas vous laisser dans l'embarras. Sachez que, aux Grandes Terres, personne ne vous cherchera querelle.

Emilio interrogeait Vincent du regard. Celui-ci finit par saisir ce qu'il tentait de lui faire comprendre. Il intervint à sa place.

— Pour Inès, tout est réglé, n'est-ce pas, Louis ?

— Oh, j'oubliais de vous le dire ! Votre enfant aura sa chambre dans le logement que vous occuperez. Dans la journée, ma fille Justine prendra soin d'elle.

Elle s'est proposée elle-même sans que j'aie eu besoin de le lui demander. Elle dispose de tout son temps maintenant qu'elle a terminé ses études et qu'elle travaille à mes côtés.

Emilio ne put dissimuler son étonnement.

— Elle gère tout l'aspect administratif du domaine, précisa Lansac, la comptabilité, la commercialisation, la paperasserie... Elle s'y entend à merveille. Elle m'ôte une grande épine du pied, car j'avoue que cette tâche ne me plaît pas beaucoup.

Emilio crut que Lansac allait enfin faire allusion à leur ancienne relation et s'attendait à se trouver mal à l'aise.

— Bien, je vous conduis dans vos nouveaux appartements, finit-il par lui dire. Puis je vous présenterai à vos collègues de travail qui seront donc tous sous vos ordres.

Louis Lansac invita Emilio et Vincent à le suivre quand, du haut de l'escalier qui donnait accès aux chambres, apparut Justine dans toute sa splendeur.

Instinctivement, Emilio leva les yeux dans sa direction. Leurs regards se croisèrent. Justine hésita quelques secondes. Émue autant que pouvait l'être Emilio, elle alla à sa rencontre sans dévoiler son trouble.

Tandis qu'elle descendait les premières marches, Emilio crut soudain revoir Maria. Sa démarche légère, sa frêle silhouette, son sourire angélique, tout lui rappelait sa défunte épouse. Jamais il n'avait vraiment admis l'idée qu'il avait été attiré par la jeune Lansac parce qu'elle ressemblait physiquement – hormis la couleur de ses cheveux – à sa fiancée. Jamais il n'en avait vraiment pris conscience. Dans son esprit troublé et dans son cœur partagé, Justine avait naturellement pris la place de Maria sans qu'il ait jamais cherché à tromper celle-ci ni à l'oublier. Quand ils s'étaient séparés dans l'adversité, il avait ressenti une sorte de déchirure qui ne s'était tout à fait refermée que le jour où il avait retrouvé celle qui l'attendait de l'autre côté de la frontière. Il lui avait semblé alors qu'il avait rejoint celle qu'il venait de quitter, et son âme avait recouvré la sérénité, comme au sortir d'un mauvais rêve.

Lansac prit les devants.

— Je ne vous présente pas Justine, lui dit-il sans une once de ressentiment. Vous aurez tout le temps de refaire connaissance après votre entrevue avec vos collègues. Pendant ce temps, Justine prendra soin de votre enfant.

Lansac ne laissa pas sa fille et Emilio se retrouver seuls. Il emmena celui-ci dans le chai où ses employés s'apprêtaient à accueillir leur nouveau régisseur.

Six hommes et deux femmes patientaient dans l'ombre des barriques. Quand Louis Lansac ouvrit la porte, la lumière pénétra dans le caveau et éclaira leurs visages. L'un des ouvriers s'avança alors le premier en direction d'Emilio et, le sourire aux lèvres, attendit que ce dernier réagisse.

— Antonio ! s'exclama Emilio.

## 30

### Stupéfaction

Antonio Garcia n'avait pas prémédité de venir s'installer aux Grandes Terres. À sa sortie du camp d'Argelès, peu de temps après le départ d'Emilio, il avait tenté de s'embarquer sur un bateau de pêche pour gagner les côtes du sud de l'Espagne et rejoindre les dernières troupes qui s'y battaient désespérément contre les franquistes, victorieux partout ailleurs. Malheureusement, il échoua avant même d'avoir pu monter dans le chalutier, le patron de celui-ci l'ayant dénoncé aux gendarmes.

Il fut aussitôt reconduit à Argelès où les conditions de survie s'étaient dégradées. Lorsque le gouvernement Daladier déclara le 17 octobre 1939 son intention de « constituer avec une partie des Espagnols qui se trouvaient encore dans les camps du Sud-Ouest un certain nombre de compagnies d'ouvriers de renforcement appelées à être utilisées dans les établissements constructeurs et poudreries », et que la nouvelle parvint aux oreilles d'Antonio quelques jours plus tard, celui-ci comprit que les camps allaient servir de réservoir de main-d'œuvre pour la France. En tant qu'anarchiste de la première heure, il ne put se résoudre à se laisser exploiter au nom d'une cause qu'il n'approuvait pas. Aussi s'enfuit-il à nouveau. Mais, échaudé par sa première et vaine évasion, il préféra se fondre dans la population. Il erra de longs mois sans se faire remarquer. Puis, de guerre lasse, se souvenant qu'Emilio lui avait parlé d'un certain Louis Lansac à Saint-Hippolyte-du-Fort, un homme toujours prêt à venir en aide aux expatriés, il tenta sa chance en allant lui demander du travail dans l'attente de pouvoir rentrer en Espagne. Il lui cacha son intention d'y retourner se battre contre Franco, ce qui aurait semblé complètement désespéré à tout être raisonnable. Louis Lansac avait déjà accepté de prendre à son service plusieurs réfugiés provenant du grand exode de janvier 1939. Il n'en était plus à un près. Il l'embaucha sans se douter qu'il était le compagnon d'infortune de son ancien ouvrier agricole.

Aussi fut-il surpris de la réaction d'Emilio, quand celui-ci reconnut Antonio parmi les hommes qu'il allait diriger.

— Vous vous connaissez ? demanda-t-il.

Emilio sourit. La joie inondait son cœur.

— Nous avons vécu dans les mêmes camps.

Louis Lansac devina aussitôt que son employé n'était pas venu jusqu'à lui par hasard.

— Vous saviez que vous vous retrouveriez ?

— Non, répliqua Emilio, comprenant soudain que Lansac pourrait ne pas apprécier d'avoir été utilisé à son insu.

— Ne craignez rien, Emilio, le rassura-t-il. Antonio est chez moi comme tous ses compagnons, et comme vous-même. Je n'ai pas l'habitude de demander à ceux que j'embauche de me présenter un certificat de bonne conduite ni ce qu'ils pensent. À chacun ses opinions pourvu que celles-ci ne soient pas contraires au principe de liberté. Aussi tous ceux qui souffrent ou qui se battent au nom de cet idéal trouveront toujours asile aux Grandes Terres, dussé-je mentir aux autorités pour les protéger ou pour les défendre.

Dès le lendemain, Justine vint rencontrer Emilio pour prendre la garde d'Inès. La jeune Lansac était aussi émue que lui et ne parvenait pas à paraître naturelle.

— Mon père a accepté ma suggestion sans rechigner, lui avoua-t-elle. Lorsque Sébastien lui a appris que tu avais un enfant et qu'il fallait lui trouver une nurse pour le garder, j'ai cru bien faire en proposant mes services. Je ne souhaitais pas que ta fille tombe dans les mains d'une inconnue.

Emilio ne savait pas comment parler d'Inès et de Maria. Il n'avait jamais révélé à Justine que son cœur était pris et qu'il s'était engagé à épouser celle qui l'attendait dans son village. Elle ne l'avait appris qu'au hasard d'une discussion entre son père et Sébastien.

— Tu pourrais m'en tenir rigueur! reconnut-il. Je ne t'ai pas dit la vérité à mon propos.

— Je t'en ai voulu de ne pas me donner de tes nouvelles. Pas d'avoir appris que tu t'étais marié et que tu avais un enfant.

Emilio allait entreprendre le récit de ses années interminables passées dans l'enfer de la guerre civile, mais Justine l'arrêta aussitôt.

— Tu auras tout le temps de me raconter, lui dit-elle en se rapprochant de lui. Avant tout, je veux que tu saches une chose: je ne t'ai jamais oublié, Emilio. Je t'ai attendu sans me désespérer. Car j'étais persuadée que je te reverrais un jour.

— Tu m'aimes encore, après ce que j'ai fait!

— En douterais-tu ? Et qu'as-tu fait sinon respecter une promesse ? Je crois en la destinée. Ce qui devait arriver est arrivé ! Si tu es revenu, c'est qu'il devait en être ainsi !

Emilio ne savait pas comment interpréter les paroles de Justine. Celle-ci se montrait tellement indulgente, malgré la douleur qu'il lui avait infligée, qu'il en était désarmé. Mais il ne se sentait pas prêt à renouer une relation qui s'était révélée difficile, et ne tenait pas à gâcher la seconde chance que lui offrait Louis Lansac. De plus, le souvenir de Maria était encore trop présent dans son esprit pour qu'il envisage de retrouver la sérénité dans les bras de Justine.

— Nous ne pouvons pas heurter ton père une seconde fois, reconnut-il.

— Mon père n'a plus rien contre toi. C'est lui-même qui me l'a avoué quand je lui ai proposé de m'occuper d'Inès. Il a admis qu'il avait agi par autorité et contrairement à ses principes. Il a changé d'opinion à notre égard. Il me fait confiance, car il ne souhaite que mon bonheur.

Emilio se taisait. Justine ravivait en lui d'anciens sentiments qu'il croyait à jamais éteints. En l'écoutant parler, en la regardant poser sur lui son sourire angélique rempli de tendresse, il revoyait Maria, entendait ses paroles, ressentait ses caresses. Il ne savait plus qui était devant lui ni ce qu'il devait répondre.

Il préféra l'esquive.

— Je dois rejoindre mon poste, lui dit-il. Le personnel attend mes directives. J'avoue que j'éprouve un peu d'appréhension. Ils vont me juger sur ma capacité de les commander. Je n'ai pas l'habitude de donner des ordres.

Justine s'approcha de lui. Se hissa sur la pointe des pieds comme elle le faisait jadis quand elle voulait l'embrasser la première. Lui effleura les lèvres du bout des siennes.

—Je t'aime, Emilio.

Il ne put se retenir de l'enserrer dans ses bras. L'étreignit longuement. Se perdit dans sa belle chevelure blonde. Redécouvrit soudain le parfum qu'il avait emporté avec lui, dans ses souvenirs, à travers toutes les vicissitudes de la vie qu'il avait menée depuis son départ.

*
* *

Chez Louis Lansac, Emilio retrouva le cours de son existence comme si le fil qu'il avait brisé trois ans plus tôt s'était renoué de lui-même. Il reprit petit à petit ses habitudes et éprouva l'étrange impression de n'avoir jamais quitté le domaine. Hormis le fait d'endosser à présent de plus lourdes responsabilités et d'être en contact avec de nouveaux ouvriers agricoles, tout lui rappelait ce qu'il avait vécu à l'époque où Paulo était son ami et confident. Ceux qu'il avait côtoyés étaient partis, les uns pour chercher du travail ailleurs, les autres, comme lui, pour retrouver leurs familles dont ils s'étaient séparés. Louis Lansac ignorait ce qu'il était advenu de Paulo. Il apprit à Emilio qu'il était rentré en Italie peu après lui. Il ne lui avait pas dévoilé ses intentions, seulement son désir de se rapprocher des siens pour les emmener loin du tourbillon belliqueux qu'entretenait Mussolini avant même que la guerre éclate.

Très accaparé par son nouveau travail et par sa fille, Emilio ne voyait pas le temps passer.

Des semaines puis des mois s'écoulèrent. Les Français se résignaient à vivre sous l'Occupation, le dos courbé, et s'organisaient comme ils le pouvaient. Dans la zone libre, Laval régnait en maître et transformait le pays en une nation asservie, dépourvue de fierté et d'honneur.

Sur les conseils de Lansac, Emilio évitait de traîner en ville. Les miliciens traquaient les étrangers en situation illégale. Certes, il était en règle, son patron ayant toujours déclaré son personnel à l'Administration. Mais Lansac se méfiait. Il connaissait des individus peu sûrs qui ne se privaient pas pour dénoncer, affirmer des contre vérités, voire avancer de fausses accusations. Aussi, son travail terminé, Emilio rentrait chez lui sans tarder et retrouvait sa fille qui avait passé toute la journée en compagnie de Justine.

Celle-ci emmenait l'enfant chez elle dès que son père partait dans les vignes ou dans le chai, et s'occupait d'elle comme une préceptrice. Elle lui chantait des comptines, jouait avec elle, l'éveillait à tout ce qui l'entourait, lui inculquait les rudiments de la vie sociale. Inès apprenait vite et se montrait attentive. Le soir, lorsque Emilio revenait la chercher, elle rechignait à se séparer de Justine. Elle se réfugiait dans ses bras et, avec ses mots puérils, signifiait à son père son désir de ne pas quitter celle qu'elle avait définitivement adoptée.

— Elle t'aime comme si tu étais sa mère ! remarqua Emilio.

— À son âge, c'est normal. Elle ne fait pas la différence. Elle a si peu connu sa maman ! Elle ne se souvient pas d'elle.

— Je suis heureux que tu prennes soin de ma fille. Si tu ne t'étais pas proposée, je ne sais pas comment je me serais débrouillé. Je t'en serai éternellement reconnaissant.

Justine avait conscience qu'il lui faudrait du temps pour reprendre dans le cœur d'Emilio la place qu'elle avait occupée en l'absence de Maria. Elle ne souhaitait pas le brusquer. Au reste, elle ignorait comment réagirait son père si elle lui annonçait sans détour qu'elle désirait renouer sa relation avec son employé. Certes, Louis Lansac lui avait laissé entendre qu'il ne s'opposerait plus à son bonheur. Néanmoins, elle hésitait.

« Je regrette de t'avoir écartée d'Emilio », lui avait-il confessé peu après le départ précipité de celui-ci en Espagne. « Je n'ai pensé qu'à notre rang social, au mépris des sentiments qui vous unissaient. Je m'en voudrais toute ma vie si Emilio, par dépit, se jetait dans la guerre civile de son pays et s'il lui arrivait malheur. »

À l'époque, Justine n'avait trouvé d'échappatoire à son chagrin qu'en se plongeant à corps perdu dans ses études. Elle n'avait pas cherché à savoir ce qu'était devenu Emilio. Elle espérait seulement qu'un jour leurs chemins se croiseraient à nouveau et qu'ils seraient réunis à jamais. Aussi ne fut-elle pas surprise lorsqu'elle apprit son retour. Elle l'avait tellement souhaité qu'elle avait fini par y croire. Elle ne s'en était confiée à personne. Surtout pas à sa sœur Irène, qui avait tenté de dévoyer le jeune homme et s'en était vantée auprès d'elle.

Maintenant que son espoir s'était réalisé, Justine attendait patiemment qu'Emilio lui ouvre à nouveau son cœur. Elle ne désirait pas précipiter les choses de peur qu'il se cabre et refuse de renouer avec elle les liens qui les unissaient jadis.

Chaque soir, quand il venait reprendre sa fille, elle le conviait à rester un moment en sa compagnie. Elle prétextait qu'Inès appréciait de les voir tous les deux, ensemble, comme si elle avait son papa et sa maman auprès d'elle. Lansac s'absentait souvent. Ils avaient donc le temps de s'ouvrir l'un à l'autre. Mais Emilio évitait de s'épancher et n'évoquait jamais le passé.

En réalité, il n'osait pas lui avouer que son cœur retrouvait avec elle une sérénité qu'il ne connaissait plus depuis longtemps, depuis qu'il avait dû abandonner Maria au bord d'une route de Catalogne, dans un champ recouvert de neige. Son souvenir n'avait pas cessé de tourmenter ses nuits au plus fort de l'hiver passé dans les camps. Il regrettait parfois de l'avoir entraînée dans cette fuite éperdue à travers un enfer qu'il ne soupçonnait pas. Mais, à présent, il se sentait rasséréné. Justine savait redorer son horizon et calmer sa hantise du lendemain. Il pouvait compter sur elle pour ne pas laisser Inès dépourvue de soins et d'amour s'il lui arrivait encore quelque malheur. Car il n'était sûr de rien et craignait de devoir à tout moment reprendre le chemin de l'exode ou de la lutte pour échapper à d'autres bourreaux. La France, où il s'était réfugié, n'était-elle pas devenue à son tour un pays d'oppression où nul étranger ne se trouvait en sécurité ? N'y avait-il pas à sa tête les mêmes hommes qu'en Espagne, pire, des individus inféodés aux nazis ? Qui pouvait réellement lui assurer que ses jours n'étaient pas en danger, qu'il ne recevrait pas tôt ou tard la visite de gendarmes à la solde du régime fasciste de Vichy ? Pétain n'avait-il pas été l'ambassadeur de France auprès de Franco ? Et Laval n'avait-il pas déclaré souhaiter la victoire de l'Allemagne ?

Pour le moment, Emilio se sentait en sécurité. Louis Lansac affirmait à ses ouvriers espagnols que jamais il ne laisserait pénétrer chez lui des gens hostiles à son personnel.

— Je suis maître chez moi ! aimait-il proclamer. Celui qui voudrait me chercher des ennuis n'est pas encore né !

Mais combien de temps cette situation pouvait-elle durer ? s'inquiétait Emilio quand il discutait avec Justine.

— Lorsque les Allemands occuperont la zone libre – et ils l'occuperont, j'en suis certain –, je crains que ton père ne puisse pas longtemps s'opposer à leurs décisions au risque de se faire lui-même arrêter et emprisonner.

— Papa a des amis ! arguait Justine qui croyait Louis Lansac intouchable. J'ignore quelles sont ses relations, mais je sais qu'il connaît des gens bien placés en liaison avec les Français de Londres.

— Ceux de la France libre du général de Gaulle !

— N'en parle surtout à personne ! Ça pourrait lui causer de graves ennuis. Je l'entends parfois écouter la radio, puis téléphoner à de mystérieux correspondants.

— Ta sœur Irène est-elle également au courant ?

— J'espère que non ! Elle ne peut rien tenir secret. Avec elle, mon père aurait déjà été dénoncé.

— Je ne l'ai pas encore croisée sur le domaine depuis mon arrivée ! s'étonna Emilio. Serait-elle partie vivre ailleurs ?

— Oui. Elle n'habite plus avec nous depuis le début de la guerre. Mais elle vient nous voir de temps en temps. Elle a rencontré un garçon à Alès qui lui fait mener grand train. Il lui a offert un petit appartement dans le centre-ville et la promène en voiture tous les week-ends.

— Tu le connais ?

— Non. Elle ne me l'a jamais présenté. Elle a sans doute peur que je le lui ravisse ! Il n'est jamais venu aux Grandes Terres.

— Qu'en dit ton père ?

— Papa nous a toujours laissées libres… enfin, presque ! J'ignore ce qu'il pense de cette relation. Mais ma mère n'apprécie pas beaucoup que sa fille se fasse entretenir. Car il s'agit bien de cela. Quand on ne travaille pas et qu'un homme nous passe tous nos désirs, c'est qu'on se fait entretenir, je ne vois pas d'autre mot !

Emilio se souvenait très bien des manigances d'Irène à son égard. Il l'avait profondément vexée en refusant ses avances effrontées. À l'époque, il l'avait sentie prête à tout pour parvenir à ses fins. Aussi ne souhaitait-il pas spécialement la rencontrer.

— Un conseil, lui avoua Justine comme si elle devinait ses appréhensions, si par hasard elle croise ton chemin, évite-la !

*
\* \*

Les nouvelles fonctions d'Emilio l'accaparaient beaucoup plus que la tâche qu'il effectuait au Chai de la Fenouillère, chez Vincent Rouvière. Non seulement il devait diriger les hommes et les femmes du domaine, tout en mettant la main à la pâte, mais il avait aussi pour charge de gérer le chai et de rendre compte des problèmes auprès de Louis Lansac. L'organisation des tâches lui prenait plus de temps que le travail dans les vignes, qui avait sa préférence. Néanmoins il devait reconnaître que son emploi lui conférait un statut que beaucoup lui enviaient, surtout les ouvriers agricoles issus de la région et qui regrettaient parfois d'être commandés par un Espagnol. Mais Lansac avait su mettre son personnel au pas et aucun ne montrait d'hostilité envers son nouveau régisseur. Il les avait triés sur le volet avant de les embaucher, et avait pris sur eux tous les renseignements utiles pour s'assurer de leur passé et de leurs opinions. Il pouvait compter sur leur discrétion au cas où les autorités à la solde de Vichy viendraient à fouiller dans ses affaires. Lansac ne souhaitait pas, en effet, étaler au grand jour les relations qu'il entretenait dans le milieu très secret de l'opposition politique au Maréchal, et se méfiait de ceux qui affichaient leur arrogance en se référant sans cesse et sans vergogne aux inféodés de Laval et de ses amis allemands. Les Grandes Terres passaient pour une chasse gardée, y compris par les autorités d'occupation qui commençaient cependant à se montrer de plus en plus suspicieuses.

Emilio se sentait à l'abri de tout danger chez Louis Lansac. Il ne s'intéressait pas à ce que son patron pouvait bien manigancer dans l'ombre de son bureau. Si Justine lui avait expliqué à demi-mot que son père ne restait pas inactif devant la situation déplorable que Laval infligeait au pays, en tant qu'exilé espagnol il se devait de maintenir ses distances avec la politique car il risquait de se faire arrêter et, cette fois, jeter en prison.

Les camps avaient été fermés pour la plupart au cours de l'été 1941. Les anciens réfugiés avaient été répartis dans des groupements de travailleurs étrangers, les GTE, dans le but inavoué par Vichy de surveiller les républicains espagnols considérés comme suspects et d'utiliser une main-d'œuvre en surnombre, bon marché, corvéable à merci et docile car encadrée. Ces mesures traduisaient parfaitement une logique de contrôle et d'exclusion.

Emilio avait appris que, dans ces groupements de travailleurs, ses compatriotes étaient soumis à une discipline rigoureuse. Les punitions variaient de la simple privation de permission à la prison et à l'envoi dans un camp d'internement répressif, comme celui du Vernet en Ariège, réservé aux étrangers jugés dangereux ou aptes à favoriser une action extrémiste. Tous y étaient fichés. Leur courrier était censuré. Ceux qui s'évadaient, quand ils étaient repris, étaient réaffectés dans un autre GTE ou requis par l'organisation Todt[1] pour aller édifier la défense du front de l'Atlantique. Aussi Emilio n'avait-il pas envie de heurter qui que ce soit pour ne pas perdre sa liberté si chèrement sauvegardée.

Aux Grandes Terres, il croyait être assuré de vivre en toute tranquillité, maintenant qu'il s'était éloigné de Pierre Rochefort.

— Tant que tu n'étales pas tes opinions sur la place publique, lui affirmait Antonio qui, lui, n'avait pas renoncé à son objectif de poursuivre la lutte contre Franco, ici tu ne risques rien. Lansac te protégera. Je sais de source sûre qu'il a beaucoup d'appuis. C'est un homme de l'ombre ! C'est ce que j'apprécie en lui. Il ignore que je suis au courant de ce qu'il trafique à la barbe des autorités, et je ne me permettrais pas de lui en parler pour ne pas le mettre en porte à faux. Mais j'ai découvert par hasard qu'il appartenait à un réseau clandestin.

— Comment ? s'étonna Emilio.

— J'ai entendu malgré moi une conversation qu'il tenait avec l'un de ses ouvriers.

— Un de ses ouvriers !

— Oui, un Français, qui est sous tes ordres. Mais… je ne t'ai rien dit !

Ce soir-là, Emilio n'en apprit pas davantage de son camarade. Ce dernier ne souhaitait pas s'étendre sur le sujet.

---

1. Groupe de génie civil et militaire allemand du nom de son fondateur Fritz Todt, chargé de la réalisation de projets de construction, dans les domaines civil et militaire, tant en Allemagne que dans les pays d'Europe sous domination nazie.

Lorsqu'il rentra chez lui après avoir récupéré Inès des mains de Justine, il remarqua une voiture de luxe stationnée au bord du chemin. Il s'en approcha, étonné, et, par curiosité, regarda à l'intérieur. Une Torpédo ! s'extasia-t-il. À qui peut-elle bien appartenir ?

Sur le moment, il pensa que Louis Lansac devait recevoir un visiteur. Or il n'avait pas entendu discuter en passant devant son bureau. Il n'y prêta plus attention et contourna le mas pour rentrer chez lui. Parvenu au seuil de son logement, il sentit une présence à l'intérieur. La porte était entrebâillée et la lumière allumée. Pourtant, il en était certain, au petit matin avant de partir, il avait refermé derrière lui, et il n'était pas dans ses habitudes d'oublier d'éteindre.

Il poussa la porte prudemment. Passa le premier. Inès hésita à le suivre, comme si elle craignait quelque malfaiteur.

Dans le fauteuil situé près de la cheminée, assis de dos, quelqu'un l'attendait. Surpris, Emilio s'apprêta à l'interpeller. Mais aussitôt une autre personne l'arrêta, sortant de la cuisine.

— Irène ! s'étonna Emilio. Mais… que faites-vous là ?

— Bonjour Emilio ! fit l'aînée des Lansac avec un large sourire. Je me doutais que tu reviendrais.

L'inconnu installé dans le fauteuil n'avait pas encore bougé de sa place. Interloqué, Emilio regarda dans sa direction, puis dans celle d'Irène. Son visage trahissait sa stupéfaction.

— Je ne te présente pas Pierre Rochefort, lança alors Irène. Je crois que vous vous connaissez !

## 31

### La dénonciation

La rencontre entre Pierre Rochefort et Irène avait été fortuite. La fille de Louis Lansac fréquentait les lieux en vogue de la région et ne se privait pas de se montrer parmi les personnalités en vue du moment, tant à Nîmes qu'à Alès. Pierre, de son côté, connaissait beaucoup de monde et donnait ses rendez-vous d'affaires dans ces endroits recherchés qu'il affectionnait particulièrement.

Un soir, il remarqua Irène Lansac venue boire un verre avec une amie au Grand Café Gambrinus à Alès. Pierre s'entretenait avec un petit patron du textile de Saint-Christol. Irène était assise derrière lui et ne cessait de rire des plaisanteries de son amie, une fille délurée qui n'avait d'yeux que pour les beaux garçons qu'elle repérait autour d'elle. Gêné par le bruit que faisaient à elles seules les deux jeunes filles, Pierre se retourna pour leur demander de se calmer. Mais devant le sourire enjôleur d'Irène, il resta coi et perdit aussitôt son envie de s'énerver. Au contraire, il invita ses deux voisines à se joindre à sa table.

Ainsi débuta leur idylle qui se transforma rapidement en une passion dévorante chez Irène. Pierre en effet incarnait à ses yeux l'homme idéal, tant elle le trouvait beau et intelligent. Ses origines sociales, sa fortune ne lui furent pas non plus indifférentes. Aussi, lorsque le fils Rochefort décida, quelques mois après, de l'installer dans ses appartements, un petit meublé qu'il avait acquis rue Saint-Vincent, Irène fut aux anges et ne vit plus que par son nouvel amant. Pierre, de son côté, n'avait pas manqué de relever qu'Irène Lansac représentait un excellent parti, au regard du riche domaine que possédait sa famille. Comme chez son père et son grand-père avant lui, ses démarches amoureuses étaient rarement désintéressées !

Le temps passa. Avec la guerre, Pierre dissimula son jeu à sa protégée. En outre, celle-ci ne s'en souciait pas, estimant qu'il n'avait pas à se justifier devant elle et qu'il était libre de ses opinions quant aux événements tragiques que connaissaient la plupart des Français. Craignant toutefois la réaction de ses parents face à un jeune homme aux idées ouvertement affichées à droite et soutenant Pétain puis Laval sans aucune restriction, elle préféra cacher sa liaison, se contentant de leur avouer qu'elle était amoureuse d'un riche héritier qui lui permettait de vivre sa vie sans se préoccuper de son avenir.

Si Louis Lansac avait laissé sa fille libre de son choix, ne voulant pas réitérer l'erreur qu'il avait commise avec Justine, Armande, sa femme, n'avait pas bien accepté que son aînée se fasse entretenir, même par un homme issu d'une belle lignée. Elle ignorait tout des Rochefort, hormis qu'ils étaient d'importants industriels du textile nîmois.

Irène n'avait jamais cru opportun de présenter son amant à sa famille afin de ne pas risquer de soulever leur réprobation. Jusqu'à ce jour où Pierre lui parla d'Emilio et où elle reconnut dans sa description l'ouvrier agricole de son père, l'ancien petit ami caché de sa sœur. Pierre lui révéla qu'il avait travaillé chez son oncle, à Tornac, puis qu'il avait disparu. Mais il avait vite appris par ses amis de la police qu'il s'était réfugié aux Grandes Terres. Dès lors Irène ne retint plus son envie d'aller revoir celui qui l'avait froidement bafouée quelques années plus tôt. Sans dévoiler ses arrière-pensées à son amant, elle convia ce dernier à se présenter à sa famille.

—Il est temps! lui dit-elle. Depuis que nous nous fréquentons, mon père doit avoir hâte de te rencontrer. Et ma mère serait sans doute heureuse de faire la connaissance de son futur gendre.

Pierre n'avait jamais parlé mariage à Irène. Il ne dit mot, sourit, la laissant à ses désirs secrets.

Le lendemain, il lui céda et la conduisit aux Grandes Terres. Après une entrevue plutôt réservée avec ses parents, elle l'emmena chez Emilio. Pierre n'attendait que cela pour prouver qu'il n'avait pas capitulé devant lui.

Quand les deux hommes se retrouvèrent face à face, Irène comprit la profondeur de leur rivalité. Elle n'en tint pas compte et toisa Emilio comme elle aimait le faire jadis lorsqu'elle jouait à le provoquer dans le chai de son père ou dans les vignes comme pour mieux le mettre à l'épreuve.

Emilio ne prêta pas attention à son attitude qu'il jugea désinvolte et déplacée, mais fut davantage choqué par la présence de Pierre Rochefort. À Saint-Hippolyte, il se croyait à l'abri de ses manigances. Il avait même fini par l'oublier. Comment avait-il pu revenir jusqu'à lui? Dans quel but s'acharnait-il ainsi?

— Que me voulez-vous ? osa-t-il lui demander avant qu'il ne profère ses menaces.

— Tu le sais bien, Emilio ! Je n'aime pas les rouges de ton espèce. Il faut tous les parquer dans des camps et s'en débarrasser. Je te l'ai déjà dit : tu n'as rien à faire dans notre pays. Pas plus toi que les Juifs et tous les étrangers venus nous envahir. Mais maintenant que Laval s'occupe de vous, vous ne perdez rien pour attendre.

Irène connaissait les prises de position de son amant. Toutefois elle fut étonnée par la radicalité de ses propos.

— Ne sois pas si dur avec lui, mon chéri, intervint-elle sur un ton condescendant. Après tout, ces étrangers travaillent pour nous ; ils nous sont utiles !

— Tais-toi ! Tu n'y entends rien. Les femmes ne doivent pas parler de politique. Car il s'agit bien de politique. Tous ces immigrés qui ont trouvé refuge sur notre territoire en profitant de la faiblesse de ceux qui ont gouverné la France avant le Maréchal sont une vraie nuisance pour le pays. Hitler l'a parfaitement compris. En Allemagne, il a su les mettre au pas.

Irène, qui ignorait les activités secrètes de son père, se montrait toujours prête à abonder dans le sens de son amant. Comme un grand nombre de Français, elle pensait que la politique du maréchal Pétain était la seule qui permettait à la France de s'en sortir face aux intransigeances et à l'arrogance des vainqueurs. Aussi, quand Pierre affirmait son point de vue, pour elle, la messe était dite. Elle ne le contredisait pas et croyait qu'il détenait la vérité.

Le jour de ses retrouvailles avec Emilio, Pierre n'insista pas, ne souhaitant pas éveiller les soupçons de Louis Lansac. Il s'inclina devant la demande d'Irène de ne pas demeurer plus longtemps chez le jeune homme qu'elle sentit sur ses gardes.

— Je reviendrai te voir ! se contenta-t-il de lui affirmer. Et je ne serai pas seul. Le vent a tourné ! Tu as dû t'en apercevoir.

Irène ne comprit pas les allusions de son amant. Mais Emilio, lui, saisit immédiatement le sens de sa menace.

Le soir même, il s'en ouvrit à Justine.

— J'ai eu la visite de ta sœur, crut-il lui apprendre.

— Elle est revenue au domaine pour présenter son fiancé. Le moins qu'on puisse dire, c'est qu'il n'a pas fait bonne impression à mon père ni à ma mère !

— Tu sais qu'ils sont venus ici, chez moi !

— Quand j'ai entendu qu'il s'agissait de Pierre Rochefort, je ne me suis pas montrée. Je me suis doutée qu'ils iraient te voir. Comment ça s'est passé ?

— Mal. Rochefort m'a à nouveau menacé. Je crois qu'il collabore avec les nazis.

— Je vais en parler à mon père.

— Non. C'est inutile de l'ennuyer avec mes histoires. Je me débrouillerai autrement. Pour l'instant, il n'y a rien de grave.

Justine était venue seule. Emilio s'étonna de l'absence d'Inès.

— Ma mère a désiré la garder un petit moment auprès d'elle. Tu n'y vois pas d'inconvénient ? Elle adore ta fille. Elle doit lui rappeler l'époque où elle nous maternait, ma sœur et moi. Elle se sent comme une grand-mère avec Inès.

Justine s'était rapprochée d'Emilio. Elle le devinait déçappointé. Sans doute à cause de sa rencontre avec Pierre. Elle s'invita sur son lit. Lui prit la main. L'attira vers elle, sans un mot. Il se laissa aller. L'amour qu'il refoulait depuis le jour où ils s'étaient retrouvés l'étouffait. Chaque soir, en sa présence, il s'efforçait de songer à Maria afin de résister aux sentiments qu'il ne parvenait plus à réfréner. Justine occupait toutes ses pensées ; il ne pouvait plus le nier. Las de lutter contre l'indéfectible vérité, il finit par s'abandonner.

—Je t'aime ! lui susurra Justine au creux de l'oreille. Je veux être à toi. Pour toujours.

Alors, il se blottit près d'elle. La déshabilla. La couvrit de son corps. Lentement. L'embrassa et se perdit avec elle dans la profondeur de l'inaccessible.

Quand le jour se leva, ils n'avaient pas fermé l'œil de la nuit. Ils ne s'étaient pas aperçus que le temps les avait dévorés. Le lit avait été trop petit pour contenir leurs ébats. La chambre qui les avait faits souverains leur parut soudain trop étroite. Ils eurent envie de crier leur amour au grand jour sans se soucier du regard d'autrui. Ils en avaient oublié Inès, Armande, Louis et tous les autres. Un soleil radieux illuminait le chemin qu'ils venaient de tracer devant eux. C'était la première fois qu'ils s'aimaient sans contrainte, sans devoir se cacher. Ils se sentaient libres comme l'air qu'ils respiraient à pleins poumons. À présent plus rien ne serait comme avant. Ils auraient souhaité retenir le temps, ciseler chaque seconde à l'aune de leur amour, oublier le quotidien, se rassasier de chaque instant.

Mais il fallait savoir interrompre le rêve. Revenir à la réalité. Reprendre ses esprits devant les contingences.

Emilio se leva le premier. Ouvrit la fenêtre. Le soleil inonda la chambre de lumière.

Justine se hissa sur un coude, le regarda marcher devant elle, nu, sans aucune gêne.

— Tu me fais penser à un dieu grec, lui dit-elle.
— Tu n'exagères pas un peu !
— Non, je suis sincère.

Il se rapprocha du lit. Elle l'attira à nouveau, sensuelle, envoûtante.

— Tu m'aimes ? lui demanda-t-elle.
— Tu en doutes !
— Alors, dis-le-moi.
— *Te quiero, mi amor. T'estimo !* répéta-t-il en catalan.

Dehors, les hommes de Louis Lansac commençaient déjà à s'activer.

— Il faut que j'y aille, regretta Emilio. Sinon ils croiront que je suis malade ! Et Inès, tu t'en occupes ?
— Ma mère a dû faire le nécessaire hier soir quand elle ne nous a pas vus réapparaître.
— Elle va se douter !
— Les choses seront ainsi clarifiées ! Non ?

De son doigt, il caressa sa bouche. Elle le mordilla. L'attira par le cou. L'embrassa une dernière fois.

— Va, mon amour. Ne te fais pas de souci. Je parlerai à mes parents.

Emilio rejoignit son poste de travail après avoir avalé une tasse de café.

Antonio l'attendait dans les vignes.

— J'ai vu une traction s'arrêter devant la maison des patrons, lui apprit-il aussitôt. Des hommes en ciré noir en sont sortis. Tu n'as rien remarqué ?
— Non. Je loge de l'autre côté du mas.

— Je n'aime pas ça !
— C'est qui, tu crois ?
— Je ne sais pas. Mais on aurait dit des flics.

*
* *

Peu de temps après, en novembre 1942, les Allemands envahirent la zone libre. Désormais plus aucun étranger ne se trouvait en sécurité sur le territoire français, surtout ceux qui s'étaient illustrés dans des conflits antifascistes. Emilio le comprit sans hésiter. Sur le moment, il préféra temporiser, surseoir à toute décision. Il avait appris que Louis Lansac avait reçu plusieurs fois la visite de deux inspecteurs de police qui l'avaient questionné sur lui-même et sur son personnel. Emilio ignorait que son patron faisait l'objet d'une surveillance rapprochée et qu'il était soupçonné depuis longtemps d'agir contre les intérêts de l'État français. Mais Lansac bénéficiait d'appuis et de relais à la préfecture qui lui avaient toujours valu de ne pas être poursuivi.

Emilio se méfiait, car il pensait que les inspecteurs étaient venus spécialement pour lui. Prudent, il évita de se montrer seul en compagnie de Louis.

— Il ne faut pas qu'on nous voie ensemble pour qu'on ne puisse pas affirmer que nous complotons, expliqua-t-il à Justine. Ton père doit être suspect aux yeux de la police. Quant à moi, au moindre écart, mon compte est bon.

Une nouvelle année d'occupation débutait. La vie devenait chaque jour plus oppressante. Certes, aux

Grandes Terres personne n'avait été inquiété directement. Même Louis Lansac ne pouvait se dire menacé. On lui avait seulement posé quelques questions de routine. Néanmoins, en ville, l'atmosphère était de plus en plus délétère. Les partisans du Maréchal paradaient partout avec ostentation et semblaient mépriser tous ceux qui se montraient frileux et courbaient l'échine. Parfois une voiture arborant la francisque traversait le bourg à vive allure, avec à son bord de jeunes loups au service des Allemands, et s'arrêtait brutalement devant une maison. Les portières claquaient. Les affidés de la Gestapo aboyaient des ordres en tambourinant rageusement contre la porte et les volets, pénétraient chez l'habitant comme des éléphants dans un magasin de porcelaine. Le malheureux était traîné sans ménagement à l'intérieur de la voiture. Celle-ci démarrait en trombe et disparaissait aussi vite qu'elle était arrivée. Chaque jour voyait son lot d'arrestations se multiplier. À force, la population n'y faisait plus attention, mais ceux qui savaient ce qu'il advenait des suspects, tombés dans les mailles de la police ou de la Gestapo, ne s'attardaient jamais dehors lorsqu'ils entendaient débouler les Citroën noires de la répression.

Depuis l'instauration du STO, le 16 février 1943, en remplacement de la « Relève », de nombreux jeunes gens avaient rejoint le maquis afin d'échapper aux dures conditions de travail qui les attendaient en Allemagne. Cette décision du gouvernement Laval marquait un point de rupture pour les Français, car tout le monde était touché. Les exigences de l'occupant et de la politique de collaboration étaient de moins en moins bien acceptées.

De leur côté, beaucoup d'Espagnols, refusant de coopérer aux chantiers du mur de l'Atlantique au profit des Allemands, avaient suivi le même chemin. Antonio attendait son heure. Pour le moment, il se contentait d'infiltrer ceux qui s'adressaient à lui pour disparaître et s'enrôler dans les forces de l'ombre. Il songeait à s'engager directement. Il préférait le combat armé aux manœuvres souterraines, même si celles-ci étaient impératives pour assurer à ses camarades la meilleure sécurité. Depuis qu'il s'était installé aux Grandes Terres, il n'avait cessé d'aider les républicains espagnols qui, comme lui, refusaient de se soumettre aux fascistes. Il n'en avait touché mot à Louis Lansac, pour ne pas croiser leurs informations et mettre leurs réseaux respectifs en danger. Aussi celui-ci était-il loin de soupçonner que son ouvrier agricole participait comme lui à une cellule de résistance.

Rien n'échappait à Antonio sur le domaine. Les allées et venues des inspecteurs lui semblaient suspectes. Il subodorait quelque trahison voire quelque délation de la part d'un des membres du personnel. Il se mit à les surveiller de près. En vain. Alors, il prévint son ami Emilio :

— Lansac est en danger ! Les flics ne le lâcheront pas tant qu'ils n'auront pas la preuve qu'il ne trafique rien dans leur dos. Or, il anime un groupe de résistants au niveau du secteur, c'est certain. J'ai mes sources.

— Il faut l'avertir.

— Moi, je ne peux pas intervenir. Ce sont les ordres. Pas d'interférences entre nos réseaux.

— Tu appartiens à un réseau ! s'étonna Emilio.

— Disons que je suis en relation avec les républicains espagnols exilés en France. Tu devais t'en douter, non ? Nous attendons notre heure. Déjà beaucoup parmi nous se sont engagés dans le maquis. Je ne vais pas tarder à les rejoindre.

— Tu veux encore te battre ! Tu n'en as pas eu assez en Espagne !

— Tant que notre liberté sera en danger, je ne pourrai demeurer à contempler la rivière s'écouler. Et toi, quelles sont tes intentions ?

Emilio n'avait pas envisagé une telle éventualité. Certes, il se sentait de plus en plus dans l'insécurité depuis que Pierre Rochefort avait retrouvé sa trace. Mais après sa première visite, celui-ci ne s'était plus manifesté. Quant à prendre les armes, il n'y songeait plus, maintenant qu'Inès et Justine constituaient son nouvel horizon. Même dans la tourmente qui soufflait sur le pays, il éprouvait au fond de lui un réel bien-être qu'il n'aurait pas imaginé ressentir quelques mois encore auparavant. Louis Lansac et son épouse l'avaient reçu peu après le soir mémorable de ses ébats avec Justine, et lui avaient signifié qu'ils ne s'opposeraient pas au bonheur de leur fille si celui-ci dépendait de lui. Il leur avait longuement parlé, dévoilé ses intentions. Les avait rassurés.

Depuis, Lansac se comportait vis-à-vis de lui avec plus d'attention, comme s'il craignait pour sa vie et pour l'avenir de sa fille. Il prenait souvent des nouvelles d'Inès et semblait se réjouir de la présence de l'enfant dans ses appartements lorsque Justine la confiait à sa mère pour le seconder dans son travail.

*
* *

Début mai, Lansac reçut la visite d'un officier de la Wehrmacht. Sa maison était réquisitionnée et il devait lui procurer deux chambres confortables pour lui-même et son aide de camp, ainsi que des dépendances pour abriter une douzaine d'hommes de troupe qui stationneraient sur son domaine.

Lansac ne put qu'obtempérer.

— Mon mas ne possède que quatre chambres, allégua-t-il ! Une seule est libre. Les autres, nous les occupons.

— Vous vous pousserez un peu, rétorqua l'Oberstleutnant Müller. Mais ne craignez rien, nous serons discrets. Et si l'un de mes hommes vous manque de respect, n'hésitez pas à m'en informer. J'agirai immédiatement afin que cela ne se reproduise plus.

Louis accepta à contrecœur l'ordre de réquisition. Il dut renoncer à sa propre chambre et, avec sa femme, prit celle qu'Irène n'occupait plus depuis son emménagement à Alès.

— Où dormira notre fille quand elle viendra nous rendre visite ? s'inquiéta Armande.

— Avec Justine, répondit Louis. Nous lui mettrons un lit dans sa chambre.

— J'ai une meilleure idée, avança Justine. Je vais m'installer avec Emilio et Inès dans le logement du rez-de-chaussée. Je laisse ma chambre à Irène. Ainsi nous serons moins à l'étroit.

Louis hésita mais, devant le sourire consentant de sa femme, finit par accepter la proposition de sa fille.

La vie reprit son cours. Les Allemands se faisaient discrets et respectueux aux Grandes Terres.

L'Oberstleutnant Müller montrait beaucoup de courtoisie envers Armande et Justine qui, en retour, ne lui adressaient aucun signe de complaisance.

Le statu quo durait depuis plusieurs semaines lorsque, sans prévenir, à l'aube, deux inspecteurs de police accompagnés de trois membres de la Gestapo d'Alès déboulèrent aux Grandes Terres. Les roues de leurs deux Citroën crissèrent sur le gravier de l'allée, alertant les occupants du mas avant qu'ils aient pu réagir. Aussitôt les trois nazis vociférèrent des ordres incompréhensibles. Louis Lansac se leva le premier et alla leur ouvrir la porte qu'ils défonçaient à grand renfort de coups de poing.

— Ouvrez ! Police allemande !

Louis leur obéit. Il n'eut que le temps de s'écarter devant eux, les deux policiers français, le sourire aux lèvres, lui demandèrent de les suivre à l'extérieur.

— Mais que voulez-vous ? s'offusqua-t-il. Pourquoi tout ce charivari ?

Pendant ce temps, l'Oberstleutnant Müller, lui-même réveillé par le vacarme de ses compatriotes, sortit de sa chambre. S'adressant à eux en français, il s'étonna :

— Que se passe-t-il donc ici ? Messieurs, vous voyez bien que j'occupe cette maison en toute quiétude.

Les gestapistes ne se laissèrent pas impressionner par l'officier de la Wehrmacht.

— Cette affaire ne vous concerne pas, Oberstleutnant ! fit le chef de la délégation. Nous avons l'ordre d'arrêter un certain Emilio Alvarez.

— Qu'a-t-il fait, je vous prie ?

Louis Lansac était rentré en compagnie des deux policiers français.

— Emilio est mon régisseur ! s'interposa-t-il. Il n'a rien à se reprocher. Je me porte garant de lui.

— Si j'étais à votre place, monsieur Lansac, je ne m'avancerais pas aussi vite. Vous pourriez le suivre là où nous allons l'emmener. (Puis, à l'adresse de ses acolytes :) Fouillez la maison ! Il ne doit pas être loin.

Armande sortit de sa chambre en chemise de nuit, apeurée.

— Ne vous inquiétez pas, madame, la rassura immédiatement l'officier allemand. Ce doit être une grossière erreur. Je vais débrouiller tout cela avec ces messieurs de la Gestapo.

Emilio ne put s'esquiver. Les policiers français le cueillirent au sortir du lit. Justine, affolée, n'eut que le temps de mettre Inès à l'abri de leur brutalité, déjà Emilio était embarqué sauvagement dans l'une des deux voitures.

En l'espace de quelques secondes, l'intrusion fut terminée.

Lansac restait abasourdi. Sa femme tremblait de peur. Quant à Justine, la petite Inès blottie dans ses bras, elle semblait ne pas comprendre ce qui s'était passé sous ses yeux.

— Quelqu'un l'a dénoncé, réussit-elle à bredouiller. Je suis certaine qu'il s'agit de Pierre Rochefort.

En regardant les voitures s'éloigner, elle aperçut par la lunette arrière de l'une d'elles le visage de l'amant de sa sœur se retourner dans sa direction.

## 32

### La détention

Emilio fut conduit dans les locaux de la Kommandantur d'Alès établie à l'hôtel du Luxembourg. Incarcéré dans une chambre transformée en cellule, il y demeura plusieurs jours sans être informé du motif dont on l'accusait. Il n'y voyait personne, hormis le gardien, un soldat allemand qui ne lui adressait aucune parole quand il venait lui apporter sa nourriture.

Après une semaine passée dans le silence, il fut traîné sans ménagement devant un officier de la Wehrmacht, un homme replet à la mine débonnaire mais qui, sous des apparences affables, savait percer les secrets les plus ténus de ses prisonniers. L'Oberstleutnant Mayer se tenait droit derrière son bureau et ne détourna pas les yeux du dossier qu'il consultait quand Emilio lui fut présenté. Celui-ci attendit sans bouger qu'il daignât lui adresser la parole.

— Alors, comme ça, vous faites de la résistance, monsieur Alvarez ! commença l'officier allemand.

Emilio ne releva pas la tête.

— Vous n'avez rien à me dire pour votre défense ?

Derrière lui, le caporal d'infanterie qui l'avait amené le bouscula comme pour lui extraire les mots de la bouche.

Emilio ne broncha pas.

— Si vous continuez à vous taire, je vais être obligé d'utiliser d'autres méthodes... moins douces, mais plus efficaces ! Vous devriez vous montrer plus raisonnable, monsieur Alvarez. Dans votre propre intérêt.

— Je ne suis pas résistant ! finit par répondre Emilio en relevant la tête. Vos renseignements sont faux.

— Vous osez mettre en doute mes informations ! Vous semblez ignorer où vous vous trouvez et qui je suis !

— Je sais d'où proviennent vos sources. Parmi les Français, il y en a qui sont prêts à tout pour assouvir leur soif de vengeance. Même à dénoncer des innocents.

— Vous n'êtes qu'une malheureuse victime, si je vous comprends bien ! Vous refusez donc de collaborer !

— C'est un mot que j'ai banni de mon vocabulaire.

— Ah, vous les Espagnols, vous serez toujours les mêmes ! Fiers et impertinents !

Emilio savait qu'en s'obstinant il encourait de graves ennuis. Mais il n'avait rien à avouer à son inquisiteur. Rien de précis.

— Dites-moi avec qui vous êtes en relation, monsieur Alvarez, et vous retrouverez immédiatement votre liberté. Donnez-moi les noms de tous ceux qui appartiennent à votre cellule de résistance.

— Je vous le répète, je ne comprends pas ce que vous insinuez.

— Vous mentez ! s'énerva l'Oberstleutnant. Vous êtes un réfugié républicain espagnol. Vous avez combattu en Espagne contre Franco. Nous savons tout sur vous ! Vous êtes un communiste et votre ami Antonio Garcia un anarchiste de la pire espèce !

— Vous vous trompez ! Je ne dirai rien, car je n'ai rien à dire !

Emilio sentait la colère l'envahir. Il se doutait que Pierre Rochefort devait être la source de ses ennuis.

— Celui qui vous a parlé de moi en ces termes n'a que des ressentiments et de la haine dans le cœur. Il est prêt à vendre père et mère pour assouvir la rancune qui le gangrène de l'intérieur.

— Taisez-vous ! Vous ne devriez pas médire ainsi de ceux qui vous ont accueillis et qui savent où se trouvent la justice et l'avenir de leur pays.

— Ce n'est pas par la trahison qu'on devient respectable ! Mais par le devoir de résistance à l'oppression.

— Vous reconnaissez donc être résistant !

— Non ! Je ne fais partie d'aucun groupe ! Combien de fois devrai-je vous le répéter ?

L'Oberstleutnant commençait à se lasser. Il croyait qu'après avoir laissé son prisonnier une semaine en cellule, au pain sec et à l'eau, il obtiendrait plus facilement ses aveux.

— Si vous ne parlez pas, monsieur Alvarez, je vais être obligé de vous remettre dans les mains de mes amis de la Gestapo. Eux sauront vous faire avouer même ce que vous n'aurez pas fait. Alors, un conseil, avant que je ne prenne cette décision, réfléchissez, et donnez-moi gentiment les noms de vos camarades.

— Je n'ai rien à dire ! persista Emilio.

— C'est comme vous voudrez.

L'officier allemand ordonna au caporal de reconduire Emilio dans sa cellule. Il referma le dossier qu'il avait déposé sur son bureau. En réalité, il n'avait rien de précis concernant son prévenu, seulement un signalement des agents de la Gestapo, transmis par Pierre Rochefort sans aucune preuve formelle de ce qu'il leur avait avancé.

Deux jours après, Emilio fut transféré au fort Vauban, situé à quelques centaines de mètres de la Kommandantur. La citadelle alésienne, construite sous Louis XIV afin de protéger la ville des invasions, avait déjà servi de prison pour les protestants, puis pour les suspects sous la Révolution, enfin pour les criminels au XIXe siècle. Elle comprenait un petit nombre de cellules, toutes aussi sinistres les unes que les autres, sales et humides. Depuis leur installation à Alès en novembre 1942, les forces d'occupation y transféraient les détenus les plus récalcitrants. Ceux-ci y étaient systématiquement interrogés et torturés par les agents de la Gestapo. La plupart étaient ensuite envoyés en déportation.

Emilio fut enfermé dans un sombre cachot, seulement éclairé par une lucarne donnant sur une cour intérieure. Les murs épais ne laissaient filtrer aucun bruit venant du dehors. Il lui sembla aussitôt avoir été jeté au fond d'une oubliette. Avec lui, un autre détenu attendait qu'on l'emmène à nouveau à l'interrogatoire. Recroquevillé sur sa paillasse, le visage tuméfié, il n'était plus qu'un spectre misérable dans l'antichambre de la mort. Quand il entendit Emilio lui parler, il se souleva sur les coudes et lui dit :

— Bienvenue en enfer !

— Salut, répondit Emilio. Je m'appelle Alvarez. Et toi ?

— Ici on n'est plus personne.

— Que t'ont-ils fait ? Tu veux que je t'aide ?
— Oui, aide-moi à me redresser.

Le prisonnier peinait à s'exprimer. Sa bouche et ses doigts présentaient des plaies sanguinolentes.

— Ils m'ont arraché les dents et les ongles, parvint-il à prononcer. Mais je n'ai rien dit. Ils n'apprendront rien. Plutôt crever !

Emilio prit conscience que son calvaire ne faisait que débuter. Il tenta de penser à autre chose, donna des informations sur l'extérieur à son compagnon de cellule.

— Depuis combien de temps es-tu enfermé ici ?
— Je ne sais plus. Mais ça fait un bout de temps ! Ils me cuisinent par périodes. Parfois, ils me laissent tranquille des jours entiers. Mais j'ai pas fini de récupérer qu'ils recommencent à m'interroger. Toujours de la même manière. Au début, ils se montrent compréhensifs, presque aimables ! Puis c'est la baignoire et l'électricité. À la fin, exaspérés par mon silence, ils m'ont arraché les dents une par une, puis les ongles. J'ignore ce qu'ils vont encore trouver, je leur laisserai ma peau s'il le faut ! Mais je dirai rien !

— J'ai peur de ne pas avoir ton courage, *amigo* ! Le pire, c'est que je n'ai rien à leur avouer, car je ne sais rien de ce qu'ils me reprochent.

— Tu es espagnol !
— Oui… enfin catalan plus précisément.
— Dans ton pays, tu t'es opposé à Franco ?
— Exact, mais j'ai fui pendant l'hiver 39-40.
— Va pas chercher ; c'est pour ça qu'ils veulent t'avoir. Ils doivent se méfier de toi, croire que tu fais partie d'un groupe de résistants espagnols. Y en a beaucoup qui ont pris le maquis dans les Cévennes.

— Je sais. Mais moi, je n'ai rien fait. Je travaille comme régisseur sur un grand domaine viticole à Saint-Hippolyte-du-Fort.

Emilio s'arma de courage. Se trouver en compagnie d'un autre détenu, certes, ne lui ôtait pas ses craintes, mais cela lui donnait la force de résister à ce qu'il s'apprêtait à subir.

Cette fois, il n'attendit pas une semaine avant d'être interrogé. Le lendemain de son incarcération, deux soldats SS vinrent le chercher dans sa cellule et le conduisirent sans ménagement dans une salle dépourvue de fenêtre, située au niveau supérieur. Trois agents de la Gestapo discutaient avec un officier, tout de noir vêtu, botté de cuir parfaitement ciré, et tenant à la main une cravache. Les gardes le poussèrent violemment devant leur chef. Emilio, menotté, trébucha et tomba à ses pieds.

— Relève-toi, chien galeux ! Tu n'as pas encore parlé que tu me lèches déjà les bottes ! Attends donc que ces messieurs s'occupent de toi. À moins que tu aies des choses à me dire tout de suite ! Avoue que tu appartiens à une cellule de résistance, avec d'autres moricauds de ton espèce. Tous des communistes espagnols ! Et que ton chef est Louis Lansac, chez qui tu travailles. Nous savons tout. Rien ne nous échappe. Tu n'as qu'à reconnaître les faits et nous donner des noms, et nous te laisserons tranquille. Tu as une petite fille, je crois. Il ne faudrait pas qu'il lui arrive malheur. Elle a besoin de son père ! Déjà qu'elle a perdu sa maman. Tu ne voudrais pas qu'elle devienne orpheline ! Tu vois, nous savons tout de toi. Alors, parle et tu auras la vie sauve.

— *Fot-te, no vaig a baixar una merda, brut boche*![1]

Le SS s'approcha d'Emilio, le gifla de toutes ses forces.

— Si tu crois que tes insultes vont arranger tes affaires ! Parle ! J'écoute !

— J'ai tout dit !

Les trois agents de la Gestapo s'emparèrent de lui et commencèrent à le frapper au ventre, puis au visage, sur la nuque. Emilio s'effondra. Ils le relevèrent. Continuèrent à l'assommer sous les coups.

— J'ai l'impression que tu n'as pas très bien compris, sale chien d'Espagnol.

— Je suis catalan ! parvint à répliquer Emilio. Catalan ! C'est pire qu'espagnol !

— Je vois que tu as encore la force de faire de l'humour. C'est donc que ces messieurs se sont montrés trop gentils avec toi !

Ne perdant pas son calme, l'officier SS ordonna à ses acolytes de poursuivre l'interrogatoire sans lui.

— Je n'aime pas assister à la violence ! prétexta-t-il. Mais puisque tu m'obliges à employer les grands moyens, mes amis vont s'occuper de toi. Je reviendrai te voir quand tu seras dans de meilleures dispositions. (Puis, s'adressant aux gestapistes :) Allez, finissez le travail ! Je veux qu'il avoue.

*
* *

Emilio tint bon sous la torture. Quand il se sentait défaillir et prêt à avouer n'importe quelle

---

1. Insulte catalane : « Va te faire foutre, sale boche ! »

contre vérité, il s'appuyait sur l'image de sa fille et priait pour qu'elle ne connaisse jamais l'adversité. Il y avait longtemps qu'il ne priait plus. Croyait-il encore en Dieu ? Il ne l'aurait pas affirmé. Mais dans ces instants d'intense souffrance, il ne se posait pas la question. Il ressentait en lui une force qui l'aidait à résister, à affronter ses bourreaux. Il n'appartenait plus à son corps. Il s'en détachait comme pour mieux se rendre invulnérable, insensible aux sévices de ses tortionnaires. Chaque fois que ceux-ci lui sortaient la tête hors de l'eau avant qu'il suffoque et s'évanouisse, il respirait lentement en maintenant les yeux fermés, concentré sur ses pensées, loin de leurs exactions. Quand ils se lassaient, ils lui accordaient une pause, lui parlaient dans un mauvais français, comme s'ils avaient en face d'eux un prisonnier ordinaire, presque sur un ton amical.

— Tu ne devrais pas t'acharner à garder le silence, lui conseilla l'un d'eux. Tu es courageux, mais, ici, le courage ne sert à rien. Tu finiras par craquer et par nous dire ce que nous voulons entendre.

Puis ils reprenaient leurs sévices, avec la même implacable cruauté, comme si le diable en personne reprenait possession de leur âme.

Emilio subit la torture pendant plus d'une semaine. Chaque fois qu'on venait le chercher dans son cachot, il croyait que ce serait la dernière, qu'il ne résisterait pas à de nouvelles souffrances. Il en arriva à prier pour que Dieu lui accorde de mourir avant qu'il ne fléchisse et ne parle. Mais il trouvait toujours en lui la force de résister. Justine et Inès étaient ses seules planches de salut, ses ultimes raisons de tenir dans cet enfer où la mort paraissait douce en regard de ce qu'il devait endurer pour survivre.

Un matin, un commando de trois soldats vint chercher son compagnon de cellule. Le malheureux n'était plus que l'ombre de lui-même tant il avait été torturé. Lui non plus n'avait pas parlé. Il se doutait de ce qui allait lui arriver. Entre ses geôliers qui le brutalisaient, il réussit à encourager Emilio.

— Tiens bon ! lui dit-il. Rien n'est jamais perdu tant qu'on demeure vivant. Et si nous devons mourir pour la liberté, alors *viva la muerte* ![1]

— *Viva la libertad* ![2] répondit Emilio en s'efforçant de sourire devant son camarade dont il devinait le sort qui l'attendait.

Quelques minutes plus tard, il entendit dans la cour un peloton d'exécution prendre position. Des ordres de mise en joue. Puis une salve de fusils automatiques. Enfin un coup de revolver.

Dans toutes les cellules, les autres prisonniers frappèrent sur les barreaux de leurs lucarnes pour rendre un dernier hommage à leur camarade fusillé. Le bruit métallique se propagea à travers toute la citadelle jusqu'aux rives du Gardon. À l'extérieur, c'est ainsi qu'on apprenait qu'un malheureux venait d'être passé par les armes.

Emilio sombra dans un profond désarroi. Il se dit que ce serait bientôt son tour. Il ne pleurait pas sur lui-même, mais pour Inès qu'il allait laisser seule. Il

---

1. Vive la mort ! en espagnol.
2. Vive la liberté ! en espagnol.

pensa à Justine qui l'avait tant espéré. Il s'adressa à Maria pour lui dire qu'il était prêt à la rejoindre.

Le soir, il refusa de s'alimenter. Il resta allongé sur sa paillasse et attendit le petit matin. Il savait que si les soldats ne venaient pas le chercher à l'aube pour le peloton d'exécution, ils l'emmèneraient à nouveau à l'interrogatoire. Depuis combien de temps ce cauchemar durait-il ? Combien de temps pourrait-il encore résister ?

Épuisé, il finit par s'endormir dans l'espoir que la mort le prenne pendant son sommeil. Sa dernière pensée fut pour Inès et pour Justine. Au moment de sombrer dans l'inconscience, il entendit des voix au plus profond de son être, comme sorties d'un rêve qui n'était pas achevé et qui recommençait. Ses parents l'exhortaient à ne pas baisser les bras, à réagir, à vivre, pour sa fille, pour tous ceux qui l'aimaient et l'avaient aimé. Il sursauta sur sa couche. Ouvrit les yeux, hébété. Regarda autour de lui. Déçu de constater qu'il n'était pas parti outre-tombe rejoindre Maria, il se laissa tomber en arrière. Sa tête heurta la pierre sur laquelle il était allongé. Alors, il vit comme un feu d'artifice l'éblouir de l'intérieur, une myriade d'étincelles aveuglantes. Il se sentit transporté dans un autre univers, où la grisaille de sa cellule avait disparu au profit d'une clarté virginale. Les voix qu'il entendait n'étaient pas hostiles mais pleines d'empathie. Il ne ressentait plus aucune douleur. Son corps était devenu impondérable, impalpable.

Quand il se réveilla, il pensa que son cauchemar avait pris fin.

Mais devant lui se dressaient deux gardes en uniforme SS.

— *Aufstehen !* aboya l'un d'eux. Debout !

Emilio émergea avec peine. Il se sentit soulevé par une force gigantesque.

— *Raus !* ajouta le second soldat ! Dehors !

Titubant, Emilio crut que son tour était arrivé. Il se laissa traîner par ses gardes-chiourme jusque dans le couloir. Ceux-ci le jetèrent sur le sol sans ménagement au pied d'un gradé. Emilio ne distingua que les bottes cirées de l'officier SS. Il n'entendit pas l'ordre qu'il donna à ses hommes ni ce qu'il venait lui apprendre :

— Vous êtes libre, monsieur Alvarez ! Vous ne nous intéressez plus. Vous voyez comme nous sommes indulgents avec les terroristes de votre espèce ! Puisque vous nous affirmez que vous ignorez tout, nous vous croyons. Vous pouvez donc rentrer chez vous. Votre fille vous attend, n'est-ce pas ? Vous ne direz plus que les Allemands ne savent pas se conduire et se comportent comme des barbares ! Allez, dehors ! Vous reprendrez vos effets à la sortie... Ah oui, j'oubliais : vous présenterez mes hommages à M. Lansac. Qu'il prenne garde que son tour ne vienne plus tôt qu'il ne le croit !

Emilio ne réalisa qu'il était libre qu'une fois à l'extérieur.

Comme un automate, il marcha vers la rive du Gardon au bord duquel se dressait la citadelle alésienne. Il pénétra dans le courant sans se soucier de se tremper les vêtements. S'aspergea le visage. Puis entra complètement dans la rivière. La fraîcheur de l'eau lui fit reprendre ses esprits. Non, il n'avait pas rêvé ! Il était bien dehors ! On l'avait relâché.

Pourquoi ? Il se le demandait, mais ne voulut pas chercher à comprendre. L'essentiel n'était-il pas d'être vivant, d'être libre ?

Il se dirigea aussitôt vers le centre de la ville en longeant la rive gauche du Gardon.

À la sortie du fort, on lui avait remis sa ceinture, ses lacets et un porte-monnaie dans lequel se trouvaient quelques pièces. Il ne put s'abstenir de penser que ces Allemands étaient d'étranges personnages : ils ne lui avaient pas confisqué son argent ; ils le lui avaient rendu au centime près !

Il traversa la rivière par le premier pont qui l'enjambait, pénétra dans un café du quartier de Rochebelle et demanda à téléphoner.

Quand il entendit la voix de Louis Lansac au bout du fil, il déclara sans s'annoncer :

— Ils m'ont relâché. Je suis libre. Pouvez-vous venir me chercher ?

*
\* \*

Une fois rentré à Saint-Hippolyte, Emilio ne fut plus tout à fait le même homme. Son existence avait basculé à nouveau dans l'incertitude et le danger. Certes, l'officier SS lui avait déclaré ne rien avoir à lui opposer pour justifier la poursuite de sa détention et sa condamnation. Mais, dorénavant, il se savait soupçonné, épié, traqué. Pierre Rochefort ne lui avait pas menti lorsqu'il lui avait affirmé qu'il ne reviendrait pas seul aux Grandes Terres. Justine lui avoua d'ailleurs l'avoir aperçu dans la voiture des policiers venus l'arrêter.

Sur le moment, il se garda de toute décision hâtive. Il devait d'abord panser ses blessures, se remettre d'aplomb, reprendre des forces. Lorsque Justine s'enquit de ce qui lui était arrivé, il se tut, ne pouvant prononcer une parole, tant les images atroces qui lui traversaient l'esprit rouvraient ses plaies à peine cicatrisées. Louis demanda à sa fille de ne pas insister.

— Il a subi un grave traumatisme, lui expliqua-t-il. Il faut lui laisser le temps de retrouver un peu de sérénité. Il a vu la mort de près. Dans ces cachots, c'est l'enfer que vivent les prisonniers !

De son côté, Antonio ne cessait de réconforter son ami. Il lui affirmait que son acte de bravoure avait servi la cause de la liberté et qu'il s'était comporté avec l'étoffe d'un héros.

— Beaucoup finissent par craquer sous la torture, tu sais ! Tu as fait preuve d'un rare courage. Je suis fier de toi, mon frère !

Ensemble ils revisitaient les moments difficiles, éprouvants, mais finalement exaltants qu'ils avaient connus dans les camps, à se serrer les coudes, à reconstruire le monde en pensant qu'à travers le brouillard de l'aube pointe toujours une lueur d'espoir pour ceux qui refusent de courber l'échine et de se soumettre.

— On en a vu d'autres, *amigo* ! exultait Antonio. Ceux qui nous feront renoncer à notre idéal ne sont pas encore nés, n'est-ce pas ? Nous devrions reprendre les armes pour prouver à la face de la terre que les Espagnols sont un peuple debout, qui ne se rend pas devant les dictateurs d'opérette !

— Parce que tu considères Hitler et Franco comme des dictateurs d'opérette !

— Tous les despotes ne sont que des fantoches dans les mains de ceux qui les manipulent ou les tolèrent dans le seul but de dominer. Leurs jours sont comptés. Ce ne sont que des tigres en papier. Les hommes doivent se dresser contre la tyrannie pour faire barrage aux puissances de l'argent qui tirent les ficelles derrière ces marionnettes.

Antonio se montrait toujours aussi exalté. Non content de participer à un groupe de résistance, il attendait avec impatience le moment de s'engager davantage en reprenant les armes.

— Pour ta sécurité et pour celle de ta fille, tu devrais réfléchir.

— Cela signifie?

— Engage-toi avec moi dans le maquis. De nombreux étrangers, comme nous, se battent déjà dans les MOI[1] pour défendre la liberté.

Emilio ne se sentait pas encore prêt à franchir le pas. Certes, ce qu'il venait de subir lui faisait craindre que ses jours fussent en danger, mais il ne pouvait pas abandonner si vite Inès ni Justine au risque de les perdre à jamais.

— J'y réfléchirai, répondit-il, laissant son ami dans l'expectative.

---

1. FTP-MOI: Francs-tireurs et partisans - Main-d'œuvre immigrée.

## 33

## Le maquisard

Le printemps avait remis un peu de baume dans le cœur d'Emilio. Comme beaucoup, il s'était réjoui d'apprendre que les forces de l'Axe avaient été mises en échec en Afrique du Nord. Le général Rommel avait été rappelé de Tunisie par Hitler et remplacé par von Arnim dont l'armée connaissait de grosses difficultés devant les troupes de Montgomery.

— On dirait que le vent a tourné, exultait Louis Lansac. Après Stalingrad en janvier, la Tunisie marque peut-être le revirement de la guerre.

Dans le pays, la Résistance se montrait plus active que jamais et multipliait les actes de sabotage contre l'occupant. Unifiée par Jean Moulin selon la volonté du général de Gaulle, elle déployait ses antennes jusqu'au cœur des régions les plus inaccessibles. Dans les Cévennes, elle s'était organisée depuis la première heure et ne manquait ni de chefs ni de réseaux, pas toujours unis, au grand détriment de leur efficacité.

Louis Lansac opérait en relation avec un groupe monté en mars 1942 par le commandant Rigal, chef de l'Armée secrète de Toulouse, et un patriote toulousain, membre du groupe Combat, Jean Capel, plus connu sous le pseudonyme « Commandant Barot ». Après l'arrestation de Rigal par la Gestapo, il fut contacté par un ami, Coucy, un instituteur montpelliérain, pour recruter de jeunes combattants dans les Cévennes du Sud. Ceux-ci devaient constituer les cadres de la formation militarisée qui serait lancée contre l'ennemi le jour de la libération.

En mars 1943, Capel avait estimé que la seule propagande ne suffisait plus et qu'il fallait passer à l'action armée. Il mit sur pied avec les frères Marcel et Christian de Roquemaurel un premier groupe de maquisards composé d'étudiants toulousains, d'ouvriers, d'employés et de républicains espagnols. Ainsi naquit le maquis Bir Hakeim.

Lansac ne tenait pas à recruter Emilio dans ses rangs. Depuis qu'il avait admis la relation de Justine avec son régisseur, il craignait pour la vie de ce dernier. Il se sentait l'âme d'un beau-père.

Ses ouvriers agricoles espagnols ne faisaient que passer aux Grandes Terres. En réalité, ils transitaient par Saint-Hippolyte le temps qu'il reçoive l'ordre de les transférer auprès de leurs camarades dans le maquis. Quand il apprit qu'Antonio opérait en secret pour les FTP-MOI, sa surprise fut de taille. Sur le moment, il se méfia. La Résistance dans les Cévennes n'était pas encore très unifiée et certaines cellules refusaient parfois de coopérer avec les directives en provenance de Londres. Mais lorsque Antonio lui demanda de pourvoir à son transfert dans une unité armée, il s'informa à son sujet et fut rassuré.

Fort du soutien de Lansac, Antonio voyait donc enfin son heure arriver.

De son côté, Emilio s'interrogeait. Devait-il écouter les arguments de son camarade et, lui aussi, prendre le maquis ? Les agents de la Gestapo en avaient-ils fini avec lui ou bien l'avaient-ils relâché pour mieux observer ses faits et gestes et revenir à la charge après avoir accumulé d'autres renseignements plus compromettants ? S'il suivait les conseils de Lansac, s'il s'abstenait de toute participation à une quelconque action considérée comme hors la loi, il ne craignait rien ! On ne pourrait pas l'accuser de terrorisme.

— Ils ont essayé de me faire avouer que j'appartenais à une cellule que vous dirigeriez, expliqua-t-il à Lansac. Est-ce vrai ce qu'Antonio m'a affirmé et ce que la Gestapo m'a laissé entendre ? Vous faites partie de la Résistance ?

Louis ne put nier l'évidence.

— C'est exact. Mais je ne souhaite pas te mêler à cela. Tu sais pourquoi. Je te l'ai déjà dit. Je ne tiens pas à ce que Justine souffre s'il t'arrivait malheur. Et toi, de ton côté, tu dois penser à Inès. Elle a besoin de son père.

— Je crois entendre les arguments de l'officier SS ! Il me conseillait sournoisement la même chose et voulait me faire avouer ce que vous me confirmez maintenant.

— Je sais que ton ami Antonio te pousse à t'engager. Réfléchis bien avant de lui donner ta réponse. Si tu décides malgré moi de te joindre à nous, il te faudra partir, reprendre les armes, te battre. Nous formons les futurs commandos armés pour le grand jour.

Emilio regarda Lansac droit dans les yeux.

— Je veux demeurer libre ! répliqua-t-il. S'il le faut, je me battrai.

Peu de temps après, il reçut la visite d'Irène. Cette fois, elle vint le voir seule. Elle profita de l'absence de son père pour le rencontrer dans le chai, là où elle se complaisait à le toiser jadis lorsqu'elle s'amusait de lui. La jeune Lansac lui sembla toujours aussi imbue de sa personne. Habillée de façon très élégante, elle minauda de longues minutes autour de lui avant de lui adresser la parole. Retenant son courroux, Emilio feignit de ne pas l'apercevoir et l'ignora, demeurant plongé dans son travail.

— Écoute, Emilio, je ne suis pas venue te voir avec des arrière-pensées. Je ne te veux aucun mal, tu sais. Je désire seulement qu'on fasse la paix tous les deux. Tu te méprends à mon sujet. Et tu te trompes !

— Vous fréquentez Pierre Rochefort ! Ça me suffit.

— Pierre est un ami, c'est vrai...

— Seulement un ami !

— Nous allons nous marier. Il me l'a promis. Alors, si toi, de ton côté, tu épouses ma sœur, nous appartiendrons tous à la même famille. Nous avons donc intérêt à nous entendre !

— Je ne m'entendrai jamais avec un collabo ! Votre Pierre Rochefort m'a dénoncé à la Gestapo. J'ai failli y laisser ma vie ! Et vous me demandez d'envisager d'entrer dans sa famille ! Jamais !

Irène s'approcha d'Emilio, lui caressa la joue, enjôleuse.

— Si tu avais voulu...

Emilio la repoussa. Leva la main sur elle, prêt à la gifler. Il s'arrêta avant qu'il ne soit trop tard.

— Tu oserais me frapper ! s'indigna Irène. Moi qui étais venue en amie !

— Vos fréquentations me répugnent et doivent répugner votre père. Sortez d'ici ! Je ne veux plus vous voir rôder autour de moi.

Vexée, Irène le fixa droit dans les yeux.

— Si tu avais voulu, insista-t-elle, j'aurais été à toi, gros nigaud ! Tu n'as pas deviné que j'étais tombée amoureuse de toi ! Tu as préféré ma sœur ! Tu m'as toujours détestée, n'est-ce pas ? Je n'étais pas assez bien pour toi ! Mais pour qui te prends-tu ? Tu n'es qu'un petit paysan, un immigré sans le sou ! Et tu oses faire le fier !

— Ça suffit maintenant ! s'énerva Emilio. J'en ai assez entendu pour aujourd'hui. Vous me faites perdre mon temps. Allez-vous-en !

Il la saisit fermement par le bras et l'entraîna de force jusqu'à la porte du chai.

— Mais arrête, tu me fais mal ! Arrête, je te dis !

Il la jeta dehors sans ménagement.

— Retournez chez votre Pierre Rochefort. Et n'oubliez pas de lui apprendre que je vais bien !

Irène fit mine d'être furieuse d'avoir été éconduite une seconde fois. Elle n'insista pas. Elle fixa Emilio d'un regard empreint de tendresse. Lui sourit.

— Si tu savais ! lui dit-elle, laconique.

Puis elle reprit son air furibond et quitta les Grandes Terres sans même prendre des nouvelles de ses parents qu'elle n'avait pas prévenus de sa visite. Elle démarra en trombe au volant du petit cabriolet offert par Pierre et disparut dans un nuage de poussière.

— Qui était-ce ? s'enquit Justine lorsque Emilio rentra chez lui. J'ai entendu une voiture s'en aller à toute vitesse, il y a un quart d'heure.

— Ta sœur.

— Irène ! Mais elle n'est pas venue me voir, ni mes parents ! Qu'est-ce qu'elle te voulait ?

— Rien d'important, éluda Emilio. Seulement me présenter ses excuses.
— Ses excuses ! Pour quelles raisons ?
— Pour mon arrestation.
— Je ne comprends pas.
— Je t'expliquerai plus tard. Je n'ai pas envie d'en parler ce soir.

Justine n'insista pas. Elle alla s'occuper d'Inès qui l'attendait dans sa chambre pour se coucher, puis elle se replongea dans sa lecture.

Le lendemain, Emilio décida de prendre le maquis.

Il appela Antonio pour lui en faire part et demanda à voir Louis Lansac.

*
* *

Lansac ne put faire revenir Emilio sur sa position. Ce dernier était déterminé à rejoindre le maquis pour ne plus avoir à subir les menaces de Pierre Rochefort ou des agents de la Gestapo.

Ses adieux à Justine furent moins douloureux qu'il ne l'avait imaginé. Certes, elle ne s'attendait pas à ce qu'il prenne cette décision aussi vite, sans même la consulter. Mais, loin de tenter de le dissuader, elle l'encouragea au contraire à ne pas subir la fatalité d'une vie d'exilé.

— Je suis fière de toi, Emilio ! lui susurra-t-elle à l'oreille.

— En restant ici, je mets ton père en danger. Car, si je me fais à nouveau arrêter, je ne suis pas certain de ne pas parler. Or, maintenant je sais qu'il fait partie d'un réseau de résistance. D'une façon ou d'une autre, tôt ou tard, ils reviendront à la charge pour m'obliger à le dénoncer. Pendant mon absence, tu t'occuperas bien d'Inès, n'est-ce pas ?

— Ne t'inquiète pas... Si tu ne m'avais pas confié la garde d'Inès, je t'aurais accompagné.

— Tu n'es pas sérieuse !

— Les femmes sont tout aussi utiles que les hommes dans la Résistance !

— Comme tu es différente... ! laissa échapper Emilio.

— Différente ! De qui ?

Il hésita, lui caressa le visage, sourit sans lui répondre.

— De Maria ? osa-t-elle insister.

— Oui, de Maria. Tu es...

Il ne finit pas sa phrase. Il la prit dans ses bras. L'embrassa.

— Surtout, ne commets aucune imprudence, lui demanda-t-elle. Je veux que tu reviennes vivant. Quand cette guerre sera terminée, nous nous marierons. Et tu me feras de beaux enfants. Promets-le-moi avant de partir.

Emilio couvrit Justine de baisers et, se perdant dans son regard, lui promit tout ce qu'elle désirait.

Louis Lansac s'occupa d'infiltrer Antonio et Emilio dans un réseau combattant. Appartenant lui-même au groupe Libération, dirigé par Emmanuel d'Astier, il dépendait des MUR[1] depuis janvier par la fusion des trois mouvements de Résistance de la zone sud, Combat, Franc-Tireur et Libération.

1. Mouvement Uni de Résistance.

Le maquis Bir Hakeim, bien qu'affilié aux MUR, demeurait totalement autonome et ses membres passaient aux yeux des autres résistants pour des éléments incontrôlables. De fait, il déterminait seul ses objectifs et ses actions.

Antonio souhaitait rejoindre une section armée dans laquelle il retrouverait des compatriotes. Lorsque Louis Lansac lui proposa de le conduire sur le plateau de Douch, dans l'Hérault, à quelques kilomètres de Bédarieux, il s'étonna.

— J'espérais partir en Cévennes, dans les montagnes, là où les maquisards se sont rassemblés et opèrent! lui objecta-t-il.

— Ne pose pas de questions, lui conseilla Lansac. Je sais ce que je fais. Avec Emilio, tu rejoindras le groupe de RM; il a besoin de renforts. Puis, tous les deux, vous serez intégrés dans son unité. Tout est déjà réglé.

— Qui est ce RM?

— Ses hommes l'appellent comme ça. Il s'agit de Christian de Roquemaurel. Tu le rencontreras, ainsi que son frère Marcel. Ils te donneront leurs directives. Tu les suivras bien, sans chercher à comprendre. N'oublie pas, moins tu en sauras, moins ton groupe sera en danger.

Ni Antonio ni Emilio ne se doutaient qu'ils commençaient à cette date une longue et périlleuse aventure qui devait les mener de l'Hérault au causse Méjean, en passant par les Pyrénées-Atlantiques, le Gard rhodanien et la Lozère où ils allaient participer aux combats héroïques de la résistance cévenole. Le maquis Bir Hakeim se déplaçait souvent et changeait régulièrement de campement. Il effectuait de nombreux coups de main à bord de ses propres véhicules et bénéficiait d'un grand prestige auprès de la population locale.

La plupart de ses membres étaient des réfractaires au STO. Antonio et Emilio furent affectés à une unité rassemblant des antifascistes espagnols. Ils furent immédiatement envoyés près de Clermont-l'Hérault à une quarantaine de kilomètres de Montpellier, pour intégrer une section dirigée par le capitaine Demarne, un officier de l'Armée secrète. Celui-ci n'admettait dans son groupe que des hommes déterminés, ne craignant pas de risquer leur vie au combat. À leur arrivée, il les prévint :

— Les Boches savent tirer, leur dit-il. Je veux que vous sachiez que vous n'avez rien à espérer d'autre que de la souffrance, et de perspective que la déportation, la torture ou la mort[1].

— La déportation, on connaît, répliqua Emilio. On a vécu tous les deux dans les camps de concentration du Languedoc. Quant à la torture, j'y suis déjà passé. Et je n'ai pas parlé.

Demarne, selon son habitude, donna quarante-huit heures à ses recrues pour se décider.

— C'est tout réfléchi, fit Antonio. Nous ne reviendrons pas en arrière.

Ils suivirent d'abord un entraînement intensif dans un camp paramilitaire dont les cadres avaient été triés sur le volet. On leur confia un fusil automatique et deux grenades. Alors que les autres maquis des Cévennes manquaient cruellement d'armes, dans le maquis Bir Hakeim chaque combattant possédait

---

[1]. Propos tenus par l'intéressé.

la sienne, et pour la défense collective, chaque groupe détenait des mitrailleuses. Le matériel était abondant grâce aux actions de commando menées parfois à la barbe des Allemands et au grand jour. Leurs chefs se tenaient en relation avec les responsables de l'Armée secrète des Cévennes, Marceau Lapierre à Saint-Jean-du-Gard, Rascalon à Lasalle, Rouan près de Saint-Étienne-Vallée-Française. Aussi n'était-il pas rare que les Biraquins leur donnent la main pour des opérations courtes destinées à compléter le ravitaillement en armes, munitions, véhicules, vêtements ou nourriture.

*
* *

Au début de l'année suivante, Emilio et Antonio participèrent à plusieurs épisodes dont certains se terminèrent par une terrible réplique de la part des Waffen SS, notamment près de Saint-Hippolyte-du-Fort le 29 février 1944 où la tragédie des Grottes aboutit au massacre de seize habitants par les Allemands. À Saint-Étienne-Vallée-Française, les 7 et 8 avril, les Biraquins anéantirent une patrouille de la Feldgendarmerie. Antonio et Emilio faisaient partie du commando. L'opération, un peu précipitée, faillit mal tourner. Les Waffen SS déclenchèrent aussitôt une vaste répression dont furent à nouveau victimes de nombreux civils. Leur groupe se retrouva complètement encerclé et ne dut son salut qu'à la dispersion. Tous leurs camarades ne s'en sortirent pas indemnes, mais eux semblaient avoir la chance de leur côté.

Pourtant, les actions menées par leurs chefs présentaient toujours de gros risques.

— On est invincibles ! se réjouissait Antonio, le plus exalté des deux.

Quand Emilio se trouvait en mission dans le secteur de Saint-Hippolyte, il trépignait de ne pouvoir se rendre aux Grandes Terres pour aller embrasser sa fille et Justine. Mais les consignes étaient formelles. Personne ne devait se détacher du groupe à des fins personnelles.

Au printemps, leur unité, dont la chance semblait avoir tourné, se déplaça dans le massif du mont Aigoual. Emilio voyait avec regret s'éloigner Inès et Justine qu'il espérait pouvoir rejoindre en demandant une permission exceptionnelle.

— Ne sois pas triste ! le consola Antonio, tu les retrouveras bientôt. On ne part pas loin. L'Aigoual, c'est tout près. Les Alliés ne vont pas tarder à débarquer, c'est sûr ! Les Boches ne sont plus ici pour longtemps !

Ils étaient chaque jour de plus en plus menacés, pourchassés par la milice et les GMR[1]. Le soir, au bivouac, la fatigue les terrassait. Leur moral commençait à décliner. La vie qu'ils menaient était comparable à celle qu'ils avaient connue tous les deux sur le front espagnol. Une vie rude de combattants, à l'épreuve du feu, certes moins nourri que sur l'Èbre ou le Sègre, mais tout aussi périlleux. Toutefois Emilio ne ressentait plus l'enthousiasme qui l'animait alors,

---

1. Groupes mobiles de réserve.

aux côtés de son ami Sébastien dont il regrettait souvent l'absence.

Dans la nuit du 25 au 26 mai, à la veille de la Pentecôte, ils évacuèrent l'Aigoual et rallièrent la petite commune de La Parade sur le causse Méjean. Le convoi motorisé des maquisards, escorté de side-cars, traversa Meyrueis à l'aube, sans rencontrer d'obstacles. Deux heures plus tard, un premier groupe de résistants mené par le capitaine Brun s'engagea à son tour dans la ville. Celle-ci était d'un calme olympien. Pourtant l'arrivée des camions n'était pas passée inaperçue. Avertie par de mystérieux guetteurs, la gendarmerie locale informa la préfecture de la Lozère de la présence des véhicules. Le préfet signala aussitôt l'événement aux autorités d'occupation à Mende.

À La Parade, le gros de la troupe, emmené par Marcel de Roquemaurel, n'était pas au rendez-vous, ayant essuyé quelques accrochages dans la montagne. Antonio et Emilio désespéraient de parvenir au terme de cette fuite en avant qui commençait à les inquiéter.

Exténués, ils arrivèrent à destination avec plus de trente heures de retard, dans un état lamentable. Pendant ce temps, le Commandant Barot avait établi son quartier général dans la grande ferme de La Borie, appelée pompeusement dans la région « le Château ». Il avait décidé d'y loger les jeunes maquisards.

Ni Emilio ni Antonio ne devinaient la raison pour laquelle Barot avait choisi de retirer ses troupes sur le causse Méjean. Celui-ci, en réalité, constituait une formidable citadelle naturelle difficilement accessible à cause des vallées profondes du Tarnon et de la Jonte qui le ceinturaient. Le plateau permettait d'autre part le parachutage d'hommes et de matériel, mais aussi l'atterrissage d'avions gros porteurs.

L'annonce de l'installation des Biraquins à La Parade s'était vite propagée dans toute la région. Prévenu, l'état-major allemand lança alors la Légion arménienne pour anéantir le groupe de terroristes implanté sur le causse. La Parade fut rapidement encerclée dans le plus grand secret.

C'était le jour de la Pentecôte. Personne dans les alentours ne soupçonnait le drame qui allait bientôt se dérouler. Emilio se leva tôt ce matin-là, tout courbatu par ses efforts des jours précédents. Il pensa à Justine et à Inès, puis à ses parents dont il n'avait plus de nouvelles depuis longtemps. Il ignorait ce qu'ils étaient devenus depuis la chute de la République.

Antonio vint le rejoindre. La plupart de leurs compagnons dormaient encore dans la grande ferme de La Borie où ils avaient trouvé refuge.

— À quoi songes-tu ?

— À tout ce que nous avons connu ensemble depuis notre première rencontre. Et je me demandais si tout cela en valait bien la peine.

— En douterais-tu maintenant que nous arrivons au bout du chemin ?

— Une fois cette maudite guerre terminée, je souhaiterais faire venir ma famille ici, en France. Je ne veux pas qu'ils vivent sous le joug des franquistes. Je crains que mon père ait fait les frais des principes pour lesquels il a toujours lutté.

— Nous retournerons au pays, *amigo* ! Et peut-être plus vite que tu ne le penses.

— J'aimerais te croire !

Antonio avait appris que des compatriotes s'organisaient en vue de reprendre le combat de l'autre côté des Pyrénées. Des guérilleros persuadés que le fascisme en Europe était en train de chuter et que Franco tomberait à son tour, une fois Hitler et Mussolini vaincus. Pour eux, il fallait donc que tous les Espagnols exilés se tiennent prêts à intervenir quand l'heure sonnerait au carillon de la Reconquista.

Antonio ne dévoila pas ses intentions à son ami. Il ne souhaitait pas le perturber davantage.

Revigorés par une bonne nuit de repos, leurs camarades allaient et venaient aux abords du cantonnement. Emilio et Antonio terminaient leur toilette à l'extérieur, tandis que d'autres finissaient de boucler leurs sacs et s'apprêtaient à prendre leur poste de guet. Quand, soudain, retentit le crépitement d'une mitrailleuse. Cinq jeunes Espagnols, compagnons d'Antonio et d'Emilio, préposés à la surveillance de la route de Meyrueis, tombèrent sur le coup, fauchés avant d'avoir pu réagir.

— Aux armes ! s'écria Antonio. Rentrons au Château. Les Boches attaquent.

Autour de lui, tous ses camarades avaient eu le même réflexe.

S'ensuivirent alors de longues heures de combat acharné. Les forces de répression, commandées par le capitaine Lange, encerclèrent la ferme de La Borie ainsi que le hameau de La Parade où, apeurés, les habitants s'étaient terrés dans leurs maisons. Les maquisards se dissimulèrent dans les granges, les remises, derrière les tas de bois, dans les cours de ferme, tandis qu'au Château demeuraient les chefs :

Barot et Marcel de Roquemaurel, entourés de quelques irréductibles.

Emilio et Antonio avaient pris place dans un hangar situé à l'écart, en compagnie de trois autres jeunes combattants, deux Espagnols et un Français. Ils devaient surveiller l'arrivée possible d'un détachement allemand par la route de Mende. La fusillade redoublait de vigueur autour du Château, particulièrement visé, car bastion de la défense.

Vingt minutes à peine après le début de l'assaut donné par les Allemands, une terrible nouvelle parvint à leurs oreilles :

— Barot a été tué ! leur apprit l'un des leurs.

Puis ce fut le tour d'autres chefs charismatiques du groupe, Mickey, Manu… La liste s'allongeait de quart d'heure en quart d'heure.

Pris par l'émotion, Antonio harangua la petite troupe qui l'entourait :

— Il faut se ressaisir, camarades ! Nous ne leur laisserons pas notre peau si facilement.

Au Château, la situation semblait désespérée. Les hommes du capitaine Brun tentaient en vain une sortie. Les Arméniens ne leur laissaient aucun répit et leur déversaient un déluge de feu à chaque mouvement perceptible. En fin de matinée, des canons antichars et des lance-grenades entrèrent en action, bombardant sauvagement toutes les fermes alentour où étaient embusqués les maquisards.

De leur côté, Emilio et Antonio devaient faire face à une escouade d'une demi-douzaine de soldats munis d'une mitrailleuse et d'armes automatiques. Ils avaient reçu l'ordre de se disperser coûte que coûte dans la forêt en faisant le plus de victimes possible dans les rangs de l'adversaire.

De leur refuge, au début de l'après-midi, ils apprirent que Brun et Roquemaurel étaient tombés. Dans le hameau de La Borie ne subsistaient plus qu'une trentaine de résistants. Les Allemands pillaient déjà les maisons et l'épicerie de La Parade.

Peu après, le capitaine Lange, informé qu'il n'y avait plus aucune opposition dans le Château, fit appeler l'abbé Maury, réfugié avec de nombreux habitants dans le café du village, et lui intima l'ordre de pénétrer dans la ferme pour demander aux derniers maquisards qui s'y trouvaient encore de se rendre. Le prêtre, qui avait obtenu la levée des terribles sanctions que le capitaine avait décidées à l'encontre de ses paroissiens[1], s'exécuta, mais revint bredouille, après avoir constaté que le lieu avait été complètement déserté par ses occupants.

Quand le feu des armes décrut d'intensité, Antonio proposa à ses compagnons de tenter une percée. Bravant la riposte de leurs adversaires, ils finirent par se frayer un passage entre les ruines qui leur servaient de protection. Antonio abattit le soldat posté derrière la mitrailleuse. Emilio lança une grenade juste après lui, provoquant une gerbe de lumière qui leur permit de sortir de leur abri et de foncer vers un bosquet d'arbres sans se faire repérer. L'ennemi ne tirait plus. Antonio voulut s'assurer que tout danger avait disparu. Il envoya une seconde grenade. Après quelques minutes d'attente, il ordonna d'évacuer.

---

1. L'abbé devait être fusillé et la population enterrée vivante dans le Château, les hameaux de La Borie et de La Parade rasés.

— Allons-y, ils sont tous raides. La voie est libre.

Il bondit en avant le premier, suivi d'Emilio et de leurs trois autres compagnons. Une salve de fusils automatiques l'arrêta net. Antonio s'effondra, blessé à la cuisse. L'un des deux Espagnols reçut une balle en plein front. Emilio n'eut que le temps de se mettre à couvert derrière un arbre. Il demanda à ses deux camarades encore indemnes de le couvrir, dégoupilla sa dernière grenade, lança le projectile loin devant lui. Alors, voyant que plus rien ne bougeait, il se porta au secours d'Antonio. Celui-ci gisait sur le sol, la jambe ensanglantée, mais conscient.

— C'est pas très grave, le rassura-t-il aussitôt.
— Il faut partir d'ici. On va t'aider.
— Les Boches ont eu leur compte.

Ils se retirèrent rapidement, profitant d'un moment d'accalmie. Au loin, ils entendaient toujours crépiter des mitrailleuses et des fusils automatiques. Puis le silence les intrigua.

— Tu crois que c'est fini ? fit Emilio.
— Aucune idée, répondit Antonio en grimaçant. Mais il vaudrait mieux déguerpir pendant qu'il est encore temps.

Les quatre rescapés s'enfuirent le plus loin possible du lieu du désastre. Le soir, ils parvinrent à la lisière d'une forêt où ils se cachèrent dans les taillis.

— Je reste avec Antonio, décida Emilio. Vous deux, demanda-t-il à ses deux autres camarades, tâchez de savoir ce qui s'est passé à La Parade. Ne prenez pas de risque.

Au milieu de la nuit, le groupe de rescapés se sépara. Emilio et Antonio atteignirent une ferme isolée. Une vieille femme les accueillit les bras ouverts. Quand elle aperçut la blessure d'Antonio, elle héla son fils, qui guettait autour de la bâtisse une éventuelle arrivée des Allemands.

— Il ne faut pas rester ici trop longtemps, dit ce dernier à Emilio. Je vais vous conduire en lieu sûr et appeler un médecin qui soignera votre camarade. Vous n'avez rien à craindre.

Il proposa aux deux maquisards de les transporter dans sa charrette après leur avoir demandé de troquer leurs uniformes militaires pour des habits de paysan.

— Si on fait une mauvaise rencontre, vous passerez inaperçus. C'est plus prudent.

Quelques heures plus tard, ils parvinrent dans un petit hameau situé à une douzaine de kilomètres du lieu où s'était joué le drame. Leur sauveur les installa dans une grange apparemment abandonnée. Un médecin, le docteur Arnaud, arriva bientôt et opéra Antonio, à vif, pour lui ôter deux balles de mitraillette de la cuisse. Le fémur étant atteint, il lui confectionna une attelle.

— Il vous faudra éviter de poser le pied en marchant, lui conseilla-t-il. Le temps que la plaie cicatrise et que l'os se consolide. Vous savez où aller ?

— Nous savons ! répondit Emilio, ne laissant pas son ami réfléchir.

— Je vais vous procurer le moyen de vous y rendre. Mais ce ne sera pas sans danger et en tout cas pas pour tout de suite. Il faudra vous planquer un moment.

— Ils peuvent rester ici, proposa le brave paysan qui les avait amenés. Dans ce hameau, ils ne risquent pas grand-chose.

Ils demeurèrent cachés plus d'une semaine, coupés de toute information. Ils ignoraient ce qu'il était advenu de leurs compagnons, rescapés de la tragédie. Le maquis Bir Hakeim avait subi de grosses pertes à La Parade. Trente-quatre résistants avaient été tués au cours des combats. Vingt-sept avaient été faits prisonniers, puis fusillés le lendemain matin après avoir enduré de terribles tortures. Les chefs charismatiques avaient été abattus. Moins d'un quart de l'effectif demeurait vivant et était dispersé ou en fuite.

Très affaibli par sa blessure à la cuisse, Antonio ne pouvait songer à reprendre les armes. Aussi dut-il se rendre à la raison et, pour une fois, écouter son ami Emilio.

— Nous allons rentrer aux Grandes Terres, décida celui-ci. En faisant preuve de prudence, il ne devrait rien nous arriver en cours de route. Puis nous aviserons.

Comme il leur avait promis, le docteur Arnaud se proposa de les conduire à bon port. Il leur fournit de faux papiers, les affubla de vêtements de cantonnier et ensemble ils prirent la direction de Saint-Hippolyte-du-Fort.

Mais avant de démarrer, le médecin ne put se retenir de leur annoncer l'heureuse nouvelle qu'il avait interceptée à la radio depuis le début du conflit :

— Ça y est ! leur dit-il avec émotion. Les Alliés ont débarqué.

## 34

## Le guérillero

Depuis le débarquement des Alliés en Normandie, suivi au mois d'août de celui de Provence, la France connaissait enfin la libération de son territoire. Antonio exultait à l'idée que les fascistes étaient en train de chuter partout en Europe. Il pensait que le tour de Franco en Espagne allait bientôt arriver. Aussi se maintenait-il informé des dernières nouvelles en provenance de son pays et des réfugiés républicains de France. Il se procurait souvent le journal clandestin *Reconquista de España*, organe du rassemblement de toutes les forces antifranquistes. Sa blessure n'étant plus qu'un mauvais souvenir, il se disait prêt à poursuivre la lutte, suivant le mot d'ordre de l'Union nationale espagnole, ouverte à toutes les sensibilités politiques.

Chaque jour, il tâchait de convaincre Emilio que son devoir moral était de se joindre à ses compatriotes afin de terminer leur croisade pour la liberté.

— La fin de la guerre est proche, ne cessait-il d'affirmer. Franco est en train de perdre son meilleur allié avec Hitler. Quand ce dernier sera vaincu, il ne tiendra plus longtemps.

Mais Emilio n'avait plus le cœur à repartir ni à risquer sa vie. Les événements se précipitaient trop à son goût et ne lui laissaient pas le temps de reprendre son souffle.

— J'ai conscience que ta fille et Justine ont besoin de toi. Mais notre patrie aussi ! Et sans nous, les exilés, ceux qui souffrent en nous attendant dans nos villes et nos villages n'auraient plus aucun espoir de retrouver un jour la démocratie.

Emilio se sentait à nouveau déchiré. Depuis son retour, il vivait en toute sérénité. Il n'avait plus entendu parler de Pierre Rochefort. Quant à Irène, lorsqu'elle venait rendre visite à ses parents – toujours seule –, elle ne lui adressait plus la parole, comme si elle avait quelque chose à se faire pardonner. Il ne cessait de s'attendrir auprès d'Inès qui lui donnait beaucoup d'amour et se montrait très possessive quand il s'éloignait d'elle pour aller travailler. Et, dans les bras de Justine, il oubliait les heures sombres qu'il avait vécues pendant maintenant près de sept ans.

— Jure-moi que tu ne partiras plus ! lui fit-elle promettre. Je connais les intentions de ton ami Antonio. La guerre est bientôt finie. Songe maintenant à te reconstruire et à fonder un foyer, avec moi et Inès.

Emilio éludait les demandes de Justine et, chaque matin, se plongeait dans le travail pour ne plus penser qu'il passerait pour un déserteur s'il refusait de se battre pour la défense de sa patrie, maintenant que la libération de la France était bien amorcée.

— De nombreux Espagnols ont rejoint les FFI, se contentait-il de répondre comme pour la convaincre qu'il devrait peut-être en faire autant.

Les villes étaient libérées les unes après les autres, grâce à l'action conjuguée de la Résistance et de l'armée débarquée au nord et au sud du pays. Alès fut délivrée le 21 août, Nîmes deux jours plus tard. Puis vint le tour de Montpellier le 26 août avec la participation du maquis Bir Hakeim qui s'était reconstitué après la tragédie de La Parade. Partout l'euphorie était à son comble, malgré les dernières exactions pratiquées par les troupes SS au cours de leur retraite.

L'automne s'annonçait comme un printemps. La vie semblait reprendre. L'arrivée des prochaines vendanges redonnait du baume au cœur des hommes. Il y avait trop longtemps qu'on n'avait pas fêté le vin nouveau avec autant d'espoir. Certes, l'armée de libération se battait encore et poursuivait l'ennemi dans les territoires de l'Est, mais, ce n'était plus qu'une question de semaines, de mois tout au plus. La lumière pointait au bout du tunnel.

L'Union nationale espagnole pensait que les Alliés allaient maintenant soutenir les exilés dans leur désir de reconquête. Le moment lui semblait propice à une action militaire de grande envergure visant à renverser Franco. Ses troupes se tenaient prêtes à se ruer sur la barrière pyrénéenne.

— Le fruit est mûr ! annonça Antonio. Cette fois, il est possible d'entreprendre la reconquête de notre pays.

— Comment peux-tu dire cela ? s'étonna Emilio. Les armées de Franco ne laisseront passer personne aux frontières !

— Je viens d'entendre une allocution sur Radio Toulouse. Jesús Monzón affirme que des milliers de républicains sont prêts à franchir les Pyrénées et que la population espagnole va se soulever contre le régime lorsqu'elle nous verra arriver.

— Nous ? Tu as donc décidé de t'engager !
— Oui, *amigo*. C'est mon devoir. C'est le devoir de tout Espagnol digne de ce nom !

Emilio ne pouvait donner tort à son ami. Il avait longuement réfléchi. Il s'approcha de lui, le prit dans ses bras, l'étreignit.

— Alors, je t'accompagne. Donne-moi seulement le temps de faire mes adieux à Justine et à ma fille.

Une fois encore, Justine ne put détourner Emilio de sa décision. Quant à Louis Lansac, il s'efforça de consoler sa fille cadette en lui affirmant que cette reconquête de l'Espagne ne durerait pas longtemps et qu'Emilio serait bientôt de retour, et cette fois définitivement, pour l'épouser.

*
* *

À la mi-octobre, ils rejoignirent le centre de recrutement à Toulouse. Ils se retrouvèrent très vite entourés par plusieurs milliers de volontaires qui avaient entendu l'appel à l'invasion de l'Espagne. On leur apprit que celle-ci devait s'opérer par le Val d'Aran, une vallée étroite située sur le versant nord des Pyrénées. Déjà une première brigade de deux cent cinquante hommes avait pénétré en Navarre à Roncevaux, puis une seconde forte de quatre cents hommes dans la vallée de Roncal. Ces incursions avaient eu comme seul résultat l'arrivée d'un bataillon de soldats franquistes sur la frontière navarraise.

Emilio et Antonio furent affectés à la division 204 et armés chacun d'un pistolet-mitrailleur d'origine allemande. Certains de leurs compagnons étaient dotés d'armes françaises ou tchèques. Tous portaient des uniformes hétéroclites, récupération de l'armée française ou allemande. Mais la foi dans leur mission paraissait indéfectible. Ils étaient mus par un espoir insensé, qui ne s'était jamais tari, celui de reconquérir leur pays et de le délivrer du joug fasciste.

La saison était précoce. Le froid sévissait comme au cœur de l'hiver. Les conditions météorologiques se montraient défavorables. Mal équipés pour se battre en haute montagne, les hommes endurcis par d'autres combats tout aussi acharnés que celui qui s'annonçait suivaient leurs chefs sans sourciller.

Le 19 octobre, la 468e brigade, à laquelle appartenaient Emilio et Antonio, s'engagea par petits groupes dans le Val d'Aran. Ils étaient une soixantaine, menés par le capitaine Ramón, un ancien résistant de Saint-Girons. Parmi eux se trouvaient un médecin et un infirmier.

Ils partirent par Montgarri. Dans la nuit, il commença à neiger. Ils durent rebrousser chemin.

Après trois jours de marche exténuante, ils parvinrent aux abords du tunnel de Vielha, alors en construction. Jusqu'à présent les opérations des guérilleros avaient été couronnées de succès. De nombreuses localités étaient passées sous leur contrôle.

— Si tout se déroule aussi facilement, s'étonnait Antonio, nous arriverons bientôt à Madrid !

Emilio ne souriait pas aux remarques trop optimistes de son camarade. Il savait que les franquistes ne se laisseraient pas déborder longtemps. Le bruit courait que le général José Moscardo et plusieurs dizaines de milliers de soldats, accompagnés de tanks et d'une lourde artillerie, les attendaient de l'autre côté du tunnel.

— Cette vallée est un étau, releva-t-il. Demeurer ici, dans le Val d'Aran, est très dangereux. Il suffit de constater comme c'est étroit. C'est une vraie souricière. Si l'armée franquiste y fait une percée, elle nous délogera en un rien de temps. Avancer dans le tunnel, c'est foncer tête la première dans un piège.

Leur section décida de passer par-dessus le tunnel, par un chemin qu'empruntaient les chevaux et qui aboutissait de l'autre côté sur l'Hospital de Vielha, qu'ils devaient attaquer. Trois de leurs compagnons se portèrent volontaires pour aller en éclaireurs. Les apercevant, les gardes civils postés devant l'entrée comprirent que les guérilleros arrivaient et décampèrent en abandonnant leurs armes.

Le soir, ils se réfugièrent dans une grange. Un de leurs camarades avait été victime d'une insolation, malgré le froid qui sévissait. Emilio aida le médecin et l'infirmier à l'installer dans la paille. Fourbu, il s'apprêtait à s'affaler à son tour dans un recoin, quand, tout à coup, Antonio, qui était de garde, déboula dans la grange. Il venait de s'entretenir avec un groupe de guérilleros qui les avaient rejoints.

— Vite, il faut déguerpir ! s'écria-t-il. Ils arrivent !

Aussitôt ils levèrent le camp.

— Nous ne pouvons pas abandonner notre camarade ! s'insurgea l'infirmier. Il est complètement assommé. Il ne peut pas marcher.

Avec Emilio, il tenta de réveiller le malade. En vain. Le médecin décida de le laisser sur place.

— Nous ne pouvons courir le risque de l'emmener. Il nous retarderait et nous n'irions pas loin.

À contrecœur, Emilio obéit aux ordres. Il prit la fuite, songeant au fond de lui que cette expédition était en train de tourner court.

Devant le danger, leur section se sépara. Plusieurs accompagnèrent le capitaine Ramón qui devait tomber dans une embuscade fatale quelques jours plus tard. Emilio et Antonio suivirent un autre groupe.

La faim les tiraillait. Le froid leur coupait le souffle. Ils traversèrent plusieurs hameaux où ils constatèrent que la misère était devenue le lot quotidien de leurs compatriotes. Mais la vie semblait y poursuivre son cours, dans une indifférence apparente, comme si l'on ignorait la présence des guérilleros.

Un soir, descendant de la montagne, ils parvinrent près d'un village. Du bruit montait des ruelles qui paraissaient animées.

— Ils font la fête ! s'étonna Emilio. Pendant que nous, nous risquons notre peau pour renverser le fascisme, eux s'amusent ! Dire qu'on nous avait prédit un soulèvement populaire à notre arrivée ! On en est loin !

Antonio ne pouvait que donner raison à son ami. Il devait bien reconnaître qu'ils n'étaient pas accueillis en libérateurs. Force leur était de constater que les rares villageois qu'ils croisaient en chemin n'avaient nulle envie de mettre leur vie en danger en relançant un conflit dont ils avaient déjà beaucoup souffert. Certes, ils ne rencontraient aucune hostilité de leur part, mais la majorité se montrait d'une extrême prudence à leur égard.

Moins d'une semaine s'était écoulée depuis leur départ. Ils n'étaient plus qu'une demi-douzaine de leur groupe initial. Tous avaient fui, les uns vers la frontière, les autres vers l'Andorre voisine, les plus nombreux vers leurs villes ou leurs villages où ils espéraient retrouver leurs familles et se fondre dans la population. Plusieurs centaines de guérilleros de la 468e brigade étaient tombés dans les mains des franquistes.

Antonio et Emilio se cachaient, en compagnie de trois camarades, rescapés de leur section. L'aube se levait à peine sur un ciel laiteux. Transis, affamés, ils s'arrêtèrent dans une maison au bord de la route.

— On va leur demander de la nourriture, proposa Antonio. S'ils refusent, nous userons de nos armes.

Un vieux couple de paysans les accueillit sans leur opposer de résistance. Ils leur offrirent du pain et de la soupe chaude. Pendant qu'ils mangeaient, un groupe de soldats arriva. Ils crurent qu'il s'agissait de guérilleros perdus comme eux. Ils ne se méfièrent pas. Mais Antonio reconnut le premier leur uniforme.

— Des franquistes ! s'écria-t-il.

Aussitôt Emilio et ses trois autres camarades se précipitèrent dehors en sortant par-derrière, l'arme à la main. Antonio, qui avait saisi son pistolet-mitrailleur, voulut tirer en direction des fascistes. Mais son arme s'enraya. Un soldat riposta sans hésiter et l'abattit sur-le-champ. Dans la panique, Emilio n'eut pas le temps de se porter à son secours. Il le vit tomber sans un cri. Déjà les franquistes se ruaient sur la porte qu'il avait refermée pour protéger sa fuite. En quelques secondes, tout fut terminé. Les phalangistes n'insistèrent pas, n'ayant pas l'intention de se battre davantage. Emilio entendit l'un d'eux arrêter ses camarades.

— Laissons-les partir ! De toute façon, ils n'iront pas loin. Ils n'ont aucune chance de s'en tirer.

Les quatre rescapés errèrent dans la montagne pendant toute la journée, évitant les hameaux et les villages. Emilio se sentait accablé sans son ami. Il ne parvenait pas à admettre qu'Antonio avait perdu la vie sous ses yeux, sans qu'il ait pu lui adresser un dernier mot d'adieu.

— Il est mort pour défendre son idéal ! reconnut-il devant ses trois compagnons d'infortune.

— Oui, pour la liberté ! fit l'un d'eux.

— Il y croyait tellement ! C'est pas juste ! Non, c'est pas juste !

Emilio ne put s'empêcher de pleurer la disparition de son ami. De celui qui avait été sa conscience depuis qu'ils s'étaient rencontrés dans les camps de la Retirade.

— Laissons-lui le temps de faire son deuil, proposa l'un de ses compagnons. Demain sera un jour nouveau.

Au petit matin, ils se séparèrent. L'un d'entre eux alla retrouver un oncle qui habitait dans la région. Les deux autres, suivant la voie ferrée, prirent la direction de Saragosse d'où ils étaient originaires. Personne ne leur avait donné l'ordre de cesser de se battre ni de se replier. Officiellement ils devaient tenir jusqu'au bout.

Après neuf jours de combat et de fuite en avant, Emilio demeurait seul et ne savait plus où se réfugier.

\*
\* \*

Il poursuivit sa route après avoir abandonné son arme afin de ne pas être soupçonné d'appartenir à un groupe rebelle. Le plus urgent était de troquer son uniforme pour des vêtements civils. Au bout de plusieurs heures de marche, il parvint dans un petit village de la province de Lérida, Àger, et, sans réfléchir, souhaita rencontrer le maire. Celui-ci le reçut de façon fort courtoise et se montra très compréhensif. À sa demande, il lui remit une tenue moins voyante et lui recommanda la prudence.

— Dès que les autorités vous auront repéré, vous allez faire l'objet d'une enquête, lui dit-il. Il est inutile de vous cacher ou de leur mentir. Ils finiront par savoir qui vous êtes. Un conseil : écrivez à vos parents pour les prévenir de votre retour. Dans votre village, vous ne devez pas arriver sans crier gare, sinon, vous risquez de soulever des suspicions.

L'édile lui proposa sa grange pour la nuit.

— Reposez-vous bien. Vous en aurez besoin.

Le lendemain, Emilio se leva à l'aube, par habitude, mais aussi parce qu'il ne se sentait pas tranquille. Pour faire le point, il alla se promener dans les vignes qui entouraient le village. Humer l'odeur des raisins oubliés sur les ceps, ces fragrances de fruits mûrs desséchés par le soleil, lui rappelait toujours son enfance, l'époque où, en compagnie de son père, il grappillait dans les vignes du comte don Fernando Aguilera. Il ne put s'empêcher de songer à Justine et à Inès. Que devenaient-elles depuis qu'il les avait quittées ? Elles devaient s'inquiéter de ne pas avoir reçu de ses nouvelles ! Il décida de leur écrire aussi et de demander au maire de faire parvenir son courrier.

Il allait s'en retourner, quand il vit arriver ce dernier accompagné de trois gardes civils. Ceux-ci n'avaient pas l'air conciliant.

— Écartez-vous ! conseillèrent-ils au maire.

— Ce n'est pas utile. Il n'est pas armé. Cet homme est ici parce qu'il désire revenir en Espagne et rentrer chez lui.

Alors, contre toute attente, les gardes civils serrèrent la main d'Emilio, puis l'emmenèrent au village et lui donnèrent à manger.

Le lendemain matin, avant de le laisser reprendre sa route pour Lérida, le maire lui remit une petite somme d'argent.

— Il n'y a que vingt-sept pesetas, mais ça vous permettra de tenir un jour ou deux. Ce sont les habitants du village qui ont fait une collecte pour vous aider.

Ému, Emilio ne trouvait pas les mots justes pour montrer sa gratitude envers ses bienfaiteurs.

— Nous sommes tous las de cette guerre qui a déchiré notre pays, poursuivit le maire. La vie est devenue trop difficile. On manque de tout. Les gens vivent dans une grande pauvreté. Le marché noir s'est généralisé. C'est le seul moyen de s'en sortir, hélas !

— Je... je ne sais comment vous remercier. Je n'oublierai jamais ce que vous avez fait pour moi.

On le conduisit à Lérida. Sur ses gardes, Emilio trouva étrange qu'aucune réaction d'hostilité ne se manifeste à son égard, pas plus à la mairie qu'au siège du gouvernement. Partout il percevait plutôt de l'embarras, voire de l'indécision, face au problème qu'il posait. Il se disait que personne ne voulait s'occuper de lui.

— Nous devons t'emmener au pire endroit, lui déclara finalement un garde civil. À la Phalange.

Encadré par deux militaires, il fut immédiatement conduit dans les locaux de la répression. Un écriteau indiquait : « Ici on salue avec le bras levé. » Puis il fut fouillé comme un prisonnier.

— Qu'y a-t-il dans ton sac ? lui demanda un phalangiste.

— Des casse-croûtes que nos femmes lui ont préparés au village, répondit un des gardes civils.

— On aura tout vu ! s'insurgea le chef fasciste d'un ton hargneux. Vous offrez à manger à un terroriste alors que nous on crève de faim !

— Allez, enfermez-le !

Emilio fut aussitôt conduit dans une cellule de la prison. Il y retrouva dix de ses compagnons de lutte, dont celui qui avait été victime d'une insolation et qui s'était finalement rendu peu après le départ de ses camarades. Les conditions de détention n'étaient pas si dures qu'il le craignait. Le personnel pénitentiaire se montrait plutôt conciliant avec les prisonniers, à l'image des habitants des villages qu'Emilio avait traversés depuis le début de sa retraite.

*
* *

Après une semaine, tous furent conduits à la prison Modelo de Barcelone. Le cœur d'Emilio se serra quand ils passèrent à deux pas de Montserrat qui était sur la route de leur destination.

— J'habite ici, ne put-il se retenir d'indiquer au garde civil qui veillait sur lui. Ma famille ignore que je suis rentré. Je leur ai écrit, mais je crains qu'ils n'aient pas reçu ma lettre.

— Tu sais, mon gars, nous aussi nous en avons assez de cette sale guerre et de tous ces mensonges ! Si tu crois que ça nous fait plaisir de t'emmener en prison ! Je comprends ce que tu dois ressentir. Ne perds pas courage. Un jour viendra où tout cela sera terminé.

À la prison Modelo, les conditions de détention n'étaient pas les mêmes qu'à Lérida, et les sanctions étaient impitoyables pour qui enfreignait le règlement. Emilio fut jeté dans une cellule avec vingt-cinq autres détenus. Mort de fatigue, il s'affala sur le sol.

Le lendemain, un surveillant vint chercher les prisonniers pour la douche et l'interrogatoire.

Emilio décida de ne pas se faire remarquer. Il répondit aux questions sans montrer d'animosité et affirma qu'il désirait avant tout rentrer chez lui, car l'Espagne était son pays. Ses inquisiteurs enregistrèrent toutes ses déclarations dans un registre. Puis ils le renvoyèrent en cellule.

Son incarcération dura vingt et un jours, comme c'était la règle.

À sa sortie de prison, Emilio, une fois de plus, ne sut plus où aller dans la ville qui grouillait de monde. Il se rendit place Colón pour y récupérer ses papiers et les effets qu'on lui avait retirés. Autour de lui régnait une grande misère. Depuis la fin de la guerre, la population connaissait la faim, le froid, la peur. Parfois, en l'absence des gardes civils, des vendeurs à la sauvette étalaient leur marchandise sur les trottoirs et la proposaient aux passants. À la moindre alerte, ils remballaient tout et disparaissaient sans laisser de traces.

Avec l'argent qu'on lui avait remis, Emilio s'offrit un repas dans un restaurant populaire, un plat de lentilles pour trois pesetas. Il n'avait plus envie de parler, de chercher à rencontrer ses semblables. Il se sentait désespérément seul. Antonio lui manquait. Il déambula dans la ville pendant des heures, longeant le bord de mer, le regard fixé sur l'horizon. Son esprit était ailleurs, vers la France où Justine et Inès l'attendaient.

Il fut bientôt pris par la nuit. On lui avait conseillé de ne pas s'attarder le soir, sur les boulevards, sur les Ramblas, ni dans les quartiers populaires comme le quartier gothique. Les gardes civils arrêtaient les vagabonds. Il se réfugia dans le quartier de la cathédrale, la Sagrada Familia, à la recherche d'un gîte. Il se souvint que son père y avait un ami qui tenait un débit de vin calle de Mallorca. Il s'y rendit sans attendre.

— Emilio ! lui dit aussitôt le vieux Pedro. Mon Dieu, comme tu as changé ! Mais que me vaut ta visite ? Je te croyais définitivement parti en France !

Et Emilio de raconter en quelques phrases toute son aventure depuis l'époque où, à dix-huit ans, il avait quitté Montserrat pour tenter sa chance de l'autre côté de la frontière.

Pedro Martinez lui offrit l'hospitalité sans rechigner. Il l'invita à rester chez lui le temps qu'il désirait. Mais Emilio souhaitait rentrer à Montserrat le plus vite possible.

— Je t'y emmène demain, si tu veux, lui proposa Pedro. Tu sais, je n'ai aucune nouvelle de ta famille depuis très longtemps. Ça me ferait plaisir de tous les revoir. Tes sœurs ont dû bougrement changer !

— Moi aussi j'ai hâte de les retrouver.

Le lendemain, ils prirent la route de Montserrat.

À peine arrivé chez lui, Emilio eut un mauvais pressentiment. La maison de ses parents était fermée. Le jardin laissé à l'abandon. Dans le quartier, personne ne vint à sa rencontre. Il semblait être devenu un étranger.

— Que se passe-t-il ? s'inquiéta Pedro. Il n'y a personne !

Emilio commençait à craindre le pire. Il fit le tour de la maison, appela. En vain. Force lui fut de constater que sa famille n'y résidait plus. Levant la tête, il aperçut une voisine à sa fenêtre.

— Emilio ! C'est toi, Emilio, lui dit celle-ci en le reconnaissant.

— Carmen ! Oui, c'est moi. Je suis de retour. Mais où sont mes parents ? Pourquoi leur maison est-elle fermée ?

— Attends une seconde. Je descends.

— Rien de grave, j'espère ! fit Pedro.

Carmen arriva tout essoufflée, l'air contrarié.

— Oh, mon pauvre Emilio ! Si tu savais ! Mais où étais-tu pendant tout ce temps ? Pourquoi les as-tu abandonnés ?

— Ce serait trop long à vous raconter. Dites-moi plutôt où sont mes parents et mes sœurs.

Carmen retenait ses mots.

— Parlez, voyons ! Je peux tout entendre.

— Mon Dieu ! Quel grand malheur ! Si tu savais ! répétait-elle.

— Je vous écoute.

Carmen, en larmes, expliqua la tragédie que la famille d'Emilio avait vécue. Peu après l'arrivée des forces franquistes dans son village, son père avait été arrêté pour ses activités au sein de la coopérative et pour son appartenance syndicale. Jugé sommairement, il fut condamné et fusillé sur-le-champ avec plusieurs hommes de la commune. Sa mère n'avait pas survécu au drame. Elle était morte de chagrin peu après son mari. Quant à ses sœurs, deux d'entre elles étaient parties à Madrid pour y vivre une autre vie. Seule la plus jeune, Amèlia, était restée à Montserrat. Elle s'était mariée et vivait chez ses beaux-parents dans une petite maison de vigneron, aux abords du village.

Emilio était désemparé.

— Mes parents morts ! Non, c'est impossible !

— Hélas, c'est la triste réalité. Ah ! cette maudite guerre, elle nous aura causé bien des malheurs.

Pedro ne savait quelle attitude adopter.

— Que décides-tu ? demanda-t-il à Emilio. Je ne peux pas rester trop longtemps, mon travail m'attend.

— Je vais me rendre chez Amèlia. Nous avons beaucoup de choses à nous raconter.

Pedro repartit sur-le-champ en direction de Barcelone, laissant Emilio à sa douleur.

Amèlia accueillit son frère les bras ouverts. Elle n'espérait plus le revoir vivant. Elle croyait que la guerre civile l'avait emporté, comme elle avait emporté ses parents. Ensemble ils évoquèrent le passé. Amèlia ne s'étendit pas sur la terrible arrestation de son père par les soldats franquistes ni sur les derniers moments qu'elle avait vécus en compagnie de sa mère quand celle-ci était devenue folle de chagrin et s'était laissée mourir.

— Pourquoi ne nous as-tu pas envoyé des nouvelles de France ? lui reprocha-t-elle sans animosité. Nous nous doutions que tu faisais partie de tous ces malheureux enfermés dans les camps.

— Mais je vous ai écrit quand je suis arrivé à Saint-Hippolyte ! J'ai attendu en vain votre réponse. Je me suis dit alors que le courrier ne devait pas parvenir à bon port, que les fascistes devaient filtrer la correspondance entre les expatriés et leur famille.

— Nous t'avons cru mort !

— Tout a été très vite ensuite quand la guerre a éclaté.

Emilio raconta en détail les difficultés et les tracas qu'il avait rencontrés et son engagement dans le maquis puis chez les guérilleros du Val d'Aran.

— Quelles sont tes intentions à présent ? s'enquit Amèlia. Tu peux rester chez nous autant que tu le souhaites.

Emilio réfléchit, sourit, prit sa sœur dans ses bras.

— Heureusement qu'on peut toujours compter sur les siens, n'est-ce pas ? Mais quelqu'un m'attend en France.

— Inès ?

— Oui. Et Justine.

— Justine ?

— Nous devons nous marier dès mon retour. Elle ignore si je m'en suis tiré. Il faut que je la rassure. Demain je vais lui écrire, en espérant que ma lettre lui parviendra. Puis je reprendrai ma route pour rentrer en France.

— La frontière est fermée. Sans passeport, tu ne passeras jamais. Les gardes civils et les douaniers repoussent toute tentative de sortie du territoire espagnol.

— Je me doute que ce ne sera pas facile. Mais je dois essayer.

*
* *

Emilio demeura chez sa sœur plusieurs mois, le temps de reprendre des forces et de chercher un moyen légal d'obtenir des papiers qui lui permettraient de revenir en France sans problème. Dans l'attente, il retrouva un emploi dans les vignes, mais à plus de vingt kilomètres de Montserrat. Les conditions de travail n'étaient plus aussi favorables qu'avant la révolution. Les grands propriétaires étaient rentrés dans leurs droits et, pour la plupart, avaient récupéré leurs domaines. La collectivisation avait laissé des traces indélébiles dans les esprits de chacun. Pour les uns, c'était le temps d'un rêve inachevé ; pour les autres, celui d'un cauchemar éradiqué.

Pâques approchait. La guerre touchait à son terme, tout le monde l'affirmait. Les Allemands, acculés dans leurs derniers retranchements, rendraient bientôt les armes. Ce n'était plus qu'une question de semaines, d'un mois ou deux. La France retrouvait enfin une liberté chèrement acquise. Le temps de panser les plaies commençait dans la douleur.

Emilio resta chez Amèlia jusqu'à la Semaine Sainte. Puis il décida de tenter le tout pour le tout.

— Je m'en vais, lui annonça-t-il. Je rentre en France. Je ne peux plus attendre. Je n'ai aucune nouvelle de Justine. Je me doute que mon courrier ne lui parvient pas. Je n'en peux plus.

Il ne savait pas comment s'y prendre pour franchir la frontière. Passer à nouveau par les cols montagneux ne le tentait pas. Le Perthus ? Il devait être étroitement surveillé.

Conseillé par des amis catalans de Montserrat qu'il avait mis dans la confidence, il décida de se rendre à Puigcerdà.

— Il y a beaucoup de va-et-vient en ce moment, lui affirma Josep Farga, le quincaillier cousin de Maria, qui lui avait immédiatement proposé de le conduire à la frontière. Avec la Semaine Sainte, beaucoup de Français vont rendre visite à leurs parents espagnols. On trouvera bien le moyen de tromper la Garde civile et les douaniers ! Anna, ma femme, viendra avec nous. Elle pourrait nous être utile.

La ville était accolée à sa jumelle française, Bourg-Madame. C'était jour de marché, la foule était dense de part et d'autre de la ligne frontalière. De plus, beaucoup de Françaises avaient coutume d'aller se faire coiffer du côté espagnol où les prix étaient sans concurrence. Elles ne faisaient que transiter quelques heures, le temps d'une mise en plis ou d'une permanente. Les gardes civils et les douaniers avaient donc l'habitude de voir passer de nombreux Français accompagnés de leurs épouses. Leur vigilance n'était pas toujours soutenue.

— Tu parles très bien français, releva Josep. Ça devrait jouer en notre faveur.

Ils attendirent la fin de l'après-midi. L'heure était propice à la confusion, car les retours vers la France se multipliaient et les douaniers étaient submergés. Ils tentèrent de détourner leur attention en simulant une scène d'adieu. Emilio se fit passer pour un Français que ses cousins espagnols reconduisaient jusqu'à la frontière après sa visite de la journée.

— N'oublie pas de nous envoyer des nouvelles, dit Josep à la cantonade.

— Embrasse ta femme de ma part, ajouta Anna.

— Je n'y manquerai pas, répondit Emilio en bon français juste devant un garde civil, afin que celui-ci le prenne pour un ressortissant français de retour chez lui. Allez, portez-vous bien ! Je reviendrai dès que je pourrai.

Dans la bousculade, ni les gardes civils ni les douaniers ne se méfièrent de lui, fixant plutôt leur attention sur les Espagnols et les Catalans qu'ils repéraient à la langue qu'ils parlaient.

Aussitôt parvenu de l'autre côté, Emilio fonça droit devant lui, sans même détourner son regard, de crainte qu'un garde civil ne se doute du subterfuge et ne vienne le cueillir avant qu'il n'ait eu le temps de passer entre les douaniers français. Une fois ces derniers derrière lui, il poussa un soupir de soulagement. Il se retourna en direction de Josep et d'Anna. Les aperçut de loin. Leur fit un grand signe de la main. S'éloigna enfin. Léger. Apaisé.

Libre !

Plus de sept mois s'étaient écoulés depuis qu'il avait entrepris avec Antonio l'aventure téméraire du Val d'Aran. En chemin, il se posa souvent la question : tout cela était-il nécessaire ? N'était-ce pas une tentative un peu folle, vouée à l'échec dès le départ ? Plus il y réfléchissait, plus il se persuadait que la mort de son ami n'avait pas été inutile. Si combattre pour la liberté et la démocratie est une utopie, songeait-il, alors nous avons perdu notre temps et Antonio sa vie. Si c'est l'assurance de demeurer des êtres dignes, alors nous avions raison !

Au fond de lui-même, il tâchait de faire toute la lumière pour pouvoir tenir la tête haute devant ceux qui l'attendaient.

Quand il parvint enfin à destination, quand il découvrit à l'horizon se profiler les premières crêtes des Cévennes, il se sentit comme revenu chez lui. Alors, il déposa son sac à ses pieds, grimpa sur un tertre pour mieux embrasser du regard le paysage qui s'offrait à lui comme une ultime récompense. S'écria :

— Comme c'est bon la liberté ! Ce pays a vraiment un goût de soleil !

## 35

### Retrouvailles et ultimes confidences

Le bonheur d'Emilio se lisait sur son visage. Malgré le chagrin qui l'avait abattu à cause du décès de ses parents et de la mort d'Antonio, il ne pouvait contenir sa joie quand Justine le rejoignait dans les vignes où il avait repris sa place au sein de l'équipe de Louis Lansac. Il exultait et criait tout haut ce qu'il ressentait d'être redevenu un homme libre dans un pays libéré du danger fasciste. Certes, la situation en Espagne ne cessait pas de le préoccuper, mais il était persuadé maintenant que son peuple verrait bientôt triompher la démocratie.

« Franco ne pourra pas toujours tenir les Espagnols sous le joug de sa dictature, répétait-il à l'envi chaque fois qu'il avait l'occasion d'expliquer les raisons qui l'avaient poussé, avec Antonio et des milliers d'autres exilés républicains, à risquer sa vie pour sa patrie en danger. Un jour, il sera balayé par le vent de la liberté. Et ce jour-là, nous rentrerons tous au pays pour acclamer le retour de la République. »

Emilio était loin de se douter qu'il lui faudrait encore attendre de nombreuses années pour que se réalisent ses vœux.

Mais devant sa détermination, Justine essayait de le tempérer et espérait, au fond d'elle-même, que ce jour-là ne viendrait pas trop tôt, de crainte de le voir à nouveau s'éloigner d'elle.

Pour le moment, tous préparaient l'heureux événement. Louis et Armande Lansac souhaitaient que leur fille épouse Emilio dès que la guerre serait complètement terminée. Les dernières nouvelles en provenance du front laissaient à penser qu'il ne s'agissait plus que d'une question de jours. Hitler s'était barricadé dans son bunker. Les Russes encerclaient Berlin. Les Alliés occidentaux se précipitaient pour ne pas arriver trop tard. Le 25 avril, Russes et Américains se rejoignirent sur l'Elbe. Dès lors la chute du Reich était programmée. D'après ses renseignements, Lansac savait que l'état-major allemand s'apprêtait à la reddition.

Le 30 avril, lorsqu'on apprit la mort du Führer, la fin du conflit ne faisait plus de doute. Aussi, quand le 8 mai Lansac entendit l'affirmation de la capitulation de l'Allemagne, il se précipita dans ses vignes et lança à la cantonade :

— Ça y est ! C'est enfin fini ! Emilio, nous pouvons préparer ton mariage avec Justine.

Partout régna immédiatement une atmosphère de liesse comme on n'en avait plus connu depuis un certain 11 novembre 1918. Hommes, femmes, enfants s'embrassaient, se congratulaient sans retenue et sans distinction de rang.

— Mes amis, exulta Lansac après avoir rassemblé ses employés et sa famille sous son toit, c'est avec une grande joie que je vous annonce une bonne nouvelle. Approche-toi, Emilio. Viens près de moi. Tu vas devenir mon gendre, alors ne sois pas intimidé. Je t'ai promis ma fille, eh bien, en ce jour de liesse, je te donne officiellement la main de Justine.

Tous les membres de son personnel poussèrent des vivats et félicitèrent les nouveaux fiancés.

— Il y a longtemps que tu attendais cela, n'est-ce pas ? ajouta Louis en étreignant Emilio. Je suis vraiment heureux que Justine m'ait ouvert les yeux. Je suis fier d'avoir un gendre tel que toi.

Emilio ne savait plus que dire. Devant Louis Lansac qui, jusqu'à présent, n'était que son patron, il éprouvait une certaine gêne. Armande l'emmena à l'écart et tenta de le mettre à l'aise.

— Ne soyez pas intimidé, Emilio. Maintenant que vous allez faire partie de la famille, ne nous considérez plus comme vos employeurs, mais comme vos beaux-parents. Justine a eu raison de tenir à vous jusqu'au bout. Vous en valez vraiment la peine. Je suis heureuse de devenir votre belle-maman. Et votre petite Inès est déjà, dans mon cœur, ma petite-fille chérie.

Louis Lansac annonça le mariage pour le début juin, le temps de peaufiner les préparatifs. Dans cette attente, il demanda à son personnel de redoubler d'attention, car, si la paix était acquise, chacun devait demeurer à son poste avec vigilance pour ne pas manquer la vinification et la mise en bouteilles de la dernière vendange qui promettait de donner un excellent millésime.

— Je dois m'absenter, déclara-t-il. Je compte sur vous pour suivre à la lettre les consignes que je laisserai à Emilio.

Tandis que tous s'affairaient aux préparatifs de mariage, Emilio se rendit à Tornac chez Vincent et Faustine Rouvière. Il avait hâte d'obtenir des nouvelles de son ami Sébastien et de son fils Ruben. Depuis qu'ils s'étaient quittés au début de la guerre, après son retour des camps, il ignorait ce qu'ils étaient devenus. Louis Lansac lui avait révélé qu'ils étaient très occupés à Paris, mais il ne lui avait jamais fourni de plus amples explications, alors qu'il les savait très liés. Sur le moment, il n'avait pas cherché à comprendre les raisons qui pouvaient justifier un si long silence.

Vincent l'accueillit les bras ouverts.

— Je suis très heureux de te retrouver, Emilio. J'ai appris ce qui t'était arrivé, ton engagement dans le maquis, puis dans les troupes de la Reconquista. Louis m'a tenu au courant.

— Je suis venu pour avoir des nouvelles de votre beau-frère, Sébastien. Nous ne nous sommes plus revus depuis cinq ans maintenant.

— Sébastien a été très occupé pendant ces dernières années. Tu dois t'en douter, il n'est pas resté inactif.

— Il a fait de la résistance ?

— Oui, il occupait un poste à haute responsabilité. Mais je ne sais pas si je peux déjà t'en parler. La guerre est à peine terminée. La Résistance n'en a pas encore fini avec les collabos. De Gaulle sort vainqueur de cette tourmente, mais il a en face de lui des forces politiques qui ne lui sont pas toutes favorables. Ce que je peux te dire, c'est que Sébastien est un membre influent du Conseil national de la Résistance. À la mort de Jean Moulin, il a été missionné, avec d'autres, pour coordonner les mouvements dans le sud de la

France. C'est la raison pour laquelle tu n'as plus entendu parler de lui.

—Je comprends, fit Emilio. Il est devenu quelqu'un d'important!

— Il ne t'a pas oublié! La dernière fois que je l'ai rencontré – c'était, voyons, il y a un an environ –, il m'a demandé de tes nouvelles et m'a chargé de te dire qu'il viendrait te rendre visite à la première occasion. Avec son fils Ruben. Lui aussi t'apprécie beaucoup.

Emilio éprouvait une certaine nostalgie à l'évocation de ses deux amis, compagnons de son premier engagement contre les franquistes. Il lui semblait que ces épisodes douloureux de sa vie étaient déjà très loin derrière lui.

Faustine entra dans le salon où les deux hommes s'entretenaient. En voyant Emilio, elle ne put retenir son émotion.

— Mais vous auriez dû nous avertir de votre visite, Emilio! Nous aurions préparé quelque chose en votre honneur. Vous resterez bien manger avec nous ce soir, n'est-ce pas? À la bonne franquette.

— Ce sera pour une autre fois, Faustine. Le devoir m'attend aux Grandes Terres. Je ne dois pas m'absenter trop longtemps. Mais avant de prendre congé, dites-moi comment se porte votre maman.

Faustine se rembrunit.

— Oh, ma mère est décédée l'année dernière!

—Je l'ignorais, s'excusa Emilio. Toutes mes condoléances.

— Elle a attrapé froid et a succombé à une mauvaise bronchite. Elle vous aimait beaucoup, vous savez. Ainsi que votre petite Inès. Au fait, comment va-t-elle ? C'est Lucie qui serait heureuse de la revoir. Quel âge a-t-elle maintenant ?

— Bientôt sept ans.

— Justine Lansac s'occupe d'elle, n'est-ce pas ? Vous allez vous marier ; nous l'avons appris par un coup de fil de votre future belle-mère qui nous a invités à votre mariage.

— Je l'ignorais. Les nouvelles circulent vite. Alors, nous nous reverrons bientôt !

Emilio prit congé, non sans une pointe de déception, car il espérait rencontrer son ami Sébastien. Il s'était persuadé un peu rapidement que celui-ci pouvait être revenu à Anduze au Clos du Tournel, dans la propriété de ses parents.

— Je crois que Sébastien te réserve une surprise, lui annonça Vincent en le quittant. Mais je ne peux t'en dire plus pour aujourd'hui.

Emilio n'insista pas, mais son cœur se mit à nouveau à battre d'allégresse.

— Et votre neveu Pierre ? osa-t-il demander avant de partir.

Vincent hésita. Visiblement, parler de Pierre lui était difficile.

— Tu dois t'en douter. Pendant ces années de guerre, Pierre n'a pas eu un comportement… très patriotique ! Je peux seulement te dire qu'il a été arrêté par les FFI après la libération d'Alès. Il attend d'être jugé pour collaboration. Mais c'est assez compliqué. Sébastien t'expliquera tout cela quand tu le reverras.

Ce soir-là, Emilio n'en sut pas davantage. Au reste, il n'avait guère envie de replonger dans cette triste période de sa vie où il avait sans cesse vécu sur le qui-vive.

De même ignorait-il ce qu'il était advenu d'Irène dont personne, aux Grandes Terres, ne lui avait parlé depuis son retour. Même Justine gardait le silence à propos de sa sœur.

— Ne me pose pas de questions à son sujet, lui demanda-t-elle un soir qu'il l'interrogeait. Mon père ne m'a pas tenue au courant ; il m'a seulement affirmé qu'Irène avait de gros ennuis et qu'il devait s'occuper d'elle.

Emilio se doutait qu'Irène aussi avait dû être inquiétée par les autorités de libération du territoire et les comités d'épuration. Il garda le silence pour respecter le souhait des Lansac et ne pas nuire aux démarches que Louis entreprenait pour venir en aide à sa fille aînée.

— Tu sais, se contenta-t-il de relever, la dernière fois que j'ai entrevu ta sœur, elle m'a regardé avec un air de regret. Comme si elle m'implorait de lui pardonner sa conduite. Sur le moment, je me suis dit qu'elle essayait encore de me tromper, mais après coup je me suis demandé si elle n'avait pas quelque chose de plus important à me faire comprendre. Ce n'était qu'une intuition, sans doute.

— Peut-être pas ! répondit Justine, énigmatique.

*
\* \*

Les préparatifs du mariage touchaient à leur fin. Justine trépignait d'impatience à l'idée d'accéder enfin au vœu le plus cher qu'elle nourrissait dans son cœur depuis des années. Sa mère souhaitait lui commander une robe chez un couturier renommé de Montpellier, conseillée en ce domaine par Faustine Rouvière qui s'était souvenue de l'union de sa belle-sœur Louise avec son frère Jean-Christophe. À l'époque, Élisabeth, leur mère, avait tenu à ce que sa belle-fille fût habillée par un grand couturier très en vogue.

— Sans tomber dans cet excès, lui avoua-t-elle, je ne saurais que vous inciter à aller découvrir les créations d'Arthur Vanel. Il réalise des merveilles.

Armande Lansac était trop heureuse de marier sa fille pour lui refuser une telle faveur. Mais Justine estima qu'en ces temps douloureux, qui s'achevaient à peine, elle ne pourrait parader dans une robe de luxe alors que la plupart des Français souffraient des nombreuses restrictions qu'imposait la reconstruction du pays.

Elle souhaitait se marier en toute simplicité, conformément au désir d'Emilio qui, lui-même, n'avait nulle envie de plastronner et de passer pour celui qui était parvenu à épouser la fille du patron.

La cérémonie eut lieu aux Grandes Terres. Après l'union civile à la mairie, une messe fut donnée dans l'église de Saint-Hippolyte. Les Lansac n'étaient pas particulièrement versés dans la religion et ne pratiquaient pas. Dans ce pays de protestantisme, on les considérait comme une famille attachée à la laïcité et méfiante à l'égard du religieux. De son côté, Emilio avait reconnu que les curés en particulier ne lui avaient pas laissé de très bons souvenirs.

« Ce n'est pas moi qui t'obligerai à te marier à l'église, avait-il expliqué à Justine. Nous ferons selon tes souhaits. »

Justine avait hésité.

« Une cérémonie civile n'est pas tout à fait un mariage, lui opposa-t-elle. Il lui manque quelque chose… Le sacré. »

Tous se rassemblèrent donc à l'église en ce samedi 2 juin. À la famille Lansac au grand complet s'étaient joints les Rouvière et les Rochefort, représentés par Sébastien venu spécialement de Paris en compagnie de sa femme Pauline et de leurs deux enfants, Ruben et Rose. Emilio ne cachait pas sa joie d'avoir retrouvé ses deux amis. Il fallut les séparer avant l'entrée dans l'église tant ils avaient hâte de se replonger dans les souvenirs qui les unissaient.

— Vous aurez tout le temps de refaire votre guerre ensemble ! leur dit gentiment Faustine de crainte de manquer le début de la cérémonie. Le curé nous attend !

— Oh, il peut bien attendre ! fit Sébastien, toujours un peu rebelle. Le bon Dieu ne va pas s'en aller ! N'est-ce pas, Emilio ?

Les deux hommes avaient retrouvé leur complicité. Celle qui leur avait permis de se surpasser quand, autour d'eux, grondait le feu de l'enfer.

Après la cérémonie religieuse, un banquet avait été prévu dans le parc des Grandes Terres. Un soleil éclatant illuminait les vignes et les couvrait d'une patine étincelante. Pour l'occasion, Louis avait fait décorer les allées de son domaine ainsi que la façade de sa demeure. Des candélabres majestueux bordaient l'escalier qui donnait accès au logement, telles des oriflammes le long d'une voie princière. Sur les pelouses, des tables avaient été dressées pour le festin et un barnum prévu en cas de mauvais temps.

Les invités arrivèrent les uns après les autres, se dispersant à travers le lieu dédié à la fête. Justine était radieuse et ne savait plus où donner de la tête pour convier chacun à rejoindre sa place. Emilio s'entretenait avec ses compagnons de travail – la plupart des Espagnols –, qui s'étaient cotisés pour offrir aux jeunes mariés un service en argent. Vu les difficultés du moment, Emilio ressentit beaucoup de gêne à accepter un tel cadeau, conscient que ses compagnons vivaient chichement.

— C'est de bon cœur que nous vous remettons ce présent, lui dirent-ils. Pour nous, tu es l'emblème même du courage. Grâce à des gars comme toi, nous pouvons encore garder la tête haute et espérer qu'un jour viendra où nous pourrons rentrer au pays dans la dignité.

Irène Lansac demeurait un peu à l'écart. Visiblement, elle cherchait à parler à Emilio. Depuis son retour, il n'avait pas eu l'occasion de s'entretenir avec elle.

Au beau milieu de la fête, Irène aborda Emilio la première. Réticent à ce qu'on les voie ensemble, il feignit de l'ignorer. Mais elle insista.

— J'ai besoin qu'on se parle, Emilio, lui avoua-t-elle. J'ai beaucoup de choses à t'expliquer. Je crois que tu te méprends sur mon compte.

— Mais je ne pense rien à votre sujet ! Vous êtes devenue ma belle-sœur, je vous respecte comme telle !

— Cesse donc de me vouvoyer, veux-tu ! On se connaît depuis longtemps, non ?

— Je n'ai rien à te dire. J'aime Justine. C'est comme ça. Elle est ma femme à présent, la mère de ma fille. Rien ni personne ne pourra nous séparer.

— Mais telle n'est pas mon intention, Emilio. Écoute-moi sans m'interrompre, s'il te plaît.

Emilio commençait à se demander où Irène voulait en venir.

— Qu'as-tu de si important à m'apprendre que je ne sache déjà ?

— Je souhaite qu'il n'y ait plus d'équivoques entre nous. Que tout soit clair.

— Je t'écoute.

— Voilà. Si tu ne me crois pas, mon père pourra te confirmer ce que je vais te raconter. J'avoue qu'au début, lorsque tu es arrivé ici aux Grandes Terres et que j'ai compris que Justine t'aimait, je l'ai jalousée. À l'époque, j'étais un peu dévergondée, et je suis tombée aussi amoureuse de toi. J'en ai voulu à ma sœur d'avoir conquis ton cœur. C'est sans doute pourquoi je me suis montrée très désagréable envers toi, je le reconnais. Mais tout cela fait partie du passé.

— Pas tant que ça ! À mon retour d'Espagne, tes sentiments ne m'ont pas semblé tellement changés ! Quand tu paradais au bras de Pierre Rochefort, tu paraissais très suffisante et méprisante à mon égard !

— C'était un jeu ! Je tiens à ce que tu le saches aujourd'hui. Maintenant que Pierre attend d'être jugé, je veux te dévoiler toute la vérité sur mes agissements.

— Parle, je t'écoute.

— Dès que j'ai appris que mon père faisait de la résistance contre les Allemands, j'ai désiré me joindre à lui. Au départ il a refusé, prétextant que c'était trop dangereux. Mais j'ai tellement insisté qu'il a fini par céder. Je crois qu'il souhaitait que sa fille aînée lui fasse honneur. Il ne devait pas apprécier ma légèreté, mon caractère frivole. Alors il m'a introduite dans son réseau et m'a appris que l'homme que je fréquentais collaborait ouvertement. Ce que j'ignorais ; même si, à l'époque, j'aurais pu m'en douter.

— Tu as fait de la résistance ! s'étonna Emilio.

— Oui. On m'a demandé de m'immiscer à la Kommandantur d'Alès afin d'espionner ce qui s'y tramait. C'est dans ce but que j'ai continué à m'afficher avec Pierre Rochefort et que j'ai joué la comédie. Y compris avec toi. Mon père savait qu'il y avait ses entrées. Nous avons profité de lui. Il ne s'est aperçu de rien. Il m'a fait rencontrer toutes les huiles qui, à Alès et à Nîmes, décidaient de la répression contre les maquisards de la région. Ainsi, j'ai pu fournir de précieux renseignements aux réseaux cévenols et leur éviter de tomber dans des embuscades tendues par les Allemands. J'ai pu aussi aider à l'évasion de certains détenus incarcérés au fort Vauban et à la prison de Nîmes. Pourquoi crois-tu qu'on t'ait laissé sortir ?

Emilio écarquillait les yeux.

— C'est donc grâce à toi que j'ai été libéré ! Tu as dû prendre de gros risques ! Mais pourquoi t'es-tu montrée si désagréable à mon égard ?

— Il fallait que Pierre ne se doute de rien, qu'il croie que j'avais les mêmes idées que les siennes.

— Savait-il que ton père faisait partie d'un réseau ?

— Non. Il n'en a jamais eu la preuve. C'est la raison pour laquelle mon père n'a jamais été arrêté. J'ai tout fait en tout cas pour l'en persuader. Par contre, il n'ignorait pas que son oncle Sébastien avait de grosses responsabilités au sein de la résistance gaulliste.

— Il ne l'a pas dénoncé !
— Non. Curieusement, il s'est même efforcé de le préserver quand il rentrait chez sa mère à Anduze. Il a aussi protégé certains de ses contacts.

Emilio regardait Irène différemment maintenant qu'il savait la vérité sur son compte.

— Si tu ne me crois pas, je te le répète, renseigne-toi auprès de mon père, il te confirmera ce que je t'ai raconté. Voilà, c'est dit. Je tenais à faire la lumière entre nous, afin de dissiper tout malentendu.

Emilio, troublé par ces révélations tardives, se tut, prit le temps de la réflexion, puis déclara :

— Je te crois Irène. J'avais déjà remarqué que tu souhaitais me parler. J'ignorais pourquoi. Maintenant, je sais. Tu as bien fait de venir vers moi. Et, si tu désires connaître le fond de ma pensée : je suis fier de toi. Jamais je n'aurais imaginé que tu aies pu agir de cette façon. Ça n'a pas dû être facile pour toi tous les jours d'assumer une telle action !

— Effectivement. Mon père a éprouvé beaucoup de difficultés à me faire disculper. À la Libération, certains résistants, ne reconnaissant pas mon double jeu, ont voulu me traduire devant les tribunaux pour collaboration. J'ai même failli être tondue ; il s'en est fallu de peu. Heureusement, mon père est parvenu à prouver mon innocence. Mais j'ai eu très peur !

Emilio se sentait comme soulagé après les révélations d'Irène. Il n'aurait pas aimé avoir une belle-sœur hostile, avec qui il n'aurait pas pu dissiper un sérieux différend.

— Tout est rentré dans l'ordre à présent.
— Alors, nous pouvons nous embrasser sans arrière-pensées !

— Il faudrait revenir auprès des invités, avoua Emilio. Ils vont finir par se demander où nous sommes partis ! Justine sait-elle tout ce que tu m'as raconté ?

— Non. Mais je te charge de le lui dire.

\*
\* \*

Justine éprouva un grand soulagement quand elle apprit par Emilio le secret de sa sœur. Croire qu'Irène avait trempé dans des histoires louches de collaboration nuisait à son bonheur.

— Pourquoi ne m'en as-tu pas parlé ? reprocha-t-elle à son père.

— Tant que je n'étais pas parvenu à l'extraire du guêpier dans lequel je l'avais moi-même attirée, je ne pouvais me confier à personne. C'était trop risqué.

— Et qu'en est-il de Pierre Rochefort ? Va-t-il être fusillé pour collaboration, comme certains ? J'ai appris que Marcel Déat[1] a été condamné à mort par contumace.

— Il ne sera pas le seul ! Il faut que justice se fasse. Mais Pierre Rochefort n'est qu'un petit pion dans cette histoire. Certes, il a quelques soucis à se faire. Mais Sébastien s'occupe de son cas. C'est son neveu ! Il m'a expliqué que son frère, Jean-Christophe, le père de Pierre, l'a toujours soutenu dans sa jeunesse, quand il s'opposait à leur propre père, Anselme, qui n'était pas un tendre ! Aussi, m'a-t-il avoué, il ne peut laisser Pierre sans défense. En souvenir du passé, il

---

1. Homme politique français socialiste, puis néo-socialiste, puis collaborationniste.

est prêt, à son tour, à l'aider pour qu'il ne soit pas trop sévèrement condamné. Il fera jouer ses relations. Il n'ignore pas qu'il a agi en sa faveur auprès de la Gestapo.

L'été s'était installé dans toute sa splendeur. La guerre s'éloignait définitivement. Seuls les Américains se battaient encore dans le Pacifique. À vrai dire, personne ne savait comment ils parviendraient à mettre un terme aux difficiles combats que leurs soldats poursuivaient avec courage et opiniâtreté d'une île à l'autre pour terrasser l'armée nippone.

Emilio connaissait enfin une sérénité qu'il n'avait plus ressentie depuis très longtemps. Auprès de Justine et Inès, il se sentait un homme accompli.

Il n'évoquait jamais en leur présence les épisodes douloureux qui l'avaient mené depuis sept longues années des Grandes Terres à l'enfer de la guerre civile dans son propre pays, puis dans les camps de concentration à la suite de la tragique Retirade qui avait marqué la vie de cinq cent mille de ses compatriotes. Ni son engagement dans le maquis Bir Hakeim et, plus récemment, chez les guérilleros du Val d'Aran. Il savait que Justine avait beaucoup souffert de ses absences répétées. Aussi préférait-il garder le silence et lui parler de leur avenir plutôt que de lui donner l'impression de ressasser le passé.

— Veux-tu me faire un enfant ? lui demanda-t-il un soir qu'il devinait un certain vague à l'âme l'envahir.

Justine n'avait pas encore abordé le sujet, jugeant qu'il était sans doute prématuré pour Emilio d'envisager une telle éventualité. Elle ne put dissimuler sa joie.

— Tu es prêt à offrir un petit frère ou une petite sœur à Inès ! Je souhaitais ce moment depuis si longtemps !

— Tu sais, le premier jour où je t'ai vue, j'ai cru que ma vie avait changé de destin. Tu as illuminé la terne existence que je menais. Tu m'as redonné espoir en l'avenir.

— Tu n'étais pas seul à l'époque ! Maria t'attendait, tu étais fiancé !

— Je ne le nie pas. Et je n'avais pas l'intention de la tromper ni de l'abandonner. Mais j'ai ressenti en moi une rupture qui me fut douloureuse, je dois l'avouer. Tu ressemblais tellement à Maria que je ne savais plus où j'en étais. Mais ce dont j'étais certain, c'était que tu ne sortirais plus de ma vie. Quand je suis rentré dans mon village, j'ai cru pouvoir t'oublier en épousant Maria. Je me suis trompé. En réalité, c'est toi que j'épousais. J'ai mis du temps à le reconnaître et à l'accepter. Aujourd'hui je suis en accord avec moi-même. Au fond de mon âme, Maria a guidé mes pas et m'a demandé de faire de toi la maman de notre fille. Elle m'a souhaité beaucoup de bonheur avec toi. Car tu es la femme de ma vie.

Justine ne pouvait retenir ses larmes. Ce qu'Emilio lui avouait sans fausse pudeur, avec autant de sincérité, lui allait droit au cœur.

Elle se réfugia dans ses bras. Se lova contre son corps. L'embrassa à le faire défaillir.

— Je t'aime, lui susurra-t-elle à l'oreille. Viens en moi.

Emilio s'attendrit. Enlaça amoureusement Justine et l'emmena là où les rêves ont un goût de soleil.

## Épilogue

*Anduze, 1989*

À soixante-treize ans, Emilio se sentait aussi solide qu'un vieux chêne. Rien ne semblait pouvoir l'abattre. Néanmoins, depuis qu'avec Sébastien et Ruben Rochefort il avait évoqué pour son petit-fils ses souvenirs de la guerre d'Espagne, il se montrait parfois taciturne, presque nostalgique. Au point que Justine, sa femme, pensait qu'il s'était fait mal à l'âme en ressassant ainsi le passé.

Certes, Emilio était fier du succès d'Emmanuel, qui avait soutenu avec brio sa thèse sur le franquisme à l'université de Montpellier. Pour l'occasion, il s'était déplacé jusqu'à la faculté des lettres Paul Valéry en compagnie de son épouse et de Sébastien, afin d'assister à sa soutenance. Ce dernier, à quatre-vingt-quinze ans, avait tenu à les accompagner. Les professeurs du jury savaient qu'ils avaient tous deux contribué au récit de nombreux épisodes dont ils avaient été témoins et qu'Emmanuel avait relatés avec soin sans déformer leurs propos.

Aux professeurs qui les interrogeaient sur leur participation au conflit, ils répondaient avec beaucoup de pudeur, sachant l'un et l'autre que le sujet était encore délicat pour bon nombre d'anciens réfugiés.

— Cela fait plus de dix ans maintenant que la dictature est tombée dans mon pays, leur expliqua Emilio en pesant chacun de ses mots. Beaucoup d'Espagnols n'ont toujours pas fait leur deuil de la tragédie qu'ils ont vécue. Ils souhaiteraient retourner chez eux pour renouer avec leur jeunesse et la famille qu'ils ont encore parfois dans leurs villes ou leurs villages. Mais quelque chose les en empêche. La crainte de ne plus reconnaître les lieux de leurs racines, sans doute.

— Êtes-vous dans ce cas ? lui demanda Philippe Joutard, le président du jury, un éminent professeur d'histoire, spécialiste du protestantisme cévenol.

— C'est ce que j'ai pensé jusqu'à présent.

— Le regrettez-vous ?

Emilio hésita à répondre. Devant l'insistance de l'agrégé, il finit par admettre :

— Je crois qu'à mon âge, il serait temps d'accepter l'idée que mon pays a recouvré sa liberté et que tous les exilés, dont je fais partie, y ont leur place. D'ailleurs le gouvernement espagnol a reconnu les responsabilités du franquisme, n'est-ce pas ? Et le roi Juan Carlos a su habilement instaurer et consolider la démocratie. Je ne suis pas royaliste, mais j'avoue qu'il est un grand homme, comme l'Espagne n'en a pas connu depuis longtemps !

Emmanuel écoutait les paroles de son grand-père. Il se garda de l'interrompre. Mais lorsqu'il se retrouva seul en sa présence, après la remise de son diplôme, il lui proposa sans hésiter :

— Papy, si tu le souhaites, je peux t'emmener à Montserrat avec mamie. Je suis sûr qu'elle nous accompagnerait avec plaisir.

—Je n'osais te le demander, mon petit. Mais j'aimerais que tu convainques ta tante Inès de se joindre à nous. La Catalogne, c'est aussi sa terre natale. Sa mère y est enterrée. Je me souviendrai, je crois, de l'endroit où j'ai dû l'ensevelir. S'il n'a pas été trop modifié, je suis certain de le retrouver. Sébastien pourrait aussi nous accompagner, s'il s'en sent le courage !

Se sentant fatigué, celui-ci s'était assis un peu à l'écart. Il entendait, néanmoins, les propos tenus par son ami et ne pouvait s'empêcher de penser que le siècle qu'il avait quasiment traversé serait celui du triomphe de la liberté sur l'oppression. Qu'en sera-t-il du siècle prochain ? songeait-il en se laissant bercer par les paroles d'Emilio.

Emmanuel vint soudain le sortir de ses pensées.

— Sébastien, accepteriez-vous d'accompagner mon grand-père sur les lieux de votre épopée ?

Le vieux Rochefort se redressa du fauteuil dans lequel il avait pris place, et, s'appuyant sur sa canne, répondit, comme galvanisé :

— Vois-tu, petit, je crois que j'ai assez bourlingué dans ma vie. Il est temps que je songe à prendre définitivement ma retraite. Tu ne crois pas qu'à mon âge, ce serait plus raisonnable ?

Emmanuel le soutint par le bras et, l'invitant à se joindre aux autres convives qui étaient en train de sabler le champagne pour fêter son succès, il déclara devant l'assistance :

— Mesdames et messieurs, je vous prie de bien vouloir ovationner M. Sébastien Rochefort, qui m'a fait l'honneur d'être présent ce soir et sans qui – mon grand-père Emilio vous le confirmera – ma thèse n'aurait pas abouti.

Ému, Sébastien étreignit longuement Emmanuel, puis, se retournant vers son ami Emilio, lui tendit une main fraternelle.

— Je crois que tu n'as plus besoin de moi pour retourner sur le chemin de tes souvenirs, lui dit-il en l'embrassant.

*
* *

Quelques jours plus tard, Emmanuel emmena son grand-père et sa grand-mère en Espagne. Emilio choisit la date de commémoration du cinquantième anniversaire de la Retirade pour se rendre sur les lieux de son passé.

Avant de se diriger vers Montserrat, il tint à s'arrêter à Prats-de-Mollo, pour revoir le village et les prairies qui avaient servi de camps d'hébergement. Il assista aux cérémonies de recueillement et alla se présenter aux autorités municipales qui célébraient le souvenir de ces journées tragiques de 1939. Puis il demanda à Emmanuel de le conduire sur le chemin de l'exode qu'il avait emprunté avec le vieux couple de paysans rencontré peu après son départ de Montserrat. Il tenta en vain de retrouver le lieu où reposait Maria. Devant son chagrin, Justine le laissa seul, au côté d'Inès qui soutenait son père de toute son affection.

— Tu sais, lui dit-il, ta mère est morte près d'ici. Mais tout a été bouleversé par les constructions. Nous ne sommes pas loin de l'endroit où je l'ai enterrée, j'en suis sûr.

— L'essentiel, papa, c'est que tu ne l'aies pas oubliée. Je suis persuadée que, de là où elle se trouve, elle nous voit et se réjouit que nous soyons tous réunis.

Quand ils arrivèrent à Montserrat, Emilio se fit conduire sans hésiter devant la maison de ses parents. Elle avait été restaurée et ne présentait plus l'aspect qu'elle avait au temps de leur vivant. Il s'en émut et reconnut que c'était un miracle qu'elle fût encore debout après plus de cinquante ans.

Puis il rendit visite à sa sœur Amèlia. Veuve, elle n'avait pas quitté le village depuis toutes ces années. Elle entretenait des relations épistolaires distendues avec leurs deux autres sœurs de Madrid.

— Notre famille s'est un peu disloquée, expliqua-t-elle. Tout cela, c'est la faute à la guerre civile qui nous a séparés.

Emilio ne tint pas à s'attarder trop longtemps à Montserrat. Il prit congé d'Amèlia au bout de quelques jours.

— Rien n'est plus comme avant, reconnut-il. J'ai l'impression d'être devenu un étranger ici, alors que c'est le lieu de mon enfance.

Justine le tenait par le bras, attendrie et soulagée au fond d'elle-même que son mari ne regrette pas, finalement, de rentrer en France où ses fils l'attendaient.

— Vois-tu, lui dit-il sur le retour, même si l'homme garde toujours une racine là où il est né, son véritable pays est celui où il a marcotté, celui où il a choisi de bâtir sa maison et d'établir sa famille.

Justine n'avait jamais douté des sentiments d'Emilio. Chaque jour, l'un après l'autre, ils s'étaient efforcés de construire leur vie par le travail, sans rien attendre d'autrui. Il avait refusé l'héritage de Louis Lansac qui avait souhaité lui remettre son domaine après sa mort. Emilio avait préféré acquérir lui-même ses propres vignes afin de ne rien devoir à personne. Justine l'avait soutenu dans sa décision et n'en était que plus fière.

À présent, parvenus au terme d'une longue existence, ils coulaient ensemble des jours heureux dans l'espoir que leurs enfants et leurs petits-enfants goûteraient à leur tour au soleil de leurs rêves.

Sébastien Rochefort vécut encore cinq ans. Centenaire, il s'éclipsa dans la plénitude d'une vie bien accomplie.

*Saint-Jean-du-Pin, le 25 octobre 2014*

# Sources bibliographiques et filmographie

Barba Serge : *De la frontière aux barbelés, les chemins de la Retirada (1939)*. Éditions Trabucaire, 2009.

Bartoli Joseph, Garcia Laurence, Bartoli Georges : *La Retirada, exode et exil des républicains d'Espagne*. Actes Sud, 2009.

Bennassar Bartolomé : *La Guerre d'Espagne et ses lendemains*. Éditions Perrin, 2004.

Boutonnet François : *Il nous faut regarder* (film inédit, de la guerre d'Espagne à l'exil). Kalimago film, 2009.

Cadé Michel : *La Retirada en images mouvantes, Jean-Paul Le Chanois, « Un peuple attend »*. Éditions du Trabucaire, et article paru sur Internet, 2010.

Capa Robert : *Robert Capa gallery 2 et 3* (photos). Sur Internet.

Chabrol Jean-Pierre & Marti Claude : *Les Petites Espagnes* (roman). Grasset, 1984.

Collonges Lucien (collectif) : *Autogestion hier, aujourd'hui, demain*. Éditions Syllepse, 2010.

Domergue René : *La Parole de l'estranger*. L'Harmattan, 2002.

Dreyfus-Armand Geneviève :
— *L'Exil des Républicains en France*. Albin Michel, 1999.
— *Les Camps sur la plage, un exil espagnol*. Autrement, 2001.

I.C.R.E.C.S. (collectif) : *Libertat ! Prats-de-Mollo, entre historia i memoria*. Biblioteca de Catalunya Nord VI Terra Nostra, 2007.

Hemingway Ernest : *Pour qui sonne le glas* (roman), 1940. Éditions Livre de poche, 1972.

*(L')Indépendant* (presse) : *La Retirada 1939/2009*. Numéro spécial, 2009.

Loach Ken : *Land and freedom* (film), 1995.

Mairie de Prats-de-Mollo : *La Retirada au village, Prats-de-Mollo*. Cahier des délibérations du Conseil municipal de Prats-de-Mollo du 10 juin 1939. Sur Internet.

Malraux André : *L'Espoir* (roman). Éditions Gallimard, 1937.

Marin Progreso : *Témoignages sur la guerre d'Espagne, les camps et la résistance au franquisme*. Loubatières, 2005.

Maruéjol René & Vielzeuf Aimé : *Le Maquis Bir Hakeim*. Éditions Famot, 1974.

Milza Pierre et Peschanski Denis : *Exils et migrations : Italiens et Espagnols en France (1938-1946)*. L'Harmattan, 1994.

Pobla José : *Chemins d'exil, ce que j'ai vécu à l'âge de onze ans de Gironella à Prats-de-Mollo*. Article sur Internet.

Pruja Jean-Claude : *Premiers camps de l'exil espagnol, Prats-de-Mollo, 1939*. Éditions Alan Sutton, 2003.

Sanchez Andrieu Amèlia : *Reconquista de España, parcours du guérillero Miguel Sánchez lors de l'opération du Val d'Aran en 1944*. Article paru sur Internet, 2006.

Solé Felip : *Camp d'Argelès* (film inédit, de la guerre d'Espagne à l'exil). Kalimago film, 2009.

Thomas Hugh : *La Guerre d'Espagne*. Éditions Robert Laffont, 1997.

Composition :
Soft Office – 5, rue Irène Joliot-Curie – 38320 Eybens

Achevé d'imprimer par GGP Media GmbH, Pößneck
en janvier 2016
pour le compte de France Loisirs,
Paris

N° d'éditeur : 83871
Dépôt légal : décembre 2015
Imprimé en Allemagne